이양하

그의 삶과 문학

이양하
그의
삶과
문학

2022년 5월 31일 초판 1쇄 펴냄

지은이 김욱동
편집 박장호
펴낸이 신길순

펴낸곳 (주)도서출판 삼인
전화 02-322-1845
팩스 02-322-1846
이메일 saminbooks@naver.com
등록 1996년 9월 16일 제25100-2012-000046호
주소 (03716) 서울시 서대문구 성산로 312 북산빌딩 1층

디자인 끄레디자인
인쇄 수이북스
제책 은정

ISBN 978-89-6436-220-4 93810

값 20,000원

이양하

그의 삶과 문학

김욱동

삼인

책머리에

문학가는 얼핏 대수롭지 않아 보이는 한 조그마한 이미지에서 흔히 작품의 실마리를 찾아내곤 한다. 이러한 이미지는 마치 과일나무의 씨앗과 같아서 작가의 상상력이라는 비옥한 토양에서 배태되어 싹이 트고 줄기를 뻗어 마침내 한 떨기 아름다운 꽃을 피운 뒤 탐스러운 열매를 맺는다. 가령 미국 현대소설을 굳건한 발판에 올려놓은 소설가 윌리엄 포크너William Faulkner는 나이 어린 여자아이가 마당에 심어 놓은 나무에 올라가 집 안에서 벌어지는 할머니의 장례식 모습을 바라보는 이미지를 주춧돌로 그 유명한 『고함과 분노』(1929)라는 집을 지었다. 그의 또 다른 장편소설 『8월의 빛』(1932)은 어느 한여름 시골 처녀가 조그마한 보따리를 들고 미국 남부 지방의 시골길을 걸어가는 이미지에서 작품의 실마리를 찾아 창작한 작품이다.

이양하에 관한 책을 쓰기 전 내 뇌리에도 한 이미지가 좀처럼 떠나지 않고 계속 맴돌았다. 무더운 한여름 대여섯 살 난 사내아이가 칡덩굴 엉킨 시골 언덕길을 한 청년의 손에 이끌려 상여를 따라가는 모습이 바로 그것이다. 이 소년의 손을 잡아 끌고 언덕길을 올라가는 청년은 소년의 사촌 형이고, 소년이 따라가는 상여에는 소년의 어머니 시신이 실려 있다. 이때 소년은 처음으로 상여에서 풍겨 오는 시체 썩는 냄새를 맡는다. 철이 들기도 전에 소년은 이미 '죽음의 냄새'를 맡았고, 그 냄새는 평생 그의 정신세계를 지배하게 된다.

내가 이 책을 쓴 것은 최재서崔載瑞에 관한 책을 막 탈고하고 난 직후였다. 최재서에 관한 책을 쓰고 나니 자연스럽게 이양하 쪽으로 관심이 쏠렸다. 군대의 제식 행위 용어를 빌려 말하자면 그것은 구분 동작이 아니라 어디까지나 연속 동작이었다. 이처럼 최재서에게서 이양하로 이동한 것은 거의 무의식에 가까웠다. 최재서에 관한 책 다음에는 왠지 모르게 마땅히 이양하에 관한 책을 써야 할 것만 같은 생각이 나의 무의식을 지배하였다.

실제로 이양하와 최재서는 마치 샴쌍둥이처럼 비슷한 점이 너무 많다. 나이는 세 살 터울이어도 일제강점기 식민지 젊은 지식인으로 제국대학(도쿄제국대학과 경성제국대학)에서 공부했다는 점에서도 그러하고, 그 많은 전공 분야 중에서도 유독 영문학을 전공했다는 점에서도 그러하다. 또한 영문학에 얽매이지 않고 한국문학에 깊은 관심을 기울였다는 점에서도 두 사람은 서로 닮았다. 흥미롭게도 그들은 외국문학을 공부하는 목적이 궁극적으로는 자국의 문학을 풍요롭게 하는 데 있다고 생각하였다. 물론 두 사람 사이에는 유사점 못지않게 큰 차이점도 있다. 최재서가 창작보다는 비평 쪽에 무게를 둔 반면, 이양하는 시와 수필 같은 창작 쪽에 무게를 실었다. 일제강점기 일본 제국주의에 협력한 최재서와는 달리 이양하는 친일과 일정한 거리를 두었다. 최재서와 이양하를 보면 식민지 지식인의 서로 다른 두 모습을 보는 것 같다.

물론 내가 이양하에 관한 책을 쓰기로 마음먹은 것은 단순히 최재서와의 관련성 때문만은 아니다. 평소 이양하의 문학적 성과를 높이 평가해 오고 있었기 때문이다. 그런데 이양하에게는 숙명처럼 늘 '수필가'라는 꼬리표가 붙어 다녔다. 실제로 '이양하' 하면 종소리만 들어도 침을 흘리는 파블로프의 개처럼 곧바로 '수필가'를 떠올리는 사람이 많다. 그러나 이양하의 본모습을 제대로 보려면 무엇보다도 먼저 그에게서 '수필가'라는 꼬리표를 떼어 주어야 한다. 이 꼬리표가 그의 총체적 모습을 균형 있게 바라보는 데 적잖이 방해가 되기 때문이다. 이양하가 김진섭金晉燮, 피천득皮千得과 더불어 뛰어난 수필을 써서 한국 수필 문학의 세 봉우리 중 하나를 차지하는 것은 부정할 수 없는 사실이다. 그렇다고 이양하를 수필가의 울타리에 가두어 두는 것은 그렇게 바람직하지 않다. 이양하는 수필가 못지않게 시인이요, 시인 못지않게 번역가요, 번역가 못지않게 영문학자였다.

나는 이 책의 제목 그대로 이양하의 삶과 문학을 다루었다. 그의 부인 장영숙張永淑 교수는 "양하와 나의 생활이 간소한 데다 무인도처럼 잔잔했음은 그이가 극히 말 없는 위인이었던 탓이었을까"라고 회고한 적이 있다. 실제로 그는 바다에 홀로 떠 있는 무인도처럼 고립적인 삶을 살았고 좀처럼 말을 하지 않는 과묵한 사람이었다. 그런데도 그의 글 곳곳에는 그가 살아온 역사의 거친 숨결과 그가 걸어온 삶의 발자취가 남아 있다. 나는 이 책에서 요즈음 기준으로는 말할 것도 없고 20세기 중반의 기준으로 보아서도 짧다고 할 예순 해 동안 살아온 그의 삶의 족적을 더듬어 본 뒤 시인, 수필가, 번역가, 영문학자로서의 그의 모습을 총체적으로 밝히려고 하였다. 내가 이 작업에 얼마나 성공을 거두었는지는 이제 독자들이 판단할 몫이다.

나는 이 책을 쓰면서 여러 사람과 여러 기관의 크고 작은 도움을 받았다. 누구보다도 먼저 일본에서 귀중한 자료를 구해 주신 요코하마(橫浜)국립대학 명예교수이자 가나가와(神奈川)대학 교수요 유영문화재단 이사장이신 유혁수柳赫秀 선생님께 감사드린다. 국내 이양하 관련 자료를 구해 준 서강대학교 로욜라도서관 관계자들과 을유문화사 관계자들에게도 감사드린다. 또한 바쁘신 중에도 인터뷰에 흔쾌히 응해 주신 서강대학교 김용권金容權 명예교수님, 시인이요 번역자로 활약하신 임학수林學洙 교수님의 따님이요, 이재호李在浩 교수님의 사모님인 임채문林彩文 교수님께도 감사드린다. 마지막으로 어려운 출판 사정에도 이 책 출간을 흔쾌히 허락하신 삼인출판사의 홍승권 부대표님, 이 책이 햇빛을 볼 수 있도록 여러모로 도와준 편집부 선생님께도 이 자리를 빌려 감사드린다.

2022년 봄
해운대에서
김욱동

차례

나 누구와도 다투지 않았네.
다툴 만한 사람이 없었기에.
자연을 사랑했고
자연 다음으로는 예술을 사랑했네.
생명의 불길에 두 손을 녹였거늘
이제 그 불길 꺼지니 떠나갈 차비를 하네.

월터 새비지 랜더(1775~1864)

제 1 장

▼

고독과 우울과 명상의 삶

한국 속담에 "세 살 버릇 여든까지 간다"는 말이 있고, 영국 속담에도 "오 랜 습관은 여간해서 사라지지 않는다"는 말이 있다. 또 이웃나라 일본에는 "세 살 아이의 혼(마음), 백 살까지"라는 속담이 있다. 그런데 어렸을 적 일이 이렇게 늘그막까지 지속되는 것은 비단 버릇이나 습관 또는 마음만이 아니 다. 어린 시절 겪은 충격적인 일도 트라우마가 되어 평생 뇌리에서 떠나지 않 고 계속 남아 직간접으로 크고 작은 영향을 끼치게 마련이다. 지금까지 트라 우마는 주로 심리학적 관점에서 다루어 왔지만 뇌 과학이 발달한 오늘날에 이르러서는 심리학보다는 오히려 뇌 과학 분야에서 더 많은 관심을 받는다.

이양하李敭河는 1938년 폐결핵으로 요절한 시인 박용철朴龍喆을 추모하 는 「실행기失幸記」에서 "세상의 대강한 사람 모양으로 나도 불행한 운성 아 래 태어난 것을 늘 개탄하는 사람의 하나이다. 생각하면 생각할수록 나같이 박복하고 불행한 사람은 없을 것같이 생각되는 것이다"[1]라고 밝힌다. 그는 자 신이 '박복하고 불행한 사람'이라고 아예 못 박고 그 원인을 12운성, 즉 사주 팔자 탓으로 돌린다. 비교적 평탄하게 살아온 그이기에 웬만한 사람에게는 자칫 엄살처럼 들릴지도 모른다. 그러나 이양하가 이렇게 자신이 '박복하고 불행한 사람'이라고 못 박아 말하는 데에는 그럴 만한 까닭이 있다. 대여섯 살의 어린 나이에 어머니를 잃은 그는 일찍부터 고향을 떠나 평생 낯선 땅을 떠돌며 나그네처럼 살았기 때문이다. 그가 머문 궤적을 대충 정리해 보면 '강 서 → 평양 → 도쿄 → 교토 → 경성 → 미국의 케임브리지 → 서울 → 미국 의 뉴헤이븐 → 서울'이 된다.

그렇다면 이양하의 「실행기」는 한 시인의 죽음이 불러온 우정의 상실을 기 록한 글이라기보다는 오히려 부모와 고향을 떠나 살아온 자신의 고달픈 삶

---

1 이양하, 「실행기」, 이양하 저, 송명희 편, 『이양하 수필 전집』 (현대문학사, 2009), 6쪽. 이 책에서 인용하는 쪽수는 앞으로 모두 본문 안에 직접 적기로 한다.

의 기록으로 읽어도 크게 무리가 없다. 한반도의 허리가 끊기면서 평안남도 강서의 고향을 영원히 찾아갈 수 없게 된 이양하는 그 후 줄곧 이방인처럼 외롭게 살았다. 미국에 머물던 그는 부산 피란 시절 전시연합대학에서 처음 만난 여제자 박용원朴鏞媛에게 "나는 미국에 있어도 귀국을 하여도 행복스러울 것 같지 못한 심정이오"[2]라고 고백한 적이 있다. 그러고 보니 이양하를 두고 제자요 동료 교수인 장덕순張德順이 낭만과 자유를 즐기면서도 평생 "고독을 물 마시듯이 하는"[3] 인물이었다고 회고하는 것도 그다지 무리는 아닌 것 같다.

물론 이양하에게도 행복한 시간이 전혀 없었던 것은 아니다. 가령 아름다운 자연을 벗 삼아 산책한다든지, 좋아하는 책을 읽는다든지, 마음에 드는 글을 쓴다든지 할 때 그는 누구보다도 행복을 느꼈다. 연희전문학교에서 가르친 제자 조풍연趙豊衍은 "고요했다면 고요했고 파란 있었다면 있었던 선생의 생애에서 가장 기뻤던 일이라면 아마 젊은 학도들에게 형제와 같이 다정하게 문학을 일러 주던 때가 아니었을까"[4]라고 말한 적이 있다.

이양하는 짧다면 짧은 59년 동안 평생 고독과 우수의 무거운 짐을 등에 걸머지고 살았다. 겉으로는 숲속의 호수처럼 평온해 보였을지 모르지만 실제로 그의 마음속에는 그가 즐겨 찾던 강원도의 송전松田 바다처럼 세상의 풍

2 박용원, 「미국에서의 노교수의 모습」, 정병조 외 편, 『이양하 교수 추념문집』(민중서관, 1964), 240쪽. 박용원이 이양하를 처음 만난 것은 부산 피란 시절 서울대학교 문리대학 화학과 신입생 때였다. 이 무렵 '문리대학'은 글자 그대로 문과와 이과가 함께 있어 화학과는 문리대학 소속이었다. 그러다가 두 사람은 미국에서 다시 만났다. 박용원은 "이양하 선생님과 나 사이에 존재하였던 그 감정을 'Friendship'이라고 부를지, 'Mutual Understanding'이라고 부를지, 혹은 단순히 'Satisfaction'이라고 부를지……"라고 묘한 여운을 남긴다.
3 장덕순, 「스승의 이모저모」, 『이양하 교수 추념문집』, 230쪽.
4 조풍연, 「이 선생과 나」, 『이양하 교수 추념문집』, 222쪽.

파가 거칠게 일었다. 그러나 그는 이러한 고독과 우수에 좀처럼 굴복하지 않고 오히려 그것을 원동력으로 삼아 한국의 문학계와 영문학계에 큰 족적을 남겼다. 고등학교 시절부터 대학을 거쳐 직장에 이르기까지 30여 년 동안 함께 지내 온 동료 권중휘權重輝는 그를 두고 "용기와 성실성을 인간 생활에 있어 가장 중요한 덕목으로 믿었던 것 같다"[5]고 평하였다.

이양하에 대한 이러한 평가는 그의 동료뿐 아니라 그의 제자들도 마찬가지였다. 예를 들어 연희전문학교 제자로 뒷날 모교에서 영문학을 강의한 유영柳玲은 권중휘가 말한 '용기와 성실' 말고도 다른 특징을 하나 더 덧붙였다. 젊은 날 은사의 모습에 대하여 유영은 "선생은 말이 없으시고 침착하고 다소 체념과 허무의 세계를 방황하는 미남의 창백한 인텔리였다. 아마도 절대로 뛰어다녀 보신 일이 없는 일생 고정 시속을 엄수한 분이리라"[6]라고 밝힌다. 그런데 제자가 "이렇게 엄숙할 정도로 침착한" 스승에게서 '체념과 허무'를 발견하는 것이 여간 예사롭지 않다.

어머니의 죽음과 젖어머니

평생 이양하의 영혼을 짓누른 트라우마는 두말할 나위 없이 그가 대여섯 살 때 겪은 어머니의 때 이른 죽음이었다. 그의 어린 시절을 엿볼 수 있는 글은 두 번째 수필집 『나무』(1963)에 실린 「어머님의 기억」이라는 글이다. 첫 번째 수필집 『이양하 수필집』(1947)에도 「아버지」라는 글이 실려 있지만 일흔이 넘어 병 치료를 위해 상경한 아버지에 관한 것이어서 그의 유년 시절을 이

---

5 권중휘, 「고 이양하 군의 일면」, 『이양하 교수 추념문집』, 215쪽.
6 유영, 「시인으로서의 이 선생」, 『이양하 교수 추념문집』, 223쪽.

해하는 데에는 크게 도움이 되지 않는다. 이양하는 「어머님의 기억」을 이렇게 시작한다.

> 무더운 한여름 칡덩굴 엉킨 언덕길을 커다란 손으로 붙들어 주는 사촌 형님한테 이끌리며 어머님의 상여 따르던 것을 생각하고, 흰 댕기를 드린 채 동리 앞개울에서 헤엄치고 숨바꼭질하다 가끔 큰어머니한테 야단맞고 하던 일을 생각하면, 어머님께서 돌아가신 것은 내가 적어도 대여섯 살 먹었을 때였으리라고 생각된다. (183쪽)

위 인용문에는 이양하의 출생을 비롯하여 그의 유년 시절의 방에 들어갈 수 있는 중요한 열쇠가 들어 있다. 첫째, 그가 겨우 대여섯 살 되었을 무렵 그의 어머니가 사망하였다는 사실이다. 그의 어머니는 이양하를 낳은 뒤 자리에서 일어나지 못한 채 여러 해 앓다가 마침내 세상을 떠났다. 어머니의 병에 대하여 그는 "큰어머님 말씀에 의하면 미열져서 그랬었다 하지만 오늘 말로 하면 산욕열이 아니었던가 한다"(184쪽)고 말한다. 송명희宋明姬는 『이양하 수필 전집』을 편집하면서 원문의 '미얼'을 '미열'로 고쳤다. 그러나 이양하의 판단대로 어머니가 산욕열을 앓고 있었다면 '미열'로 고친 것은 옳지 않다. 출산 또는 유산 이후 여성의 생식 기관이 세균에 감염되어 일어나는 산욕열에 걸린 환자는 섭씨 38도가 넘는 고열에 시달리기 때문이다. 산욕열은 의학이 발달한 지금은 항생제로 쉽게 완치할 수 있지만 항생제를 구하기가 어려웠던 20세기 초에는 폐렴처럼 치명적인 질병이었다.

위 인용문을 읽노라면 자연스럽게 김기림金起林의 수필 「길」이 떠오른다. 1936년 3월 그는 산문시 같은 이 짧은 글을 《조광朝光》에 처음 발표하였다. 김기림도 이양하처럼 소년 시절 어머니를 여의고 고독을 벗 삼아 외롭게 자랐다.

나의 소년 시절은 은빛 바다가 엿보이는 그 긴 언덕길을 어머니의
상여와 함께 꼬부라져 돌아갔다.

내 첫사랑도 그 길 위에서 조약돌처럼 집었다가 조약돌처럼 잃어버
렸다.

그래서 나는 푸른 하늘빛에 호져 때없이 그 길을 넘어 강가로 내려
갔다가도 노을에 함북 자줏빛으로 젖어서 돌아오곤 했다.

그 강가에는 봄이, 여름이, 가을이, 겨울이 나의 나이와 함께 여러
번 다녀갔다. 까마귀도 날아가고 두루미도 떠나간 다음에는 누런 모
래둔과 그리고 어두운 내 마음이 남아서 몸서리쳤다. 그런 날은 항용
감기를 만나서 돌아와 앓았다.[7]

김기림이 어머니를 여읜 것은 그의 나이 일곱 살 때였다. 그도 이양하처럼
시신을 실은 상여를 따라 언덕길을 걸어가며 일찍 죽음과 고독과 허무를 배
웠다. 김기림에게 "은빛 바다가 엿보이는 그 긴 언덕길"은 어머니와 첫사랑을
떠나보낸 슬픔과 상실의 공간이다. 이양하에게나 김기림에게 이 길은 지리적
공간일 뿐 아니라 고아로서 걸어야 하는 고단한 삶의 여정이다. 어떤 의미에
서는 생물학적 고아 못지않게 형이상학적 고아로, 마르틴 하이데거의 말처럼
황량한 우주에 '던져진' 존재로 살아가야 하는 인간 실존의 숙명적인 고독과
근원적인 허무를 상징하는 길이기도 하다.

이양하는 어머니가 산욕열로 사망한 뒤 큰어머니 손에 자랐다. "동리 앞개
울에서 헤엄치고 숨바꼭질하다 가끔 큰어머니한테 야단맞고 하던 일을 생
각하면"이라는 구절을 보면 알 수 있다. 그런데 이양하에게는 '사촌 형님'과
'큰누님'이라고 부른 손위 사촌이 있었다. 아내를 잃은 이양하의 아버지가

---

7 김학동·김세환 공편, 『김기림 전집 5: 소설, 희곡, 수필』(심설당, 1988), 195쪽.

다시 결혼을 했는지는 알 수 없다. 다만 "집에서 (나를) 데려올 생각하고 집의 아주머니께서 시집오시는 잔칫날 내가 오면 집에 떼어 둘 생각을 하였었다"(188쪽)고 말하는 것을 보면 '집의 아주머니'와 결혼했던 것 같다. 그러나 이양하는 다른 어떤 글에서도 '집의 아주머니'에 대해서는 두 번 다시 언급하지 않는다. 일흔이 넘은 아버지가 병을 치료하러 경성에 들를 때조차 혼자서 550리 길을 찾아오고 이양하가 병원에 들러 아버지를 간병한다.

이렇게 어린 나이에 어머니를 잃은 탓에 이양하에게는 어머니에 대한 기억이 거의 남아 있지 않다. 그 기억은 백지 상태, 그의 표현을 빌리면 "거의 공백에 가깝다"고 할 수 있다.

> 어머님의 모습도 음성도 전혀 알지 못하고, 안겨서 젖 먹던 기억도 없다. 생전의 일로 기억되는 것은 하룻저녁 자리에 누워서 밤을 씹어 먹여 주시던 것뿐이다. 그러고는 상사喪事가 난 뒤에 많은 사람들이 모인 가운데 평소에 잘 웃고 이야기하고 화내시던 아버지께서 어머님 관 앞에 서서 갑자기 울음을 터뜨리신 것이 하도 이상하게 생각되고, 장삿날 상여가 가다가 길에서 정지할 때마다 상여에서 풍겨 오는 냄새가 코에 딱 묻는 것이 생전 처음 맡는 이상한 냄새로 느껴진 일과, 지금 말한 칡 얽힌 언덕길을 올라가던 기억이 어머님에 관하여 기억하는 거의 전부가 된다. (183쪽)

위 인용문에서는 이양하와 관련하여 또 다른 전기적 사실을 알 수 있다. 이양하의 연보를 보면 '1904년 8월 24일 평안남도 강서군'에서 출생한 것으로 나와 있다. 1904년이라면 일본이 한국의 외교권을 박탈하려고 강제로 을사보호조약을 체결하기 한 해 전이다. 그러니까 이양하는 대한제국이 단말마의 비명을 지르던 바로 그 무렵에 태어났다. 이양하보다 한 해 늦게 태어나 뒷날 연희전문학교에서 함께 근무한 영문학자 눈솔 정인섭鄭寅燮은 "1905년 일본이 한국을 삼키려고 을사보호조약을 맺은 해—이 해에 내가 났으니 띠는 뱀띠, 어딘가 파란곡절 많은 민족의 수난까지 겪어야 할 팔자다"[8]라고 말한 적이 있다. 거의 같은 시기에 태어난 이양하의 팔자도 정인섭의 팔자와 크게 다르지 않았을 것이다.

그런데 이양하의 출생지는 좀처럼 평안남도 강서군에서 더 좁혀지지 못한다. 강서군의 어떤 면, 어떤 동이나 마을에서 태어났는지 전혀 밝혀져 있지 않다. 다만 그는 어머니가 자리에 누운 채 어린 자기에게 "밤을 씹어 먹여 주시던 것"을 기억한다. 어쩌면 이 구절이 그가 태어난 동네를 알아낼 실마리가 될 수도 있다. 「삼면경三面鏡」이라는 시에서도 산에서 밤 따던 어린 시절을 기억하며 "밤 따러 갔다 돌아오던 쏙새 욱은 언덕길 / 발디팃 빼앗긴 첫 키쓴 풋밤 냄새가 났겠다"고 노래한다.[9]

평안남도에서 밤이 많이 나는 지역은 강서군에서도 함종면이다. 이 지역에서 생산하는 중국계 밤을 흔히 '함종밤(咸從栗)'이라고 불렀다. 밤은 양주밤과 평양밤으로 크게 나뉘는데 함종밤은 평양에서 집하되므로 흔히 평양밤이라고도 하였다. 당시 함종밤은 알이 작고 속껍질이 잘 벗겨지는 데다 맛도 좋아 일본으로 수출하였다. 그렇다면 이양하가 태어난 곳은 강서군의 함종면일 것으로 미루어 볼 수 있다. 교육학자로 교육 관료로 이름을 크게 떨친 천원天園 오천석吳天錫이 바로 함종면 출신이다. 강서군의 서남단에 위치한 함종면은 서해안에는 봉황두산鳳凰頭山이 있고, 그 아래쪽으로는 호두산虎頭山과 쌍아산雙牙山이 자리 잡고 있다. 함종면은 이 밖에도 여러 산에 둘러싸여 있

---

8 정인섭, 「나의 출생」, 『못다한 이야기』 (휘문출판사, 1986), 27쪽; 김욱동, 『눈솔 정인섭 평전』 (이숲, 2020), 18~19쪽.
9 이양하, 『마음과 풍경』 (민중서관, 1962), 88쪽.

는 산골 지역이다. 그래서 그런지는 몰라도 이양하의 수필이나 시에는 산과 개울에 관한 언급이 유난히 많이 나온다.

앞의 인용문에서도 볼 수 있지만 이양하는 어린 시절 동네 앞개울에서 헤엄치고 숨바꼭질하며 놀았는가 하면, 친구들과 함께 뒷산으로 꽃을 꺾고 새를 잡으러 다니곤 하였다. 그가 태어나 자란 강서군의 고향은 이렇게 앞쪽에는 시냇물이 흐르고 뒤쪽에는 깊은 산이 자리한, 풍수지리적으로 말하자면 배산임수背山臨水의 시골 마을임이 틀림없다. 이양하가 평생 자연을 벗 삼아 지내고 힘들고 외로운 삶일망정 기쁜 마음으로 즐긴 것은 이렇게 소박한 시골에서 자랐기 때문일 것이다. 그처럼 소소한 일상에서 행복을 추구하려는 사람도 찾아보기 어려울 것 같다. 「조그만 기쁨」에서 그는 "조그마한 일, 조그마한 것에서 오는 조그만 기쁨을 찾으려면, 우리는 우리의 범상한 일상생활 가운데서도 얼마든지 찾아낼 수 있지 아니한가 한다"(42쪽)고 말한다.

위 인용문에서 또 한 가지 찬찬히 눈여겨볼 것은 이양하가 "(어머니 품에) 안겨서 젖 먹던 기억도 없다"고 말하는 대목이다. 그도 그럴 것이 그의 어머니는 산욕열로 병석에 누워 있어 갓난아이에게 젖을 먹일 형편이 아니었다. "(어머니가) 여러 해를 앓다가 돌아가신 것이어서 나는 처음에는 큰어머니 품 안에 안겨 동리 이 집 저 집 돌아다니며 젖을 얻어먹고 자랐던 것이다"(184쪽)라고 말한다. 『심청전』에서 심 봉사가 심청을 안고 동네를 돌아다니면서 젖을 얻어먹이는 것과 비슷한 상황이다. 이양하가 태어난 초가을부터 그해 겨울까지는 그럭저럭 동네 아낙네들에게서 젖을 얻어먹였지만 큰어머니도 이제는 더 염치가 없어 마을에서 젖동냥을 할 수 없었다. 그래서 생각해낸 것이 바로 '젖어미'를 구하는 일이었다.

그 이듬해 봄 큰어머니는 동리에서 5리쯤 떨어진 곳에 어린아이를 갓 잃은 가난한 어머니가 있다는 말을 전해 듣고 그 집에 아이를 맡겼다. 어린아이가 갓 사망했다니 젖을 얻을 수 있을 것이고, 살림살이가 넉넉하지 않다니 젖을 먹이는 수고를 물질적으로 보답해 줄 수도 있었다. 그 집은 이양하가 태어난 마을에서 조금 떨어진 골짜기에 자리 잡고 있었다. 이 마을에 대하여 이양하는 "20호 내외의 오막살이들이 오므라진 골짝에 다닥 붙어 있는 찌그러진 마을이었는데, 젖아버지는 그중에도 가장 가난한 농군으로서 타향에서 이사 들어온 지도 오래지 않아 그 집은 마을 맨 꼭대기 구석에 자리 잡고 있었다"(185쪽)고 말한다. 또 이양하는 그 집이 "바자 울타리에 부엌 하나 달린 단칸치기(단칸짜리) 오막살이로 동쪽 끝에 검은 굴뚝이 있고, 서쪽 싸리문 밖에 박우물이 있었다"(186쪽)고 회고한다. 그의 젖어머니는 마을과 집이 하나같이 초라하고 누추하기 그지없는 곳에서 가난하게 살고 있었다.

이양하를 '젖아이'로 맞아들일 때 젖어머니는 나이가 서른예닐곱으로 얼굴이 약간 얽은 모습이었지만 밭일을 하며 햇볕에 그을린 탓에 얽은 자국이 눈에 거의 보이지 않았다. 갓 잃은 자식 생각 때문인지, 아니면 갓난아이가 너무 울며 보채서인지 처음에는 도로 돌려보내려고 하였다. 그러나 남편이 말리는 바람에 그냥 아이를 맡기로 하였다. 이 점과 관련하여 이양하는 "하마터면 도로 쫓기어 그야말로 어머니 사랑을 모르고 자랄 뻔한 셈이다"(186쪽)라고 회고한다.

국어사전은 '젖어머니'를 "남의 아이에게 그 어머니 대신 젖을 먹여 주는 여자"로 정의하면서 그와 비슷한 의미의 낱말로 '젖어미', '젖엄마', '아모阿母', '아지阿之', '유모乳母', '유온乳媼' 등을 든다. 그러나 이양하가 말하는 '젖어머니'는 국어사전에서 풀이하는 의미와는 사뭇 다르다. '젖어머니'는 단순히 한자어 '유모'를 가리키는 토박이말이 아니기 때문이다. 이양하는 이 점을 분명히 하였다.

옛날 시골 젖어머니와 오늘의 소위 유모와는 아주 다른 것이다. 오늘의 유모라면 집에 불러들여 어린애 맡아보게 하는 한 고용인이나 옛날 젖어머니는 어디까지든지 어머니로서, 돌아가게 되면 적어도 1 년 동안 복服을 입게 되어 있었던 것이다. 그리고 나의 젖어머님, 젖아버지는 나를 자기 아들처럼 길러 주신 드문 분들이었다. 이것은 뒤에 안 일이지만 나의 젖어머님 생일이 어머님 돌아가신 바로 이튿날인 것을 안 이래 나는 언제나 젖어머님을 어머님의 후신後身으로 생각하여 오고, 이러한 어머님을 이어 주신 하느님의 뜻을 고맙게 생각해 왔다.

(185쪽)

'유모'라는 말에서는 돈을 주고 노동을 사고파는 자본주의 냄새가 풍기지만 '젖어머니'라는 말에서는 전통사회에서 흔히 볼 수 있는 사람 맛을 느낄 수 있다. 이양하는 젖어머니가 고용인이 아니라 어엿한 어머니와 다름없었다고 밝힌다. 친어머니의 기일과 젖어머니의 생일이 하루 차이인 것을 알고 나서부터 그는 늘 젖어머니를 '어머님의 후신', 즉 어머니가 죽은 뒤 다시 태어난 몸으로 생각해 왔다고 고백한다. 그러므로 이양하에 따르면 친어머니는 죽은 뒤 젖어머니의 모습으로 환생한 셈이다.

이양하의 지적대로 예로부터 젖어머니가 세상을 떠나면 친어머니처럼 예를 갖추어 적어도 1년 동안 상복을 입고 상례를 치렀다. 더구나 그의 젖어머니와 젖아버지는 자식이 있는데도 보기 드물게 이양하를 자기 친아들처럼 성심껏 길러 주었다. 그들에게는 이미 딸 하나와 두 아들이 있는 데다 이양하를 '젖아이'로 받아들인 뒤에 아들을 하나 더 낳았다. 그런데도 그들은 이양하를 전혀 귀찮아하지 않고 친자식처럼 정성껏 돌보아 주었다. 심지어 젖어머니는 막내아들보다 이양하를 오히려 더 사랑했다. 가령 잡곡 섞인 누룽지를 막내아들에게 먼저 주지 않고 이양하가 집에 놀러 오면 그때서야 나누어 줄 정도였다.

젖어머니는 단순히 이양하에게 젖을 먹여 육체적으로 양육한 것에 그치지 않고 더 나아가 정신적으로도 양육하였다. 젖부모는 비록 가난하고 무식할망정 그들의 일거수일투족은 나이 어린 이양하에게 삶의 나침판 역할을 하였다. 젖부모를 두고 이양하는 "일생 가난을 고통으로 생각지 않으시고, 그 가운데서도 기쁨을 찾을 수 있는 드문 덕을 가졌었다"(190쪽)고 회고한다. 이양하가 성인이 되어서도 작은 것에서 기쁨과 행복을 찾으려고 한 것은 일찍이 젖부모한테서 배운 소중한 덕목일 것이다.

이양하가 젖어머니를 비롯한 식구들을 얼마나 존경했는지는 그가 사용하는 낱말만 보아도 쉽게 알 수 있다. 우리말에서 '젖아버지'니 '유부乳父'라는 말은 별로 사용하지 않는다. 물론 '유모의 남편'이라는 뜻으로 어쩌다 사용하기는 하지만 이양하는 젖어머니의 남편을 그냥 '아저씨'라고 부를 법한데도 늘 '젖아버지'라고 불렀다. 형은 '젖형', 누이는 '젖누님', 동생은 '젖동생', 심지어 이 집 전체를 '젖집'이라고 불렀다.

이양하가 얼마나 젖집을 좋아하고 젖어머니를 따랐는지는 네다섯 살 때 그의 아버지와 큰어머니가 그를 집으로 데려가려고 할 때 보이는 반응에서도 엿볼 수 있다. 그의 어머니도 아직 살아 있던 때여서 앞에서 언급했듯이 잔칫날을 맞아 자연스럽게 그를 집에 데려올 계획이었다. 그러나 그 계획은 어린 이양하가 젖집에 다시 가겠다고 울고불고하는 바람에 무산되고 말았다. 그 뒤 그의 아버지는 젖아버지에게 농사지을 조그마한 땅을 내주고 동네에 내려와서 살게 함으로써 이 문제를 자연스럽게 해결하였다. 이 무렵 큰어머니 손에 자라던 이양하는 동네 서당에 다녔고, 저녁을 먹고 나서는 달음질하면 2분도 채 걸리지 않는 젖집에 '뻔질나게' 드나들곤 하였다. 이양하는 갓난아이 시절에는 젖어머니한테서 양육을 받았고, 조금 커서는 큰어머니의 양육을 받으며 성장하였다.

앞의 첫 번째 인용문의 마지막 구절 "장삿날 상여가 가다가 길에서 정지할 때마다 상여에서 풍겨 오는 냄새가 코에 딱 묻는 것이 생전 처음 맡는 이상한 냄새로 느껴진 일"을 다시 한번 찬찬히 주목해 볼 필요가 있다. 어머니를 묻고자 칡덩굴이 얽힌 언덕길을 올라가던 중 상여꾼들은 잠시 쉬어 가려고 가끔 멈추어 섰을 것이다. 그때마다 어린 이양하의 코끝에 시체가 부패하는 냄새가 와 닿았다. 그런데 "냄새가 코에 딱 묻는 것⋯⋯"이라는 구절은 후각을 촉각으로 표현하는 공감각이다. 물론 이러한 공감각의 사용은 이양하가 성인이 된 뒷날 사용한 것이다. 시인으로서의 그의 재능을 엿볼 수 있는 대목이지만 시적 재능 문제는 잠시 접어 두고 어머니의 죽음과 시체 냄새는 어린 이양하에게 정신적 상처로 깊이 남아 평생 그의 뒤를 따라다녔다. 그는 단순히 어머니의 죽음에서 오는 슬픔을 느끼는 것에 그치지 않고 좀 더 형이상학적으로 평생 '죽음의 냄새'를 맡으며 살다시피 하였다.

본관이 홍주洪州인 이양하 집안의 사회적 위치는 어떠했을까? 그는 젖어머니의 집을 묘사하는 대목에서 "우리 동네도 가난하였지만 내 젖어머님 동리는 더 가난하였었다"(185쪽)고 밝힌다. 그가 태어나 자란 곳은 가난한 산골마을로 논농사보다는 밭농사를 많이 지은 듯하다. 여러 정황으로 미루어 보아 그의 집안은 소지주나 자작농에 속했던 것 같다. 그러나 일본 제국주의가 식민주의의 고삐를 조금씩 조이면서 집안의 경제 사정은 점점 더 나빠졌을 것이다.

강서에서 평양으로

시골 마을의 서당에서 천자문을 비롯한 한문을 배우고 보통학교 과정을 밟은 뒤 이양하는 근대식 학문을 배우려고 평양에 갔다. 그가 굳이 평양에 위치한 학교를 택한 데에는 크게 두 가지 이유가 있었다. 첫째, 그가 태어나 자란 강서에서 평양까지는 지리적으로 그다지 멀지 않았다. 강서역에서 평양까지 거리는 32킬로미터 정도로 요즈음처럼 고속도로로 자동차를 타고 가면 30여 분 남짓 걸린다. 철도는 평양~남포 간의 평남선이 강서군의 남부를 통과한다. 물론 고속도로가 없던 20세기 초엽에는 이보다 시간이 훨씬 더 오래 걸리고 왕래하기도 불편했을 것이다.

이양하가 평양 소재 학교를 택한 두 번째 이유는 젖어머니의 큰아들인 젖형이 그곳에 살고 있어 그 집에서 기숙하며 학교를 다닐 수 있었기 때문이다. 평양의 어느 포목상 점원으로 들어간 맏아들은 성실한 데다 장사를 잘하여 몇 해 지나지 않아 자립하였다. 자립하는 데 그치지 않고 뒷날 사업에서 큰 성공을 거두었다. 이양하는 "평양에서 장사하던 맏아들은 뒷날 크게 성공하여 소문난 부자가 되고, 나중에는 글자대로 백만장자가 되어 평양 성내에서도 손꼽히는 갑부가 되었었다"(190쪽)고 밝힌다. 그러나 아무리 돈이 많아도 친동생도 아닌 사람을 자기 집에 기꺼이 기숙하게 하는 일은 아무나 할 수 있는 일이 아니다. 젖어머니의 맏아들은 부모의 언행을 본받아 이양하를 친동생처럼 생각하고 그의 보호자 역할을 하였다. 또한 형제가 없던 이양하도 젖형을 친형처럼 따랐다.

평양에서 학교에 다니는 동안 이양하는 평양부 융덕면 죽전리에 위치한 젖형의 집에서 기숙하였다. 죽전리는 1914년 일본 제국주의가 행정구역을 통폐합할 때 평양부 융덕면의 죽비동·단동·대전동을 통합하여 평양부에 신설했던 동네로 죽비동의 '죽' 자와 대전동의 '전' 자를 따서 죽전리라고 하였다. 1946년 평양특별시 중구 경림리로 개편되면서 지금은 그 이름이 사라졌다. 북한 지역 정보넷에 따르면 죽전리는 오늘날 평양시 중구역 대동문동 영역으로 대동문 영화관 부근 지역으로 나와 있다.

이양하가 입학한 학교는 한강 이북에서 가장 우수한 인재가 모인다는 평양 고등보통학교였다. 그가 이 학교에 입학한 것을 보면 이양하는 어렸을 적부터 머리가 무척 뛰어났던 것 같다. 대한제국 말기인 1909년에 설립된 이 학교는 경성제1고등보통학교(경기중고등학교 전신)보다는 뒤늦게, 대구의 대구고등보통학교(경북중고등학교 전신)와 서울의 경성제2고등보통학교(경복중고등학교 전신)보다는 먼저 설립되었다. 관립학교로서는 두 번째로 설립되어 학생들은 교모에 가는 백선 두 개를 둘러 두 번째로 설립된 '제2고'임을 내세웠다.

흔히 줄여서 '평양고보'로 일컫는 평양고등보통학교는 일제강점기 명문 학교로 많은 인재를 배출한 것으로 유명하다. 1924년 경성제국대학 예과가 처음으로 신입생을 뽑을 때 조선인 합격자는 모두 44명이었는데 이 중 경성제1고등보통학교가 15명을 합격시켜 1위, 평양고등보통학교는 6명으로 2위, 대구고등보통학교가 5명으로 3위를 차지하였다. 1921년 경성에 경성제2고등보통학교가 설립된 뒤에는 이 학교가 평양고보를 앞질렀다.

이양하가 입학할 무렵 평양고보의 수학 연한은 5년이었다. 그는 기미독립운동이 일어나기 한 해 전인 1918년 입학하여 1923년 12회로 졸업하였다. 이 무렵은 학령기를 제대로 지키지 않던 시기여서 신입생 중에는 스무 살을

평양고등보통학교 모습. 관립학교로서는 경성제1고등보통학교에 이어 두 번째로 설립되었다.

바라보는 대학생 같은 학생들부터 이양하처럼 겨우 열네 살밖에 되지 않는 나이 어린 학생들까지 다양한 연령의 학생들이 뒤섞여 있었다. 그래서 이 학교에서는 학생들을 나이에 따라 세 반으로 편성하여 수업하였다.

평양고보 12회 동문 중에는 뒷날 사업가로 활약하는 최정수崔正洙와 흔히 '한국의 슈바이처'라 일컫는 이영춘李永春이 있었다. 이양하는 특히 최정수와의 우정이 무척 돈독하였다. 최정수와 이양하는 평양고보를 졸업하고 교토(京都)의 제3고등학교에 다녔기 때문에 두 사람은 더더욱 가까울 수밖에 없었다. 당시 이 학교에 입학하는 조선인 학생은 한 해에 겨우 네다섯 명에 지나지 않았고, 전교생을 모두 합쳐도 십여 명밖에 되지 않았다. 뒷날 최정수는 이양하에 대하여 이렇게 회고한다.

> 우리가 만날 때는 대화가 필요 없었다. 원래 이 형은 과묵한 편이기도 하지만 그 탓뿐만도 아니다. 커피 잔을 사이에 두고 마주 앉으면 대화는 오히려 거페상스러운[거페스러운] 것이다. 구두끈을 매만지는 동작에서 대동강변의 산책이 회상되었고 향긋한 커피 내음 속에 교토 뒷거리의 예쁘장한 다방 아가씨의 얼굴이 떠올랐다.
> 돌이켜 생각해 보면 동창으로서의 이 형과 나와의 관계는 다른 누구와보다도 긴 것이었다고 생각한다. 평양에서 5년간의 고보 생활과 이역에서의 고교 생활 등을 합치면 상당히 긴 세월이다.[10]

최정수는 교토제국대학에서 이공학을 전공한 뒤, 학교에 남지 않고 곧바로 사업에 뛰어들었다. 그는 서울대학교와 서강대학교를 비롯한 여러 대학에서 화학 교수로 재직하다가 국회의원이 된 최상업崔相業의 부친이다. 이양하와

---

10 최정수, 「이순耳順의 독백」, 『이양하 교수 추념문집』, 209쪽.

평양제2고등보통학교 시절
이양하와 1, 2위를 다투던
동창생 이영춘.
뒷날 그는 의사가 되어
인술을 베풀었다.

는 달리 최정수는 일찍이 사업계에 투신하여 나름대로 성공하였다.

　최정수는 이양하가 평양고보 시절 "얌전하고 공부 잘하는 학생이었다고 평할 수밖에 없다"고 말한다. 그러면서 이양하는 "지금 군산 위생연구소장으로 있는 이영춘 박사와 1, 2등을 다투는 개교 이래의 최고 점수를 올린 수재였다"[11]고 밝힌다. 이영춘은 세브란스 의학전문학교를 졸업한 뒤 일본인 구마모토 리헤이(熊本利平)가 전라북도 군산에 세운 농장의 자혜진료소에 부임하여 농장 농민들을 진료하였다. 1935년 이영춘은 일본 교토제국대학에서 「니코틴의 성호르몬에 미치는 영향에 관한 연구」라는 논문으로 의학박사 학위를 받았다. 그의 헌신적인 의료 행위는 해방 후에도 이어져 그는 농촌의 위생 문제와 농민의 질병 예방 및 치료를 위하여 최정수가 언급한 농촌위생연구소와 개정중앙병원을 열었다.

　이양하의 1년 선배로는 교토제국대학 공학부 토목공학과를 졸업한 최경렬

---

11 최정수, 앞의 글, 210쪽.

崔景烈이 있고, 1년 후배로는 서울고등학교에서 오랫동안 교사와 교장을 지내다가 뒷날 서울시 교육감을 지낸 김원규金元圭가 있었다. 이양하는 최정수에게 보낸 편지마다 최경렬의 안부를 묻고 존칭 없이 그냥 '경렬이' 또는 '경렬 군'이라고 말하는 것으로 보아 아마 그와도 아주 가까운 사이였던 것 같다. 최경렬은 조선총독부 기수技手로 한강 인도교, 평양 보통강 공사, 인천 제2관문 공사 등 일제강점기 주요 토목 공사를 설계하고 감독하였다. 해방 후에는 서울대학교 공과대학 교수와 조선학술원 공학부장 등을 역임하고 서울시 도시계획 수립에 참여하였다. 그는 내무부 건설국장과 서울시 부시장 등을 역임한 관료로도 활약하였다.

이양하가 평양고보 2학년 때 기미년 독립만세운동이 일어났고, 이 독립만세운동에 평양도 부응했다. 평양고보 전교생이 태극기를 들고 만세를 외치며 교문을 나섰다. 시위 학생들이 신창리에 이르렀을 때 갑자기 기마 순경대가 나타나 시위를 진압하였다. 최정수는 얼떨결에 남의 집 안방에 뛰어 들어가 하숙집에 연락하여 한복을 가져오게 해서 갈아입고 무사히 피해 갈 수 있었다. 최정수에 따르면 이양하는 어떤 미곡상에서 하룻밤을 지새우고 이튿날에야 겨우 셔츠 바람으로 집에 돌아왔다.

이 무렵 이양하에게는 평생 그의 정신에 어두운 그림자를 짙게 드리우게 되는 일이 일어났다. 열예닐곱 살 때 젖어머니의 소개로 결혼한 것이 바로 그것이다. 더 큰 문제는 그 결혼이 불행하게 끝나고 말았다는 점이다.

그리고 (젖어머니는) 내가 자라 16, 7세 되었을 때는 내 아내 될 사람을 간선하는 중대한 책임을 맡으셨던 것이다. 30리 먼 길을 다녀오셔서 규수가 가합하다 하여 결혼은 곧 성립되었다. 그러나 이 결혼이 뜻같이 다행한 것이 되지 못하여 내게는 반생을 그르치는 큰 치명상이 되고, 젖어머님께는 가슴 한구석 평생 풀 길 없는 큰 한이 된 것이었다. 나는 이야말로 한 운명으로 생각하고, 젖어머님을 탓하는 마음은 털끝만큼도 없었지만 젖어머니께서는 나를 항상 못마땅하게 여겨서 가다는 미친 놈, 또는 망한 놈이라고 꾸중하시고 하였다. (189~190쪽)

당시 아무리 조혼이 성행했다고 하여도 중학교 다닐 때 결혼한다는 것은 조금 무리가 아닐 수 없다.[12] 또한 이양하의 집안에서는 아버지나 큰어머니가 직접 나서 며느리를 구해야 할 터인데도 그 '중대한 책임'을 왜 굳이 젖어머니에게 맡겼는지 선뜻 이해가 가지 않는다. 젖어머니의 인품이 훌륭하다는 데에는 이견이 없지만 가난한 농부의 아내로서 이양하에 걸맞은 배우자를 찾기란 생각처럼 그렇게 쉽지 않았을 것이기 때문이다. 결국 파국으로 끝난 결혼은 그의 말대로 그에게는 "반생을 그르치는 큰 치명상"이 되는 한편, 젖어머니에게는 "평생 풀 길 없는 큰 한"이 되었다. 이양하는 이렇게 '큰 치명상' 때문에 40년 가까이 독신으로 외롭게 지냈다. 그런데도 그는 결혼과 관련한 모든 문제를 오직 운명의 탓으로 돌리면서 젖어머니를 조금도 탓하지 않았다. 물론 젖어머니는 평생 그의 행동을 못마땅하게 생각하면서 그를 크게 나무랐다.

그런데 여기서 한 가지 주목해 볼 것은 이양하가 첫 번째 결혼에 대해서는 위 대목을 제외하고는 두 번 다시 언급하지 않는다는 점이다. 물론 그에게 조혼과 이혼은 트라우마처럼 기억하기도 싫은 '치명상'이었을 것이고, 40여 년 가까운 세월 동안 독신으로 살면서 죄책감에서 벗어나려고 했는지도 모른다.

---

12 이양하보다 세 살 어린 최재서도 경성제2고등보통학교에 입학하기 전 고향 황해도 해주에서 당시 결혼 풍습에 따라 조혼하였다. 최재서는 이양하와는 달리 이혼하지 않고 사망할 때까지 함께 살았다.

이양하의 제자 김용권金容權은 1954년 서울대학교 영문학과를 졸업하고 곧바로 대학원에 진학하였다. 그때 그는 동숭동 캠퍼스의 연구동에서 조교를 하였다. 어느 날 그는 '문文'이라는 여성이 이양하에게 보낸 편지 한 통을 받았다. 봉투가 뜯어져 있다시피 하여 김용권은 호기심에 편지를 꺼내 읽어 보았더니 한 여성이 경제적으로 시달리고 있으니 돈을 조금 보내 달라고 부탁하는 편지였다. 이 여성이 젖어머니의 중매로 결혼한 첫 번째 아내의 딸일지 모른다는 생각이 머리를 스쳐 갔다고 김용권은 회고한다.[13] 당시 이양하는 미국에 체류 중이어서 그 편지는 즉시 스승에게 전달되지는 못하였다.

평양에서 도쿄와 교토로

1923년 이양하는 평양고등보통학교를 우수한 성적으로 졸업하였다. 그러자 그의 아버지는 '보통학교의 훈도', 즉 오늘날 초등학교의 교사가 되기를 강요하였다. 이 점과 관련하여 최정수는 "당시 이 형 댁 가세가 그리 넉넉지 못했던 탓도 있겠지만 그보다도 제모制帽와 제복制服 차림의 '사벨'을 드리운 판임관判任官인 아드님 모습을 보고 싶었던 아버님의 심정에도 이해가 간다"[14]고 밝힌다. 판임관이란 일본 제국의 하급 관원을 말하며 초등학교와 중등학교 교사도 여기에 해당한다. 지금으로서는 좀처럼 이해가 가지 않지만 일제 강점 초기만 하여도 교장과 교사들은 군복을 입고 칼을 찼다.

그러나 초등학교 교사보다 큰 뜻을 품고 있던 이양하는 아버지의 강요를 따를 수 없었다. 그렇다면 그가 어떻게 일본에 유학을 갈 수 있었을까? 김미

---

13 김용권과 김욱동의 전화 인터뷰(2020년 11월 20일).
14 최정수, 앞의 글, 210쪽.

영은 "1923년 평양고보를 졸업한 그는 유학에 반대하는 부친으로 인해 철도국에 근무하던 백씨(젖어머니의 아들)를 졸라 학비를 얻어 1927년에 도일하였다"[15]고 주장한다. 그녀의 주장은 최정수가 "큰 뜻을 품은 이 형의 결심을 움직일 수는 없었다. 취직하러 간다고 서울로 뛰쳐와서 그때 철도국에 근무하던 백씨伯氏를 졸라 학비를 얻어 동경으로 건너갔다"[16]고 한 말을 거의 그대로 따른 것이다. 그러나 김미영의 주장은 실제 사실과는 적잖이 다르다. 먼저 이양하가 일본에 건너간 것은 1927년이 아니라 평양고보를 졸업한 해인 1923년이다. 1927년이라면 이양하가 도쿄제국대학 문학부에 입학한 해이다.

김미영의 논문에서 이보다 더 큰 문제는 '백씨'를 젖어머니의 아들로 간주한다는 점이다. 모르긴 몰라도 아마 남의 맏형을 높여 부르는 호칭인 '백씨伯氏'를 성씨 '백씨白氏'로 착각한 것 같다. 젖어머니의 맏아들은 앞에서 언급했듯이 평양에서 사업에 크게 성공하여 당시 경성이 아닌 평양에 살고 있었다. 여러 정황으로 미루어 보아 최정수가 말하는 '백씨'는 어머니 장례식 때 그의 손목을 잡고 언덕을 오르던 '사촌 형'일 것이다. 물론 젖형의 인간성으로 미루어 보아 이양하가 일본에 건너간 뒤 유학비의 일부를 부담해 주었을 가능성은 얼마든지 있다.

도쿄로 건너간 이양하는 최정수와 마찬가지로 대학에 입학할 목적으로 예

---

15 김미영, 「이양하론 구성을 위한 시론」, 《한국민족문화》 74 (부산대학교 한국민족문화연구소, 2020. 02), 64쪽. 김미영은 몇몇 다른 점에서도 과오를 범한다. 이양하가 도쿄제국대학을 졸업한 해는 1931년이 아니라 1930년이고, 이치카와 산키(市河三喜)는 일본의 출판사 이름이 아니라 일본의 저명한 언어학자의 이름이다. 이 밖에도 김미영은 "(이양하는) 이 사전의 발간을 위해 1945년 2월부터 7월까지 약 6개월간 미국에 체류하면서 예일대에서 작업을 하였다"(86쪽)고 말하지만 이 또한 실제 사실과는 다르다. 이 실수는 『이양하 교수 추념문집』에 실린 이희승의 회고를 그대로 인용한 데에서 비롯한 것이다. 이희승이 미 국무성 초청으로 미국을 방문하여 예일대학교에서 이양하를 만난 것은 1945년이 아니라 1954년이다.

16 최정수, 앞의 글, 210쪽.

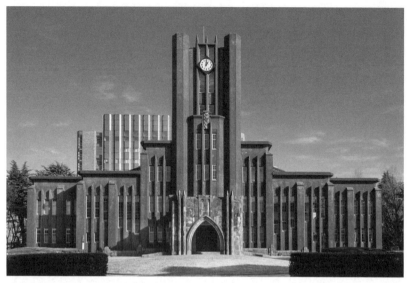

이양하가 유학한 도쿄제국대학의 최근 모습. 이양하는 이 학교에 1927년에 입학하여 1930년에 졸업하였다.

비학교에 적을 두고 공부하였다. 최정수에 따르면 그해 여름방학 때 그는 귀국하여 고향으로 돌아갔지만 이양하는 집에 돌아갔다가는 아버지에게 붙들릴 것 같아서 그냥 도쿄에 머물러 있었다. 그런데 그해(다이쇼 12년) 9월 1일 일본 미나미칸토(南関東) 지역을 중심으로 대지진이 일어났다. 대지진의 혼란을 틈타 일본 민간인과 군경은 조선인들을 무차별적으로 학살하여 희생자 수가 줄잡아 적게는 6,000여 명에서 많게는 수만 명에 이르렀다.

최정수가 간토대지진 소식을 처음 전해 들은 것은 그해 9월 초 고향에서 여름방학을 지내고 관부연락선을 타고 현해탄을 건너던 중이었다. 그가 탄 도쿄행 기차가 나고야(名古屋)까지 갔을 때 도쿄에서 밀려오는 피난민 때문에 기차는 더 이상 갈 수 없었다. 그에게 들려오는 소리라고는 일본인들이 조선인들을 보는 대로 학살한다는 무서운 소식뿐이었다. 최정수는 "그 순간 나의 뇌리에는 전광석화처럼 이 형의 안부에 관한 초조감이 떠올랐다. 이 형을 혼자 두고 귀향했던 것이 후회되고 죄스러웠다"고 밝힌다. 최정수는 하는 수 없이 다시 관부연락선을 타고 고향으로 돌아갈 수밖에 없었다. 그는 "귀국하고 나서도 월여月餘 동안 이 형의 소식은 알 길이 없었다. 그해 가을이 다 갈 무렵에야 무사히 난難을 면했다는 소식을 들었다. 도쿄 교외에서 어떤 고마운 분을 만나 피신할 수 있었다는 것이다"라고 말한다.[17]

간토대지진의 여파가 가라앉은 뒤 이양하는 도쿄에 계속 남아 예비학교 과정을 무사히 마쳤다. 이양하는 평양고등보통학교 시절의 실력을 발휘하여 이듬해 봄 교토의 제3고등학교 문과 갑류甲類에 무난히 합격하였다. 이 학교는 구제학제에 따른 이른바 '넘버 스쿨' 중의 하나였다. 1894년 일본은 고등학교령을 공포하여 지금의 대학 1~2학년 수준에 해당하는 고등교육 기관을 설립하였다. 처음에는 숫자를 붙여 도쿄에 제1고등학교, 센다이(仙臺)에 제2고등학교, 교토에 제3고등학교 등을 세웠다. 그러니까 교토제3고등학교는 지금 교토대학교 교양학부에 해당하던 셈이다. 지금도 그 건물은 교토대학교 교양학부 건물로 사용되고 있다. 간토대지진 이후 고향에 머물러 있던 최정수는 이양하한테서 자극과 격려를 받아 다시 도쿄 예비학교를 마치고 제3고교에 입학하여 평양고보에서 맺은 우정을 계속 이어 나갔다.

앞에서도 잠깐 언급했지만 이 무렵 제3고등학교는 조선인 학생들은 말할 것도 없고 심지어 일본인 학생들도 들어가기가 무척 힘든 명문 학교였다. 최정수는 기타시라카와(北白川)에서 이양하와 함께 하숙하였다. 그러나 뒷날 최정수는 제3고교에 입학하면서 품었던 기대가 '산산이 부서졌다'고 회고한다. 그도 그럴 것이 그는 "이제부터는 정말 청춘을 구가하고 낭만을 불사를 수 있는 새로운 세계가 안전眼前에 전개될 것을 기대하고" 있었지만 현실은 그와는 많이 달랐기 때문이다. 더구나 그러한 기대는 학교생활에 대한 것일 뿐

17 최정수, 앞의 글, 211쪽.

아니라 이양하에 대한 것이기도 하였다. 이양하는 그에게 이 학교까지 이끌어 주는 데에는 '좋은 조언자' 역할을 했지만 '인생 안내자'로서의 역할은 제대로 하지 못하였기 때문이다.

　본시 이 형은 고보 때부터 근면가라는 별명을 가지고 있었지만 고등학교에까지 와서 그렇게 책상에만 붙어 있으리라고는 생각 못 했다. 심지어 식당에 가고 오는 시간이 아까워서 이식주의二食主義를 여행勵行하고 있었다면 독자 여러분도 짐작이 갈 것이다. 나 자신 영문학에 대해서는 문외한이라 자세히는 알지 못하겠으나 그때 이 형의 독서 범위와 수준은 초고교급超高校級이었다고 생각한다. 어깨너머로 본 바로는 사옹沙翁의 작품을 탐독하고 있었던 것 같다. 이때 이미 이 형은 영문학에 투신할 것으로 운명 지어졌던 성싶다.[18]

　최정수가 실망을 느낀 것은 같은 하숙집에서 생활하면서도 이양하가 좀처럼 친구가 기대하던 "청춘을 구가하고 낭만을 불사를 수 있는 새로운 세계"를 펼치는 데 별로 도움을 주지 않았기 때문이다. 식사하는 시간이 아까워 하루 두 끼로 끼니를 때울 정도라면 그가 얼마나 시간을 절약하여 공부에 전념했는지 짐작하고도 남는다. 이러한 상황에서 최정수가 바라는 청춘과 낭만의 구가는 한낱 부질없는 꿈일 수밖에 없었을 것이다. 최정수가 이 무렵 어깨너머로 보았다는 '사옹'은 다름 아닌 영국의 대문호 윌리엄 셰익스피어William Shakespeare를 말한다. 이양하가 영어 원본으로 읽었는지, 아니면 쓰보우치 쇼요(坪内逍遙)의 일본어 번역으로 읽었는지 지금으로서는 알 수 없지만, 고등학생 때 이미 셰익스피어 작품을 탐독했다는 것은 여간 놀라운 일이 아니다.

18 최정수, 앞의 글, 212쪽.

이양하는 최정수의 예상대로 1927년 제3고등학교를 마치자마자 도쿄제국대학 문학부 영문과에 진학하였다. 당시 이 대학의 영문과에는 최정우崔珽宇나 권중휘 같은 다른 조선인 학생들도 같이 공부하고 있었다. 강원도 철원 출신인 최정우는 경성제1고등보통학교를 졸업하고 도쿄의 야마구치(山口) 고등학교를 거쳐 이 대학에 입학하였다. 이양하는 최정우에 대하여 "정계에 투신하였다가 국회에 폭력 경관을 투입한 것이 말썽이 되어 4·19 후에 해외로"(276쪽) 나가 있었다고 말한다. 여기서 이양하는 최정우가 국회사무총장으로 있을 때 일어난 사건을 언급한다. 그러면서 이양하는 대학 시절 최정우가 자신의 친구인 이만영 목사와 함께 "애란문학을 읽고 싱John Millington Synge, 예이츠William Butler Yeats가 애란서 일으킨 국민문학 운동 같은 것을 우리나라서 일으켜 볼 수 없을까"(276쪽) 하고 논의했다고 회고한다.

이양하와 함께 도쿄제국대학에서 영문학을 전공한 최정우. 그는 국회 사무처장을 거쳐 한국외국어대학에서 교수를 지냈다.

이양하, 최정우와 함께 도쿄제국대학에서 영문학을 전공한 권중휘. 서울대학교 총장을 역임하였다.

경상북도 안동 출신인 권중휘는 이양하처럼 어려서 한학을 배운 뒤 대구고 등보통학교와 교토 제3고등학교를 거쳐 도쿄제국대학에 들어갔다. 특히 두 사람은 서울대학교에서 근무하고 영한사전을 함께 편집하면서 더욱 가까워 졌다. 입학하고 졸업한 해는 한 해 달라도 이양하와 권중휘는 최정우와 더불 어 도쿄제국대학을 졸업한 뒤 식민지 시대와 해방 후 한국 영문학계의 초석 을 다졌다. 특히 이양하와 권중휘는 태어난 지역과 성격은 달랐어도 아주 가 까운 사이로 상부상조하는 사이였다.

이양하는 도쿄제국대학에 입학해서도 책을 열심히 읽었다. 교토 제3고등 학교에 다닐 때 시간이 아까워 식사 한 끼니를 거른 것처럼 도쿄에 와서도 점심 식사를 거르고 식사비를 아껴 그 돈으로 책을 사곤 하였다. 오차노미즈 (御茶ノ水)에서 남쪽으로 열려 있는 간다(神田)와 진보초(神保町) 고서점 거 리를 흐뭇한 기분으로 걷는 이양하의 모습이 눈앞에 선하게 떠오른다. 그는 점심값으로 조지 기싱George Gissing의 『헨리 라이크로프트의 수기』(1903) 를 비롯한 책을 샀다고 회고한 적이 있다. 물론 뒷날 건강을 해친 그는 젊은 날 지나치게 독서에 탐닉하고 장기와 마작에 심취한 것을 '미친 짓'이라고 후 회하였다. 이 점과 관련하여 이양하는 "이러한 모든 미친 짓이 아니었더라면, 이러한 일이 그 당장에는 아무렇지 않은 것 같아도 뒷날에 미치는 영향이 크 다는 것을 알았더라면 나의 폐는 아직도 구물지 않아 장년의 건강을 누릴 수 있었을 것이요, 또 이즈음같이 도수 깊은 안경의 비편非便함을 느끼지 않 을 수도 있었을 것이다"(140쪽)라고 밝힌다. 이양하는 평소 폐가 나빠 고생하 였고 시력이 나빠 생활하는 데 어려움을 겪었다.

이양하는 교토 제3고등학교 교장 모리 소토사부로(森外三郎)의 아들 모리 로쿠로(森六郎)와 함께 도쿄제국대학에서 영문학을 전공하면서 재능을 한껏 발휘하고 노력하여 학업에서 두각을 나타냈다. 이 대학에서는 졸업식 때 수석 학생에게 금시계를 주는 것이 전통이었다. 이양하가 일본인 학생과 조선인 학생을 통틀어 성적이 뛰어나다는 것은 자타가 인정하는 바였다. 그러나 식민지 조선에서 유학 온 학생에게 수석의 명예를 내준다는 것은 학교 명예에 흠이 된다고 판단한 대학 당국에서는 모리 교장의 아들을 수석으로 하고 이양하를 차석으로 처리하였다. 모리 교장 아들은 졸업 후 아버지의 학교인 제3고교 교사로 근무하였다. 장왕록張旺祿은 은사를 추모하는 글에서 이양하가 "동경제대 영문과를 수석으로 졸업해 금시계를 받았고 또 경도대학 대학원을 수료하였다"[19]고 말한다. 그러나 방금 언급했듯이 이양하는 아쉽게도 금시계를 받지 못하였다.

이러한 사정을 모를 리 없는 모리 교장은 교육자적인 양심의 가책을 받았음인지 이양하에게 그의 모교 도서관의 사서 촉탁 자리를 마련해 주었다. 졸업 후 마땅한 자리를 구하지 못하던 이양하는 그 제안을 선뜻 받아들여 다시 교토에 돌아와 제3고교에서 근무하였다.[20] 실제로 당시 도쿄제국대학을 졸업하여도 조선인이 마음에 드는 일자리를 찾기란 그렇게 쉽지 않았다. 가령 대학을 졸업한 뒤 권중휘는 동래고등보통학교에서 교사로 근무하였고, 최정우는 영국의 런던대학교와 옥스퍼드대학교로 유학을 떠났다. 이양하에게 그나마 한 가지 다행스러운 것은 비정규직인 촉탁으로 근무하면서 교토제국대학교 대학원에서 영문학을 계속 전공하여 1년 뒤 석사과정을 수료할 수 있었다는 점이다. 학적부에 그가 재학한 기간은 1931년 6월 11일부터 1932년 6월 10일까지이고 '퇴학'으로 기재된 것으로 보아 정식으로 졸업하고 석사학

---

19 장왕록 저, 장영희 편,『그러나 사랑은 남는 것』(샘터사, 2004), 185쪽. 일반인이 자주 사용하는 '위키피디아'와 '나무위키', 한국민족문화대백과사전 같은 국내 문헌에는 이양하가 교토제국대학 대학원이 아니라 도쿄제국대학 대학원을 수료한 것으로 잘못 나와 있다. 이러한 오류는『신록예찬: 이양하 수필선』(을유문화사, 1972)을 비롯하여 비교적 최근에 나온 김춘식 편,『이양하 수필선집』(지식을만드는지식, 2017)과 심지어 송명희 편,『이양하 수필 전집』(2009)에서도 그대로 반복한다.
20 일본영문학회가 발행하는 기관지《영문학연구》구독자 명단에 따르면 당시 이양하의 주소는 '京都市 京區 吉田上大路町 20 小谷方'으로 되어 있었다.

위를 받지는 않은 것 같다.[21]

교토제국대학 대학원에서 이양하는 이시다 겐지(石田憲次)와 다나카 히데나카(田中秀央) 교수의 지도를 받았다. 이시다는 19세기 영문학 전공자로 찰스 램Charles Lamb, 존 러스킨John Ruskin, 토머스 칼라일Thomas Carlyle 등의 연구에 관심을 기울였다. 다나카는 일본에서 서양 고전학의 개척자로 널리 알려진 학자였다. 이양하는 이 두 교수 밑에서 플라톤과 월터 페이터Walter Pater를 전공하였다. 뒷날 플라톤과 페이터는 이양하에게 평생 알게 모르게 큰 영향을 끼치게 된다.

교토제국대학에서 대학원 과정을 밟는 동안 이양하는 영문학도로서의 학문적 성과를 쌓기 시작하였다. 예를 들어 1931년 4월 그는 일본영문학회의 기관지 《에이분가쿠켄큐(英文學研究)》(11권 2호)에 구도 시오미(工藤好美)가 번역한 월터 페이터의 단편집을 평하는 서평을 발표하였다. 1933년 이양하는 이 저널 13권 2호에도 두 번째로 「월터 페이터와 인본주의」라는 좀 더 본격적인 논문을 기고하였다. 한편 1932년 이양하는 영국 비평가요 수사학자인 I. A. 리처즈Ivor Armstrong Richards의 『과학과 시』(1926)를 일본어로 번역하여 『우타토가가쿠(詩と科學)』라는 제목으로 출간하기도 하였다.

이렇게 일제강점기 식민지 조선의 젊은 지식인이 일본 영어영문학회의 기관지에 서평과 논문을 발표한다는 것은 여간 보기 드문 일이 아니었다. 더구나 그때 이양하의 나이 겨우 이십 대 후반에 지나지 않았다. 몇 해 뒤 경성제국대학 법문학부에서 영문학을 전공한 최재서崔載瑞가 이양하의 뒤를 이어 《에이분가쿠켄큐》에 논문을 발표하였다. 또한 그는 《시소(思想)》, 《가이조(改造)》, 《미타분가쿠(三田文學)》 같은 일본의 저명한 잡지에 글을 기고하고 유수

---

21 김윤식, 「최재서와 이양하」, 『한국 근대문학 사상사 연구 1: 도남과 최재서』 (일지사, 1984), 342쪽.

출판사에서 번역서를 출간하였다. 이양하와 최재서는 식민지 시대 조선의 영문학계를 대표하는 학자와 다름없었다.

연희전문학교 시절

어렸을 적부터 건강이 그다지 좋지 않았던 이양하는 교토의 제3고등학교 도서관에서 근무하는 동안 몸과 마음이 지쳐서인지 건강이 부쩍 나빠졌다. 그래서 그는 교토 남부 지역에 있는 나라(奈良)에서 치료를 하다가 병에 별다른 차도가 없자 귀국하기로 결심하였다. 어머니를 닮아서 그런지 그는 어렸을 적부터 크고 작은 병치레가 잦은 편이었다. 그래서 젖어머니는 그의 건강을 늘 걱정할 정도였다.

고향 강서와 강원도 송전에서 휴양을 취하고 있던 1934년 이양하는 연희전문학교에서 전임강사직을 제안받았다. 이 해는 국내외적으로 굵직한 사건이 잇달아 일어나면서 여간 어수선하지 않았다. 가령 아돌프 히틀러가 국민투표로 대통령 겸임을 승인하였고, 중화소비에트공화국이 장제스(蔣介石)가 이끄는 국민혁명군에 포위되어 붕괴되고, 공산주의자들이 장정을 시작하였다. 국내 사건으로 좁혀 보면 5월 2차 카프 사건으로 이기영李箕永, 박영희朴英熙, 백철白鐵 등 카프 동맹원 80여 명이 검거되었다. 같은 달 이병도李丙燾가 주축이 되어 조선인 학자들은 그동안 일본 학자들이 주로 연구해 오던 한국의 역사·언어·문학 등을 한국 학자의 힘으로 연구하려는 목적으로 진단학회震檀學會를 창립하였다.

연희전문학교에는 와세다(早稻田)대학 영문학과를 졸업한 정인섭이 1929년 이미 영문과 전임강사로 근무하고 있었다. 정인섭이 이 학교에 취직하는

연희전문학교 재직 당시의 이양하. 1934년부터 1945년까지 근무하였다.

연희전문학교 재직 당시 언더우드 동상 앞에서 학생들과 찍은 사진. 정중앙에 이양하의 모습이 보인다.

데에는 유길준俞吉濬의 둘째 아들로 도쿄제국대학 법학부를 졸업한 뒤 연희전문 학감을 지내던 유억겸俞億兼의 힘이 컸다. 이양하를 연희전문으로 데려간 것도 아마 유억겸인 것 같다. 당시 유억겸은 유능한 교수를 연희전문으로 영입하는 데 온갖 힘을 기울였기 때문이다. 이양하는 1941년 연희전문학교 교수로 임명되어 문과 과장에 취임하였다.

여기서 잠깐 연희전문학교의 학풍을 짚어 보는 것이 좋을 것 같다. 1915년 미국 선교사 호러스 그랜트 언더우드가 설립한 조선기독대학으로 시작하여 1917년 연희전문이 된 이 학교는 서양 학문을 받아들여 그것을 조선과 동양의 사상이나 전통과 결합하려고 노력하였다. 교수진은 주로 서양 선교사 출신으로 구성되었지만 조선인 교수들도 큰 몫을 하였다. 뒷날 '국학'의 이름으로 계승되는 민족의식 교육의 산실이던 문과 교수들과 당대 사회과학 추세에 따라 유물론적 방법론을 도입하던 상과 교수진이 이 학교의 학풍을 주도하였다. 특히 연희전문은 식민지 지배를 위한 관학 교육 기관인 경성제국대학의 학풍에 맞서면서 민족주의 학풍을 내세웠다. 이 학교의 졸업생으로 뒷날 모교의 교수가 된 유영은 이렇게 회고한다.

(언더우드) 동상을 둘러 무궁화 화단이 방사상의 길을 이루고 화단 상변에 유서 깊은 세 건물이 민족주의의 총본산이요, 국학의 집결처요, 해외 문화의 전초, 우리의 유일한 치외법권 지역 연희전문이다. 학교 설립자인 동상 인물의 아들 원한경元漢慶 교장의 따뜻한 경륜, 유억겸 부교장의 무거운 인품, 이춘호李春昊 학감의 의젓한 관리하에 우리는 최현배崔鉉培 선생에게서 한글을, 손진태孫晉泰 선생에게서 국사, 이양하 선생에게서 영문학을, 정인섭 선생에게서 문학개론, 조의설趙義卨 선생에게서 서양사를, 하경덕河敬德 선생에게서 영문법을 배웠다. 그 밖에 기라성 같은 겨레의 석학들로부터 비로소 내

1929년부터
연희전문학교 문과 교수로
근무한 정인섭.
그는 이양하와 함께
영문학과 영어학을 가르쳤다.

연희전문학교
학감을 지낸 유억겸.
정인섭과 이양하를
연희전문 문과 교수로
초빙하는 데 힘썼다.

적성에 맞고 또 배우고 싶은 학문을 배워 갔다.[22]

---

22 유영, 「나의 학문 편력 8」,《매일경제》(1987. 12. 10). 연희전문학교와 관련하여 '언더우드' 집안의 이름이 조금 혼란스러워 착오를 일으키는 경우가 종종 있다. 동상의 주인공은 '원두우元杜尤'라는 한국 이름으로 더욱 잘 알려진 호러스 그랜트 언더우드Horace Grant Underwood이다. '원한경'은 그의 아들 호러스 호턴 언더우드Horace Horton Underwood를 가리킨다. 원한경의 아들 '원일한元一漢은 3대 언더우드로 호러스 그랜트 언더우드 주니어Horace Grant Underwood Jr.이고, 원한광元漢光은 4대 언더우드로 호러스 호턴 언더우드 주니어Horace Horton Underwood Jr.이다.

이 무렵 연희전문에는 유영의 말대로 "기라성 같은 겨레의 석학들"이 학생들을 가르치고 있었다. 그들은 일제강점기 반관학적이고 민족주의적인 학풍을 이끌었던 교수들이었다. 유영이 언급한 교수 말고도 정인보鄭寅普, 백낙준白樂濬, 백남운白南雲, 김윤경金允經, 이묘묵李卯默 등이 연희전문의 민족주의적 학풍을 이끌어 나갔다. 이러한 민족주의 정신은 기미년 독립만세운동을 비롯하여 1920년에 조선학생대회, 1923년에 조선학생회를 조직하고 1926년의 6·10 만세운동, 1929년의 광주학생운동 등에 적극 참여한 데에서도 잘 드러난다.

여기서 이묘묵에 대하여 잠깐 짚고 넘어가는 게 좋을 것 같다. 1922년 연희전문학교 문과를 졸업한 그는 이듬해 미국에 유학하여 1925년 오하이오주 마운트유니온대학을 졸업하였다. 뉴욕주의 시라큐스대학교에서 석사학위를 받은 뒤 그는 계속 하버드대학교 대학원에 진학하여 수료하고 1931년에는 보스턴대학교에서 철학박사 학위를 받았다. 1930년대 중반 귀국한 뒤에는 연희전문학교 교수를 지내며 1944년 연희전문학교 도서관장과 학감을 겸임하였다. 조선인 교수들의 대부분은 일본에서 공부했지만 이묘묵은 백낙준과 더불어 미국 유학파였다. 더구나 이 두 사람은 당시로서는 보기 드물게 미국에서 박사학위를 취득하였다.

일제강점기 전문학교가 흔히 그러하듯이 연희전문학교도 개별 학과보다는 비슷한 학문 영역을 한데 묶어 문과·상과·공과 등으로 운영하였다. 어떤 면에서는 지나치게 학문 영역을 세분화한 오늘날보다도 통합적 성격이 훨씬 더 강하였다. 전형국全炯國은 이양하가 연희전문에 취직하던 첫해에 강의를 들은 학생 중 하나였다. 뒷날 모교에서 교수로 근무한 전형국은 이양하에 대하여 "선생님은 20대의 청년으로서 신촌 연희 숲에서 교단생활을 시작하셨고 강의로서는 셰익스피어의 『햄릿』, 『시와 과학』 및 영문법 등이었다"[23]고 회고한다.

연희전문학교에는 와세다대학에서 셰익스피어로 졸업논문을 쓴 정인섭이 있어 이양하가 셰익스피어를 강의한 것은 조금 의외라면 의외라고 할 수 있다. 그러나 그가 I. A. 리처즈의 『시와 과학』을 가르쳤다는 것은 지극히 당연하다. 앞에서 언급했듯이 그는 1932년 이 책을 일본어로 번역하여 출간했고 뒷날 해방 후 1947년에 한국어로 다시 번역하여 『시와 과학』으로 출간하기 때문이다. 영문법 과목은 아마 이양하, 하경덕, 정인섭이 돌아가면서 맡았을 것이다.

연희전문학교에서 이양하는 강의를 그렇게 썩 잘했던 것 같지는 않다. 그는 글재주는 있어도 말재주가 별로 없었기 때문이다. 전형국은 "선생님은 학생들 사이의 인기가 대단하셨다"고 먼저 운을 뗀 뒤 그의 강의와 인격에 대하여 이렇게 말한다.

강의가 명강의여서라기보다도 오히려 흐뭇한 인격이 풍기는 면이 더 컸던 것처럼 느껴졌다. 전문학교 학생 시절에 느꼈던 '휴매니티'는 30년이 흘러간 요새까지도 아무런 변함없이 여전히 풍겨 주었다. 선생님의 온몸에 넘쳐흐르시던 따뜻하고 고운 마음씨는 거친 세상에서 냉담해진 사람들의 마음과 몸을 덥게 하여 주셨던 것이다. 선생님과 한 번이라도 접하였던 이는 누구나 이러한 체험을 하였으리라 믿는다.[24]

이렇게 이양하의 강의보다는 인격에 무게를 싣는 것은 그와는 '지친至親'과 다름없다고 말한 권중휘도 마찬가지였다. 교토의 제3고등학교와 도쿄제

---

23 전형국, 「연희 시절의 은사」, 『이양하 교수 추념문집』, 193쪽.
24 위의 글, 193~194쪽. 전형국은 이 글을 "인생의 마지막 사다리에 오를 때까지 걸어오신 30년간의 교수 생활을 통하여 많은 제자들의 마음속에 깊이 심어 놓은 문학의 씨, 그리고 숭고한 덕망의 존귀함을 몸소 가르쳐 주신 그 아름다운 인생의 지침은 우리들 마음속에 영원히 남으리라"(194쪽)라고 끝맺는다.

국대학에서 같이 공부했을 뿐 아니라 서울대학교에서도 같이 근무한 권중휘는 어느 누구보다도 이양하를 잘 알고 있었다. 권중휘는 이양하의 장례식장에서 읽은 추도사에서 "남 못지않게 노력한 형의 업적이나 애써 길러 낸 꽃다운 제자들이 민족과 국가에 남기신 훌륭한 유산임에 틀림없으니 우리들은 그것을 깊이 감사하게 여기지만, 형을 아는 사람은 그보다도 그 인격에서 풍겨 나오는 향기롭게 부드러운 운치를 잊지 못하면서 다시 접하지 못할 형을 그리워 비절통절悲絶痛切하지 않을 수 없소"[25]라고 말한다. 권중휘가 이양하의 인격에 무게 중심을 두는 것은 그의 강의가 학생들로부터 크게 주목을 받지 못했다는 것을 암시하는 것처럼 들린다. 물론 이양하의 인격이 너무나 고매하여 자칫 그의 학문적 성과나 강의를 가릴 수도 있었을 것이다.

비교적 최근 캐나다판《한국일보》에 기고한 글에서 한 필자는 "대학 시절 영문학자요 수필가인 이양하 교수의 영문학 강의를 도강하는 열성을 부렸다. 교과서는 제임스 조이스James Joyce의 『젊은 예술가의 초상』. 이 교수의 강의 역시 죽죽 읽어 내려가는 것이었다. 설명도, 주석도 없었다. 이런 교수법에서 우수 학생의 탄생을 기대하기는 어려울 것이다"[26]라고 밝힌다. 여기서 대학은 연희전문학교가 아니라 서울대학교를 말한다. 윗글의 필자는 이번에는 송욱宋稶 교수에 대해서도 "대학 교양과목 중 영어 시간은 송욱 교수가 맡았다. 뭔가 대단히 배울 것이 있으리라고 기대했다. 그러나 수업은 시종일관 서머싯 몸Somerset Maugham 작 「비(Rain)」를 교수가 낭독하는 식으로 진행됐다. 나머지는 알아서 공부하라는 뜻으로 보였다"[27]고 말한다. 이양하의 강의를 폄하하려던 것이 엉뚱하게도 불똥이 송욱한테로 튀었다.

25 권중휘, 「추도사」, 『이양하 교수 추념문집』, 189쪽.
26 https://www.koreatimes.net/ArticleViewer/Article/102559.
27 https://www.koreatimes.net/ArticleViewer/Article/102519.

이양하는 무엇보다도 과묵한 데다 말투가 조금 어눌하여 명강의를 기대하기란 처음부터 무리였는지 모른다. 연희전문학교에서 철학을 강의하던 고형곤高亨坤은 "학생들의 인기도 제일 좋은 편―그때 연전 학생이면 누구나 다 잘 아는 일이지만 '고 선생은 말을 잘해서 좋고 이 선생은 말을 못해서 좋다!'고 학생들은 그의 어눌한 것을 더욱 좋아했다"[28]고 회고한다. 이양하는 이렇게 말이 어눌하여도 그것을 만회할 여러 장점이 있었다. 장왕록은 "그분은 과묵하셨고 약간 말을 더듬기는 했으나 그 한 마디 한 마디가 핵심을 찌르는 것이었다. 그리고 깊은 사념은 그분의 붓끝에서 약동했고 정교하게 다듬어진 유려한 글로 나타났다"[29]고 회고한다.

그러나 이양하의 언변이 '어눌하다'는 것은 말을 더듬는 것과는 조금 다르다. 이양하의 연희전문학교와 서울대학교 제자인 이군철李君喆은 스승의 말이 '좀 굳은 편'이라는 점은 인정하면서 그럴 만한 이유가 있다고 설명한다.

이 교수는 말씀이 좀 굳은 편이었다. 그러나 흔히 말하는 더듬는 것과는 다르다. 좀 더 좋은 말을 선택하려는 노력이 습성화되고 보니 자연 늦어지게 마련이다. 입가에 뱅뱅 도는 것을 말로 표현하기가 한참 힘이 든다. "이를테면……" 하고 힘들게 말문을 열고도 곧 이어지지 않는다. "글 잘 쓰는 사람치고 말 잘하는 사람 드물다"는데 이는 바로 이 교수를 두고 하는 말이라고 친구분들은 평언評言한다. 이렇게 힘들게 하는 말이기에 이 교수의 입에서 떨어진 말에는 헤픈 데가 없다.[30]

28 고형곤, 「연희 시절의 이양하 씨」, 『이양하 교수 추념문집』, 219쪽.
29 장왕록 저 장영희 편, 「나의 은사 이양하 교수」, 『그러나 사랑은 남는 것』 (샘터사, 2004), 185쪽. 1948년 서울대학교 영문학과 2회로 졸업한 학생 중에는 장왕록 말고도 송욱, 이군철, 박기반朴基盤, 장세기張世紀 등이 있다.
30 이군철, 「서문: 스승을 다시 대하는 기쁨」, 『이양하 미수록 수필선』 (중앙일보사, 1978), 5쪽.

이군철의 말이 맞는다는 것은 고형곤을 통해서도 잘 알 수 있다. 고형곤은 "글 잘 쓰는 사람치고 말 잘하는 사람이 드물다는 말이 있거니와 이 말은 이양하 씨를 두고 한 말일 것이다. 입가에 뱅뱅 도는 것을 말로 표현하기에 한참 힘이 든다. '이를테면……' 하고 말을 끌어내 놓고는 머뭇머뭇 결국 그다음에 나오는 것도 역시 '이를테면……'이다"[31]라고 밝힌 적이 있다.

이양하는 이렇게 말문을 여는 것을 힘들어했는데, 남의 말에 동의하거나 찬성할 때에도 크게 다르지 않았다. 누군가의 말에 동의하거나 찬성할 때면 그는 으레 평안도 사투리로 "그럼, 그럼!" 하고 가볍게 대꾸할 뿐 장황하게 덧붙여 말하지 않았다. '그럼, 그럼'은 두말할 나위 없이 당연하다는 뜻으로 대답할 때 흔히 사용하는 감탄사이다. 상대편의 말에 강한 긍정을 보일 때 사용하는 감탄사 '아무렴'의 경상남도 지방 방언인 '하모하모'도 이와 비슷하다.

1953년 4월 서울대학교에서 발행하는 《대학신문》 '교수 프로필' 난에 '한국 영문학계의 대가 이양하 교수'라는 기사가 실려 있다. 영문학과 학생들이 '가장 무서워하는 선생'이 바로 이양하라는 것이다. 그런데 이 글을 쓴 필자 K는 학생들이 그를 무서워하는 이유가 일반 상식에서 조금 어긋난다고 밝힌다. 이양하는 학생들이 요구하는 부탁은 웬만하면 다 들어주고 출석만 잘 하면 학점 주는 데에도 그렇게 인색한 편이 아니다. 학생들이 접근하기를 꺼려하는 것은 이양하 교수가 술도 마시지 않고 좀처럼 농담도 하지 않으며 늘 근엄한 자세를 유지하고 있기 때문이라는 것이다.

동同 교를 찾아본 학생이라면 누구나 잘 알 것이지만 이편이 상당

---

31 고형곤, 앞의 글, 219쪽. 고형곤은 이렇게 이양하가 '이를테면……'을 반복할 때마다 "그 독특한 소웃음으로써 이 어색한 장면을 모면하고 학생들도 역시 따라 웃는 것으로써 일이 끝난다. 그는 앞니 사이가 빨리 벌어져서 그 사이로 작설雀舌과 같은 윗잇몸이 웃을 때마다 드러나 보이는 것이 인상적이었다"고 말한다.

이 십담[입담] 좋은 사람이 아니라면 회담에는 수시로 간격이 생기고 피방被方으로 하여금 "그래?", "그럼", "그렇지 않고" 따위 단어 이상의 것을 발휘케 하랴면 꽤 화제의 준비가 있어야 할 것을 발견한다.[32]

K가 말하는 화제란 이양하가 좋아하는 심미주의 같은 문예이론이나 수필이나 영시에 관한 학문적 이야기, 또는 해수욕이나 장기 두기, 주산 같은 오락과 관련한 화제를 말한다. 그것도 아니라면 홍차나 프랑스 요리, 또는 필립 모리스 담배 같은 그의 취향과 관련한 화제로 이양하와 대화의 실마리를 풀어 갈 수도 있었다.

이렇게 과묵하고 근엄한 이양하는 평소 원고 없이는 좀처럼 강연을 할 수 없었다. 언젠가 한번은 미국공보원(USIS)에서 학생들을 대상으로 강연을 부탁받은 일이 있었다. 그런데 동숭동 집에서 택시를 타고 시내로 가던 중 그만 강연 원고를 잃어버리고 말았다. 그의 수필 「화나는 일에 관하여」는 이때 겪은 경험을 소재로 쓴 글이다. 이 글에서 이양하는 "원고 없이는 한마디를 떼 놓지 못하는 구변을 갖기 때문이다. 학생들이 내 말을 곧이듣거나 할는지, 곧이듣는다 하여도 이렇게 창피스런 일이 어디 있단 말인가"(228쪽)라고 말한다. 강연보다는 조금 낫겠지만 강의도 그에게는 부담이 되었을 것이다. 그래서 그는 강의록을 만들어 자주 사용하였다.

이양하는 강의 시간 말고도 교실 밖에서 학생들과 자주 어울렸다. 그는 뒷날 시인이 되는 윤동주尹東柱와 영문학자요 번역가로 활약하는 유영, 언론인으로 활약하는 조풍연과 특히 가깝게 지냈다. 유영은 "이양하 선생 등을 모시고 숲속에서 사제 간에 담배를 피우며 은밀한 대화를 하던 것도 잊을 수

---

32 「교수 프로필: 근엄한 독신 학자, 장기 명수에 홍차가 취미 이양하 교수」, 《대학신문》 (1953. 04. 27).

없다"고 회고한 적이 있다. 이양하는 무엇보다도 문학에 뜻있는 학생들에게 문학에 대한 꿈을 심어 주면서 여러모로 도움을 아끼지 않았다. 이왕 담배 이야기가 나왔으니 말이지만 이양하는 술은 마시지 못하여도 담배는 무척 좋아하였다. 담배를 좋아한 문인이 어찌 이양하 하나뿐이랴마는 그는 "벤치에 앉아 먼 산을 바라보며 담배 한 대를 피울 줄 모르는 사람과는 인생을 논하지 말라"고 말한 것으로 전해진다.

뒷날 파이프 담배에 맛을 들인 이양하는 "가느스름한 눈초리로 뭉게뭉게 뿜겨 나오는 향기로운 자줏빛 연기를 따르며 조선 해방의 기쁨은 여기서부터하고 빙그레 만족의 미소를 띤 사람이 한둘만은 아닐 것이다"(72쪽)라고 말하기도 한다. 이양하보다 일곱 살 아래인 임학수林學洙도 담배를 무척 좋아하여 "한밤중에 혼자가 되면 / 이 세상 모두가 내 것이다. / 쓸 것이 있을 때 / 자연 담배에 불을 붙인다"로 시작하는 「애연송愛煙頌」이라는 시를 썼다. 오상순吳相淳은 담배를 너무 좋아하여 동료 문인들로부터 '꽁초'라는 별명을 얻고 나서 호를 아예 '공초空超'로 지었을 정도였다.

윤동주가 만주 룽징(龍井)의 광명중학교를 졸업하고 고종사촌 송몽규宋夢奎와 함께 연희전문학교 문과에 입학한 것은 1938년, 그러니까 그의 나이 스물두 살 때였다. 그는 연희전문에 입학하기 전부터 시인으로서의 꿈을 키워 가고 있었다. 1941년 연희전문의 문학잡지 《문우文友》에 「우물 속에 자화상」 등을 발표하는 등 윤동주는 그동안 꾸준히 시작 활동을 해 왔다. 1942년 윤동주는 일제의 전시 학제 단축으로 3개월 앞당겨 연희전문 4학년을 졸업하게 되었다. 대학 졸업 기념으로 그는 그동안 써 놓은 작품 중에서 18편을 선별하고 거기에 「서시」를 덧붙여 '하늘과 바람과 별'이라는 제목의 시집을 엮었다. 본디 그는 일제의 병든 사회를 치유한다는 상징으로 시집의 제목을 '병원'으로 생각했지만 「서시」를 쓰고 나서 제목을 '하늘과 바람과 별'로 바꾸었다.

윤동주는 이 시집 원고를 자필로 3부 필사하여 그중 한 권은 자신이 보관

연희전문학교 시절의
윤동주와 정병욱.
윤동주는 일본에 가면서
정병욱과 이양하에게
시집 원고를 맡겼다.

하고, 다른 한 권은 누상동에서 같이 하숙하던 후배 정병욱鄭炳昱에게 주었
다. 윤동주는 나머지 한 권을 들고 그가 평소 존경하던 이양하를 찾아가 시
집 출간을 상의하였다. 그러나 이양하는 원고를 읽어 본 뒤 출간하지 않는 것
이 좋겠다고 하였다. 대동아 공영권을 꿈꾸던 군국주의 시대 일제의 검열을
통과하지 못할뿐더러 자칫 일제의 심기를 건드려 화를 당할 수도 있었기 때
문이다. 이양하가 특히 우려한 작품은 민족주의적 성향이 짙은 「십자가」, 「슬
픈 족속」, 「또 다른 고향」 같은 작품이었다. 결국 윤동주는 때를 기다리라는
스승의 권고를 겸허하게 받아들여 시집 출판을 기꺼이 단념하였다. 그해 12
월 일본이 진주만을 기습 공격하여 태평양전쟁이 일어난 것을 돌이켜 보면
이양하의 권고는 참으로 적절하였다. 만약 윤동주가 스승의 권고를 받아들
이지 않고 시집을 발간했더라면 그는 어쩌면 좀 더 일찍 일제의 탄압을 받고
사망했을지도 모른다.

연희전문학교를 졸업한 뒤 윤동주는 곧바로 일본에 건너가 도쿄의 릿쿄(立
敎)대학 문학부 영문과에 입학했다가 그가 흠모해 마지않던 시인 정지용鄭芝
溶이 다닌 교토의 도시샤(同志社)대학 영문과에 편입하였다. 1943년 일본 제
국주의가 징병제를 공포하여 문과대학과 전문학교 학생 중 학도병에 지원하

지 않은 재학생과 졸업생에게 징용 영장을 발부하였다. 첫 학기를 마치고 귀향길에 오르기 전 윤동주는 송몽규와 함께 사상범으로 일본 경찰에 체포되어 교토 시모가모(下鴨) 경찰서에 구금되었고, 1944년 교토 지방재판소 제2형사부의 재판에서 '독립운동'의 죄목으로 2년 형을 언도받고 규슈(九州) 후쿠오카(福岡) 형무소에 수감 중 의문의 죽음을 맞았다.

한편 정병욱은 1943년 학도병으로 끌려가게 되자 전라남도 광양의 망덕에 살던 어머니를 찾아가 윤동주의 자필 원고를 일본인에게 발각되지 않도록 잘 보관했다가 자기가 전사하여 돌아오지 못하거든 조국이 해방되는 날을 기다렸다가 연희전문에 가서 발간을 상의하라고 당부하였다. 정병욱의 어머니는 이 시집 원고를 항아리에 넣어 마루 밑 흙을 파고 묻어 보관하였고, 다행히 정병욱은 전사하지 않고 무사히 돌아왔다.

윤동주가 사망한 지 3년 뒤인 1948년 정병욱은 이 원고를 찾아 연희전문학교 동기 강처중姜處重, 윤동주의 동생 윤일주尹一柱 등과 같이 윤동주의 다른 작품과 함께 묶어 유작 시집 『하늘과 바람과 별과 시』를 정음사에서 간행하였다. 이양하와 윤동주가 가지고 있던 원고가 유실된 상황에서 만약 정병욱의 원고마저 없었더라면 윤동주의 시집은 영원히 빛을 보지 못했을 것이고, 이 시집이 빛을 보지 못했더라면 한국 근대문학은 그만큼 빈약해졌을 것이다.

한편 조풍연도 전형국처럼 이양하가 연희전문에 근무하기 시작한 1934년 봄에 입학하였다. 문학에 뜻을 둔 조풍연은 선배인 신백수申白秀와 마음이 맞아 《삼사문학三四文學》이라는 동인지를 발간하였다. 조풍연은 이때 이양하에게 지도교수가 되어 달라고 부탁하였고, 이양하는 기꺼이 그 역할을 마다하지 않았다고 밝힌다. 그는 "이 잡지 창간호를 이 선생께 봬 드리고서 여러 가지 지도를 받았습니다. 우리들이 모이는 장소를 어느 다방 2층(내실)으로 정하고 선생을 오시라 했더니, 서슴지 않고 나와 주시어 좋은 말씀을 많이 들려주셨습니다"라고 회고한다. 또한 조풍연은 "무엇인가 많이 알고 그리고 무척 겸허한 듯한 그분의 성품이, 다감한 우리들에게 한 기둥처럼 의지가 되었었습니다"라고 말한다.[33] 이양하와 조풍연의 인연은 제자가 졸업한 뒤에도 계속 이어졌다. 뒷날 조풍연이 을유문화사에서 월간 학술잡지 《학풍學風》을 편집할 때 그의 스승에게 원고를 청탁하였다.

이양하가 학생들과 자주 어울린 것은 비단 문학 때문만은 아니었다. 1941년 연희전문 문과 과장에 취임하면서부터는 문학에 관심이 있는 학생뿐 아니라 모든 학생에게 관심을 기울였다. 물론 문과를 책임졌던 교수로서의 책무이기도 했지만 그는 평소 학생들에게도 깊은 관심을 보이면서 그들과 자주 어울렸다. 그는 신입생들에게 학업도 중요하지만 학업 못지않게 친구들을 많이 사귈 것을 권하였다. 그는 동양의 대표적인 우정으로는 관중管仲과 포숙鮑叔, 서양의 대표적인 예로는 다몬과 핀티아스의 우정을 언급하였다. "우정은 연시 가장 아름답고 존귀한 감정의 하나임에 틀림이 없고, 우인이란 죽마의 벗으로부터 노령의 말동무에 이르기까지 우리가 한 사회인으로서 가지지 않으려야 가지지 않을 수 없는 동시에 가져서 반드시 보람 있고 가치 있는 존재다"(142~143쪽)라고 잘라 말한다.

이양하가 문과 과장을 맡은 직후 연희전문학교에 입학한 이군철은 신입생에게 하는 그의 인사말을 듣고 적잖이 실망하였다. 그때만큼 이양하에게 실망한 적이 없다고 회고한다. 이군철은 "보다 더 오묘한 진리와, 화려한 문학과, 벅찬 사상적인 말씀이 있을 것으로 믿었던 우리로서는 실망하는 것이 당연했던 것이다"라고 말한다.[34] 이 연설은 뒷날 「내가 만일 다시 대학생이 된다

---

33 조풍연, 「이 선생과 나」, 『이양하 교수 추념문집』, 220~221쪽.
34 이군철, 「실행록失幸錄」, 『이양하 교수 추념문집』, 197쪽. 이양하는 서울대학교로 자리를 옮긴 뒤에도 「신입생 제군에게 주는 글: 대학 생활을 중심으로」라는 제목으로 강연하였고, 이 강연은 두 번째 수필집 『나무』에 수록되었다. 두 번째 강연에서 그는 신입생들에게 우정 못지않게 '교육'과는 다른, 독서에 기반을 둔 '교양'을 쌓을 것을 당부한다.

면」이라는 제목으로 첫 번째 수필집 『이양하 수필집』에 수록되어 있다.

이군철은 이양하의 신입생에게 주는 강연에는 크게 실망하면서도 그가 마치 한 집안의 가장처럼 연희전문 문과를 '가족적 분위기에서' 이끌어 나간 점은 자못 높이 평가하였다. 당시 그는 학생들을 위한 일이라면 아무리 귀찮고 성가신 일이라고 하여도 마다하지 않았다.

선생님은 마치 한 집안의 가장과도 같았다. 가장으로서 선생님은 원만하신 분이었으며 학생들의 크고 작은 일에 부단한 관심을 갖고 돌봐 주셨다. 직책상 헌병대와 고등계에 출두해서 우리를 변호하고 신원을 보증하셔야 할 때가 한두 번이 아니다. 선생님으로선 몹시 성가신 일이었겠으나 조금도 이것을 내색하시지 않았다.

태평양전쟁이 치열해지면서 학원의 공기는 더욱 삼엄해졌다. 선생이 학생을 의심하고, 제자가 선생의 꼬리를 잡으려는 무서운 때가 되었다. 이런 가운데서도 선생님의 모습은 엄숙하였다. 목자를 잃고 갈팡질팡하던 우리들 양 떼에게 선생님은 단 하나의 희망이요 위안이었다.[35]

1943년 늦봄 이군철은 친구들과 함께 오늘날 충무로에 해당하는 혼마치(本町)의 한 다방에서 이양하를 우연히 만난 적이 있었다. 이 기회를 이용하여 학생들은 그에게 태평양전쟁이 한창인 상황에서 학교는 다녀서 무엇 하며 공부는 해서 무엇 하냐고 '어리광을 부리다시피' 하며 따져 물었다. 그러자 평소 말이 없던 이양하는 "우리에게도 희망이 있고 언젠가는 태양이 우리를 위해서 비춰 줄 것"[36]이라고 말하였다. 이군철은 스승의 희망적인 말을 듣고

35 이군철, 앞의 글, 197쪽.
36 이군철, 앞의 글, 198쪽.

'부듯한 가슴으로' 골목길을 걸어 하숙집으로 돌아와 밤이 깊도록 잠을 이루지 못했다고 회고한다. 아니나 다를까 그로부터 2년 남짓 뒤 조국은 마침내 일제의 식민주의 굴레에서 풀려나면서 자유의 빛을 되찾았다.

이양하가 학생들에게 우정을 소중하게 역설한 만큼 연희전문학교에 근무하던 시절 그의 친우 관계도 주목해 볼 필요가 있다. 다 같이 영문학을 전공했으면서도 정인섭과는 이렇다 할 친분 관계가 없었던 것 같다. 이양하의 글에도, 정인섭의 글에도 상대방에 대한 언급을 좀처럼 찾아보기 어렵다. 다만 두 사람이 만나는 접점이 있는데, 그곳은 강원도 북쪽 해안에 위치한 송전해수욕장이다. 그들은 이 해수욕장에 관한 글을 남겼고, 그 글에서 상대방을 언급한 정도다. 「송전의 추억」에서 이양하는 경성에서 송전해수욕장에 가는 길을 먼저 묘사한다. 송전에 도착하자마자 그는 솔밭 길을 가로질러 양일이네 집으로 걸어간다. 두 해 전 그가 병을 치료할 때 일 년 묵었던 곳이어서 그가 잘 아는 집이다.

> 내가 처음 송전에 간 것은 벌써 10여 년 전, 봄에 맹장을 앓고 수술한 끝의 쇠약을 회복할 수 있을까 하여 동료 J군이 권유하는 대로 덩달아 따라갔던 것이었다. 이때 기약하지 아니하고 한곳에 모인 것이 또한 동료로 같은 J군, 미스 C, 미스 K, 피아니스트인 마담 K, 또 누구 누구. 서울 있을 때부터 모두 얼키설키 알던 사이요, 또 숙소가 서로 멀지 않았던 탓으로 대개는 매일같이 몰려다녔었다. (128쪽)

여기서 이양하가 말하는 '동료 J군'이란 정광현鄭光鉉이나 정인섭을 말하는 것으로 보아도 크게 틀리지 않을 듯하다. 여러 정황으로 미루어 보아 '미스 C'는 경성의 출판사 학예사學藝社에 근무하던 최옥희崔玉嬉일 것이다. 1938년 무렵 임화林和는 광산을 경영하던 최남주崔南周의 출자를 얻어 학예사를 경영하여 '이와나미 문고(岩波文庫)'를 본떠 '조선 문고' 등을 간행하였고, 이때 최남주의 누이인 최옥희는 출판사의 실무 책임을 맡았다.[37] 최옥희는 정인섭이 경성보육학교에서 가르칠 때 학생이었다. '미스 K'가 누구인지 지금으로서는 확인할 수 없지만 뒷날 바이올리니스트로 이름을 날리는 계정식桂貞植의 연인인 수피아여고 교사 김성철金聖哲이거나, 소설가 함대훈咸大勳의 아내인 음악가 김정순金楨洵인 것 같다. '피아니스트인 마담 K'는 이양하가 한때 피아노를 배우던 사람임이 틀림없다.

이양하는 이 해 한여름 송전해수욕장에서 보낸 유쾌한 기억을 평생 잊지 못하였다. 그는 "내가 바다와 사귄 것도 이 해가 처음이요, 교양 있는 조선의 여성을 안 것도 이 해가 처음이요, 또 이렇게 한여름을 지내는 동안에 건강을 완전히 회복할 수 있었더니 만큼—아니 무엇보다도 아직 젊음이 있더니 만큼—이 해의 기억이 언제까지든지 새롭게 낯익고 선명하다"(130쪽)고 하였다. 그래서 그는 이때 경험을 살려 「송전 풍경」이라는 시를 짓기도 하였다.

한편 정인섭은 「송전 해수욕장」이라는 수필에서 이양하가 겪은 것과 거의 같은 경험을 그대로 적는다. 경성에서 송전해수욕장에 가는 교통편이며 수영하며 놀기 좋은 오매리 어촌 풍경이며 여러 정황이 아주 비슷하다.

　　이런 좋은 자리를 맨 먼저 발견하여 별장을 지은 이가 윤치호尹致昊 씨다. (…중략…) 그리고 그 옆에는 주요한朱耀翰 씨의 별장이 있었는데 그의 동생 주요섭朱耀燮과 매부 치과의사 정보라鄭保羅 씨가 와 있었다. 또 다른 한쪽으로는 따로 심재홍沈載弘 씨의 별장이 세워져 있었다. 1934년 여름 내가 거기로 피서 겸 휴양하러 갔다. 마침 내

37　장근석, 「전형기 임화와 '조선'의 발견: 출판 활동과 신문학사 서술을 중심으로」, 서울대학교 석사학위 논문 (2009), 39~55쪽 참고.

가 봉지하던 연희전문학교의 동료 교수인 정광현 씨가 와 있었는데, 그는 윤치호 씨의 사위가 되는 분으로 그의 장인 별장에 유숙하고 있었으며, 또 같은 학교의 교수요 그와 절친한 친구 이양하 씨도 그와 같이 그 집에 유숙하고 있었다.[38]

정인섭도 이때 송전해수욕장에 모인 10여 명이 무리를 지어 신바람 나게 놀았다고 회고한다. 그는 "나는 이렇게 유쾌한 피서를 해 본 적이 없었고 나는 새까만 사람이 되어 서울로 돌아왔다"고 적는다. 항상 붉은 립스틱을 바르고 멀리 바다를 바라보던 최옥희를 보고 칸나꽃을 떠올리며 정인섭은 「홍초紅草」라는 시를 짓기도 하였다. 최옥희는 이렇게 양쪽과 어울렸지만 이양하와 정인섭은 함께 어울린 것 같지는 않다. 정인섭은 송전해수욕장을 다룬 또 다른 글에서 그가 송전에 도착했을 때 이양하는 왔다가 이미 그곳을 떠났다고 적었기 때문이다.

한편 이양하는 연희전문학교 교수 중에서 정인섭이 언급한 정광현 말고는 경성제국대학에서 철학을 전공한 고형곤과 친하게 지냈다. 평소 산책을 좋아하던 이양하는 노고산에서 마주 보이는 와우산 기슭 솔밭에 그가 「조그만 기쁨」에서 "산허리에 외롭게 서 있는 일간두옥一間斗屋"(40쪽)이라고 일컬은 조그마한 집에 거주하였고, 그의 집 바로 이웃에 고형곤이 이사 와서 살았다.

그런데 여기서 한 가지 흥미로운 것은 고형곤이 아호를 '청송聽松'으로 지었다는 점이다. 이양하는 유명한 수필 「신록예찬」에서 "오늘도 하늘은 더할 나위 없이 맑고 우리 연전 일대를 덮은 신록은 어제보다도 한층 더 깨끗하고 신선하고 생기 있는 듯하다. 나는 오늘도 나의 문법이 끝나자, 큰 무거운 짐이

---

38 정인섭, 「송전 해수욕장」, 『이렇게 살다가』 (가리온출판사, 1982), 49쪽; 김욱동, 『눈솔 정인섭 평전』, 157~158쪽.

나 벗어 놓은 듯이 옷을 훨훨 털며, 본관 서쪽 숲 사이에 있는 나의 자리를 찾아 올라간다"(84~85쪽)고 말한다. 그는 계속하여 "나의 자리래야 솔밭 사이에 있는 겨우 걸터앉을 만한 조그마한 소나무 그루터기에 지나지 못하지마는 오고 가는 여러 동료가 나의 자리라고 명명하여 주고, 또 나 자신 이 소나무 그루터기에 앉아 솔잎 사이로 흐느끼는 하늘을 우러러볼 때 하루 동안에도 가장 기쁜 시간을 가질 수 있으므로 시간의 여유 있는 때마다 나는 한 큰 특권이나 차지하는 듯이 이 자리를 찾아 올라와 하염없이 앉아 있기를 좋아한다"(85쪽)고 밝힌다.

여기서 이양하가 말하는 소나무 숲이란 바로 당시 연희전문 학생들이 '청송대聽松臺'라고 부르던 곳이다. 지금도 여전히 같은 이름으로 부르는 이 숲은 최근 이양하나 윤동주와 관련한 문화 탐방 코스로 자리 잡았다. '청송대'란 글자 그대로 '소나무 소리를 듣는다'는 뜻이다. 방금 앞에 인용한 문장에

이양하가 재직할 무렵의 연희전문학교. 그는 즐겨 청송대에서 산책하며 작품의 소재를 찾았다.

서 이양하는 시적 상상력을 한껏 발휘하여 5월의 하늘이 "솔잎 사이로 흐느끼는" 것으로 묘사한다. 이 구절은 일본 제국주의가 태평양전쟁을 향하여 치닫던 암울한 상황을 말하는 것으로도 읽힌다. 어찌 되었든 청송대는 학생들이 모여 대화를 나누고 노래하고 담배도 피우고 술도 마시면서 학창 생활을 즐기던 휴식처였다. 그런데 이 숲의 이름을 따서 '청송'을 아호로 삼은 사람은 이양하가 아니라 고형곤이었다.

이웃집에 살았던 탓에 고형곤은 이양하에 대하여 많은 것을 알고 있었다. 독신으로 살았던 데다 어린아이들을 무척 좋아했던 이양하는 동료 교수의 집에 자주 드나들었고, 고형곤은 고형곤대로 이양하의 일거수일투족이 자연스럽게 눈에 들어왔을 것이다.

> 이양하 씨의 연전 교수 시대는 그의 가장 꽃다운 시절이기도 하고 그의 가장 삭막한 시절이기도 하다. 30대에서 40대에 걸친 젊은 시절이었으니 그의 일생에서 가장 꽃다운 시절이었음에는 틀림이 없건마는 그의 사생활은—아는 사람은 아는 일이지만—그의 일생에서 가장 고독과 불평에 가득 찬 메마른 시절이었다.[39]

고형곤은 "아는 사람은 아는 일이지만"이라는 단서를 붙이지만 자신만큼 이양하의 사생활을 아는 사람이 없다는 사실을 넌지시 내비친다. 30~40대가 그의 "일생에서 가장 꽃다운 시절"이었다는 것은 젊음을 한껏 구가할 수 있는 가장 왕성한 시기였을 뿐 아니라 가장 의욕이 넘치는 원숙한 시기였기 때문일 것이다. 그런데 이러한 시기에 이양하는 와우산 기슭에 조그마한 산장식 집을 구입하여 독신으로 외롭게 지내면서 옆집 농가에 부탁하여 식사

---

39 고형곤, 「연희 시절의 이양하 씨」, 217~218쪽.

를 해결하였다. 3남 2녀를 둔 고형곤으로서는 홀로 살아가는 이양하가 무척 외롭고 삭막해 보였을 것이다.

가득이나 사교적이지 않은 데다 이렇게 혼자 생활하다 보니 이양하의 집 안이 엉망이었을 것이라는 점은 쉽게 미루어 볼 수 있다. 고형곤은 "먼지가 켜켜 내려앉은 큰 테이블 위에는 이것저것 손에 닥치는 대로 섭렵하던 시집 과 서적이 제멋대로 흐트러져 있었고 두터운 솜이불—하절에도—을 편 침 상에서 그는 그 주체할 수 없는 시간을 대부분 낮잠으로 지냈다. 20시간을 붙박이로 잠을 잔 기록을 가졌다면 그만이다"[40]라고 말한다. 무료한 시간을 달랠 때 이양하가 가장 좋아하던 취미는 차나 커피를 직접 끓여 마시는 것과 장기를 두는 것이었다.

> 유일한 취미로는 차를 끓여 마시는 것과 장기를 두는 것이었다. 술 은 좋아하지 않았지만 코오피는 쟈바와 목카를 섞어 끓여서 그 향기 와 맛을 즐기었고, 바둑은 두지 않았으나 장기는 그의 생활에서—말 년까지도— 떼려야 뗄 수 없는 께임이었다. 학교에서 돌아오는 도중 장 기판이 벌어진 것을 보고서는 그대로 스쳐 지나가지를 못하는 성벽이 었다. "아 그것을 그렇게 두어서야 되는가?" 하고 훈수를 하다가 판이 끝나기 무섭게 대국을 청한다.[41]

이양하가 커피와 장기를 좋아한다는 것은 그를 아는 사람이라면 누구나 익히 알고 있던 사실이다. 자바커피와 모카커피를 한데 섞어 끓여 그 '향기와 맛'을 음미하는 것을 보면 거의 바리스타 수준이다. 그가 장기를 좋아하는 것

---

40 고형곤, 앞의 글, 219쪽.
41 고형곤, 앞의 글, 219쪽.

은 심지어 그의 아버지도 잘 알고 있었다. 어쩌다 강서의 고향에 들르면 죽마고우들과 장기를 두곤 했기 때문이다. 어느 해 여름 그의 아버지는 질병을 치료하려 경성 T병원에 입원한 적이 있었다. 병원에서 아버지의 시중을 들던 이양하는 기회만 있으면 환자들이나 의사들과 장기를 두기 일쑤였다. 하루해가 저물어 그가 아버지의 병실을 나서려고 준비를 하고 작별 인사를 할 때면 그의 아버지는 으레 "응, 장기에 미쳐서, 어서 가거라"(62쪽)라고 말할 정도였다.

연희전문학교에 근무할 당시 이양하는 차나 커피와 장기로는 부족했던지 남편을 여읜 어떤 피아니스트한테서 개인교수를 받은 적도 있었다. 유영은 "그 고상하시고 도인 같으신 생활에서도 우리는 가끔 향기로운 염문에 귀를 울리고는 역시 시인이시오 특히 로맨티스트가 틀림없다고 하며 하학 후의 화제로 꽃을 피웠다"[42]고 회고한다. 유영이 언급한 여성이 바로 그 피아니스트일지도 모른다. 고형곤도 이양하를 회고하는 글에서 "너무 사생활을 들춰서 고인에게 미안하지만 정말로 거리낌 없이 말을 할 수가 있다면은 참 재미나는 이야깃거리—돈 이야기가 아니라 여자 이야기—가 많았지!"[43]라고 여운을 남긴다.

물론 독신이어서 그러했을 터이지만 이양하는 여성을 좋아하였다. 서울대학교에 재직할 당시 그는 다른 대학에 강사로 출강하지 않는 것으로 유명하였다. 국립대학교 교수의 월급이 그다지 넉넉지 않아 당시 교수의 대부분은 다른 학교에 강사로 나가 생활비를 보태기 일쑤였다. 그러나 이양하는 다른 대학에서 아무리 출강 교섭이 와도 마다하면서도 유독 여자대학만은 빠짐없이 나갔다.

한편 이 무렵 이양하는 이런저런 이유로 세상에 적잖이 불만을 품고 있었

---

42 유영, 「시인으로서의 이 선생」, 224쪽.
43 고형곤, 앞의 글, 220쪽.

던 것 같다. 1930년 기록에 따르면 당시 연희전문 교수 봉급은 200원에서 220원 정도로 도지사 월급의 두 배 수준이었다. 당시 물가로 이 정도 금액이라면 혼자 살아가기에는 넉넉한 액수였다. 옆집에 사는 고형곤은 비슷한 월급으로 네 식구의 생계를 유지하였다. 그런데도 이양하는 늘 "에―이깟 놈의 세상!"이라고 입버릇처럼 불평을 늘어놓기 일쑤였다. 평소 점잖고 과묵한 그가 이렇게 세상을 원망했다는 것이 좀처럼 믿어지지 않는다. 물론 그가 이렇게 현실에 불만을 드러낸 것은 비단 돈 때문만은 아니었다. 이 불평에는 일본 제국주의가 점차 고삐를 조이자 젊은 식민지 지식인으로서 느끼는 울분과 절망도 짙게 배어 있었다.

이양하는 고형곤 같은 연희전문 교수 말고도 이화여자전문학교 교수들과도 자주 어울렸다. 당시 연희전문과 이화여전은 지리적으로 인접해 있을 뿐 아니라 같은 기독교 학교로서 서로 자매학교와 같은 관계를 맺고 있었다. 이화여전 교수 중에서도 일석一石 이희승李熙昇과 월파月波 김상용金尙鎔은 빼놓을 수 없다.

이양하와 이희승은 취향이 비슷하였다. 가령 이희승은 이양하 못지않게 커피를 좋아하였다. 이양하를 추모하는 글에서 그는 "형과 나와는 연령으로도 비슷한 세대였으며 전공 분야가 문학이란 점에서 정서 생활에 공명·공감되는 바가 많았었다. 또 나는 술을 마시지 못하고 커피를 즐겨하는 탓으로 다방 출입이 잦았는데 형의 기호도 나와 비슷하여 일주일이면 3, 4차씩이나 다방에서 만나게 되었던 것이다"라고 밝힌다. 한 모퉁이마다 커피숍이 있는 오늘날과는 달라서 일제강점기에 다방은 경성 시내를 통틀어 서너 곳밖에는 없었다. 그래서 이희승은 지금은 충무로인 옛 혼마치, '메이지 제과'의 다실이나 '금강산'에 들르면 으레 그곳에서 이양하를 자주 만나곤 하였다. 그런데 이 다방은 김상용도 자주 들르는 곳이어서 세 사람이 함께 자주 만났다. 이희승은 "내가 시를 쓰느니 수필을 쓰느니 하는 데 다소라도 영문학으로

부터 받은 영향이 있다면 이것은 온전히 이 형과 월파 두 분의 덕이 아닐 수 없다"고 회고한다.[44]

그러나 이희승의 회고 중에서 좀 더 찬찬히 눈여겨볼 것은 "월파도 전공이 영문학이었는데 이 형이나 월파나 워어즈워어드 혹은 카알라일이 되려고 영문학을 한 것은 아니었다. 우리 문학을 좀 짭짤하게 하여 보기 위한 영문학 연구였다"[45]고 말한다는 점이다. 여기서 이희승은 김상용도 이양하도 '영문학을 위한 영문학'을 하지 않고 대신 한국문학을 좀 더 비옥하고 풍요롭게 하려고 영문학을 연구했다고 언급한다. 이러한 태도는 외국문학 전공자라면 누구나 귀담아들어야 할 소중한 충고이다. 외국문학을 받아들이되 단순히 수동적으로 받아들일 것이 아니라 좀 더 적극적으로 받아들여 자국문학을 발전시킬 발판으로 삼아야 한다는 주장은 무척 값지고 소중하다. 실제로 이양하는 영문학 분야의 석학으로 평가받기보다는 오히려 글을 잘 쓰는 문인으로 칭찬받고 싶어 하였다.

이양하의 이러한 영문학 연구 태도를 주목한 사람은 비단 이희승 한 사람에 그치지 않았다. 연희전문학교와 서울대학교의 제자 중 한 사람인 이군철도 마찬가지였다. 이군철은 "(이양하는) 문학하는 소재를 외국 것에서 택했으되 거기에 머무르지 않고 한국문학으로 돌아오는 올바른 자세를 보여 주었다. 동서 사조의 교류 시에 태어나 많은 사람들이 제정신을 차리지 못할 때에 자신의 이성을 정리하고 감정을 조절해서 과거를 살리고 새것을 소화했던 것이다"[46]라고 밝힌다. 그러면서 이군철은 계속하여 "그리하여 영문학의 소개자, 내지는 해석자 격인 교수에 만족하지 않고 자신이 시와 수필을 창작하는

---

44 이희승, 「이양하 형을 추모하며」, 『이양하 교수 추념문집』, 191쪽. 이희승은 이양하와 나이가 비슷하다고 밝히고 있지만 실제로는 이희승이 이양하보다 여덟 살 많다.
45 위의 글, 191쪽.
46 이군철, 「서문」, 『이양하 미발표 수필선』 (중앙일보사, 1978), 4~5쪽.

데 심혈을 기울였다"고 말한다.[47] 이양하를 단순히 영문학 교수라는 좁은 틀 안에 가두어 둘 수 없다는 말이다.

이군철에 이어 이양하의 서울대학교 영문과 제자 중 한 사람인 정종화鄭鍾 和도 스승한테서 새로운 세계를 발견했다고 회고한다. 대학 3학년 때 이양하 를 직접 만나기 전부터 정종화는 글을 통하여 그를 잘 알고 있었다. 「페이터 의 산문」이나 「프루스트의 산문」 같은 글을 읽고 너무 감동하여 정종화는 그 글의 일부를 외울 정도였다.

> 그때 막연하게나마 느낀 것은 김동리金東里, 최명익崔明翊, 이태준 李泰俊의 한국적인 세계 밖에 또 하나 눈부신 세계가 있다는 사실이 었습니다. 한국문학 외에 외국문학이 있고 외국문학에서 한국문학으 로 돌아오는 게 문학을 하는 바른 자세라는 걸 아마 그때 이 선생님 의 글에서 배우지 않았던가 싶습니다. 다양다기多樣多岐한 외국문학 을 정리하고 소화해서 한 개인의 체질에 따라 재검토·질서화 하는 작 업이 창작 못지않게 중대할 뿐만 아니라 이 두 개의 평행선을 동시에 좇을 수도 있다는 진리를 그때 얻었다고나 할까요?[48]

정종화도 이희승과 마찬가지로 이양하한테서 한국인으로서 어떻게 외국문 학을 연구하는 것이 바람직한지 배웠다. 정종화는 외국문학 연구와 한국문학 연구를 '두 개의 평행선'에 빗대지만 어떤 의미에서는 평행선이 아니라 교차 선으로 볼 수도 있다. 참다운 문학 연구라면 외국문학과 한국문학의 접점에 서 만나 서로 의미 있는 대화를 나누어야 할 것이다. 그런데도 영문학을 연구

---

47 이군철, 「서문」, 5쪽.
48 정종화, 「그 말씀 어디서 다시 들으리」, 『이양하 교수 추념문집』, 245쪽.

하는 한국 학자들 대부분은 외국 학자들 뒤를 쫓아가는 데 급급하다.

19세기 말엽에서 20세기 초엽에 걸쳐 조선에도 신문학이 태동했지만 일본 제국주의의 식민지 지배와 통치를 받기 시작하면서 그 싹이 제대로 자랄 수 없었다. 그래서 외국문학을 전공하는 조선의 지식인들은 될 수 있는 한 일본을 매개로 외국문학을 간접 수입하는 방식을 지양하고 유럽과 미국으로부터 직접 수입하려고 하였다. 예를 들어 동양에서 서구 문물의 교두보라고 할 도쿄에서 외국문학을 전공하던 조선인 유학생들은 1925~1926년 '외국문학연구회外國文學研究會'를 조직하고 그 기관지로 《해외문학海外文學》을 간행하였다.

이 연구회는 이 잡지의 창간호에 실린 '창간 권두언'에서 "무릇 신문학의 창설은 외국문학의 수입으로 그 기록을 비롯한다. 우리가 외국문학을 연구하는 것은 결코 외국문학 연구 그것만이 목적이 아니오. 첫째에 우리 문학의 건설, 둘째로 세계문학의 호상 범위를 넓히는 데 있다"[49]고 천명한다. 이렇듯 외국문학연구회 회원들에게 자국의 문학인 조선문학을 도외시한 '외국문학을 위한 외국문학'은 이렇다 할 의미가 없었던 것이다.

이렇게 외국문학 연구를 조선문학의 발전이라는 관점에서 파악한 영문학자로는 최재서를 빼놓을 수 없다. 최재서는 외국문학연구회에 불만을 품고 있었으면서도 외국문학 연구가 반드시 자국문학과 유기적 관계를 맺을 때 의미가 있다고 생각한 점에서는 연구회와 서로 의견이 일치하였다. 영문학과 자

---

49 「창간 권두언」, 《해외문학》 창간호 (1927. 01), 1쪽. 권두언 끝에 '松'이라고 적혀 있는 것으로 보아 이 글을 쓴 사람은 이 잡지의 편집인 겸 발행인인 이은송李殷松과 정인섭 중한 사람일 가능성이 크다. 이은송은 '편집여언'에서 '松' 자 대신 '殷' 자를 사용하였고, 정인섭은 호나 필명으로 '雪松'이나 그것을 한자로 표기한 '눈솔'을 사용하였다. 그러나 권두언은 역시 편집인 겸 발행인인 이은송이 썼다고 보는 쪽이 옳다. 이 점에 대해서는 김욱동, 『외국문학연구회와 《해외문학》』(소명출판, 2020), 122~125쪽; 김욱동, 『눈솔 정인섭 평전』(이숲, 2020), 126~130, 284~288쪽 참고.

국문학에 대한 최재서의 태도는 경성제국대학 영문학과 교수 사토 기요시(佐藤淸)한테서 물려받은 소중한 유산 가운데 하나였다.

1926년 경성제국대학 설립과 더불어 주임교수로 부임한 사토 기요시는 일제가 패망하기 직전 정년퇴직 고별식 연설에서 자국인이 아닌 외국인이 영문학을 전공하는 목적에 대하여 언급하였다. 그는 영문학을 비롯한 외국문학 연구가 단순히 외국문학을 위한 연구가 되어서는 안 된다고 역설하였다. 이 점과 관련하여 사토는 일본과 경성에서 영문학을 연구하는 동안 '외국문학을 위한 외국문학'이 아니라 어디까지나 '자국문학을 위한 외국문학'의 관점에서 연구해 왔다고 분명히 밝혔다.

이렇게 하여 저는 외국문학을 위한 외국문학이라는 생각보다는 자기 나라 문학을 위한 외국문학이라는 생각으로 해 왔습니다. 한 걸음 나아가 저는 자기 나라 문학의 비평 또는 역사까지도 쓰고 싶었던 것입니다. 특히 제가 소년 시절부터 키워 온 메이지 문학, 메이지의 새로운 시가詩歌에 관심을 갖고 있는 까닭에 그 방면에도 손을 뻗칠까 마음먹고 있습니다.[50]

이렇듯 사토 기요시는 영문학 연구를 일본문학 연구의 기반으로 삼으려고 하였다. 그는 영문학 연구를 기반으로 일본문학의 비평과 역사를 쓰고 싶었다. 그러나 그는 비평 쪽보다는 창작 쪽을 택하여 시인으로서 나름대로 성공을 거두었다. 사토의 수제자요 애제자라고 할 최재서는 스승과는 달리 시 쪽보다는 비평 쪽을 택하였다.

---

50 사토 기요시, 「경성제대 문과의 전통과 학풍」, 김윤식, 『최재서의 《국민문학》과 사토 기요시 교수』 (역락, 2008), 233쪽에서 재인용.

이양하는 영문학 연구가 자국의 문학을 비옥하게 해야 한다고 생각했을 뿐 아니라 이보다 한 발 더 나아가 한국인 학자들도 영문학 연구에 독창적으로 기여해야 한다고 생각하였다. 그는 영국인이나 미국인만이 영문학을 연구할 수 있다고 생각하지 않았다. 1957년경 이양하는 영국으로 유학을 떠나는 정종화에게 "유학은 하루라도 빨라야 한다는 것, 한국인도 영문학을 할 수 있다는 것, 그리고 궁극적으로도 영문학의 소개자 내지 해석자로 끝나는 게 아니고 영문학에 대해서 오리지날한 공헌을 할 수 있는 사람이 되어야 하리라"[51]라고 충고하였다. 이양하는 비록 한국인 같은 외국 학자라고 하여도 얼마든지 영국인이나 미국인 학자 못지않게 영문학을 '독창적으로' 연구할 수 있다는 가능성에 의심을 품지 않았다. 한국인 학자들도 자국인들이 미처 보지 못하거나 놓친 부분을 연구할 수 있다. 외국문학을 연구하다 보면 자국의 학자가 미처 보지 못하는 사각지대가 있게 마련이다. 더구나 한국인 학자가 아니고서는 도저히 할 수 없는 비교문학 분야도 얼마든지 있다.

한편 이양하는 이희승보다는 김상용과 훨씬 더 가까웠다. 그것도 그럴 것이 이희승은 어디까지나 국문학보다는 국어학에 관심이 많았고 김상용은 영문학 전공자일 뿐 아니라 시인이었기 때문이다. 김상용은 일본에 유학하여 도쿄의 릿쿄대학에서 영문학을 전공한 뒤 1928년 귀국하여 이화여자전문학교 교수로 근무하였다. 시에 관심이 있는 데다 시인이 되고 싶은 이양하는 김상용과 더욱 가까이 지냈다.

이양하와 김상용은 종합 문학지라고 할 《문장》 때문에 더욱 가까운 사이가 되었다. 1939년 창간된 이 잡지는 이태준, 정인택鄭人澤, 길진섭吉鎭燮 등이 편집에 참여하였다. 창간호에는 김상용, 임화, 이양하, 박종화朴鍾和, 모윤숙毛允淑의 시 작품, 이광수李光洙, 유진오俞鎭午, 이효석李孝石, 이태준의

---

51 정종화, 「그 말씀 어디서 다시 들으리」, 245쪽.

소설, 그리고 이원조李源祚, 양주동梁柱東, 안회남安懷南, 김용준金瑢俊, 이
희승 등의 비평문이나 논문을 실었다. 《문장》은 이양하와 김상용을 잇는 가
교 역할을 했지만, 최재서가 편집한 『해외서정시집海外抒情詩集』(1938)도 그
러한 역할을 맡았다. 이 시집에는 이양하와 김상용이 함께 워즈워스William
Wordsworth의 작품을 번역하였다.

이 무렵 김상용 말고 이양하가 친하게 지낸 시인으로 박용철과 정지용을
빼놓을 수 없다. 박용철은 배재고등보통학교를 거쳐 일본 도쿄 아오야마(青
山)학원과 연희전문학교에서 수학하였다. 또한 그는 일본 학생들도 들어가기
힘들다는 도쿄외국어대학 독문과에 입학하였다. 박용철은 일본 유학 중 시
인 김영랑金永郎과 교류하며 1930년 함께 《시문학》을 창간하여 등단하였다.
박용철은 김영랑, 정지용 등과 함께 이른바 '시문학파'를 형성한 시인이었다.
시 작품에 가려 잘 드러나 보이지는 않지만 박용철은 시를 넘어 번역 같은
다른 장르에도 관심이 많았다.

예를 들어 박용철은 윌리엄 셰익스피어의 『베니스의 상인』(1596~1599)을

도쿄 유학 시절의 박용철.
가운데는 염형우이고
오른쪽 여성은 윤심덕이다.

비롯하여 헨리크 입센Henrik Ibsen의 『인형의 집』(1879)을 번역하였다. 또한 요한 볼프강 폰 괴테Johann Wolfgang von Goethe, 하인리히 하이네Heinrich Heine, 라이너 마리아 릴케Rainer Maria Rilke 같은 독일 작가의 작품을 번역 하였다. 이양하는 릴케가 '고귀한 시인'이라는 사실을 알게 된 것도 박용철 덕 분이라고 밝혔다. 그런가 하면 박용철은 외국문학연구회 회원들이 주축이 되 어 설립한 '극예술연구회劇藝術研究會'에서 활약하기도 하였다.

앞에서 잠깐 언급했듯이 이양하의 「실행기」는 폐결핵으로 요절한 박용철을 추모하는 글이다. 그는 이 글을 "용철 형이 갔다. 이 아름다운 봄을 채 다 보 내지 못하고 길이 가 버리고 말았다"(63쪽)는 짧은 문장으로 시작한다. 교토 생활을 청산하고 경성에 온 뒤 그에게 박용철과 그의 주변 친구들이 거의 유 일한 친구들이다시피 하였다. 이양하는 "나의 지나간 4년 동안의 우교友交를 돌아보니 용철 형을 중심으로 맺어진 벗이 그 수에 있어 내가 서울서 얻은 벗의 태반을 이루고, 또 아담하고 아름다움에 있어 그 벗들이 곧 내게는 가 장 소중한 벗들이 된다"(63~64쪽)고 털어놓는다. 박용철의 시적 재능과 인격 은 당시 문인들에게 잘 알려져 있었다. 가령 이하윤異河潤은 "용아 박용철은 다정하고 자상하고 또 침착한 청년이었다. 그리고 창의성이 풍부한 재사, 사 업욕이 왕성한 투사. 이러한 동지를 얻어 친분이 두터워진 나는 참으로 행운 이었다"[52]고 회고한다.

이양하가 박용철을 처음 만난 것은 신촌 와우산 기슭에 집을 마련하여 이 사 오기 전 동대문 밖 친구 집에 잠시 머물러 있을 때였다. 저녁 식사를 마치 고 늘 하던 대로 친구 집에 들른 이양하는 그곳에서 갈색 양복을 입은 박용 철을 처음 만났다. 이양하는 이때 박용철이 자신에게 "뚱뚱한 것이 아주 시

---

[52] 이하윤, 「박용철의 면모」, 서울대학교 사범대학 국어과·동창회 편, 『이하윤 선집 2: 평 론·수필』(한샘, 1982), 130쪽.

골 양반 같다"(64쪽)고 한 말을 뚜렷하게 기억한다. 박용철이 이양하를 '시골 양반' 같다고 한 것은 아마 그가 두루마기를 입고 있었기 때문인지도 모른다. 이양하는 키가 작은 데다 몸집이 있었기 때문에 '뚱뚱한 것'처럼 보였을 터였다. 그는 "시골 양반이란 것은 그렇게 반갑게도 들리지 아니하였지마는 뚱뚱하다는 것은 매우 반가웠다. 4, 5개월을 병으로 휴양하던 나머지가 되어 아직 건강이 무엇보다도 큰 관심사였기 때문이다"(64쪽)라고 말한다.

이양하는 외로움을 느낄 때면 으레 사직동 집으로 박용철을 찾아갔다. 그러면 박용철은 그를 반갑게 맞으며 그에게 향기 가득한 차와 맛난 저녁을 대접해 주고 어떤 때는 함께 밖으로 나와 다방을 순례하기도 하였다. 이양하는 언젠가 한번 박용철이 친구들을 데리고 와우산 기슭 집으로 자기를 찾아 준 것을 무척 고맙게 생각했다. "(길거리 다방 순례)보다 더 기쁜 것은 용철 형이 때때로 비편非便함을 무릅쓰고 멀리 누추한 내 집을 찾아 준 것이다. 한 해 이른 봄 어떤 날, 그가 지용 형 기타 2, 3인의 우인을 이끌고 내 집을 찾아 주던 날의 기쁨을 나는 지금도 잊을 수가 없다"(66쪽)고 회고한다. 박용철은 이양하에게 이듬해 봄에 다시 한번 찾아오겠다고 약속했지만 끝내 그 약속을 지키지 못한 채 세상을 떠나고 말았다. 박용철과의 우정과 관련하여 이양하는 그와의 친교가 '맑은 기쁨'이었다고 밝힌다.

우리가 비교적 빈번히 내왕하게 되고, 서로 찾고 만나 이야기하는 것이 한 맑은 기쁨이 되기 시작한 것은 지용 형의 시집이 출판되던 전후의 일이라고 생각한다. 지용 형과 용철 형은 이때 시집 출판 관계로 거의 매일 만나다시피 하는 모양이었다. 지용 형을 찾으면 거기 또 용철 형을 볼 수가 있었고, 용철 형을 찾으면 거기 또 지용 형을 볼 수가 있었다. 그래 자연 셋이 합석되는 때가 많았다. (65쪽)

정지용의 첫 시집 표지. 박용철이 운영하던 시문학사에서 출간되었다.

이양하는 시에 관한 관심도 관심이지만 박용철이나 정지용과 나이가 비슷하여 그들과 맺은 우의를 무척 소중하게 여겼던 것 같다. 이양하와 박용철은 동갑이었고 정지용은 그들보다 두 살 위였다. 이양하가 언급한 시집은 1935년 시문학사에서 출간한 『정지용 시집』을 말한다. 『박용철 전집』은 시인이 사망한 1년 뒤 역시 시문학사에서 간행되었다.

이양하가 박용철을 좋아한 이유는 박용철이 무엇보다도 시에 지칠 줄 모르는 관심과 정열을 보여 주었기 때문이다. 이양하, 박용철, 정지용, 이렇게 세 사람이 모여 앉으면 문단과 시 이야기로 꽃을 피웠다. 이양하는 "나는 용철 형과 같이 시를 좋아하고 즐겨 이야기하는 사람을 처음 보았다"(65쪽)느니, "나는 또 솔직히 말하여 용철 형같이 시에 대하여 깊고 은밀한 이해를 가진 사람을 처음 보았다"(65쪽)느니 하고 말하곤 하였다. 이양하는 박용철과 같이 세상 돌아가는 이야기를 하다 보면 결국 시 이야기로 돌아가고 말았다고 회고한다.

한편 박용철은 정지용을 두고 "가만 보면 지용은 아마 떠들고 노는 때도 시를 생각하고 있는 모양이야"(65쪽)라고 감탄했다. 박용철이 이렇게 말하는 것도 무리는 아니다. 경성제국대학에서 영문학을 전공한 김동석金東錫은 "술을 마시면 망난이요,—술 취한 개라니—이따금 뾰죽집에 가서 '고해'와 '영성체'를 하지 않고는 배기지 못하는 사람이지만 조선 문단에서 순수하기로는 아직까지 정지용을 따를 자 없다"[53]고 잘라 말한다.

그러나 이렇게 정지용을 입에 침이 마르도록 칭찬한 것은 비단 박용철이나 김동석만이 아니다. 동시대 문인 중에서 이양하처럼 정지용을 높이 평가한 사람도 드물다. 이양하의 수필을 읽다 보면 기회만 나면 정지용이나 그의 작품을 언급한다. 이양하에게 그는 한국 시인 중에서 가장 뛰어난 시인임이 틀림없었다. 이렇듯 이양하는 수필가 중에서는 김진섭金晉燮을 첫손가락에 꼽았고, 시인 중에서는 정지용을 단연 첫손가락에 꼽았다.

연희전문학교에 재직하는 동안 이양하가 이룩한 학문적 업적 중에서 빼놓을 수 없는 것은 『랜더(ランドー)』를 집필하여 일본 출판사에서 출간한 것이다. 쇼와(昭和) 8년, 즉 1933년부터 일본의 영문학 전문 출판사 겐큐샤(研究社)에서는 '에이베이분가쿠 효덴소쇼(英米文學 評傳叢書)'를 기획하여 출간하기 시작하였다. 1937년 이양하는 평전 시리즈 중 18세기 말에서 19세기 전반기에 활약한 영국 시인 월터 새비지 랜더Walter Savage Landor 편을 맡아 집필하였다. 앞으로 제5장에서 자세히 다루겠지만 당시 이양하는 이렇듯 일본 영문학계에서도 내로라하는 조선인 영문학자로 인정받았다. 『랜더』평전은 그가 I. A. 리처즈의 『시와 과학』을 일본어와 한국어로 번역한 것과 함께 영문학자로서 그의 위상이 과연 어떠했는지 가늠하게 한다.

경성제국대학과 서울대학교 시절

이양하는 해방되던 1945년 9월 연희전문학교를 떠나 경성제국대학 법문학부로 자리를 옮겼다. 그동안 법문학부에서 영문학 주임교수를 맡던 사토

---

53 김동석, 「시를 위한 시: 정지용론」, 『예술과 생활』 (박문출판사, 1947), 48쪽. 정지용에 대하여 그는 "술과 친구를 좋아하는 지용. 그대에겐 성당이고 임정臨政이고 가외의 것이다"(56쪽)라고 말한다. 또한 김동석은 정지용의 문학관을 비판하면서도 그가 모국어를 갈고닦은 점에 대해서는 높이 평가한다. 그는 "내 손으로 내 목을 매달듯 조선말을 말살하려던 작가와 평론가가 있는 이 땅에서 한평생 조선 시를 붙들고 늘어질 수 있었다는 데에는 지용 아니면 어려운 무엇이 있다"(48쪽)고 지적한다.

기요시 교수가 이·해 1월 정년퇴직을 하고 서둘러 본국으로 돌아간 탓에 아마 그를 대신할 교수가 필요했을 것이다. 해방을 전후하여 경성제국대학은 그야말로 숨 가쁘게 돌아갔다. 학교 이름도 '제국'을 빼고 '경성대학'으로 바꾸었다. 8월 16일 조선인 직원들이 '경성대학 자치위원회'를 구성하고 학생들과 함께 야마가 노부지(山家信次) 총장한테서 학교 운영에 관한 전권을 얻어 냈다. 8월 22일 연희전문학교의 백낙준이 법문학부 학부장 및 경제학부 학부장으로 부임하여 사실상의 총장 역할을 맡았다. 이양하가 경성대학으로 자리를 옮긴 것은 해방을 맞은 지 한 달쯤 된 무렵이었다.

1945년 10월 경성대학은 군정법령 제15호에 따라 '서울대학'이라는 명칭으로 다시 변경되었다. 이듬해 7월 미국 군정청의 문교부장 유억겸과 차장 오천석이 국립서울대학교 설립안, 즉 흔히 말하는 '국대안'을 발표하였다. 이 설립안에 따르면 경성제국대학의 후신인 경성대학의 3개 학부와 일제강점기에 만들어진 9개 관립 전문학교를 통폐합하여 종합대학을 설립하기로 되어 있었다. 미국에서 교육을 받은 오천석은 이러한 방식으로 식민지 고등교육의 유산을 청산하려고 하였다. 또한 뒷날 그는 "무능하거나 좌경 쪽의 교수를

1945년 유억겸과 함께
국립서울대학교 설립안에
주도적 역할을 한 오천석.

축출해 내고자 했던 의도도 다분했다"[54]고 회고한다. 이른바 '국대안 파동'으로 일부 교수들은 새로운 연구 환경을 찾아 미국을 비롯한 외국으로 가거나 월북하여 김일성종합대학 창설에 참여하였다.

당시 경성대학이나 국립서울대학교의 교수진은 크게 세 단체, 즉 ① '경성대학 자치위원회'처럼 각 대학과 전문학교를 자치적으로 접수한 자치위원회, ② '학술계의 대동단결'을 위하여 조직된 조선학술원朝鮮學術院, ③ 국학 분야 학회로 거듭 태어난 진단학회에 속한 구성원들이 주축이 되었다.[55] 이 중 이양하는 조선학술원에 속해 있었다. 조선학술원 휘보彙報에 따르면 1946년 8월 경성 종로 기독교청년회 2층에서 조선학술원 설립준비위원회가 조직되었다. 준비위원회는 조직 실무를 맡는 서기국 외에 이학부(도상록), 약학부(도봉섭), 공학부(최경렬), 기술총본부(윤일중), 농림부(조백현), 경제법학(백남운), 수산부(정문기), 역사철학(이병도), 의학(윤일선), 문학·언어학(이양하) 등 10개 분야의 부서를 두었다. 이양하는 1946년 경성대학이 국립서울대학교로 개편되면서 이 대학교의 문리과대학 교수에 취임하였다.

경성제국대학 법문학부 영문과의 전통을 이어받고 있지만 서울대학교 문과대학 영문학과는 교수진과 교과목에서 여러모로 크게 달랐다. 당시 일본의 제국대학들이 모두 그러했듯이 경성제국대학도 독일식 또는 유럽의 교육제도를 그대로 따랐다. 도쿄제국대학에서 법학을 전공한 일본의 국제사법학의 권위자인 야마다 사부로(山田三良)가 총장에 부임하였고, 법문학부 학부장에는 도쿄제국대학에서 문학박사 학위를 받은 하야미 히로시(速水滉)가

---

54 오천석, 『한국 신교육사』(현대교육총서 출판사, 1964); 김기석, 「해방 후 분단국가 교육체제의 형성, 1945~1948: 국립서울대학교와 김일성종합대학의 등장을 중심으로」,《사대논총師大論叢》53 (서울대학교 사범대학, 1996. 12), 8쪽에서 재인용.

55 이 점에 대해서는 김기석, 「해방 후 분단국가 교육체제의 형성, 1945~1948」, 4~5쪽 참고.

임명되었다. 문학부의 경우 전공이 제1강좌, 제2강좌, 제3강좌 하는 식으로 강좌제로 운영되어 한 강좌에 교수, 조교수, 조수, 강사, 그리고 사무원이 각각 한 사람씩 배정되어 연구실 하나를 운영하고 있었다. 영어·영문학 전공에서 는 앞에 언급한 영문학자요 시인인 사토 기요시가 1926년 설립 때부터 1945 년 1월 은퇴할 때까지 주임교수를 맡았다. 그 밑에 조교수로는 데라이 구니 오(寺井邦男), 나카지마 후미오(中島文雄), 요시무라 사다키치(吉村定吉), 영 국인 레지널드 호러스 블라이스가 영문학과 영어학을 담당하였다. 데라이는 1933년, 나카지마는 1936년 교수로 각각 승진하였다.

그러나 국립서울대학교는 유럽식이 아닌 미국식 학제로 개편하였고, 초창 기 영문과를 이끌어 간 핵심 인물은 다름 아닌 이양하였다. 그와 함께 최정 우, 장성언張聖彦, 전제옥全濟玉, 고석구高錫龜 등이 1945년과 1947년 사이 에 부임하여 영문과를 하나의 독립적인 학과로 만드는 데 이바지했지만 최정 우와 장성언은 곧 서울대학교를 떠나 다른 학교로 자리를 옮겼다. 그 뒤 권중 휘와 박충집朴忠集이 1948년과 1949년 사이에, 송욱이 1954년에 각각 교수 진에 합류함으로써 1960년대 초반까지 영문과의 기반을 다져 나갔다.

이양하가 서울대학교에 근무한 기간은 그다지 길지 않았다. 줄잡아 10년 남짓으로 연희전문학교에 근무한 기간과 거의 비슷하다. 1950년 12월에서 1952년 여름까지 미국 하버드대학교 대학원에서 영문학을 연구하였고, 잠시 귀국한 뒤 그 이듬해 1953년 12월 미국에 다시 건너가 예일대학교에서 영문 학을 연구하면서 새뮤얼 마틴 교수와 함께 『한미대사전』을 편찬했기 때문이 다. 1957년 봄 서울대학교로 돌아온 이양하는 그 이듬해부터 2년 동안 문리 과대학 학장 서리를 맡았다가 다시 평교수로 돌아와 근무하였다.

이양하가 서울대학교에 근무한 뒤 배출한 첫 제자 중에는 앞서 잠깐 언급 한 장왕록이 있다. 장왕록은 1948년 서울대학교 문리대 영문과를 졸업하고 1950년 서울대 대학원을 수료하였다. 그는 한국인 최초로 한국에서 영문학

논문을 쓰고 석사학위를 받은 것으로 알려져 있다. 이러한 관계로 그는 이양하를 누구보다도 잘 알고 있었다.

> 이양하 교수는 일견 중후한 인상을 풍기면서도 은근히 멋도 낼 줄 아셨다. 이를테면 계절의 변화에 민감하여 자주 옷을 바꿔 세련되게 입으셨고, 검은 테 안경에 머리는 항상 오른쪽을 약간 빗어 내려 이마 위에 드리우는 독특한 헤어스타일을 하고 계셨다. (…중략…) 그분은 과묵하셨고 약간 말을 더듬기는 했으나 그 한 마디 한 마디가 핵심을 찌르는 것이었다. 그리고 깊은 사념은 그분의 붓끝에서 약동했고 정교하게 다듬어진 유려한 글로 나타났다.[56]

여기서 눈에 띄는 것은 이양하가 옷을 세련되게 입는 등 은근히 멋을 낼 줄 아는 교수였다는 점이다. 실제로 그는 "나는 의복에 있어서는 역시 '훌륭하게 그러나 호화롭지 않게' 하는 셰익스피어의 가르침을 무엇보다 귀한 가르침이라고 생각하는 자로 청초하고 아담하게 입으려고는 할망정 호화롭게 입으려고는 꿈에도 생각지 아니하는 자이다"(25~26쪽)라고 밝힌 적이 있다. 그가 인용한 구절은 『햄릿』 1막 3장에서 폴로니어스가 프랑스로 떠나는 아들 레어티스에게 주는 충고 중 하나이다. 좀 더 정확하게 인용하면 "옷은 주머니 사정만 허락하면 얼마든지 돈을 들여도 좋다. 그러나 야단스러운 옷은 못쓴다. 옷은 바로 그 사람의 인품을 나타내 보이니 말이다"(1막 3장)이다.

장왕록의 눈에 비친 이양하의 모습은 연희전문학교 시절 제자들이나 지인들이 전하는 모습과 크게 다르지 않다. 고형곤에 따르면 이양하는 늘 검은 테 안경을 끼고 있어 어떤 때 안경을 벗으면 그 '옴팡한 눈'이 전혀 다른 사

---

56 장왕록, 『그러나 사랑은 남는 것』, 184쪽.

람처럼 보였다. 그런데 이양하는 '좀 괴팍해' 보였다는 가르마를 늘 왼쪽에서 갈라 빗어 내려 오른쪽 이마 위에 드리우는 '독특한 헤어스타일'을 하고 있었다. 장왕록의 말대로 이양하의 사진을 보면 오른쪽 머리카락이 늘 이마 위에 드리워져 있다. 이러한 독특한 헤어스타일이 제자들이나 지인들에게 수수께끼가 아닐 수 없었다. 일본 제국주의는 태평양전쟁에 돌입하면서 단발령을 내리고 국민복을 입도록 하였다. 그래서 장덕순을 비롯한 몇몇 제자들이나 지인들은 이양하의 두발에 큰 관심을 보였다.

일제의 최후 발악책으로 단발령이 내려졌다. 우리들은 누구보다도 이 선생의 삭발에 지대한 관심을 가지고 있었다. 그것은 자유주의자이시기도 한 선생님이 이 삭발령에 순응하느냐? 하는 것도 관심거리의 하나이지만, 그 언제나 비밀을 간직한 것 같은 앞이마의 소위 '애교발愛嬌髮'의 처리인 것이다. 애교를 위한 앞머리라면 너무도 길게, 답답할 정도로, 이마를 가렸기 때문에 그 속에는 어떤 비밀이 묻혀 있을 것이라고 생각했던 것이다. 어떤 짓궂은 친구는 선생님만이 다니는 이발소에까지 가서 그 비밀을 캐 보려고까지 한 일이 있었다.

그러나 선생님도 기어코 그 머리를 깎으셨고, 목에서는 타이가 벗겨지고 그 국방색의 '국민복'을 어색스리 몸에 걸치게 되었다. 정녕 선생님에게는 어울리지 않는다는 것보다 처참한 행색이었던 것이다. 낭만과 자유를, 그리고 고독을 물 마시듯이 하는 그 '멋쟁이' 선생님이 침략의 전시체제의 자세를 갖추었다는 것은 다시없는 비극이 아닐 수 없었다.[57]

---

57 장덕순, 「스승의 이모저모」, 230쪽.

이양하가 이렇게 독특한 헤어스타일을 고집한 데에는 그럴 만한 까닭이 있었다. 그의 오른쪽 이마 윗부분에 큰 상처 자국이 있었기 때문이다. 언제 상처를 입었는지는 몰라도 그는 이 흉터를 감추려고 그동안 애써 '애교머리'를 해 왔다. 그런데 이렇게 단발을 하고 나니 상처가 훤히 드러날 수밖에 없었다. 이양하는 마치 치부가 드러난 것처럼 쑥스럽고 부끄러웠을 것이다.

이양하는 서울대학교에 와서도 연희전문학교 시절과 마찬가지로 제자들에게 각별한 관심을 보였다. 가령 이양하는 정종화가 영국 유학을 가려고 준비할 때 여러모로 도와주었다. 영국 대학에 대한 유익한 정보를 주는가 하면 영국 대학에 추천서를 써 주었다. 영국 정부에서 주는 '브리티시 카운슬' 장학금을 신청할 때는 이양하가 직접 영국 대사관으로 관계자를 찾아가 부탁하기도 하였다. 김우창金禹昌이 미국 유학을 갈 때도 마찬가지였다. 수속 일이 잘 풀리지 않자 이양하는 몸소 문교부(교육부)에 찾아가 일을 해결해 주었다. 제자들은 스승이 비단 유학 문제만이 아니라 취직 문제에도 대단히 열성적이었다고 입을 모은다. 이양하는 제자들에게 "말 없고 가까이하기 어려운 분"이었지만 제자들 일이라면 좀처럼 마다하지 않았다.

이양하의 제자로 연세대학교 교수가 된 전형국은 1961년 동숭동 자택으로 이양하를 찾아가 "후진 영문학도들에게 심오한 문학 강의와 온후하고 인자하신 선생님의 덕을 배우게 하려는 심산에서" 연세대에 출강을 부탁하였다. 그러자 이양하는 "연희와 나는 특별한 인연이 있어……"라고 말하면서 출강을 흔쾌히 허락하였다.[58] 10여 년 동안 젊은 시절을 보낸 그로서는 연희 캠퍼스가 각별한 의미가 있었을 것이다. 그러나 그는 이 무렵 건강이 갑자기 나빠지면서 전형국에게 한 약속을 끝내 지키지 못하였다.

이양하가 배려한 것은 비단 제자들만이 아니라 동료 교수도 마찬가지였다.

---

58 전형국, 「연희 시절의 은사」, 194쪽.

예를 들어 이양하는 돈에 인색하다는 소리를 들으면서도 만약 동료 교수가 돈이 필요하면 다른 사람한테 빌려서라도 도와주었다. 1961년 2월 권중휘는 당시 단과대학이던 외국어대학의 학장을 맡아 서울대학교를 떠나야 했다. 제자들과 함께한 환송회에서 이양하가 환송의 말을 하다가 그만 흐느껴 말을 잇지 못했다는 것은 널리 알려진 일화이다. 그만큼 그는 우정을 무척 소중하게 생각하였다. 이양하는 권중휘와 경쟁 관계에 있을 법한데도 그에게 관포지교管鮑之交의 우정을 보여 주어 제자들과 후배들에게 귀감이 되었다.

한편 권중휘는 권중휘대로 이양하에 대한 우정이 깊었다. 동료 교수를 추모하는 글에서 그는 "아아 이 형, 형은 북에서 제弟는 남에서 출생한 곳을 달리하여 죽마를 같이하지 못하였을 뿐 이향의 동문同門에서 놀고 배우고 고락을 나누던 때로부터 어언 30여 년을 공부하는 분야를 같이하고 관심되는 문제를 같이하고 토의하는 제목을 같이한 사정과 정분과 신의를 두고 보면 소위 지친至親에 다름이 없지 않았오"[59]라고 밝힌다. '지친'이란 본디 매우 친한 사이나 아버지와 아들, 언니와 아우 사이처럼 매우 가까운 친족이나 그러한 사이를 일컫는 말이다.

미국 체류 시절

이양하는 1950년 한국전쟁이 일어나던 해 가을 미국 국무성 초청으로 미국에 건너가 하버드대학교에서 2여 년 동안 영문학을 연구하였다. 하버드대학교 소재지인 케임브리지에 가기 전 그는 미시건주 앤아버로 평소 알고 지내던 장성언을 찾아갔다. 장성언은 "한국전쟁을 방금 치르고 오신 탓이랄까,

---

59 권중휘, 「추도사」, 『이양하 교수 추념문집』, 188쪽.

대단히 여위시고, 안색이 좋지 않으셨던 것이 지금도 기억된다"[60]고 회고한다. 2년 남짓한 하버드대학교 체류 기간은 그에게 가장 한가롭고 유익한 시간이었다. 그는 강의 부담에서 벗어나 영국의 대학 도서관에 들어앉아 마음 놓고 책을 읽고 싶다고 입버릇처럼 말해 왔다. 그런데 비록 영국 대학은 아니지만 미국 대학에서 그 희망을 마침내 이룬 것이다.

케임브리지에 머무는 동안 이양하는 찰스강 변 솔저스필드의 모리스관에서 살았다. 이곳은 헨리 워즈워스 롱펠로Henry Wadsworth Longfellow의 집이 마주보이는 곳에 위치해 있어 이즈음 시에 부쩍 관심을 보이던 이양하에게는 시적 영감을 불어넣는 데 그야말로 더할 나위 없이 좋은 분위기였다. 마침 모리스관에는 서울대학교 영문과의 제자로 당시 하버드대학교 경영대학원에서 경영학 석사 과정을 밟고 있던 이한빈李漢彬이 머물고 있었다. 「스승의 추억」이라는 시에서 이한빈은 당시 이양하의 모습을 이렇게 노래한다.

아아 벌써 열세 해 전
찰스 강변 솔절즈필드
롱펠로우의 집이 마주 보이는
모리스관 삼층 건넌방 책상 위에는 언제나
시집과 옥편과
안경과 수건과
파이프와 코피 통이
같이 놓여 있었읍니다[61]

60 장성언, 「미국 시절의 이 선생」, 『이양하 교수 추념문집』, 232쪽.
61 이한빈, 「스승의 추억」, 『이양하 교수 추념문집』, 208쪽.

이한빈이 노래하듯이 이 무렵 이양하는 케임브리지에서 수도승과도 같은 생활을 하고 있었다. 물질세계는 비록 초라하고 빈약하여도 그의 정신세계는 은화처럼 찬란한 빛을 내뿜었다. 무엇보다도 그는 하버드대학교에 머무는 동안 본격적으로 시작詩作에 몰두하기 시작하였다. 그가 시를 쓸 수 있었다는 것은 그만큼 마음에 여유가 생기고 사색할 시간이 많아졌다는 것을 뜻한다. 그 제목도 영문으로 된 「CHARLES RIVER」는 바로 이 무렵 이양하가 쓴 초기 작품 중 한 편이다. 찰스강은 하버드대학교가 위치한 케임브리지와 보스턴 시내를 가로지르는 강이다. 당시 독신이었던 이양하는 이국땅에서 무척 외로웠지만 고독에 굴복하지 않고 그것을 창조적 에너지로 바꾸어 시를 썼다. 그에게 시작은 자아의 창조적 표현이기도 했지만 외로움과 싸우는 방편이기도 하였다.

하버드대학교에 머무는 동안 이양하에게 시 창작 못지않게 중요했던 것이 유명 교수들을 만난 것이었다. 그는 누구보다도 I. A. 리처즈와 저명한 문학비평가요 문학사가인 더글러스 부시 교수를 만난 것을 기뻐하였다. 특히 그는 일찍이 일본어와 한국어로『시와 과학』을 번역하면서 리처즈와 친분이 두터웠다. 한편 T. S. 엘리엇Thomas Stearns Eliot에 관심이 많던 이양하는 저명한 엘리엇 연구가 F. O. 매티슨Francis Otto Mattiessen 교수가 뉴욕시에서 자살했다는 소식을 전해 듣고 몹시 슬퍼하였다.

하버드대학교에서 2년을 보낸 뒤 이양하는 1952년 봄에 귀국하였다. 아직 전쟁 중이어서 웬만한 사람 같았으면 아마 무슨 구실을 붙여서라도 미국에 계속 머물러 있으려고 했을 것이다. 그러나 그는 귀국하여 부산 전시연합대학으로 돌아왔다. 당시 강의실이 따로 마련되어 있지 않아서 사용하지 않는 건물이나 개인 사무실, 교수 사택, 창고 등을 임시 교사로 사용하였다. 합동 강의는 부민관에서 진행하였고, 전공과목 가운데 문학부 A반(어학·문학)은 서구 부민동의 어느 유휴 건물에서, 문학부 B반(철학, 사학, 교육학)은 영도 남항 공설시장 부근의 중학교 교사에서 진행하였다.

귀국하기 전 1951년 말 이양하는 크리스마스 휴가를 이용하여 예일대학교가 있는 뉴헤이븐으로 가서 장성언을 방문하였다. 이때 장성언은 이양하에게 예일대학교 언어학부의 새뮤얼 E. 마틴 교수와 함께 한영사전 편찬 계획을 상의했다면서 그가 참여할 수 있는지 의향을 물었다. 이양하는 선뜻 이 계획에 찬성했지만 사전 편찬 비용 문제가 아직 해결되지 않아 일단 1952년 봄에 귀국하였다. 이듬해 1953년 마틴 교수와 장성언은 미국인문학회협의회(ACLS)의 동양어 연구 계획에서 사전 편찬을 위한 기금을 지원받자 이양하에게 연락하여 서둘러 미국에 오도록 부탁하였다. 미국에 가기 전 이양하는 자신을 찾아온 조풍연에게 다시 미국에 가서 한영사전을 편찬할 계획인데 조수로 같이 도미할 생각이 없는지 의사를 타진하였다. 그러나 조풍연은 가족을 두고 떠날 수 없어 포기할 수밖에 없었다고 밝혔다.

이양하가 다시 미국에 건너간 것은 1953년 12월이었다. 1954년 1월 16일 최정수에게 보낸 편지에 따르면 12월 14일 부산을 출발하여 도쿄에서 사흘, 하와이에서 하루를 보내고 샌프란시스코에 도착한 것이 19일이었다. 그곳에서 며칠 묵고 기차를 타고 워싱턴으로 이동하여 다시 며칠 머문 뒤 뉴헤이븐에 도착하였다. 이양하는 처음에는 사전 편찬 작업을 그렇게 시간이 많이 소요되는 작업으로 생각하지 않은 듯하다. 그는 최정수에게 보낸 편지에서 "아직 좀 더 해 봐야 알겠지만 1년에는 도저히 안 되겠고 2년도 부족하지 않을까 하네. 가다는 큰일 날 일을 붙들었다는 생각을 금할 수가 없네"[62]라고 걱정한다.

이양하는 예일대학교에서 15분가량 걸리는 조용한 개인 집에 방을 하나 얻어 지냈다. 방이라고는 하지만 침대 하나, 책상 하나, 의자 하나, 책과 종이가

---

62 이양하, 「최 군에게」, 『이양하 교수 추념문집』, 179쪽.

여기저기에 쌓여 있는 을씨년스러운 공간이었다. 몇 해 전 케임브리지의 모리스관에 머물 때와 크게 다르지 않았다. 이양하가 세든 뉴헤이븐 집에는 노파가 혼자 살고 있었는데 귀가 먹어 말동무를 삼을 수 없어 무척 외로웠다. 그래서 이양하는 그때처럼 절실히 동반자가 있었으면 하고 바라던 때도 없었다. 이양하는 최정수에게 보낸 편지에서 그답지 않게 부척 외로움을 털어놓는다.

> 외로운 것은 이미 경험한 바이고 각오도 한 바이지만 어떤 땐 참말 견디기 힘들세. 어떤 여자 하나 사귀면 하나 여기는 보스턴과도 달라 조그만 학교 도시라 전혀 가능성이 없어 보이고 이런 것을 생각할 때마다 서울에서 가정이나 갖게 하는 것이 할 일이 아니었는가 하는 생각을 아니할 수 없네. 어디 가합可合한 사람이 있으면 즉금卽今부터라도 알아보라.[63]

아무리 허물없는 친구라고는 하지만 평소 과묵하기로 널리 알려진 이양하가 이렇게 외로움을 토로하면서 배우자를 구해 달라고 부탁하는 것은 여간 놀라운 변화가 아닐 수 없었다. 그만큼 이 무렵 그는 외로움을 절실히 느꼈다. 그도 그럴 것이 그의 나이도 어느덧 오십 고개를 넘어섰다. 이양하가 당시 학생들에게 우정 못지않게 사랑과 연애를 강조한 이유를 알 만하다. 「내가 만일 다시 대학생이 된다면」에서 그는 "그래 만일 다시 대학생이 된다면, 정말 깨끗하고 아름답고 열렬한 사랑을 하겠다. 사랑은 인생의 왕관이요, 20 청춘은 인생의 왕자라"(144쪽)라고 말한다. 그러면서 그는 계속하여 "그것은 20 청춘에 가장 깨끗하고, 가장 아름답고, 가장 열렬한 표현을 가질 수 있는 것이다"(144쪽)라고 밝힌다. 여기서 이양하는 20대 청춘에 순수한 사랑을 하지

---

63 이양하, 앞의 글, 179쪽.

못한 것을 후회하는 한편, 장년이 되어서까지도 외롭게 살아온 자괴심을 털어놓는다.

의지가 있으면 길이 있다고, 이렇게 반려자가 절실히 필요하다고 느낀 이양하는 이제 더 머뭇거릴 이유가 없었다. 더구나 그에게는 오래전부터 마음에 둔 여성이 한 사람 있었다. 그녀는 1936년 이화여자전문학교 문과에서 영문학을 전공한 뒤 모교에서 강의하다가 미국 예일대학교에서 드라마를 전공하고 있던 장영숙張英淑이었다. 연희전문학교에 근무할 시절부터 이양하는 그녀를 잘 알고 있었다. 연희전문학교 제자인 최승규崔承圭는 한국전쟁 전에는 정지용과 이양하가 서로 경쟁적으로 장영숙을 좋아했다는 일화를 소개한 적이 있다.[64] 그러나 정지용은 휘문고등보통학교에 입학하기 전 열두 살이던 1913년 이미 송재숙宋在淑과 결혼한 상태였으므로 마음속에서라면 몰라도 드러내 놓고 장영숙을 좋아할 수는 없었을 것이다. 만약 최승규의 말대로 두 사람이 장영숙을 두고 경쟁을 벌였다면 비록 이혼한 상태이기도 하여도 이양하가 훨씬 유리했을 것이다.

1952년 봄 하버드대학교 교환교수를 마치고 귀국하기 전 크리스마스 휴가 때 뉴헤이븐에 들른 이양하는 어느 날 장성언에게 '제자'나 '동료'로서가 아니라 '친구'로서 상의할 것이 있다고 하면서 호텔로 초대하였다. 장성언은 연희전문학교에 다닐 때 윤동주, 유영, 송몽규 등과 함께 이양하의 제자였고, 서울대학교 초창기에 잠시 동료 교수로 근무한 적도 있었다. 그래서 이양하는 그동

---

64 최승규, 「영문학부와 대학원의 추억」, 연세대학교 영어영문학과 동창회 편, 『우리들의 60년: 1946~2006』(연세대학교 영어영문학과 동창회, 2007). 뒷날 미국에 유학한 최승규는 노스캐롤라이나대학교(채플힐)와 미시간대학교에서 영문학을 연구한 뒤 독일 하이델베르크대학교에 유학하여 이탈리아 아시시의 성聖 프란체스코 성당의 벽화 연구로 미술사 마기스터 아테리움(석사 학위)를 받고, 중국 산둥(山東)대학교에서 고고미술사를 연구하고, 다시 미국 피츠버그대학교에서 한대漢代 중국 화상석 연구로 미술사 박사 학위를 받았다.

안 누구보다도 그를 편하게 대해 왔다. 그런데 그날 이양하가 갑자기 '친구'로서 상의할 일이 있으니 만나자고 하자 장성언은 조금 당황할 수밖에 없었다.

이양하는 평소에도 말문을 트는 데 어려움이 있었지만 호텔에서 장성언을 만났을 때는 더더욱 그러하였다. 오랫동안 뜸을 들인 뒤에 그는 마침내 "내 결혼 문젠데, 장 군은 어떻게 생각하나?"라고 물었다. 장성언은 이양하가 자기 누이 장영숙을 결혼 상대로 염두에 두고 있다는 것을 알아차렸다.

> 나도 말문이 트이지 않았다. 이 문제는 우리 집안에 미묘한 암영을 던지고 있었기 때문이다. 내 누님(현 선생 부인)의 태도도 당시 석연한 바가 없었다. 문제는 간단한 것이었다. 선생이 이혼한 몸이라는 것과, 선생과 내 형수님이 숙질 관계에 있는 데 있었다. 전자는 우리가 엄격한 기독교 속에서 자라난 데서 온 난관이었다. 후자는 물론 한국 특유의 사고방식에서 온 것이다.[65]

여기서 장성언은 이양하가 자신의 누나 장영숙과 결혼하는 데 걸림돌의 하나로 그가 결혼한 전력이 있다는 것을 꼽았다. 그러면서 장성언이 굳이 기독교를 언급하는 것은 남매가 개신교 목사 집안에서 자랐기 때문이다. 「이만영 목사」라는 수필에는 장영숙이 이양하에게 "왜 그렇게 훌륭한 목사가 혜명교회 같은 조그만 교회로만 돌아다녀야 할까. 그분도 당신같이 평안도 사람이 되어 출세 못 하는 것이 아니겠소"(277쪽)라고 말한다. 그러자 이양하는 "여기는 아마 평안도 출신의 감리교 목사로서 일평생 평목사로서 지낸 자기 선고先考의 처지를 생각하는 울분이 섞여 있으렸다?"(277쪽)라고 적는다.

잘 알려진 것처럼 기독교에서는 원칙적으로 이혼을 금한다. 성경에서는

---

65 장성언, 「미국 시절의 이 선생」, 234쪽.

"'누구든지 아내를 버리려는 사람은 그에게 이혼 증서를 써 주어라' 하고 말하였다. 그러나 나는 너희에게 말한다. 음행을 한 경우를 제외하고 아내를 버리는 사람은 그 여자를 간음하게 하는 것이요, 또 버림받은 여자와 결혼하는 사람은 누구든지 간음하는 것이다"(「마태복음」 5장 31~32절)라고 가르친다. 1920년대 초엽 아직 조혼이 성행하고 이혼이 오늘날처럼 법적으로 처리되지 못할 수 있는 정황을 염두에 두면, 당시 이양하가 젖어머니의 중매로 서둘러 결혼한 여성과 법적으로 정당하게 이혼을 마무리 짓지 못했을 가능성도 있다. 이양하의 결혼과 이혼은 장영숙이 미국으로 유학을 떠나기 전 경성에서 유명한 발레리노와 염문을 퍼뜨려 장안의 화제가 되었다는 것과는 또 다른 차원의 이야기였다.[66]

이양하가 장영숙과 결혼하는 데 두 번째 걸림돌은 친척 관계라는 점이다. 장성언의 형수가 이양하와 숙질 관계라면 그의 형수는 아마 이양하의 사촌 형이나 사촌 누나의 딸인 것 같다. 「나의 소원」에서 이양하는 "나의 짧은 경험으로 나는 욕심이 또 모든 괴로움의 근원이라는 것을 알고 있다. 그러고 보니 여기 있어서도 내 조카애의 해결책이 현명한 해결책 같다"(31쪽)고 하면서 '조카애'를 언급한다. 이 무렵 이양하는 '조카애'와 함께 살고 있었던 것 같다. 장성언이 말하는 형수가 다름 아닌 이 '조카애'일 가능성을 배제할 수 없다. 어찌 되었든 전통적인 유교 사회에서는 친족 사이의 결혼을 엄격히 금한다. 그러나 이러한 '미묘한 암영'에도 이양하는 1957년 2월 마침내 뉴헤이븐에서 장영숙과 결혼식을 올렸다. 장성언은 이양하의 시 「십년 연정」이 자신의 누이와 관련 있는 작품으로 생각한다. 이제는 세월이 흘러 '연정 10년'이 아니라 '연정 20년'으로 제목을 바꾸어야 할지 모른다고 말하는 것을 보면 더더욱 그러한 생각이 든다.

---

66 장영숙과 발레리노의 연애에 관한 사항은 김욱동과 김용권과의 전화 인터뷰(2020년 11월 20일)에 따른 것이다.

교수직이라는 같은 직종에 종사한 이양하와 장영숙은 상대방을 잘 이해했지만, 적어도 성격에서는 그렇게 썩 잘 어울렸던 부부 같지는 않다. 「새해의 결심에 관하여」에서 이양하는 자신은 장기를 그만두고 책 한 장이라도 더 읽겠다고 다짐하는 반면, 장영숙은 "이제 이유 없는 화를 내지 않겠다, 다시 말하면 신경질을 부리지 않겠다 하였다"(239쪽)고 적는다. 「화나는 일에 관하여」를 보면 장영숙은 평소 남편에게 신경질을 잘 부렸던 것 같다. 이 수필은 미국 공보원에서 강연 부탁을 받은 이양하가 아내와 함께 택시를 타고 가던 중 강연 원고를 잃어버린 일화를 다룬다. 그런데 두 사람은 상대방에게 몹시 화를 내며 '인신공격'을 퍼부었다.

미국에 머무는 동안 이양하는 하버드대학교와 예일대학교가 위치한 뉴잉글랜드 지방을 유난히 좋아하였다. 미국에서도 산이 험준하고 골짜기가 깊고 아름다운 호수와 해변이 많은 이 지역을 그는 혼자서 즐겨 여행하였다. 이양하가 뉴잉글랜드 지방을 좋아한 것은 어쩌면 이 지역의 지형이 그가 태어나 자란 평안남도 강서와 비슷하기 때문일지도 모른다. 『이양하 교수 추념문집』에는 코네티컷주 드림레이크 호반 잔디밭에 하늘을 향하여 벌렁 드러누워 있는 사진이 한 장 실려 있다. 이 호수는 뉴헤이븐에서 고속도로로 30분이 채 걸리지 않는 곳에 있어 아마 시간 날 때마다 그가 자주 찾아간 듯하다. 다리를 꼰 채 한 발을 쳐들고 누워 있는 그의 모습이 마치 어머니의 품 안에 안긴 듯이 무척 편안해 보인다.

뉴헤이븐에 머무는 동안 이양하는 호수를 비롯한 자연만 좋아한 것은 아니었다. 케임브리지에 체류할 때와 마찬가지로 그는 여러 유명 인사들을 만났다. 장성언의 지적대로 그는 과묵하면서도 인품 있는 명사들을 만나는 것을 큰 즐거움으로 삼았다. 1950년대 예일대학교는 2차 세계대전 이후 미국 학계와 문단에서 주류 비평 이론으로 떠오른 신비평의 본거지와 다름없었다. 1951년 로버트 펜 워런Robert Penn Warren이 미네소타대학교에서 예일대학교로 자리를 옮기면서 예일에는 존 크로 랜섬John Crowe Ransom, 앨런 테이트Allen Tate, 윌리엄 윔잿William Wimsatt, 클렌스 브룩스Cleanth Brooks 같은 쟁쟁한 비평가들이 교수로 있었다. 이양하는 신비평 이론을 정립하고 그것을 몸소 실천하던 그들의 강연에 부지런히 참석하였다. 다만 이양하는 귀국한 뒤에서야 T. S. 엘리엇이 예일대학교에서 강연하는 바람에 참석하지 못한 것을 못내 아쉬워하였다. 어쩌면 이양하는 몇 해 전 엘리엇 연구가 F. O. 매티슨의 사망보다도 엘리엇의 강연을 놓친 것을 훨씬 더 안타까워했을 것이다.

한편 장성언은 뉴헤이븐에 머물러 사전 편찬에 종사할 무렵 이양하가 "프레스카트의 『시의 정신』과 하딩의 『영감의 해부』 등의 창작 심리에 관한 저술을 탐독하셨다"[67]고 밝힌다. 앞의 책은 아마 코넬대학교 영문학과 교수를 지낸 F. C. 프레스콧F. C. Prescott의 『시와 꿈』(1919)을 말하는 것이고, 후자는 로저먼드 하딩Rosamond Harding의 『영감靈感의 해부』(1949)라는 책을 말하는 것 같다. 두 책 모두 장성언의 지적대로 심리학적 관점에서 시 창작 과정을 다룬다. 특히 영국의 음악 연구가 하딩은 심리학 관련 저서도 집필하였다. 이렇게 이양하는 평소 문학 장르 중에서도 가장 흥미로운 것은 시요, 이러한 시를 좀 더 자세히 이해하려면 시학을 공부해야 한다고 생각하고 있었다. 그가 리처즈의 『과학과 시』를 일본어와 한국어로 각각 번역했다는 것은 이미 앞에서 밝혔다.

그런데 여기서 한 가지 흥미로운 것은 예일대학교에 체류할 당시 이양하가 시학 공부를 열심히 한 것 말고도 시를 읽는 모임도 만들었다는 점이다. 말하자면 그는 당시 이론과 실천 모두에 관심을 기울였다. 그는 시를 읽는 조그마한 모임을 만들어 목요일마다 장성언의 집에서 만났다. 당시 읽은 시는 한

---

67 장성언, 「미국 시절의 이 선생」, 233쪽.

국 시보다는 주로 영국 시와 미국 시였다. 장성언은 "당시 읽은 시는 '이미지' 파 이래의 현대시였다. 이때 선생은 처음으로 에밀리 디킨슨Emily Dickinson 의 시를 알게 되신 것 같다. 그의 종교적인 시에는—'별안간 신神을 내놓는 것은 문제를 회피하는 것 같다.'—별 감동을 받으신 것 같지 않으셨지만, 그 의 자연시에는 찬탄하시며, 또한 묘한 마음의 각도를 가진 여시인이라 하셨 다"[68]고 밝힌다.

이 밖에도 이양하는 예일대학교에서 멀리 떨어져 살던 린위탕(林語堂)을 찾아가 하루를 보냈다. 당시 중국의 문명비평가로 이름을 떨치던 린위탕은 1930년대 중반부터 30여 년 동안 미국에 거주하였고, 1953년에는 UN 총회 중국 대표 고문으로 활약하였다. 또 이양하는 중국의 자유주의 철학가이자 문학가요, 외교관이자 교육자인 후스(胡適)가 예일대학교에서 강연을 할 때 도 참석하였다. 그리고 영국의 생물학자로 유네스코의 초대 사무총장을 지 낸 줄리언 헉슬리Julian Huxley가 예일대학교에서 진화론을 강의할 때도 참 석하였다. 그런가 하면 이양하는 서구 중심의 전통 사관에서 벗어나 새로운 사관으로 인류 문명을 관찰한 아널드 토인비Arnold Toynbee의 강연에도 빠 짐없이 참석하였다.

이렇게 뉴헤이븐에 4년 남짓 머무는 동안 이양하의 일화 한 토막이 전한 다. 1955년 봄 그는 돈이 생기자 자동차 한 대를 구입하였다. 그가 자동차를 운전하는 모습은 마치 두루마기에 갓을 쓰고 자전거를 타는 모습처럼 그렇 게 썩 잘 어울려 보이지 않는다. 평소 걷는 것을 좋아하던 그가 자동차를 구 입한 것이 선뜻 이해가 가지 않는다. 그러나 이양하가 장성언에게 "제 손으로 번 돈을 쓴다는 건 유쾌한 일이다"라고 말하는 것을 보면 아마 사전 편찬으 로 받은 돈을 마땅히 쓸 만한 곳이 없었던 것 같다. 또한 이양하는 불편하게

---

68 장성언, 앞의 글, 235쪽.

버스나 기차를 이용하는 것보다는 자동차를 타고 경치 좋은 뉴잉글랜드 지방을 이곳저곳 두루 여행하고 싶었는지도 모른다.

그런데 문제는 이양하가 자동차를 제대로 다룰 줄 모른다는 데 있었다. 자동차 운전학원에서 운전을 배웠는데 보통 사람 같았으면 두세 주 정도면 배울 것을 그는 한 달이나 걸렸다. 이렇게 힘들게 배운 운전 실력도 신통하지 않아서 이양하는 누가 옆자리에 같이 타지 않으면 불안하여 운전을 제대로 하지 못하였다. 장성언은 그가 운전하는 차를 타 보고는 두 번 다시 타려고 하지 않았다.

어느 날 장성언이 급히 연락을 받고 찾아가니 이양하가 상반신을 석고로 싸매고 있었다. 그날 아침 혼자서 차를 몰고 나가다가 그만 전신주를 들이받았다는 것이다. 쇄골이 부러져 병원에서 치료를 받고 집에서 쉬고 있는 중이었다. 그 모습을 보고 장성언이 실례를 무릅쓰고 크게 웃음을 터뜨리자 이양하도 따라 크게 웃으면서 "실수엔 언제나 우스운 데가 있다"고 말하였다.[69] 그로부터 2년 후 장영숙과 결혼식을 올린 뒤에는 손수 자동차를 몰고 신혼여행을 떠났다.

이양하는 어려움에 놓인 친구를 기꺼이 도와주면서도 돈에는 무척 인색했던 것 같다. 고형곤은 "돈에는 무척 인색해서 술 한잔 사는 일이 없건만 그래도 동료나 친구들치고 그를 따르지 않는 사람이 없었고……"[70]라고 말한 적이 있다. 다른 동료들도 이러한 주장을 뒷받침한다. 고형곤보다는 어조를 많이 낮추었지만 권중휘도 "돈의 힘을 그는 어디서 체득하였는지 모르겠다. 그러나 그는 돈이 할 수 있는 것과 할 수 없는 한계를 알고 있었다"[71]고 밝힌다. 이러한 말

---

69 장성언, 앞의 글, 235쪽.
70 고형곤, 「연희 시절의 이양하 씨」, 219쪽.
71 권중휘, 「고 이양하 군의 일면」, 216쪽.

들을 종합해 보면 이양하가 돈에 인색했던 것은 틀림없는 사실인 듯하다.

이양하가 이렇게 돈에 '인색한' 것은 크게 두 가지 이유에서 비롯한다. 첫째, 그는 일찍이 고향을 떠나 홀연 단신으로 살아가면서 경제적으로 자립해야 하였다. 이러한 상황에서 그는 어쩔 수 없이 돈을 아낄 수밖에 없었을 것이다. 연희전문학교 재직 시절 그는 와우산 기슭에 살면서 '이 서방'이라는 이웃집 농부와 같이 돼지를 길렀다. 그만큼 그는 돈이 될 만한 것이라면 기회를 놓치려고 하지 않았다. 이 무렵 그가 유난히 불평을 늘어놓은 것도 노력의 대가에 비하여 들어오는 돈이 적었기 때문일 것이다.

둘째, 자연을 사랑하던 이양하는 늘 서울에서 그다지 멀지 않은 우이동 같은 조용한 곳에 산장 같은 집을 짓고 살고 싶어 했다. 연희전문학교 시절 그가 살던 와우산 기슭 집도 일반 주택이 아닌 산장식 집이었다. 오늘날 우이동은 나무가 우거진 숲 대신 고층 아파트들이 숲을 이루고 있지만 일제강점기나 해방 직후만 하여도 시골 벽지와 다름없었다. 1940년대 초에 경성 학생들이 우이동으로 소풍을 갈 정도였으니 우이동이 얼마나 시골이었는지 쉽게 짐작할 수 있다. 이양하는 서울 곳곳에 흩어져 있는 서울대학교 캠퍼스를 우이동 한곳에 모아 종합 캠퍼스를 건설하자고 주장하기도 하였다.

이양하는 사전 편찬으로 받은 돈으로 와우산 기슭에서 동숭동으로, 동숭동에서 다시 우이동으로 이사하여 별장 집을 마련할 수 있었다. 장영숙이 회고하듯이 "양하에게는 두 가지 소원이 있으니, 하나는 더 늙기 전에 옥스퍼드에서 한 이태 동안 책을 읽는 것이고, 또 하나는 환갑을 맞이하여 학교를 은퇴하고 우이동 산장에 칩거하면서 글을 쓰겠다는 것이었다"[72]고 회고한다. 이양하는 첫 번째 소원은 이루지 못했지만 우이동에 산장을 마련하는 꿈은

---

72 장영숙, 「제2 수필집 『나무』 서문」, 『신록예찬: 이양하 수필선』 (을유문화사, 2005), 16쪽.

제대로 이루었다. 연희전문학교 교수 시절 그와 이웃집에 살았던 고형곤이 서울대학교 부속 병원으로 병문안 갔을 때 이양하는 "사람이 났다 죽는 것은 매일반이지만 우이동 별장을 더 좀 즐겨 보지 못하는 것이 섭섭하다"[73]고 말하였다. 그가 얼마나 우이동 집을 사랑했는지 쉽게 미루어 볼 수 있다.

피천득皮千得도 이양하를 회고하는 글에서 "이양하 선생은 재산, 지위, 명예, 학덕 그리고 경애하는 부인, 세상 사람이 바라는 모든 것을 다 가졌었다. 그러나 그는 끔찍이 가지고 싶은 것이 두 가지가 있다"[74]고 말한다. 피천득이 말하는 두 가지란 하나는 젊음이고 다른 하나는 좋은 글이다. 실제로 이양하는 대여섯 살 때 어머니의 상여 뒤를 따라가며 시체 냄새를 맡은 것이 트라우마가 되어 평생 죽음의 그림자 속에서 살다시피 했을 뿐 아니라 노년으로 접어들면서 지나간 젊음을 무척 아쉬워하였다. 두 번째로 이양하가 그토록 가지고 싶어 한 것은 후대에 남을 만한 좋은 글을 쓰는 것이었다.

이양하가 이렇게 사전 편찬과 영어 교과서 집필에 유달리 집착한 것은 도쿄제국대학 시절 스승 이치카와 산키(市河三喜) 교수한테서 받은 영향도 한몫 톡톡히 하였다. 고형곤은 이양하가 평소 그의 스승이 『에이와지텐(英和辭典)』을 편찬하여 받은 인세로 "가라쿠라(鎌倉)에 별장을 구입하여 편안하게 사는 것을 매우 부러워했다"[75]고 전한다. 여기서 고형곤이 말하는 『에이와지텐』이란 이치카와가 구로야나기 구니타로(畔柳都太郎), 이이지마 히로사부로(飯島広三郎)와 함께 편찬하여 1931년 후잠보(冨山房) 출판사에서 출간한 『다이에이와지텐(大英和辞典)』, 그리고 아치카와가 편찬하여 1949년 겐큐사에서 발행한 『신에이와고지텐(新英和小辞典)』을 말하는 것 같다. 이양하도 아

---

73 고형곤, 「연희 시절의 이양하 씨」, 220쪽.
74 피천득, 「젊음과 글」, 『이양하 교수 추념문집』, 236쪽.
75 고형곤, 「연희 시절의 이양하 씨」, 220쪽.

도쿄제국대학 교수 이치카와 산키.
그는 일본에서 영화사전을 출간하여
받은 인세로 별장을 마련하였다

치카와처럼 영어사전을 편찬하고 영어 교과서와 참고서를 집필하여 돈을 많
이 벌어 마침내 우이동에 별장을 샀다.

　이 점을 염두에 둔 듯이 피천득은 이양하를 회고하는 글에서 "'누가 가난
하지 않고야 글을 쓰느냐?' 이것은 존슨 박사의 말이지만 그는 부유하면서도
글을 쓰고 싶어 하였다. 아마 창조의 기쁨을 위하여 글을 쓰고 싶어 하였을
것이다"[76]라고 말한 적이 있다. 과연 새뮤얼 존슨이 그러한 말을 했는지는 알
수 없지만 그는 분명히 "오직 바보만이 돈을 받지 않고 글을 쓴다"고 말한 적
은 있다. 다시 말해서 돈을 받지 않고도 글을 쓰는 사람은 바보라는 것이다.
이양하는 존슨처럼 돈을 벌려고 글을 쓰지는 않았지만 교과서와 참고서 집
필은 돈을 벌려고 하였다. 이양하에게 교과서와 참고서 집필은 말하자면 여
유 있게 글을 쓰기 위한 수단에 지나지 않았다. 피천득의 지적처럼 오히려 이

---

76 피천득, 「젊음과 글」, 237쪽. 이양하는 「글」에서 "'누가 가난하지 않고야 글을 쓰느냐?'
　이 말이 보통 사람의 말이라면 귀 넘겨 들을 수도 있는 말이나 거짓 없고 지혜 있는 존
　슨 박사의 말이란 것을 생각하면 도저히 허술히는 생각할 수 없는 말이다"(38쪽)라고
　말한다. 피천득은 이양하의 인용문을 토씨 하나 고치지 않고 그대로 옮겨 적는다.

양하는 돈을 벌어 놓고 여유 있게 글을 쓰고 싶었던 것이다.

한편 권중휘는 영한사전 편찬 작업으로 받은 인세로 크라운맥주를 생산하는 조선맥주회사의 주식을 조금 샀다. 그래서 그는 강의 도중 학생들에게 짙은 경상도 사투리로 자신이 한국 최대 맥주회사의 주주라고 파안대소하며 농담하기도 하였다. 그러나 권중휘가 어떤 막대한 이익을 기대하고 맥주회사에 돈을 투자한 것 같지는 않다. 이양하와는 달리 권중휘는 가장 오랜 역사와 높은 반격班格을 지닌 명문 가문 중 하나인 안동 권씨 가문 출신 때문인지 몰라도 돈에는 그다지 관심이 없었던 것 같다. 이양하처럼 돈에 관심이 많던 비슷한 연배의 영문학자 중에는 최재서를 빼놓을 수 없다. 권중휘는 이양하가 미국에 건너가자 그가 맡던 강의를 당시 연희전문대학에서 근무하던 최재서에게 맡겼다. 그런데 최재서는 강사료가 적다는 이유로 개강할 때 단한 번 나오고 두 번 다시 강의실에 나타나지 않았다. 적어도 이렇게 돈에 관심이 많았다는 점에서 이양하와 최재서는 서로 닮았다.

그러나 이양하가 단순히 금전적 이유만으로 영어 교과서와 참고서를 집필했다고 볼 수는 없다. 일제강점기 그는 누구보다도 영어 교육에 관심이 많았기 때문이다. 장왕록은 이양하가 좀처럼 화를 내지 않는 너그러운 성품을 지녔지만 화를 내는 것을 두 번 보았다고 회고한다. 그중에서 한 번은 이양하의 연구실에서 대학원 학생들이 새뮤얼 콜리지의 『바이오그라피아 리테라리아』(1817)를 돌아가면서 읽는 자리에서였다. 한 지방 출신 학생의 발음이 너무 부정확하자 이양하는 그답지 않게 화를 내며 "앞으론 대학원생을 뽑을 때 반드시 읽히는 테스트를 해야겠소"라고 말했다는 것이다.[77] 이양

---

77 장왕록, 「나의 은사 이양하 교수」, 186쪽. 이양하가 두 번째로 화를 낸 것은 학생들에게 한국전쟁 때 겪은 일을 회고하면서 공산주의자들의 기만과 비인도적인 만행을 언급할 때였다.

하는 영문학 공부도 오직 탄탄한 영어 실력의 바탕 위에서만 가능하다고 생각하였다. 그래서 그런지 그는 영문과 학부 학생을 선발하는 면접시험에서도 'intellectual' 같은 낱말을 대며 그 의미를 물어보기도 하였다.

이양하가 기본 영어를 중시했다는 것은 번역서 『시와 과학』의 '역자 서문'에서도 엿볼 수 있다. 저자 I. A. 리처즈를 소개하면서 이 케임브리지대학교 출신의 영국 학자가 14~15년 전에 베이징(北京)대학교의 초청을 받아 중국에서 영어와 영문학을 가르친 일이 있다고 밝힌다. 리처즈는 『기본 영어(Basic English)』를 집필하여 전 세계에 걸쳐 영어 교육자로 이름을 떨쳤다. 이 책은 1946년 을유문화사가 상·하 두 권으로 발행하기도 하였다. 이양하는 "이 『기본 영어』를 통하여 보건대 씨는 대전 중 미국으로 가 하버드대학에서 교편을 잡는 한편 록펠러재단의 촉탁을 받아 영어 교육의 개선과 연구에 종사하여 오고 현재는 주로 '기본 영어'의 주창자요 지도자로 영명令名을 날리고 있는 듯하다"[78]고 밝힌다.

흔히 '언어 감각의 대가'로 일컫는 리처즈는 중국과 미국에서 오랫동안 영어와 영문학을 가르쳤기 때문에 외국어로서 영어를 배우는 학습자들의 성향을 누구보다도 잘 알고 있었다. 이양하도 어쩌면 리처즈처럼 한국인에게 알맞은 영어 교과서를 집필하고 싶었을지 모른다. 일제 식민주의에서 갓 벗어난 한국에서는 리처즈의 역할을 맡을 학자가 절실히 필요했기 때문이다. 한편으로는 한국의 영어 교육에도 공헌하고 다른 한편으로는 우이동 별장을 구입

---

78 이양하, 「역자 서문」, I. A. 리처즈, 『시와 과학』 (을유문화사, 1947), 1쪽. 오직 850 낱말만을 사용하여 영어를 구사하도록 한 '기본 영어'의 이론은 본디 찰스 K. 오그던이 처음 고안한 것이었고, 리처즈가 그것을 좀 더 정교하게 다듬고 발전시켰다. 『Basic English』를 『기본 영어』로 옮겼지만 영어 제목 중 'BASIC'은 'British, American, Scientific, International, Commercial'의 약자로 저자는 여러 분야에서 도움을 줄 수 있는 보편적인 국제어로서의 영어에 초점을 맞추었다. 이양하는 리처즈가 중국에서 강의한 대학을 베이징대학이라고 언급하지만 실제로는 베이징 소재 칭후아대학(淸华大学)이었다.

할 돈을 벌 수 있다면 아마 일석이조라고 생각했을 것이다.

이양하가 이렇게 영어 교육을 중요하게 생각한 것은 한국이 발전하기 위해서는 영어가 필수이라고 판단했기 때문이다. 그는 영어를 발판으로 삼아 얼마든지 다른 분야에서 활약할 수 있다고 생각하였다. 뒷날 남덕우南悳祐와 함께 한국 경제의 고도성장을 이끈 '서강학파'의 핵심 인물 중 한 사람인 경제학자 이승윤李承潤은 1951년 수원에 있던 전시연합대학 서울대학교 영문학과에 입학하였다. 부산의 전시연합대학을 거치며 2년여를 수학할 즈음 그는 전공과목에 회의를 느꼈다.

> 이때 서울대 문리대 영문과에는 당대의 유명한 석학인 이양하, 권중휘, 송욱 교수 등이 있었고, 나는 이들로부터 셰익스피어와 T. S. 엘리엇 등 고전과 현대 영문학을 배웠다. 그러나 크게 흥미를 느끼지 못했다.
> 1953년이었을 것이다. 교수들의 인솔 아래 영문학과 학생들이 부산 동래로 소풍을 간 적이 있었다. 그때 자유토론처럼 학생들과 교수들이 허심탄회한 대화를 나누는 시간을 가진 적이 있었다. 나는 이때 "문학이라는 것도 물적 토대 없이는 어려운 것 아니냐? 나는 문학을 접고 유학을 떠나지만 여러분이 문학을 하는 데, 토대를 만들어 주겠다"고 호언을 했다. 그때 이양하 선생 외 여러분들이 "좋은 얘기"라며 껄껄 웃던 기억이 난다.[79]

수많은 사람이 죽거나 부상당하고 국토가 파괴되며 경제의 기반인 의식주가 무너지는 등 전쟁이 훑고 간 참상에서 영문학 공부가 과연 무슨 의미가 있을지 회의에 빠진 것은 비단 이승윤 한 사람만이 아니었을 것이다. 그래서

---

79 이승윤, 『전환의 시대를 넘어서』 (투데이미디어, 2011), 150쪽.

1952년경 서울대학교 영문과 제자들과 찍은 사진. 맨 앞줄 중앙에 고석구, 이양하, 권중휘, 송욱 교수의 얼굴이 보인다.

그는 결국 전후의 현실에서 경제학 공부가 영문학 공부보다 더 절실하다는 결론을 내리고 미국 유학을 떠날 결심을 하였다. 이러한 결의에 대하여 이양하를 비롯한 교수들은 만류하기는커녕 "좋은 얘기"라며 손을 들어 주었다.

동숭동과 우이동

이양하는 1957년 서울에 돌아온 뒤에도 한동안은 서울대학교가 있는 동숭동에서 살았다. 서울대학교 정문을 마주 보고 왼쪽 낙산으로 올라가는 길목에 위치한 꽤 널찍한 집이었다. 연세대학교 대학원에서 영문학을 전공하던 최승규는 어느 날 논문 지도 교수 최재서의 책 심부름으로 동숭동 집으로 이양하를 방문한 적이 있었다. 이 무렵 이양하는 뉴헤이븐에서 결혼하고 갓 귀국한 때라 행복한 신혼생활을 하고 있었다. 최승규는 동숭동 집을 방문했을 때 여전히 미모를 자랑하던 장영숙이 W. H. 오든Wystan Hugh Auden의 시집을 읽고 있는 모습을 보고 큰 감동을 받았다고 회고한다.[80] 당시 이양하와 함께 귀국한 장영숙은 다시 모교 이화여자대학교에서 드라마를 강의하였다.

이양하 부부가 우이동에 집을 구입한 것은 미국에서 돌아온 뒤였다. 넓은 정원이 딸린 그가 바라던 별장 같은 집이었다. 그의 말대로 책을 읽으며 저술에 전념하기에는 그야말로 안성맞춤이었다. 그가 집필하려고 염두에 둔 책은 '조선 현대시 연구와 시론', 그리고 'T. S. 엘리엇 연구서'였다. 미국에 머물면서 부분적으로 벌써 시작했지만 사전 편찬 일에 치여 지지부진한 상태였다. 이제 몸과 마음을 가다듬어 좀 더 체계적으로 두 책을 마무리 지을 생각이었다.

그런데 이 두 책은 미처 집필을 끝내지 못했지만 그는 그동안 틈틈이 써 두었던 시 작품을 한데 모아 1962년에 『마음과 풍경』이라는 시집을 출간하였다. 또한 그는 사망하기 직전 두 번째 수필집 『나무』의 출간을 바로 눈앞에 두고 있었다. 이양하는 서울대학교 병원에서 수술받기 직전 아내 장영숙에게 만약 수술을 받고 살아서 일어난다면 수필집 한 권을 더 쓰고 싶다고 말한 것으로 전해진다. 그러나 세 번째 수필집은 고사하고 두 번째 수필집마저 그가 사망한 뒤에야 비로소 햇빛을 보게 되었다.

우이동 집은 이양하와 장영숙이 자연과 더불어 편하게 휴식을 취하면서 연구를 하고 글을 쓰는 공간이었지만 다른 용도로도 쓰였다. 이양하에게는 수제자가 여럿 있었는데 그중에서도 이재호李在浩와 개인적으로 가장 가까웠다. 이양하는 학부 때부터 열심히 공부하는 그를 무척 아꼈다. 뒷날 이재호는 대학 시절을 회고하며 "당시 영문과의 교수들 가운데 영국이나 미국에서 유학한 이들은 한 분도 없었다. 그러니 대학 공부라는 것은 독학이나 마찬가

---

80 최승규, 「영문학부와 대학원의 추억」, 550쪽.

지였다. 학교 수업보다는 혼자 알아서 원서를 열심히 구해 읽었다. 덕분에 스스로 문제를 해결하는 자생 능력을 평생토록 갖추게 되었다. 대신 이양하 교수님은 가난한 나를 위해 민중서관에서 장학금도 얻어 주시면서 생활할 힘을 주시곤 했다"[81]고 회고한다.

이렇게 이양하와 맺어 온 돈독한 관계는 이재호가 대학과 대학원을 졸업한 뒤에도 그대로 이어졌다. 1975년 5월 그가 결혼할 때 이양하의 우이동 집 정원에서 식을 올렸다. 그만큼 이양하가 그를 아끼는 마음이 컸다는 것을 알 수 있다. 이재호의 아내는 앞에서 언급한 임학수의 딸 임채문林彩文이다. 이재호가 임채문을 알게 되어 결혼까지 이른 데에는 이화여자대학교 사범대학 외국어교육과 교수 민희식閔憙植의 역할이 컸다. 이재호는 불문학자 민희식과 함께 역시집『목신의 오후』(1981)를 펴내려고 준비하면서 친하게 지냈고, 이 과정에서 임채문은 이재호를 처음 만났다. 임채문은 민희식의 심부름으로 미국 대사관에 잠시 근무하던 이재호를 찾아가면서 가까워졌고, 이화여대의 김영숙金永淑 교수의 소개로 더욱 긴밀한 사이가 되었다.[82]

이양하는 이재호와 임채문이 결혼 소식을 알리려고 방문했을 때 예비 신부가 그가 잘 알던 임학수의 딸이라는 사실을 알고 적잖이 놀랐다. 이양하는 경성제국대학에서 영문학을 전공한 뒤 시인과 번역가로 왕성하게 활약하던 임학수를 잘 알고 있었다. 이양하는 임학수가《시문학》동인으로 박용철, 김영랑 등과 함께 활동할 때 친분을 맺었다. 임학수는 1949년 고려대학교 교수로 취임하기 전에는 이화여자대학교에서 잠시 강의도 하여 김상용 교수를 통

---

81 이재호, 「나는 왜 공부를 하는가 22」,《한국일보》, 2005. 08. 15. 일본 오사카(大阪)에서 태어난 이재호는 해방 후 가족과 함께 귀국하였고, 그가 대학에 다닐 무렵 그의 부친은 일본에 다시 건너가 돈을 벌고 있었기 때문에 집안 살림이 어려웠다.
https://www.hankookilbo.com/News/Read/200508150045197242+&cd=1&hl
=en&ct=clnk&gl=kr
82 김욱동과 임채문의 전화 인터뷰 (2020. 11. 23).

해서도 만났을 것이다. 또한 최재서가 편집한『해외서정시집』을 출간할 때도 이양하는 임학수, 정지용, 김상용 등과 함께 참여하여 영국 시와 미국 시를 번역하였다. 특히 이양하가 1937년 3월 일본 겐큐사에서 간행하던 '영미문학 평전총서'에 월터 새비지 랜더 평전『ランドー』를 집필할 때 자료를 구해 준 사람 중 하나가 바로 임학수였다.

이양하가 서울대학교에 부임한 뒤에도 임학수와의 관계는 계속 이어졌다. 가령 이양하는『시와 과학』서문에 이 책을 발간하는 데 임학수의 도움을 받았다는 것을 밝힌다. 임학수는 한국전쟁이 한창이던 1951년 아내와 두 딸과 함께 납북되었다. 한국전쟁이 일어나자 그는 첫딸 임채윤과 셋째 딸 임채문을 부산에 사는 동생 집으로 피란을 보냈기 때문에 두 딸은 남한에 남아 있었다. 뒷날 임채문은 성장하여 이화여자대학교 불문과와 동 대학원을 졸업하고 프랑스 그로노블대학교에 유학하고 소르본대학교에서 아르튀르 랭보Arthur Rimbaud 연구로 석사학위를 받았다.

이재호는 이재호대로 스승이 사망한 뒤 유고로 남겨 놓은 윌리엄 워즈워스의 작품 번역을 다듬어『워어즈위쓰 시집: 초원의 빛』(교양문화사, 1964)을 출간하였다. 그런가 하면 을유문화사에서『신록예찬: 이양하 수필선』을 출간할 때 독자의 이해를 돕고자 자세하게 주석을 달기도 하였다. 장영숙은 이 두 책 머리말에서 그가 보여 준 노고에 고마움을 표하였다.

1962년 9월 시집『마음과 풍경』이 출간되고 얼마 되지 않아 이양하는 서울대학교 부속병원에 입원하였다. 평소에도 건강한 편은 아니었지만 그해 가을로 접어들어서는 입원해야 할 정도로 건강이 심각하였다. 입원 후 그는 수술을 받지 않으면 안 될 정도로 건강이 악화되었다. 장영숙은 "(이양하는) 수술받고 나서도 차도가 있는 듯이 생각이 들면 침대에 누운 채 교정을 재삼 가했다. 췌장 속에 조그마한 내종內腫이 잘 수술됐다는 의사의 헛말을 믿고 그이와 나는 감사에 넘치는 나날을 보냈었다"[83]고 말한다. 그가 교정본 것은 책 『나무』의 마지막 교정쇄였다. 어느 날 이양하는 아내 장영숙에게 이렇게 말하였다.

> 옛날 같으면 한명限命인 것을 요즘은 의술이 좋아서 살아났구려. 아마 하느님께서 나에게 10년, 20년을 더 주시나 보오. 수술받기 전엔 '이번에 살아나기만 하면 전과는 딴판 다른, 새로운 이양하가 될' 것 같더니 막상 이렇게 살아나 보니 그렇게 되긴 힘들 것 같소. 그러나 전보다는 좀 더 따뜻하고 너그러운 사람은 될 것 같소. 이제부터는 남을 위해 일하는 사람이 되어야겠소. 그리고 이렇게 한가로이 누워 있으니 앞으로 좋은 수필거리도 많이 생길 것 같소.[84]

위 인용문에는 이양하와 관련하여 몇 가지 중요한 사실이 담겨 있다. 첫째, 그는 죽는 날까지 자신이 당시 앓고 있던 병으로 사망할 것이라는 사실을 전혀 몰랐다. 그래서 그는 아내에게 "아마 하느님께서 나에게 10년, 20년을 더 주시나 보오"라고 말한다. '하느님' 이야기 나왔으니 말이지만 이양하는 기독교 신자가 아니었다. 굳이 종교를 따진다면 기독교 쪽보다는 불교 쪽에 훨씬 더 기울어 있었다. 그러나 사망하기 직전 그는 기독교를 받아들였다.

이양하는 췌장암 수술을 성공적으로 잘 마쳤으니 이제 회복하는 일만 남은 것으로 알고 있었다. 어린애처럼 순진한 그는 '의사의 헛말'을 곧이곧대로 믿었다. 의사들이 그의 배를 열어 보니 수술을 할 수 없을 정도로 암이 다른 기관에 전이되어 있었다. 그래서 집도하던 의사들은 개복한 자리를 도로 꿰맬 수밖에 없었다. 췌장암이란 조기에 발견하기도 어렵지만 설령 조기에 발견

---

83 장영숙, 「제2 수필집 『나무』 서문」, 『이양하 수필 전집』, 19쪽.
84 위의 글, 19쪽.

하더라도 치료하기가 무척 힘들다. 지금처럼 의학이 발달하기 80여 년 전의 일이니 더더욱 그러했을 것이다.

이양하가 사망하기 일주일 전쯤 『나무』를 출간하기로 한 민중서관에서 서문을 빨리 써 달라고 재촉하였다. 의사들로부터 들어 남편의 병세를 잘 알고 있던 장영숙은 그에게 서문에 쓸 말을 몇 마디 일러 주면 그녀가 알아서 대신 쓰겠다고 하였다. 그러자 그는 아내의 제안을 의아하게 생각하며 "쓸데없는 염려 마오. 내 이제 좀 나으면 제꺼덕 쓰잖으리"[85]라고 대꾸하였다. 이 말을 듣는 장영숙의 심정이 어떠했을지는 쉽게 짐작이 가고도 남는다. 평소 글 쓰는 일을 소중하게 여긴 그로서는 학수고대하던 두 번째 수필집의 서문을 비록 아내일망정 남이 대신 쓰도록 맡길 수는 없었던 것이다.

둘째, 이양하는 이렇게 자신의 병이 얼마나 심각한지 잘 모르는 까닭에 퇴원한 뒤에는 전과는 다르게 살아가기로 결심하였다. 말하자면 그는 불사조처럼 죽었다가 다시 '부활'한 셈이어서 재생의 기분으로 새롭게 살아갈 작정이었다. 병실에서 자리를 털고 일어나면 앞으로 그는 "좀 더 따뜻하고 너그러운 사람"이 되겠다고 다짐하였다. 그러나 인간이 흔히 그러하듯이 살아남을 것 같은 가능성이 점점 커지자 그의 결심도 조금씩 무뎌지기 시작하였다. "전과는 딴판 다른, 새로운 이양하"가 아니라 좀 더 너그럽고 이타적인 인간이 되리라는 다짐으로 바뀌었다.

셋째, 이양하는 여전히 수필에 깊은 관심을 두고 있었다. 그가 병상에서까지 『나무』 원고를 거듭 교정한 것을 보면 그가 얼마나 수필에 정성을 들였는지 잘 알 수 있다. 앞에서 잠깐 밝혔듯이 그는 평소 강의와 교수 업무에서 벗어나 영국 명문 대학에 가서 한두 해 조용히 책을 읽으며 시간을 보내는 것이 소원이었다. 어떤 의미에서는 당시 병상 생활은 그 소원이 작은 규모로 이

---

85 장영숙, 앞의 글, 20쪽.

루어진 것과 크게 다르지 않았다. 강의를 비롯한 온갖 부담에서 벗어나 병실에 조용히 누워 그동안 살아온 삶을 반추하며 수필을 쓸 소재를 생각했을 것이기 때문이다. 이양하가 아내에게 "이렇게 한가로이 누워 있으니 앞으로 좋은 수필거리도 많이 생길 것 같소"라고 말하는 것은 바로 그 때문이다.

　그러나 이양하의 기대와는 달리 수술 뒤 그의 상태는 좋아지기는커녕 오히려 더욱 악화되었다. 췌장암에서 흔히 나타나는 증상은 황달, 체중 감소, 식욕 부진, 복부 통증 등이지만 말기에 이르면 환자의 복부에 물이 차면서 배가 부풀어 오른다. 이양하도 당시 이러한 복수腹水 현상을 겪고 있었다. 1963년 1월 20일, 그러니까 이양하가 사망하기 보름 전쯤 장영숙이 잠깐 외출했다가 병실에 돌아오자 그는 아내의 손에 슬그머니 종이쪽지 한 장을 쥐어 주었다. 펼쳐 보니 그 종이에는 다음과 같은 짧은 시가 적혀 있었다.

　　땅땅고鼓
　　땅땅고
　　내 배는 땅땅 울리기 좋은
　　땅땅고라

　　평양 기생 날씬한 허리에
　　걸치는 새 장곤들
　　어디 이리 맵시 있고 탱길소냐[86]

　예로부터 평양은 풍광이 빼어나고, 자원이 넉넉하고, 노래·춤·악기에 능숙한 기생이 많기로 유명한 곳이다. '땅땅고'란 땅땅 소리를 내는 장고杖鼓, 즉

---

86 이양하, 「무제」, 『이양하 교수 추념문집』, 19쪽.

한국 전통음악에서 널리 사용하는 타악기 '장구'를 말한다. 배가 점차 부풀어 올라 옆에서 보기에 안쓰러운 상황인데도 이양하는 자기의 부푼 복부를 평양 기생이 허리에 걸치고 신바람 나게 두드리는 장구에 빗대는 여유를 보여 주었다.

더구나 평양은 이양하가 일본으로 유학을 떠나기 전 다니던 평양고등보통학교가 있던 곳이다. 환갑을 눈앞에 두고 있던 당시 그는 병실에 누운 채 학업에 열중하던 젊은 시절을 뒤돌아보았는지도 모른다. 『이양하 교수 추념문집』 편집위원회 위원들은 그의 마지막 시 작품인 장영숙에게 준 종이쪽지를 문집에 그대로 실으면서 그 밑에 '절음絶吟'이라고 적었다. 그러나 이 작품에서 이양하는 죽음에 절음한다기보다는 차라리 병마와 죽음에 웃음과 해학으로 당당하게 맞선다고 보는 쪽이 더 옳을지 모른다. 물론 그는 죽는 순간까지 자신이 사망하리라는 사실을 미처 깨닫지 못한 채 1963년 2월 5일 마침내 눈을 감았다. 동숭동 서울대학교 교정에서 거행된 장례식이 끝난 뒤 그는 평소 그토록 좋아하던 우이동 산자락에 묻혔다. 그러나 지금 그의 묘는 도시개발 사업에 밀려 다른 곳으로 이장되어 찾을 길이 없다.

침묵의 몸짓

김우종金宇鍾은 일제강점기 조선문학을 '달팽이 문학'이라고 규정지었다. 일본 제국주의의 강압적인 지배와 통치 아래 조선 문단에서 활약하던 문인들의 문학은 "얄팍한 껍질을 뒤집어쓰고 외계를 향한 안테나 두 개를 달고 조심스럽게 이동하며 사방을 살피다가 여차하면 즉각 안테나를 접고 껍질 속으로 숨어 버리는" 문학이기 때문이라는 것이다. 그는 당시 조선문학을 ① "이광수·서정주·유진오처럼 일본의 침략전쟁에 대한 나팔수 노릇을 한 친일

문학", ② "윤동주·이육사·송몽규처럼 옥사까지 한 항일문학", ③ "사상성·사회성·목적성을 배제함으로써 외풍이 없는 안전지대로 피신한 순수문학"의 세 유형으로 크게 구분 짓는다. 그러면서 김우종은 이양하를 세 번째 길을 선택한 사람 중 하나로 간주하였다.[87]

김우종의 주장대로 이양하는 친일을 하지도 않았고, 드러내 놓고 항일이나 반일을 하지도 않았다. 그렇다고 예술지상주의 예술관을 부르짖은 순수파로 보기에도 조금 미흡하다. 겉으로는 '외풍이 없는 안전지대'로 도피한 것처럼 보일지 모르지만 적어도 그의 내면에서는 일제에 대한 반항 정신이 휴화산처럼 모락모락 연기를 내뿜고 있었다. 몇몇 시 작품을 좀 더 찬찬히 뜯어보면 묵시적으로나마 일본 제국주의에 저항하는 태도를 읽을 수 있다. 예를 들어 「부활」을 비롯하여 「시승詩僧」, 「박 노인」, 「얼룩소」 같은 작품에서는 일제의 식민주의 통치를 암묵적으로나마 비판한다.

이양하는 작품을 떠나 실제 삶에서도 일본 제국주의에 동조하거나 협조하지 않았고, 찬양은 더더욱 하지 않았다. 비록 그가 일본에서 유학하고 일본의 산하를 좋아했지만 그의 마음 깊은 곳에는 일본 제국주의에 대한 반감이 적지 않았다. "36년이란 긴 세월을 두고 정치, 경제, 사회, 문화 모든 분야에 있어 우리를 결박하고 억압하고 거세하고 난 나머지 나중에는 머리를 깎아라, 성을 갈아라, 젖 먹을 때부터 배워 온 말도 쓰지 말아라 하여 우리의 생각, 우리의 호흡까지 좌우하려고 하던 인류 역사 이래 처음 보는 일본의 학정"(191쪽)을 언급한다. 또한 그는 "일본 사람 아래 사람의 대우를 받지 못하고 모든 분야에 있어 기회가 닫혀서 구차스레 더러운 목숨을 유지하는 데 급급하는 수밖에 달리 길이 없던 기막힌 처지"(270쪽)를 회고하면서 울분을 터뜨리기도 한다.

---

87 김우종, 「수필계의 선구자 이양하」, 『신록예찬: 이양하 수필선』, 7~8쪽.

조국에 대한 애정과 일제에 대한 저항 정신은 이양하가 끝까지 창씨개명創氏改名을 하지 않았고 조선의 젊은이들을 전쟁터나 징용에 내모는 데에도 협력하지 않았다는 데에서 엿볼 수 있다. 서울대학교의 제자와 동료로 그를 가까이에서 지켜본 장덕순은 이렇게 말한다.

(선생님은) 끝까지 창씨를 거부하셨고, 또 학도들의 충정을 강요, 장려하시지도 않으셨다. 이 선생님과 동년배의 동료들은 당시의 국책에 편승하여 시국적 언동을 남발하여 일제와 야합하였으나, 선생님만은 비통스러운 침묵만을 안고 서강西江의 그의 고관孤館에서 지내셨다. 그만큼 외로움으로 격류와 대결하시면서도 항상 낭만을 지니고 계셨던 것이다.[88]

여기서 '서강의 고관'이란 연희전문학교에 재직할 때 살던 서강 근처 와우산 기슭 집을 말한다. 이양하가 일본 제국주의의 혹독한 탄압을 받은 것은 바로 이 무렵이었다. 1941년 12월 일본군이 말레이반도에 상륙하고, 하와이 진주만을 공격하면서 마침내 태평양전쟁에 불을 댕겼다. 이러한 전시 상황에서 일제는 조선의 식민지 통치를 위한 고삐를 더욱 바짝 조이기 시작하였다. 일제가 이러한 고삐를 조이려고 내건 것이 바로 허울 좋은 '내선일체內鮮一體'와 '황국신민화皇國臣民化' 정책이었다. 일제 당국자들은 그 정책의 일환으로 천황에게 충성 맹세를 강요하고 신사참배를 의무화하였고, 조선어 교육 전면 금지와 조선어학회 사건을 통하여 조선어를 말살하였으며, 창씨개명을 실시하여 조선의 얼을 빼앗았다. 이 밖에도 일제는 징병제와 징용제를 통하여 조선 청년들을 전쟁터와 군수공장으로 내몰기도 하였다. 그러나 장덕순의

---

88 장덕순, 「스승의 이모저모」, 230쪽.

지적대로 이양하는 일제의 이러한 정책에 협력하지 않았다.

바로 이 점에서 이양하는 같은 시기에 활약한 최재서와 정인섭을 비롯한 몇몇 영문학자들과는 사뭇 다르다. 최재서와 정인섭은 창씨개명에 그치지 않고 좀 더 적극적으로 일제에 협력하였다. 가령 최재서는 1941년 조선총독부가 정책적으로 창간한 《국민문학》을 주재하고 1943년 '조선문인보국회朝鮮文人輔國會' 이사를 지내면서 친일 문학계를 대표하는 이론가로 활동하였다. 한편 정인섭은 1939~1942년 '조선문인협회朝鮮文人協會'의 발기인 간사, 상무 간사 및 상임간사 등을 역임하였고 '국민총력조선연맹國民總力朝鮮聯盟'의 문화부 문화위원과 영화 기획심의회 심의위원으로 활동하면서 일제의 식민 통치와 침략전쟁에 협력하였다.[89] 문학비평가와 영문학자로서 쌓은 탁월한 업적에도 이 두 사람에게는 '친일'이라는 어두운 그림자가 늘 따라다닌다.

그런데 최재서와 정인섭은 그렇게 하지 않았지만 친일 활동을 한 사람 중에는 해방 후 자신의 행위를 숨긴 채 오히려 항일이나 반일을 한 애국자로 행세한 사람도 있었다. 북쪽에서 해방을 맞은 이군철이 이듬해 3월 서울대학교로 이양하를 찾아갔을 때의 일이다. 이양하는 연희전문학교에서 가르친 제자에게 "허 이거 참, 창씨 안 하고 머리 깎지 않으면 훈장이라도 탈 줄 알았더니 틀렸어! 이젠 다들 제 이름 되찾고 머릴 길렀으니 누가 누군지 알쏭달쏭하게 됐거든, 허 참!"이라고 말하면서 허탈한 모습으로 쓰디쓴 웃음을 지었다. 이군철은 "선생님의 얼굴에 그때처럼 시니컬한 웃음빛을 띤 것을 본 일은 없었다. 그땐 몹시 어수선할 때라 어중이떠중이가 나대고, 간악하던 앞잡이마저 옷을 갈아입고 나섰으니 기가 차기도 하셨을 것이다"라고 말한다.[90]

---

89 최재서와 정인섭의 친일 행위에 대해서는 김욱동, 『최재서: 그의 삶과 문학』 (민음사), 근간; 김욱동, 『눈솔 정인섭 평전』, 222~235쪽 참고. 한편 권중휘는 일제의 통제가 점점 심해지자 만주로 가서 1941년에는 신징공업대학(新京工業大學) 교수를 역임하였고, 해방 직전 1945년 귀국하여 서울의 사립광신상업학교 교사로 부임하여 해방 후 교장이 되었다.

그렇다면 이양하는 조국이 마침내 일본 제국주의의 굴레에서 벗어나 해방을 맞이한 어수선한 시기에는 어떻게 행동했을까? 김우종의 지적대로 달팽이처럼 몸을 숨긴 채 '순수문학'의 등 뒤에 숨을 죽이며 조용히 숨어 있었을까? 과묵한 만큼 단호한 면이 있던 이양하는 그렇게 하지 않았다.

1948년 4월 남북협상을 두고 정국이 그야말로 숨 가쁘게 돌아가고 있었다. 김구金九는 북행을 결심하였지만 김규식金奎植은 여전히 태도를 결정하지 못하였다. 그 때문에 평양회의는 처음 예정했던 4월 14일에서 19일로 연기되었다. 이렇게 한국독립당과 민족자주연맹이 남북협상 대표 선출 문제 등을 놓고 난상토론을 벌이던 4월 14일 서울에서는 저명한 학자와 문화인 108명이 서명하여 남북 요인 회담을 지지하는 성명서를 발표하였다. 이 성명서에서 그들은 "남북협상만이 조국의 영구 분단과 동족상잔의 비극을 막는 구국의 길이다"라고 천명하였다. 이 성명서가 나오자 북행의 명분을 찾던 김규식은 마침내 북행을 결심하였다.

당시 지식인 사회에 큰 충격을 준 이 성명서에 서명한 인사 중에는 이양하가 들어 있었다. 그 외에 정지용, 임학수, 유진오, 김기림, 염상섭廉想涉, 박태원朴泰遠, 박계주朴啓周, 이병기李秉岐, 손진태孫晉泰, 이순탁李順鐸, 설의식薛義植, 이극로李克魯, 정구영鄭求瑛, 이관구李寬求, 송지영宋志英, 고승제高承濟, 최문환崔文煥, 조동필趙東弼, 최호진崔虎鎭, 박용구朴容九, 손명현孫明鉉, 김계숙金桂淑 등이 성명서에 서명하였다.[91]

이양하는 묵시적으로나마 일본 제국주의에 저항하고 '문화인 108명 남북

---

90 이군철, 「실행록」, 198쪽.
91 '문화인 108명 남북협상 지지 성명'에 관해서는 손세일孫世一, 「손세일 비교 평전 99: 한국 민족주의의 두 유형: 이승만과 김구」,《월간조선》(2012. 07.); https://monthly. chosun.com/client/news/otherLst.asp?lstRep=%BC%D5%BC%C0%CF&lstRep2=W11148 참고.

협상 지지 성명'에 서명한 사실에서도 볼 수 있듯이 한국전쟁을 일으킨 공산주의자들도 강도 높게 비판하였다. 「공산주의자들과 나의 개인적 접촉」이라는 글은 그가 영어로 쓴 몇 안 되는 글 중 하나로 15쪽이 넘는 비교적 긴 글이다. 영문으로 쓴 것을 보면 국내 독자보다는 해외 독자를 염두에 둔 것 같다. 그는 미국에 가게 되면 미국인들에게 공산주의의 실상을 널리 알릴 생각이었을 것이다. 이런저런 이유로 사망하기 전까지 발표하지 않다가 사망 후 『이양하 교수 추념문집』에 실리면서 비로소 처음 햇빛을 보게 되었다. 제목 그대로 이 글은 북한군이 1950년 6월 27일 서울을 점령한 뒤 한 달여 동안 직접 겪은 경험을 기록한 글로서 한국전쟁의 사료로서도 가치가 있다.

이 글에서 피란을 떠나지 못하고 서울에 남아 있던 이양하는 한국전쟁 때문에 죽마고우를 잃었을 뿐 아니라 그동안 그가 노력하여 얻은 재산마저 모두 잃었다고 말한다. 그는 "이 경험은 이 세상을 다 준다 하여도 두 번 다시 겪고 싶지 않은, 심지어 단 일 초 동안도 회고하고 생각하고 싶지 않은 그러한 종류의 경험이다"[92]라고 밝힌다. 실제로 그는 서울대학교 교수 자치위원회와 학생 자치위원회로부터 온갖 수모를 겪었다. 이양하는 '철저한 자유주의자'일 뿐 아니라 공산주의에 협조하지 않는 사람으로 낙인이 찍혔기 때문에 그가 겪는 고통은 더욱더 클 수밖에 없었다.

더구나 평소 고독 속에서 지내던 이양하로서는 아마 이러한 행위를 참아내기가 무척 어려웠을 것이다. 한 달여 뒤 대학에서 '숙청'된 이양하는 서울을 탈출하기로 결심하였다. 9·28 서울 수복과 함께 서울로 올라온 그는 동료 교수 중 많은 사람이 납북되었고 경찰이 그를 체포하려고 여러 번 그의 집에 찾아온 사실을 알아차리고는 서울을 탈출한 것을 여간 다행스럽게 여기지

---

92 이양하, 「My Personal Contact with the Communists」, 『이양하 교수 추념문집』, 161쪽.

않았다.

이러한 경험을 기반으로 이양하는 공산주의에 대하여 다섯 가지 결론에 이른다. 첫째, 공산주의자들은 언행이 일치하지 않는다. 이양하는 이 특성을 설명하는 데 '양두구육羊頭狗肉'이라는 중국 고사를 인용한다. 둘째, 거짓말은 공산주의자들이 목적을 달성하고자 할 때 사용하는 기본적인 수단이다. 셋째, 협박은 거짓 선동과 함께 공산주의자들이 즐겨 사용하는 수단이다. 넷째, 공산주의 정권에서는 자유로운 사고 등 모든 자유를 허용하지 않는다. 다섯째, 공산주의에 협력하지 않는 사람들은 숙청 대상이다. 이양하는 "모든 공산주의는 가슴속에 지옥을 지닌다. 공산주의자들의 대부분은 아주 불행하고, 그들이 가는 곳에는 으레 지옥이 실현되고 있다"고 결론짓는다.[93]

그런데 흥미롭게도 이양하는 이 글에서 이인수李仁秀 교수를 언급한다. 영어 방송을 할 사람을 찾고 있던 북한군은 이양하를 이인수로 착각하고 동숭동 집을 습격하였다. 이양하는 평정을 되찾고 "그들이 잘못된 정보를 가지고 해방 후 위원회에서 일해 오고 해방 전에는 한 대학의 동료 중 한 사람이었던 다른 이 씨로 착각하여 나를 체포하러 왔다"[94]고 말한다. 이러한 일이 있은 지 얼마 뒤 이인수는 인민군 당국에 의하여 강압적으로 공산군 선전 전단을 영어로 번역하고 미군을 상대로 투항할 것을 권고하는 KBS 방송을 했다가 국군이 다시 서울을 탈환했을 때 안타깝게 목숨을 잃고 말았다. 사형 집행에 서명한 신성모申性模 당시 국방부 장관한테서 이 일을 보고받은 이승만 대통령은 아까운 인물을 희생했다고 나무랐다고 전해진다. 이인수가 북한에 강압적으로 협력하게 된 데에는 고려대학교 영문학과에서 함께 근무하다가 월북한 문학평론가 김동석의 역할이 컸다. 당시 김동석은 서울시당 교육부장을

93 이양하, 앞의 글, 175쪽.
94 이양하, 앞의 글, 166쪽.

맡고 있었다. 이인수의 희생은 흔히 한국전쟁이 낳은 '최대의 문화적 손실'로 일컫는다.[95]

한국전쟁 중 부산 피란 시절 이양하는 전시연합대학교에서 강의하였다. 그때 김용권은 이양하가 17세기 형이상학파 시인 존 던John Donne과 20세기 현대 시인 T. S. 엘리엇의 작품을 강의했다고 회고한다. 한번은 이군철을 비롯한 몇몇 제자들이 이양하와 함께 송도를 향하여 산 중턱을 걷고 있었다. 부산에 와 있던 제자들이 미국에 체류하다가 방금 귀국한 스승을 환영도 할 겸 소풍도 할 겸 마련한 자리였다. 제자들이 그에게 아직 전쟁이 끝나지 않은 어수선한 상황에 미국에 그냥 체류하지 왜 굳이 귀국했느냐고 물었다. 그러자 이양하는 "그래도 가솔린 냄새 풍기는 하이웨이보다는 먼지 나는 이 자갈길이 그리워서⋯⋯"라고 대답하였다. 다만 이양하는 헐벗은 조국의 산을 안타깝게 생각하였다. 부산만 하여도 당시 나무가 우거진 달맞이고개 언덕도 나물 베어 내고 집을 짓는 바람에 흉물스러운 모습을 하고 있었다. 이양하는 계속 "미국에 부러운 것이 있다면 그것은 엠파이어 빌딩도, 디트로이트의 자동차 공장도, 국회 도서관도 아니고, 펜실베이니아에서 플로리다까지 다람쥐가 발에 흙을 묻히지 않고 갈 수 있는 삼림이라"고 말하였다.[96] 지난 몇 년 동안 그가 미국에서 감명받은 것은 눈부시게 발전한 물질문명이 아니라 아직도 파괴되지 않은 대자연의 모습이었다.

뉴헤이븐에서 몇 해 동안 비교적 목가적인 생활을 하다가 귀국한 뒤 이양하는 4·19 혁명의 험난한 파도를 넘어야 하였다. 혁명이 일어날 당시 그는 문

95 한국전쟁과 관련한 이인수에 관한 자료는 미국 국립문서보관소에서 보관되어 온 문서가 해제되면서 공개되었다. 「한국전쟁 50년: '끝내야 할' 비극들」, 《경향신문》 (2000. 09. 05).
http://news.khan.co.kr/kh_news/khan_art_view.html?art_id=200009051907171
96 이군철, 「실행록」, 198~199쪽.

과대학장 서리를 맡고 있어 싫든 좋은 역사의 소용돌이에서 조용히 비켜 갈 수 없었다. 4월 18일 고려대학교 학생들의 시위가 있은 이튿날 서울대학교 학생들은 문리대학을 중심으로 시위를 계획하였다. 그날 밤 당시 서울대학교 총장 윤일선尹日善은 서울대 총장과 문교부 장관을 지내고 자유당 국회의원으로 있던 최규남崔奎南한테서 서울대 학생들도 데모에 나올지 모르니 조심하라는 말을 들었다. 그래서 그는 4월 19일 아침 8시 각 단과대학 학장회의를 소집하여 학생 시위를 막기로 했던 것이다.

4월 19일 아침 9시쯤 학생들은 자못 흥분한 상태에서 문리대 본관에서 정문까지 대오를 갖추고 시위를 시작하려고 하였다. 바로 그때 이양하 학장 대리가 나타나 두 팔을 벌리면서 학생들을 가로막고 나섰다. 그는 지금 교문을 나서면 크게 다칠지 모른다고 학생들을 설득하였다. 그러나 한 학생이 이양하의 소매를 끌면서 지금 곧 출발할 것이니 학장으로서 한마디 말을 부탁하였다. 그러자 그는 "여러분의 책임이 중대합니다"라고 말한 것으로 전해진다. 그가 학생들에게 해 준 이 한마디 말은 의미심장하여 여러 의미로 해석할 수 있다.

이양하의 삶을 한마디로 요약한다면 '성실성'이라는 말로 표현할 수 있다. 그에게도 이런저런 허물이 없을 리 없지만 그의 삶에 일관되게 나타나는 특징은 성실한 태도였다. 재개발 과정에서 지금은 어디론가 사라지고 말았지만 우이동에 있던 그의 묘비에는 이런 구절이 적혀 있었다.

여기 한 사나이 누웠으니
애써 글 읽고
하늘과 바람과 물과
나무를 사랑하고
사람을 사랑하였으되

성실 있기 힘듦을 보고 가노라[97]

예일대학교 캠퍼스 바로 동쪽에 그로브 스트리트 공동묘지가 있다. 봄이 되면 이 묘지에 목련이 아름답게 피고, 점심시간이 되면 학생들과 교직원들이 나와 산책을 즐기는 공원 같은 곳이다. 특히 이양하는 이 공동묘지를 즐겨 찾았다. 어느 날 장성언과 함께 이 묘지를 찾은 이양하는 목련 향기를 맡으며 묘비문을 하나하나 읽었다. 장성언은 "비문체碑文體 시를 좋아하셨던 까닭일까, 죽음과의 공감이 있었기 때문이었을까. 나는 그 앞을 지날 때마다 스스로 늘 묻게 된다"[98]고 말한다.

위 묘비명에 대하여 이양하의 부인 장영숙은 "예일에 있을 때—1950년 대—그는 점심시간이면 늘 대학 캠퍼스 동쪽 목련이 피는 묘지를 산책하면서 경내에 산재해 있는 비문을 즐겨 읽었었다. 그즈음 나도 함께 몇 번 거닐었는데, 하루는 어느 묘 앞 잔디에 앉아 쉬고 있을 때 양하가 문득 위의 구절을 중얼거렸던 것을 내가 기억해 적어 둔 것이다"라고 밝힌다. 그러면서 장영숙은 계속하여 "이와 같이 양하는 자기의 묘비명을 머릿속에 조탁해 가면서 이 세상을 살다가 간 사람이다. 영원을 그리워하며, 죽음과 사랑을 명상해 가며, 그러고도 현실을 외면하지 않고 애타게 성실을 부르짖었다"고 말한다.[99] 이렇게 그는 성실성을 자기 삶에서 가장 중요한 덕목으로 생각하면서 살았던 사람이다.

이 묘비명에는 이양하가 예순 해 가깝게 살아온 삶이 고스란히 전보문처럼 압축되어 있다. 일제강점기의 궁핍한 시대, 그 뒤 어수선한 해방 공간, 곧

---

97 장영숙, 「머리말」, 『신록예찬: 이양하 수필선』, 14쪽; 이 자작 묘비명은 뒷날 서예가 여초 如初 김응현金膺顯이 써서 『이양하 교수 추념문집』 183쪽에 실었다.
98 장성언, 「미국 시절의 이 선생」, 236쪽.
99 장영숙, 「머리말」, 15쪽.

이어 일어난 한국전쟁 등의 악조건에서도 그처럼 부지런하게 학문을 갈고닦은 학자도 찾아보기 어렵다. 여기서 '애써'라는 부사는 '싫은데도 억지로'라는 뜻보다는 '성실하게' 또는 '있는 힘을 다하여'라는 뜻으로 받아들여야 할 것이다. 그러고 보니 "하늘과 바람과 물과 / 나무를 사랑하고"에서는 연희전문학교의 제자 윤동주의 작품이 떠오른다. '물'을 '별'로 살짝 바꾸어 놓으면 윤동주의 유고 시집 『하늘과 바람과 별과 시』가 되기 때문이다. 이양하가 "나무를 사랑하고"라고 말하는 것은 「나무」를 비롯한 「나무의 위의威儀」, 「신록예찬」, 「무궁화」 같은 수필을 염두에 두면 지극히 당연하다.

마지막 구절 "사람을 사랑하였으되 / 성실 있기 힘듦을 보고 가노라"에서도 엿볼 수 있듯이 이양하는 이 혼탁한 세상에서 성실하게 살아간다는 것이 쉽지 않다는 사실을 절실하게 깨닫고 있었다. 그런데도 그는 될 수 있는 대로 성실하게 살려고 노력하였다. 인간관계에서 그가 때로는 실망한 적도 없지 않았을 것이다. 이양하는 과묵하여 좀처럼 다가가기 어려운 사람이었지만 모든 사람을 정당하게 대하려고 애썼다. 신분이 높은 사람과 낮은 사람, 부자와 가난한 사람, 어른과 아이를 가르지 않고 모든 사람을 공정하게 대하려고 하였다.

이양하가 누구보다도 가장 좋아한 사회 계층은 어린아이들과 소외된 노년층이었다. 「일연이」에서 그는 동대문 밖에 사는 친구의 딸 일연이를 만나 느끼는 기쁨을 적는다. 그는 "대개 한 주일에 한 번, 두 주일에 한 번은 으레 동대문 밖 동무를 찾는다"(44쪽)는 문장으로 이 수필을 시작한다. 그는 일연이를 안았다가 내려놓고 주머니에서 초콜릿을 꺼내 준다. "나는 어린애란 경이원지敬而遠之하는 것이 가장 상책이라고 생각하는 사람의 하나다"(46~47쪽)라는 말을 곧이곧대로 들어서는 안 된다. 그에게 어린이는 언제나 친근한 동무일 뿐이다. 그래서 그는 "나는 일연이가 언제든지 고만하고 크지 않았으면 한다"(47쪽)고 말하기도 한다. 순진무구한 어린이가 세월의 풍화작용을 받고 조금씩 타락하는 것을 그는 못내 아쉬워하였다.

어린이에 대한 이양하의 사랑은 「경이, 건이」에서도 그대로 엿볼 수 있다. "경이, 건이는 내 동료요 동무의 하나가 지난봄 내 집 앞으로 이사 온 이래 새로 생긴 어린 두 친구다"(52쪽)라고 말한다. '동료', '동무', '친구'라는 말이 한데 뒤엉켜 자세히 읽지 않고서는 누가 누구인지 헤아리기 쉽지 않다. 경이와 건이가 한 손으로 코를 붙잡고 꾸벅하고 인사하면 이양하도 하는 수 없이 아이들을 그대로 흉내 내어 인사를 한다. 그러면 어떤 날은 아이들의 인사 때문에 하루 종일 기분이 유쾌하다고 말한다. 어린이에 대한 이양하의 사랑은 그가 신록에 우거진 늦봄의 하늘을 "어린애의 웃음같이 깨끗하고 명랑한 5월의 하늘"(84쪽)이라고 말하는 데에서도 엿볼 수 있다.

와우산 기슭에 살 때 이양하는 호주머니에 늘 아이들에게 줄 과자를 넣고 다니며 그들을 만나면 나누어 주곤 하였다. 그의 제자 이한빈은 「스승의 추억」이라는 시에서 "와우산 기슭에는 / 언제나 아지랑이 피고 무지개가 걸렸던가 보지요 / 호주머니 속에는 무슨 보물을 넣고 다니셨기에 / 이웃집 어린이들에게 무던히도 털렸습니까"[100]라고 노래한 적이 있다. 이한빈의 노래처럼 누추한 와우산 기슭에는 사랑의 아지랑이가 아롱아롱 피어오르고 배려의 무지개가 아름답게 걸려 있었다.

동숭동에 살 때 이양하는 이른 아침이면 아내 장영숙과 함께 낙산에 올라가 간단한 철봉 운동을 하면서 몸을 풀었다. 이렇게 산책을 할 때면 그는 으레 호주머니에 캐러멜이나 초콜릿 같은 과자를 넣고 다니면서 아이들을 만나면 나누어 주곤 하였다. 한국전쟁이 끝난 지 얼마 되지 않은 궁핍한 시절이어서 낙산 근처에는 가난하고 버릇없는 아이들이 많이 살고 있었다. 이양하는 이러한 어린아이들을 조금도 귀찮아하지 않고 오히려 그들에게 나누어 줄 과

---

100 이한빈, 「스승의 추억」, 『이양하 교수 추념문집』, 207쪽.

자를 늘 가지고 다닐 정도로 아이들을 각별하게 사랑하였다. 그래서 낙산 아이들 사이에서 이양하는 '체조'라는 별명으로 통하였다. 아이들이 놀다가 그가 낙산에 오르는 모습을 보기라도 하면 어김없이 "저기 체조 온다!"라고 소리를 지르며 그를 향하여 달려가곤 하였다.

한편 이양하는 동네 노인들과 자주 어울려 장기를 둔 것으로도 유명하다. 연희전문학교 시절 학교에서 와우산 기슭 집으로 돌아오던 중 장기판이 벌어진 것을 목격하면 그냥 지나치는 법이 없었다. 옆에서 이래라 저래라 훈수를 두다가 판이 끝나기 무섭게 앉아 대국을 청하곤 하였다. 서울대학교로 자리를 옮겨서는 한여름이면 반바지 차림으로 동숭동에서 마을 노인들과 장기를 두는 모습이 길거리를 오가는 제자들의 눈에 자주 띄었다. 비단 장기를 두는 것에 그치지 않고 이웃 노인들과 정답게 이야기도 나누고 서로 왕래하면서 지내기도 하였다.

그런가 하면 이양하는 성실하게 살려고 노력하면서도 여유와 멋을 잃지 않았다. 그는 「신의新衣」라는 글에서 자신들과 주위를 아름답게 꾸미려는 사람들에 대하여 "그들의 아름다운 것을 추구하는 마음, 우리의 이 어지러운 주위보다는 한 걸음 높고 맑고 깨끗한 세계를 동경하는 마음, 다시 말하면 엉클어진 잡초를 잡아 젖히고 그 가운데 한 송이 꽃을 피워 보고자 하는 갸륵한 마음을 말하는 것은 아닐까"(27쪽)라고 말한다. 이양하도 그들처럼 잡초 속에서 아름다운 꽃 한 송이를 피워 보려고 애쓰던 사람이었다. 학창 시절부터 생사고락을 같이한 권중휘가 왜 이양하야말로 "불행한 시대에도 불구하고 가장 덜 불행했던 행운의 사람"이라고 말했는지 그 까닭을 알 만하다.

이러한 원만하고 성실한 인격을 바탕으로 이양하는 동양 문화와 서양 문화를 창조적으로 접목하려고 노력하였다. 서양 학문을 연구하되 그것에 매몰되지 않고 늘 동양의 문학과 문화를 염두에 두었다. 그는 영문학자이면서도 공자孔子와 충무공 이순신李舜臣에 대하여 좀 더 자세히 알고 싶어 하였고, 가능하다면 그들의 전기를 쓰고 싶다고 입버릇처럼 말하였다. 서른세 살 때 월터 새비지 랜더의 전기를 쓴 것처럼 윌리엄 셰익스피어나 윌리엄 워즈워스의 전기를 쓰고 싶다면 몰라도 공자와 이순신의 전기를 쓰고 싶다는 것은 웬만한 외국문학자로서는 생각하기 힘들 것이다. 이 점을 설파한 듯이 권중휘는 그의 장례식에서 읽은 추도사에서 "형이야말로 변해 가는 우리나라의 여명기에 있어서 마음의 균형을 잃지 않고 동서 문화의 장점을 알맞게 골라잡은 드문 교양인이 아니었던가?"[101]라고 말하였다.

죽음을 늘 의식하면서 살아간 이양하는 사망하기 몇 해 전 어느 날 장영숙에게 "이대로 행복하게 살다가 만일 내가 먼저 죽으면 우이동 산장에 날 평토장平土葬해 주시오"라고 부탁하였다. 그러면서 그는 "나 죽은 후엔 이 우이동 동리 사람들이 자식 하나 없는 당신을 괴상한 노파라 할 것이오"라고 말하며 홀연 단신으로 살아갈 아내를 걱정하였다.

그러나 이양하는 장영숙에게 윌리엄 워즈워스의 「우리는 7남매」라는 시를 언급하며 비록 그가 먼저 세상을 떠날지라도 그들은 여전히 함께 있다는 점을 암시하였다. 이 작품에서 시적 화자가 시골 아이에게 형제자매가 몇 명이냐고 묻는다. 그러자 그 아이는 교회 무덤에 묻혀 있는 두 명까지 넣어 모두 일곱 명이라고 대답한다. 이양하가 살아 있을 적에 이 작품을 두고 서로 주고받은 대화를 회고하면서 장영숙은 "양하는 가 버렸으나 We are Two!"라고 말한다.[102]

청마靑馬 유치환柳致煥은 「바위」에서 "내 죽으면 한 개 바위가 되리라 / 아예 애련에 물들지 않고 / 희로에 움직이지 않고……"라고 노래한다. 그러나 이양하는 죽으면 바위가 아니라 차라리 "홀로 서 있는 나무"가 되고 싶다

101 권중휘, 「추도사」, 189쪽.
102 장영숙, 「후기」, 이양하 역, 『워어즈워쓰 시집』 (교양문화사, 1964), 186쪽.

고 말하였다. 유치환이 이념과 의지의 표상인 바위에서 인간 실존의 허무를 극복하려는 의지를 찾아냈다면 이양하는 나무에서 '훌륭한 견인주의자', '고독의 철인', 그리고 '안분지족의 현인'의 모습을 찾아냈다. 이양하는 그가 바라던 소망이 이루어져 어쩌면 지금 한 그루 나무가 되어 우리 주위에 서 있을지도 모른다. 그리고 지금 우리는 그 나무에서 이양하가 한국 영문학계와 문학계에 뿌린 씨앗이 풍성한 열매를 맺게 될 날을 기대해 볼 수 있을 것이다.

제 2 장

▼

시인 이양하

시인은 만들어지는 것이 아니라 태어나는 것이라고 맨 처음 말한 사람은 저 고대 로마 시대에 살았던 문인 율리우스 플로루스였다. 영국 르네상스 시대에 활약한 극작가 벤 존슨Ben Jonson은 한 희곡 작품에서 이 말을 처음 소개하였다. 그러나 기원후 1~2세기의 무명 문인이 말한 "Poeta nascitur, non fit"라는 라틴어 경구를 세계 문단에 널리 퍼트린 사람은 영국 시인 로버트 그레이브스Robert Graves였다. 20세기에 들어와 이 말을 좀 더 현대 감각에 걸맞게 부연 설명한 사람은 그의 조카 리처드 그레이브스였다. 영국의 고전학자요 시인인 앨프리드 하우스먼 Alfred Housman 전기를 출간한 리처드 그레이브스는 해마다 열리는 하우스먼 강연에서 "시인은 태어날 뿐 만들어지지 않는다. 만약 당신이 시인으로 태어나지 않았다면 시 창작 강의를 만 번 들어도 시인이 되지 못할 것이다"[1]라고 잘라 말하였다. 한마디로 시를 창작하는 능력은 어디까지나 타고나는 천부적 재능일 뿐 후천적으로 습득할 수 없다는 것이다.

그러나 좀 더 생각해 보면 플로루스의 라틴어 경구는 절반은 맞고 절반은 틀린다. 시를 짓는 능력은 비록 예술의 신 무사이(뮤즈)의 축복을 받고 태어나지 않아도 후천적 노력으로 얼마든지 갈고닦을 수 있기 때문이다. 세계 문학사를 살펴보면 천부적 재능 못지않게 후천적 노력으로 시인이 된 사람이 적지 않다. 그러므로 플로루스의 명제는 "시인은 태어날 뿐 아니라 때로는 만들어지기도 한다"로 바꾸어야 할 것 같다.

플로루스의 명제가 잘못 되었다는 것은 한국 시인 이양하를 보면 잘 알 수 있다. '이양하' 하면 수필가, '수필가' 하면 이양하가 마치 파블로프의 개처럼 조건반사적으로 머리에 떠오른다. 이렇듯 그는 수필과는 떼려야 뗄 수 없을

---

1 https://www.theguardian.com/books/booksblog/2010/jun/02/poetry-hay-festival.

만큼 깊이 관련되어 있다. 그러나 이양하는 수필 못지않게 시에도 깊은 관심을 보였다. 그의 문학 세계를 제대로 이해하려면 그에게 늘 그림자처럼 따라다니는 '수필가'라는 꼬리표를 떼어 주어야 한다. 시인으로서의 그의 재능은 수필가로서의 재능 못지않게 뛰어나기 때문이다.

이양하는 모든 문학 장르 중에서도 시를 으뜸으로 쳤다. 이 점과 관련하여 그는 "문학에 관심을 가진 사람으로서 가장 말하기를 두려워하는 말이 있다면 그것은 아마 시라는 말일 것이다. 우리는 시가 문학 전반에 있어 어떤 지위를 가진 것을 잘 알며, 또 시의 이해가 문학 전반의 이해에 한 참다운 시금석이 되는 것을 잘 안다"[2]고 밝힌 적이 있다. 이양하는 모든 글을 소중하게 여겼지만 특히 시를 무척 귀하게 여겼다. 그는 "일생에 한 '이미지'를 제공하는 것이 방대한 저작을 남기는 것보다 낫다고 파운드는 말하였다. 시 쓰는 사람으로 자기 나라 문학에 길이 자취를 남길 만한 한 마디 한 구절을 쓴다는 것은 참말로 쉬운 일이 아니다"[3]라고 말하였다. 그래서 그런지 이양하는 평소 시를 비롯한 좋은 글을 쓰는 일에 강박증 비슷한 것을 느끼고 있었다. 서른 즈음에 그는 "가령 내 일생이 여기서 끝난다면 나의 일생을 기념할 무엇이 있는가. 남을 만한 한 줄의 시, 한 편의 글도 없이, 있다는 것은 다만 이 책사冊肆 저 책사, 이 동무 저 동무에게 남겨 놓을 조그만 부채뿐 아닌가"[4]라고 한탄한 적이 있다.

2 이양하, 「조선 현대시의 연구」, 이양하, 『이양하 미수록 수필선』 (중앙일보사, 1978), 162쪽. 이 글은 《조선일보》(1935. 10. 4~17)에 처음 발표되었다.
3 이양하, 「외국시의 번역」, 정병조 외 편, 『이양하 교수 추념문집』 (민중서관, 1964), 66쪽.
4 이양하, 「젊음은 이렇게 간다」, 이양하 저, 송명희 편, 『이양하 수필 전집』 (현대문학사, 2009), 101쪽. 이양하의 수필은 모두 이 책에서 인용하고, 인용 쪽수는 앞으로 본문 안에 직접 적기로 한다.

시인은 태어나는가

세계 문학사를 보면 재능을 타고난 시인 중에는 요절한 사람이 의외로 많다. 퍼시 비시 셸리Percy Bysshe Shelley, 존 키츠John Keats, 윌프레드 오언 Wilfred Owen, 기욤 아폴리네르Guillaume Apollinaire, 아르튀르 랭보 등 하나하나 헤아리려면 열 손가락이 모자랄 정도이다. 한국문학으로 범위를 좁혀 보더라도 이양하가 그토록 애석하게 생각한 박용철을 비롯하여 김소월金素月, 노천명盧天命, 윤동주, 박인환朴寅煥, 비교적 최근에 사망한 기형도奇亨度 등도 요절하였다. 어떤 의미에서는 '못다 핀 한 송이 꽃'처럼 시인으로서의 재능을 한껏 발휘하지 못한 채 사망했기 때문에 그들의 죽음이 더더욱 안타까운지도 모른다.

한편 이양하는 '못다 핀 꽃'이 아니라 '뒤늦게 핀 꽃'이라고 할 수 있다. 그는 평양고등보통학교는 접어 두고라도 교토의 제3고등학교 시절과 도쿄제국 대학에서 영문학을 전공할 때까지만 하여도 시 창작보다는 시를 비롯한 문학 연구에 관심을 기울였다. 물론 「얼룩소」 같은 시 작품은 이양하가 일본 유학 중에 쓴 것 같다. 이 작품 첫머리에서 그는 간다(神田)의 수다쵸(須田町)를 언급하기 때문에 어쩌면 도쿄제국대학 시절에 창작했다고 볼 수 있다. 그러나 이양하가 시 창작에 본격적으로 관심을 기울인 것은 1950년 미국 국무성 초청으로 하버드대학교에서 2년 동안 영문학을 연구하고, 그 뒤 1954년부터 몇 해 동안 새뮤얼 E. 마틴 교수와 장성언과 함께 『한미사전』을 편집하면서 예일대학교에 체류하던 무렵부터이다.

이양하와는 달리 일제강점기에 식민지 종주국 일본이나 식민지 조선에서 공부하면서도 시나 소설, 희곡 창작에 관심을 둔 젊은 조선인 학생들이 적지 않았다. 대략 꼽아 보아도 이광수를 비롯하여 주요한, 홍명희洪命憙, 김억金億, 김여제金輿濟, 정지용, 염상섭 등이 그러하였다. 뒷날 그들은 문인으로 활동했을 뿐 이양하처럼 학자로는 활동하지 않았다. 학업을 마치고 문인과 학자 사이를 오가며 활동한 사람으로는 겨우 이하윤과 정인섭, 이헌구李軒求, 김기림, 임학수, 김상용, 유진오 등이 있었을 뿐이다.

물론 이양하는 시를 창작하기에 앞서 주로 수필을 썼다. 교토 제3고등학교와 도쿄제국대학을 거쳐 서울대학교에서 함께 근무하면서 그를 가까이에서 지켜본 권중휘의 다음 언급은 이 점과 관련하여 시사하는 바 자못 크다.

> 청장년기를 통하여 그가 시인이 되리라고는 자타가 다 믿지 않았다. 젊을 때 시를 많이 읽지도 않았고 해방 후 서울대학교에서 강의를 맡는 데도 시 강의는 주저하였다. 시를 몇 편 썼다는 소문을 듣고도 어떤 것인가 좀 보여 달라는 사람은 드물었다. 그런데 미국 가서 있는 동안에 가만히 시작詩作을 시험하였다. 미국이 좋은 것을 다시금 알게 되었고 시인이란 타고나는 것이란 말도 믿기 어렵게 되었다.[5]

이양하가 청년기와 장년기를 거치면서 "시인이 되리라고는 자타가 다 믿지 않았다"는 사실을 권중휘는 어떻게 알았을까? 이양하가 시인이 되리라는 사실을 다른 사람들이 믿지 않은 것은 선뜻 이해가 가지만, 이양하 자신이 믿지 않았다고 말하기란 쉽지 않을 것이다. 권중휘가 보기에 좀처럼 시를 쓸 사람 같아 보이지 않았거나, 이양하 자신이 그에게 직접 그렇게 말했을 수도 있다. 그렇지 않다면 권중휘가 학창 시절에 지켜본 바로는 그가 시를 그렇게 많이 읽지도 않았고 해방 뒤 서울대학교에서 함께 근무할 때 시 강의를 맡는 것을 주저했기 때문인지도 모른다. 이양하가 시를 썼다는 사실을 알거나 전해 듣고서도 어느 누구 한 사람 그에게 작품을 읽어 보자고 하지 않았다는

---

5 권중휘, 「고 이양하 군의 일면」, 『이양하 교수 추념문집』, 216쪽.

사실은 그를 본격적인 시인으로 생각하지 않았다는 방증이다. 이렇듯 이양하가 시를 쓰는 것은 다만 여기餘技일 뿐 진지한 창작 행위와는 거리가 멀다는 생각이 권중휘를 포함한 주위 사람들에게 널리 퍼져 있었던 것 같다.

그런데 위 인용문에서 좀 더 찬찬히 눈여겨보아야 할 대목은 마지막 두 문장이다. 첫째, 권중휘는 이양하가 1950년에서 1957년까지 미국에 체류하는 동안 '가만히' 시를 창작하는 것을 '시험'했다고 말한다. 미국에 혼자 살고 있는데 이양하는 도대체 왜 남 몰래 숨다시피 한 채 '가만히' 시를 썼을까? 더구나 그가 시를 쓰는 것이 왜 본격적인 창작 행위가 아니라 단순히 '시험'에 지나지 않았을까? 지금까지 옆에서 이양하를 지켜본 권중휘로서는 여기라면 몰라도 그가 진지하게 시를 창작한다는 사실을 좀처럼 받아들일 수 없었기 때문일 것이다.

더구나 "미국이 좋은 것을 다시금 알게 되었고 시인이란 타고나는 것이란 말도 믿기 어렵게 되었다"는 맨 마지막 문장은 그 의미가 적잖이 애매하다. 이 문장의 주어는 권중휘일 수도 있고, 이양하일 수도 있기 때문이다. 문법적으로는 둘 모두 가능하지만 문맥으로 미루어 보면 아무래도 이 문장의 주어는 이양하로 보는 쪽이 타당할 것이다. 이양하는 미국이야말로 시를 쓰기에 좋은 곳이라는 사실을 다시 깨닫게 되었다.

부산 전시연합대학 시절의 제자로 미국에서 다시 만나 왕래한 박용원은 뉴잉글랜드의 산과 숲과 호수를 유난히 좋아하던 이양하가 때로 로버트 프로스트Robert Frost의 작품을 읊는가 하면 그녀에게도 읽어 주었다고 회고한다. 월트 휘트먼Walt Whitman에 이어 미국의 국민 시인이라고 할 프로스트는 바로 뉴잉글랜드의 시골과 대자연을 즐겨 노래한 시인이었다.[6] 이양하가

---

6 이양하가 뉴헤이븐에 머물던 1956년 모윤숙毛允淑은 미 국무성 초청으로 5개월 동안 미국을 방문하여 프로스트와 엘리자베스 비숍 같은 시인들을 만났다. 프로스트는 미국 방문을 마치고 귀국한 모윤숙에게 짤막한 편지를 보내 격려하였다. 이 점에 대해서는

시를 쓰기로 마음먹은 것은 어쩌면 이 미국 시인한테서 영감을 받았기 때문인지도 모른다. 더러 예외가 없는 것은 아니지만 이양하는 시 작품의 거의 대부분을 미국, 그중에서도 하버드대학교가 위치한 매사추세츠주의 케임브리지와 예일대학교가 위치한 뉴헤이븐에 머물 때 썼다.

권중휘의 언급 중에서 "(이양하가) 시인이란 타고나는 것이란 말도 믿기 어렵게 되었다"는 구절도 좀 더 주목해 보아야 한다. 미국에 가기 전까지만 하여도 이양하는 시인은 만들어지는 것이 아니라 오직 태어날 뿐이라는 율리우스 플로루스의 말을 믿었다. 그러나 미국에 건너간 뒤로 그는 무사이 신의 축복을 받지 않고 태어나도 얼마든지 시인이 될 수 있다고 생각하게 되었다. 다시 말해서 이양하는 미국에 체류하는 동안 시를 창작한다는 자의식에서 벗어나 비로소 시를 쓸 수 있었다. 박용원이 어쩌다 뉴헤이븐으로 가서 그를 방문하면 "시를 또 하나 썼소. 들어보겠소?"라고 말하며 그녀에게 시를 읽어 주곤 하였다.

그렇다면 이양하가 이렇게 뒤늦게 시를 창작하게 된 까닭이 과연 어디에 있을까? 첫째, 그가 「신록예찬」에서 사용한 표현을 빌리면 "큰 무거운 짐이나 벗어 놓은 듯이 옷을 훨훨 털며" 강의 부담에서 벗어나 대자연 속에서 자신의 삶을 반추하고 관조할 수 있는 시간의 여유와 정신의 여유가 생겼기 때문이다. 일본 제국주의의 굴레에서 벗어나 신생국가를 건설하면서 대학 같은 고등교육 기관에도 정비해야 할 제도가 많았다. 더구나 당시는 '국립서울대학교 설립안'으로 여간 시끄럽지 않았다. 교수들은 강의 부담뿐 아니라 이런저런 행정 일에도 참여해야 하였다.

둘째, 이양하에게 시 창작은 이국땅에서 외로움을 달래고 고독에서 벗어

Wook-Dong Kim, "Robert Frost and East Asian Connections," *ANQ* 30: 3 (2017), 152~155쪽; Wook-Dong Kim, *Global Perspectives on Korean Literature*: (London Macmillan Palgrave, 2019), pp. 247~253 참고.

1962년에 출간된 이양하의 시집
『마음과 풍경』 표지.

나려는 몸부림이었다. 일찍부터 고향을 떠나 타향과 타국에서 살아온 그는 외로움을 극복하려고 시를 썼다. 그는 박용원에게도 "괴로움, 외로움을 통하여 마음은 더 깨끗해지고 아름다워지는 것이오"[7]라고 말한 적이 있다. 이양하는 그의 유일한 시집 『마음과 풍경』(1962) 서문에서 "모두 쓰지 않고 못 배겨 쓴 것이 아니다. 시라고 된 것이 몇 편이 될는지, 아니 도대체 시랄 것이 몇 줄 있을는지 알지 못하였다"고 고백한다. 그러나 이양하가 시 같은 작품이 몇 편, 아니 몇 줄이나 될지 모르겠다고 한 말은 액면 그대로 받아들여서는 안 된다. 이러한 언급은 평소 그의 인품에서 우러나오는 겸손함의 표현에 지나지 않기 때문이다. 또한 그는 "이 모든 '작품'은 외로운 많은 시간을 나와 같이한 것이 되어 나로서는 무척 낯익고 잊을 수 없는 것들이다"[8]라고 말한다. 이 말은 액면 그대로 받아들여도 크게 틀리지 않는다.

더구나 이양하는 실제로는 『마음과 풍경』을 무척 소중하게 생각할 뿐 아니라 이 시집에 적잖이 자부심을 느끼고 있었다. 그가 췌장암으로 병원에 입원하기 몇 주 전 그는 동숭동 문리과대학 강의실로 국문과 교수 장덕순을 찾아갔다. 이양하는 "만나기가 힘들어서 시간표를 보고 여기까지 왔어, 강의 중에 안됐군…… 내 시집을 주려구"라고 말하면서 그에게 시집 한 권을 건

---

7 박용원, 「미국에서의 노 교수의 모습」, 『이양하 교수 추념문집』, 239쪽.
8 이양하, '머리말', 『마음과 풍경』(민중서관, 1962), 3쪽. 앞으로 이 시집에서 인용하는 쪽 수는 모두 본문 안에 밝히기로 한다.

네주고는 발길을 돌렸다. 또 한번은 장관을 지내던 제자를 집무실로 찾아가 "내 시집이 나와서 하나 줄려구 왔어. 미국에서 외로울 때 쓴 것이 많지……" 라고 말하면서 시집을 건네주었다.[9] 이 일화를 보면 이양하가 자신의 시집을 분신처럼 얼마나 아끼고 소중하게 생각했는지 가늠해 볼 수 있다.

정지용과 이양하

20세기 대표적인 미국 소설가 중 한 사람인 윌리엄 포크너는 문학청년 시절 처음에는 시인이 되려고 하였다. 그는 모든 문학 장르 가운데에서 시야말로 가장 훌륭하고 엄격한 문학 형태라고 생각했기 때문이다. 그에게 시란 "감동적인 그 무엇, 절대적인 에센스로 추출한 인간 조건의 열정적인 순간"이었다. 또한 평소 시를 "너무나 순수하고 너무나 신비스런" 문학 형태로 간주한 포크너는 보편타당한 인간 경험을 표현하는 데에는 시만큼 안성맞춤인 문학 양식도 없다고 판단하였다. 문학청년 시절 포크너는 당시 미국 문단의 대가격인 셔우드 앤더슨Sherwood Anderson에게 "제가 셸리처럼 시를 쓸 수만 있다면 얼마나 행복할까요? 만약 그렇게만 된다면 저한테 무슨 일이 일어난들 어떻겠습니까?"라고 고백한 것으로 전해진다. 그러나 시를 쓴다는 것이 생각보다 어렵다는 사실을 깨닫고 그가 다음에 손을 댄 것이 단편소설이었다. 단편소설 또한 만만치 않다는 사실을 알아차리자 그는 이번에는 장편소설을 써서 문학가로서 큰 성공을 거두었다.[10]

---

9 장덕순, 「스승의 이모저모」, 『이양하 교수 추념문집』, 228~229쪽.
10 김욱동, 『윌리엄 포크너: 삶의 비극적 의미』 (서울대학교 출판부, 1999), 19~49쪽; 김욱동, 『포크너를 위하여』 (이숲, 2013), 41~48쪽 참고.

이양하도 포크너처럼 모든 문학 장르 중에서 시가 가장 훌륭한 장르라고 생각하였다. 그의 아내 장영숙은 이양하의 유고 수필집 『나무』(1964)의 서문에서 "양하는 평소에 글과, 글 쓰는 일을 귀히 여겼다. 어쩌다 잘된 글귀를 찾으면 무슨 보배나 찾은 듯이 귀하게 여겼다. 양하는 예술 중에서 음악과 회화를 가장 힘든 것으로 생각했고, 문학 중에서는 시를 그같이 생각했다"[11]고 말한다. 그만큼 이양하에게 시가 차지하는 몫은 생각보다 훨씬 크다. 그런데도 그의 시집 『마음과 풍경』은 그동안 『이양하 수필집』(1947)과 『나무』(1963)의 그늘에 가려 제대로 빛을 보지 못하였다. 흔히 그를 수필가로만 평가할 뿐 수필가 못지않게 시인으로서도 두각을 보였다는 사실을 깨달은 사람은 그다지 많지 않다.

미국 비평가 해럴드 블룸Harold Bloom이 지적하듯이 시인들은 흔히 닮고 싶은 선배 시인들을 모방하거나 그들의 영향에서 벗어나려는 일종의 '투쟁'으로 작품을 쓴다. 그가 주장하는 '영향 이론'에 따르면 시 창작은 후배 시인이 선배 시인과 벌이는 힘겨운 투쟁이다. 그런데 이 점에서는 이양하도 크게 예외가 아니어서 「글」이라는 수필에서 "'한 줄의 보들레르, 한 줄의 말라르메는 커녕, 대웅성좌大熊星座 / 기웃이 도는데' 하는 지용芝溶의 한 줄을 써 본 일도 없다"(33쪽)고 밝힌다.

여기서 외국 시인은 접어 두고 한국 시인으로 좁혀 말하면 정지용은 이양하가 가장 닮고 싶은, 아니 경쟁하고 싶은 시인이었다. 이양하는 「실행기」를 비롯하여 「글」과 「교토 기행」 같은 수필 곳곳에서 정지용을 자주 언급한다. "대웅성좌 / 기웃이 도는데"는 정지용의 「별 2」에 나오는 구절이다. 이양하는 또 다른 글에서도 "꽃도 귀양 사는 곳" 같은 구절에 무척 큰 감명을 받았다고 말한다. 이 구절은 정지용의 「구성동九城洞」에 나온다. 그런가 하면 이

11 장영숙, 「제2 수필집 『나무』 서문」, 『이양하 수필 전집』, 20~21쪽.

양하는 「교토 기행」에서도 기차를 타고 가면서 바다를 바라보며 "지용이 '손가락 담그면 포도 빛이 들으렸다' 한 것도 이쯤이 아닐까!"(114쪽)라고 적는다. 이 구절은 정지용이 일찍 세상을 떠난 아들을 슬퍼하며 지은 「슬픈 기차」에 나오는 한 구절이다.

그러나 피천득도 일찍이 지적했듯이 이양하의 어떤 작품들은 정지용의 작품에 결코 뒤지지 않는다. 피천득은 이러한 경우를 보여 주는 좋은 예로 「낡아빠진 네게 무슨 죽음이 있으랴」에서 한 연을 든다.

> 진달래 붉게 타 바위가 달고
> 자줏빛 아지랑이 속
> 취醉한 산이 몸을 가누지 못하는데 (21쪽)

진달래가 많이 피는 곳은 비단 김소월이 노래하듯이 영변의 약산만이 아니다. 이양하가 태어나 자란 평안남도 강서도 이와 크게 다르지 않다. 첫 행에서 새봄이 찾아오면서 산에 진달래가 붉게 피어오르는 것을 이양하는 '불에 탄다'고 표현한다. '만산홍여화萬山紅如火'라는 표현은 흔히 봄에 산허리에 가득 핀 진달래를 두고 일컫는 말이다. 역시 첫 행의 "바위가 달고"의 '달다'는 타지 않는 단단한 물체가 열로 뜨거워진다는 뜻이다. 열이 나거나 부끄러워서 몸이나 몸의 일부가 뜨거워지는 현상을 의미하기도 한다. 그렇다면 시각 이미지와 촉각 이미지가 결합한 공감각으로 볼 수도 있다. 이양하의 시적 상상력은 둘째 행과 셋째 행에서 진달래꽃이 만발하여 '자줏빛 아지랑이'처럼 아련하게 보이는 모습을 마치 술에 취한 것으로 묘사하는 데에서도 엿볼 수 있다. 봄의 아지랑이 속에서 산이 보였다 보이지 않았다 하는 것을 술에 취한 사람이 비틀거리며 걷는 것에 빗대는 솜씨가 여간 놀랍지 않다.

피천득은 정지용의 작품 못지않은 이양하의 또 다른 걸작으로 「그대 외로움을 말하지 말라」를 들면서 한 연을 꼽는다. 이 시는 이양하가 금강산을 방문하고 나서 지은 작품이다.

> 강원도 한구석에 발매여 꼼짝 못하고
> 하늘만 우러러 보는 금강산 봉우리 봉우리 (99쪽)

11세기 중국의 시인 소동파蘇東坡는 "원생고려국 일견금강산願生高麗國 一見金剛山", 즉 고려국에 태어나 금강산을 한 번 보는 것이 소원이라고 노래하였다. 그만큼 금강산은 경치가 빼어나서 뭇 시인들의 소재가 되었다. 그래서 금강산을 방문하고 노래한 시인이 한둘이 아니다. 가령 정지용만 하여도 「비로봉」과 「비로봉 2」를 비롯하여 「구성동」, 「옥류동」 같은 작품을 썼다. 정지용은 「비로봉」에서 "백화白樺수풀 앙당한 속에 / 계절이 쪼그리고 있다. // 이곳은 육체 없는 요적寥寂한 향연장 / 이마에 시며드는 향기로운 자양滋養"[12]이라고 노래할 뿐 이양하처럼 금강산 봉우리가 강원도 한구석에 발이 묶여 꼼짝하지도 못한 채 하늘만 쳐다보고 있다고는 노래하지 않는다.

피천득은 위 두 작품에서 몇 구절을 인용하며 "그의 이런 구절에는 지용 못지않은 운치가 있다"[13]고 평가한다. 피천득의 말대로 위 두 작품의 어떤 연에서는 시적 상상력이 정지용 못지않고 어떤 면에서는 그보다 더 뛰어난 곳도 있다. 실제로 '지용 못지않은 운치'가 있는 구절은 이 두 작품 말고도 다른 작품에서도 찾아볼 수 있다. 가령 "바른쪽 산 팔굽이 불쑥 내밀어 동리 물리치고"(17쪽)라든지, "오월의 음계 / 층층히 띠고 / 언덕 높이 올라서니"(50쪽)라든지 하는 구절은 정지용의 시구 못지않게 운치가 있다. 또한 "유방乳房

---

12 정지용, 「비로봉」, 권영민 편, 『정지용 전집 1: 시』 (민음사, 2016), 29쪽.
13 피천득, 「젊음과 글」, 『이양하 추념문집』, 238쪽.

이 장미 봉오리 부풀고 / 날씬한 허리대가 / 청靑 물푸레 모양 탱긴 고운 아가씨"(20쪽)라든지, "세상은 / 지저분한 국제시장 // 그대의 수고秀孤 / 플라톤처럼 높도다"(95쪽)라든지 하는 구절도 마찬가지로 빼어난 구절이다.[14] 시인으로서의 이양하의 참모습을 제대로 보지 못한 것은 그동안 수필가로서만 그를 평가해 왔기 때문이다. 이제는 시인으로서의 그의 업적을 제대로 평가해야 할 때이다.

고향 상실과 실낙원

이양하는 중학교 시절부터 일찍이 고향 평안남도 강서를 떠나 낯선 땅에서 외롭게 살아왔기 때문에 그의 시에는 고향을 소재로 한 작품이 유난히 많다. 그가 태어난 이듬해부터 대한제국은 일본 제국주의의 손에 넘어갔고, 열한 살 때부터는 식민주의의 지배와 통치를 받는 식민지 지식인으로 누구보다도 고향 상실을 몸소 겪었다. 이양하가 어린 시절을 보낸 강서의 산골 마을은 크게 두 가지 점에서 의미가 있다. 첫째, 개인적 차원에서 보면 문명의 손길이 아직 닿지 않은 채 평화롭기 그지없던 강서 마을은 그에게 낙원을 상징한다. 둘째, 좀 더 넓은 차원에서 강서의 시골 마을은 일본 제국주의에 빼앗기기 이전의 조국을 상징한다. 이양하에게 고향은 이렇게 이중적인 상실의 이미지로 그의 뇌리에 깊이 각인되어 있었다. 『마음과 풍경』에 수록된 33편의 작품 중에서 고향을 노래한 작품이 가장 많은 것도 그 때문이다. 고향 상실의 주제는 「다시 조춘早春」이라는 작품에 잘 드러나 있다.

---

14 이양하는 「해방 도덕에 관하여」라는 수필에서도 '국제시장'을 비유로 사용한다. 그는 "국제시장처럼 지저분하고 우리 화폐처럼 나날이 팽창해 가는 우리의 욕심, 이것만은 확실히 해방되었다"(193쪽)고 말한다.

잠겼던 강 어젯밤 비로
다시 가느다란 쪽빛 오리모가지 되고
한겨울 눈보라에 시달리던 언덕 버들
인제 그림자를 얻어 한결 외롭지 아니하다

오오 지나간 노래, 사라진 영상影像!
매나리 싹 트면 강정江亭 언덕에 주저앉어
한나절 흙을 파헤치고 헤치고 하던 고 까칠한 손—
고향의 어린 시절이 아득히 그리워라

달아났던 하늘이 다시 알인 양 땅을 함폭 내려앉고
꽃니레 바람 이 거리에도 불어
포도鋪道의 아가씨는 흩어진 머리를 매만지며
하이힐에 말처럼 코를 들고 봄을 맞는다

오오 지나간 노래, 사라진 영상影像!
산 높이 올라 호수湖水가 불어오는 바람에
옷자락 가누고 가누며 불러 주던 사랑의 노래 —
기억記憶은 차라리 한 회한悔恨, 눈물을 자아낸다 (23~24쪽)

　시적 화자는 지금 시간과 공간 모두 고향에서 멀리 떨어져 있다. "포도의
아가씨는 흩어진 머리를 매만지며 / 하이힐에 말처럼 코를 들고 봄을 맞는
다"고 노래하는 것을 보면 화자는 지금 도회에서 초봄을 맞는다. 그동안 보이
지 않던 강물이 지난밤 봄비에 "다시 가느다란 쪽빛 오리모가지"가 되어 오
리목처럼 구불구불 흘러간다. 봄비가 오면서 봄이 성큼 다가오는 것은 비단

강물만이 아니다. 강가에 늘어서 있는 버드나무도 강물에 그림자를 드리우면서 외롭지 않다.

이렇게 봄소식을 노래하는 시적 화자는 둘째 연과 넷째 연의 첫 행에 이르러 갑자기 시간과 공간을 이동하여 저 멀리 어린 시절의 고향으로 돌아간다. "오오 지나간 노래, 사라진 영상!"이라고 감탄사를 구사하여 어린 시절의 추억과 함께 다시 돌아갈 수 없는 시절을 무척 아쉬워한다. 저 옛날 어린 시절 화자는 고향에 봄이 오면 언덕에 주저앉아 한나절 손이 까칠하도록 흙을 파헤치며 놀았다. 북한의 국어사전에도 남한의 국어사전에도 '매나리'라는 낱말은 나오지 않지만 새봄이 되면 언덕에 솟아나는 미나리 종류의 식물인 것 같다. 이양하는 또 다른 작품에서도 '매나리'를 언급한다. 어찌 되었든 여기서 온갖 야생식물이 자라는 옛 고향의 흙은 도회의 아스팔트와 좋은 대조를 이룬다.

이 작품의 마지막 연에 이르러 시적 화자는 소년에서 청년으로 성장했음을 보여 준다. 그래서 이제 그에게 "지나간 노래, 사라진 영상"은 매나리 캐던 소년의 추억이 아니라 산에 올라 호숫가에 불어오는 바람에 옷자락을 가누며 불러 주던 첫사랑의 노래에 관한 것이다. 그런데 청년은 눈 깜짝할 사이 어느덧 장년으로 접어들고, 장년은 다시 노년으로 접어들었다. 화자에게 옛날의 "기억은 차라리 한 회한"이 되어 마침내 눈물짓게 한다. 피천득도 지적했듯이 이양하에게 잃어버린 젊음은 그의 삶은 말할 것도 없고 그의 시에서도 아주 중요한 주제로 등장한다. 고향에 대한 그리움은 「점경點景」에서 좀 더 구체적으로 드러난다.

맞은 처학산悽鶴山 그물어
봄비 두세 번 오고 나면
강둑 실버들이 먼저 푸르르겠다

냉이 미나리 세자귀 둑 위에 깔리고
물가엔 파란 으애기풀이 옹기종기
잔물결 따라 그림자마저 춤을 추고

으애기는 조금 자라 대 서서
고 가느다란 속대 쪽 잡아 뽑으면
으액으액 애기 울음 울어 으애기겠다 (40~41쪽)

이양하의 다른 작품도 크게 다르지 않지만 이 작품에서도 산과 강은 작게
는 고향, 더 크게는 자연을 의미하는 환유나 제유이다. 일상어에서도 '산하山
河'라고 하면 흔히 산과 내라는 뜻 말고도 '자연'을 가리키는 말로 자주 쓰인
다. 「점경」의 시적 화자에게 '처학산'과 그 아래 흐르는 '강'은 그가 태어나 자
란 그리운 고향이고, 도회에서 몸과 마음이 지칠 때 쉴 수 있는 어머니의 품
같은 포근한 대자연이다.

시적 화자는 둘째 연과 셋째 연에서 어린 시절 장난감처럼 갖고 놀던 온갖
야생식물을 언급한다. 고향에서 새봄의 전령 노릇을 하는 냉이·미나리·세자
귀·으애기풀이 바로 그것이다. 그런데 여기서 특히 눈에 띄는 것은 물가에 '옹
기종기' 돋아나 그 그림자가 강물과 함께 춤을 춘다는 으애기풀이다. 으애기
풀이 한반도 산지의 양지바른 곳에서 자라는 애기풀과 같은 식물인지는 알
수 없지만 줄기 속에 속대가 있는 것을 보면 두 식물은 조금 다른 것 같다.
다만 애기풀은 잎과 생김새가 애기와 같아서 그러한 이름이 붙은 반면, 으애
기풀은 애기 우는 소리를 내어 그러한 이름이 붙었다. 으애기풀은 자라서 줄
기가 꼿꼿이 서고 그 가느다란 속대를 잡아 뽑으면 '으액으액' 하고 아기 울음
소리를 낸다는 것이다.

앞에서 밝혔듯이 고향과 어린 시절을 그리워하는 시적 화자는 지금 어른

이 되어 타향에서 살고 있다. 더구나 고향 강서는 2차 세계대전 이후 냉전 이데올로기로 허리가 잘려 다시 돌아갈 수 없는 금단의 땅이 되었다. 그래서 시적 화자가 느끼는 고향에 대한 그리움은 더더욱 클 수밖에 없다. 이양하가 노래하는 고향에 대한 그리움과 잃어버린 젊음에 대한 회한은 「금강원金剛園」에서 훨씬 뚜렷이 엿볼 수 있다.

> 까옥!
> 까마귀가 다시 울고
> 한오리 바람이 쌔옥 재를 넘어
> 온 산이 와스스
> 오리목 잎새를 하나 둘 펄펄 드날린다
> 둘러보니
> 먼 산 그림자가 제법 길고
> 해는 분명
> 서쪽 하늘을 한두 층계 내려섰다.
>
> 때는 가을
> 오후도 서너덧 시
> 돌아갈 길이 생각나고
> 문득
> 오십 고개가 가끔선다 (36~37쪽)

이 작품은 '금강원'이라는 제목에서도 알 수 있듯이 이양하가 한국전쟁 중 부산에서 피란하던 시절에 쓴 것이다. 하버드대학교에서 연구를 마치고 귀국한 뒤 한영사전 편집 일로 다시 예일대학교로 가기 전 전시연합대학에서 강의할 때 지은 듯하다. 금강원은 부산 동래구 온천동에 위치한 공원으로 위쪽으로 올라가면 금정산 등산로와 연결되어 있어 이양하가 당시 즐겨 찾던 곳이다. 이양하에게 피란지 부산은 고향에서 두 단계 멀어져 있는 셈이다. 일본 유학 후 그가 지금껏 살아온 서울은 그에게는 일종의 피란지와 다름없었고, 부산은 북한군을 피하여 서울에서 가까스로 도망해 온 또 다른 피란지라고 할 수 있다.

이 작품의 공간적 배경 못지않게 중요한 것이 시간적 배경이다. 일 년 중에서도 쇠락과 소멸의 계절 가을, 하루 중에서도 저녁 해가 서쪽을 향하여 뉘엿뉘엿 기울기 시작하는 늦은 오후가 시간적 배경이다. 흔히 불길과 죽음을 상징하는 까마귀는 '까옥' 하고 울고 한 줄기 가을바람이 을씨년스럽게 불면서 고개를 넘어간다. 그러면 온 산이 마치 공포에 질려 떨기라도 하듯이 나무 잎사귀를 '펄펄' 흔들어 댄다.

시적 화자가 느끼는 사라져 버린 젊음에 대한 아쉬움과 비극적 상실감은 마지막 연의 "돌아갈 길이 생각나고 / 문득 / 오십 고개가 가끕선다"는 구절에 이르러 가장 잘 드러난다. 그가 '돌아갈 길'이란 가깝게는 피란지 부산의 주거지, 멀게는 서울의 마포나 동숭동 집, 더 멀게는 평안남도 강서의 고향 집이다. 그러나 여기서 '길'을 공간적으로만 해석하는 것은 좁은 생각이다. 길은 지리적 공간일 뿐 아니라 정신적 거리를 가리키기도 하기 때문이다. 시적 화자는 갑자기 "오십 고개가 가끕선다"고 말한다. 이양하는 수필이나 시에서 평안도 사투리를 즐겨 사용하지만 '가끕선다'처럼 그 의미를 헤아리기 어려운 낱말도 없다. 문맥으로 미루어 보면 어느덧 청춘도 지나고 이제 오십 고개가 갑자기 눈앞에 가로 놓여 있다는 뜻인 것 같다.

이양하의 시를 읽다 보면 자연스럽게 독일 철학자 마르틴 하이데거를 생각하게 된다. 하이데거의 철학은 한편으로는 난해하고 까다롭지만 다른 한편으로는 독일인들이 즐겨 사용하는, '고향', '땅', '들길' 같은 평범한 일상어에서 빌려 온다. 하이데거가 말하는 '인간 존재'나 '실존'을 한마디로 요약한다면 '고향 상실'이다. 그의 관점에서 보면 현대인들은 인간의 뿌리와 근원이라고 할 고향을 잃어버렸다. 현대인들은 이렇게 형이상학과 과학기술 문명 속에서 고향을 잃어버린 채 유랑민처럼 떠돌면서 불안과 공허와 권태 속에서 살아간다. 하이데거는 현대인들에게 '존재의 고향'으로 돌아가기 위해서는 무엇보다도 고향의 들길에서 들려오는 단순하고 소박한 자연의 목소리에 귀를 기울이라고 권한다.

자연과 죽음

이양하에게 자연은 고향 상실과 함께 가장 핵심적 주제 중 하나이다. 이러한 주제는 「신록예찬」을 비롯하여 「나무」와 「나무의 위의威儀」 같은 수필에서 엿볼 수 있지만 그의 시 작품에서도 쉽게 드러난다. 어떤 의미에서 그의 시는 산문의 연장선으로 볼 수도 있을 만큼 수필과 유기적으로 연결되어 있다. 가령 그는 수필 「나무」와 제목이 똑같은 시 「나무」를 지었다.

뿌리
밤새
기관에 물을 올리고

가지 가지
영차 영차
드레박 줄을 당기다

우둔한

줄기는

등이 자꾸 간지럽고— (13쪽)

시 「나무」는 '조춘'이라는 제목 아래 「해후邂逅」와 「부활復活」과 함께 실려 있는 세 편 중 하나이다. 이른 봄의 풍경을 노래하는 이 작품에서 시적 화자는 의인법을 구사하여 나무를 두레박으로 물을 퍼 올리는 우물에 빗댄다. 나무는 대지에 뻗어 있는 뿌리로 펌프처럼 밤새도록 지하수를 빨아들이면 나뭇가지는 뿌리가 빨아들인 물을 두레박으로 잡아당겨 지상으로 퍼 올린다. "가지 가지 / 영차 영차"라는 구절에서 '가지 가지'라고 말하는 것은 모든 나뭇가지가 한마음이 되어 열심히 물을 퍼 올리기 때문이다. '영차 영차'는 여러 사람이 힘을 합쳐 일하면서 보조를 맞추거나 기운을 돋우려고 함께 내는 추임새이다. 뭇 사람이 모여 힘을 합쳐 노동을 하듯이 나뭇가지가 힘을 모아 두레박으로 깊은 우물에서 물을 끌어올리는 모습이 눈앞에 선하게 떠오른다. 한편 뿌리나 나뭇가지와는 달리 나무줄기는 신경이 둔감한 편이지만 그렇다고 가지마다 물이 오르는 것을 느끼지 않을 수 없다. '우둔한 줄기'의 등이 자꾸 간지러워진다고 표현하는 것이 무척 신선하다. 이렇듯 나무는 인간의 신체 기관처럼 유기적으로 움직인다.

이양하가 「나무」에서 효과적으로 사용하는 기법은 다름 아닌 의인법이다. 시에서 의인법은 다양한 수사법 중 하나쯤으로 가볍게 여기기 쉽지만 흔히 생각하는 것보다 훨씬 중요하다. 의인법은 환경 인문학, 그중에서도 특히 유물론적 생태 비평에서는 단순한 수사법 차원을 뛰어넘어 좀 더 적극적인 의미를 지닌다. 의인법은 그동안 인간과 자연 사이에 가로놓인 장벽을 허무는 데 이바지해 왔기 때문이다. 미국의 철학자요 정치 이론가 제인 베닛Jane Bennett이 『진동하는 물질』(2010)에서 의인법이 인간중심주의에 쐐기를 박는다고 주장하는 것은 바로 그 때문이다. 그녀는 "의인법은 이 세계가 존재론적으로 독특한 존재의 범주(주체와 객체)로 구성되어 있지 않고 오히려 연합체를 형성하는 다양한 물질성으로 구성되어 있다고 보는 감수성에 촉매 역할을 할 수 있다"[15]고 지적한다. 인간과 자연, 동일자와 타자, 주체와 객체 같은 이분법을 해체하는 것이야말로 생태주의에서 더할 나위 없이 중요하다. 오늘날 인류가 겪는 환경 위기나 생태계 위기도 따지고 보면 모든 현상을 가치 판단의 작두 위에 올려놓고 두 쪽으로 갈라 그중 어느 한쪽에 무게를 두려는 데에서 비롯한 결과이다.

나무는 생존과 성장을 위하여 몸에 필수적인 신진대사 과정을 보여 주는 한편 영고성쇠 생명 과정을 보여 주기도 한다. 삶과 죽음 사이에 뚜렷한 경계를 두는 인간과는 달리 나무는 삶과 죽음을 생명 활동으로 간주한다. 나무는 살아 있을 때 저장해 둔 양분을 모두 숲으로 되돌릴 뿐 아니라 죽은 뒤에도 온갖 동물과 식물에게 소중한 양식이 되어 준다. 이양하는 인간도 나무처럼 삶과 죽음의 과정을 되풀이하는 것으로 본다. 「부활」은 이러한 주제를 보여 주는 좋은 작품이다.

무덤의 햇볕이
표석標石 표석에 희다

파란 잔디 위에
첫 민들레 하나 둘 노랗고

15 Jane Bennett, *Vibrant Matter: A Political Ecology of Things* (Durham, NC: Duke University Press, 2010), p. 99. 김욱동, 『환경 인문학과 인류의 미래』 (나남, 2021), 180~193쪽 참고.

가지 끝 애숭이 잎새
하나하나 가는 손가락을 펴다

거리의 소음은
저 세상의 먼 우뢰를 울고

해와 땅과 바람이
기적 행하는 마당

해골들도 놀라
경건히 일어나 읍揖하고 서다 (15~16쪽)

　한겨울이 끝나고 마침내 새봄이 오면서 죽은 것 같던 모든 것이 기적처럼 새롭게 태어난다. 무덤 위 잔디도 갈색에서 초록색으로 바뀌고, 근처 민들레도 하나둘씩 노란 꽃을 피운다. 또한 무덤 옆에 서 있는 나무도 가지에 새 잎이 돋으면서 마치 어린아이처럼 "가는 손가락을" 앙증맞게 펼친다. 작품 후반에 이르러 현세와 내세, 무덤 안의 세계와 무덤 밖의 세계 사이의 경계가 점점 허물어져 내린다. 그래서 시적 화자는 길거리에서 들리는 일상 세계의 소음을 "저 세상의 먼 우뢰"라고 생각한다. 화자에게 무덤은 망자가 묻혀 있는 죽음의 공간이 아니라 오히려 "해와 땅과 바람이 / 기적 행하는 마당", 즉 창조적이고 신비로운 공간이다. 이러한 기적은 "해골들도 놀라 / 경건히 일어나 읍하고 서다"라는 마지막 두 행에 이르러 정점에 이른다.

　이 작품에서 의인법 말고 눈에 띄는 또 다른 기법은 효과적인 이미지 구사이다. 시적 화자는 온갖 이미지를 사용하여 독자의 감각에 호소한다. 밝은 햇살에 무덤의 표석이 희게 보인다든지, 무덤 위 잔디가 파랗게 자라고

민들레가 하나둘씩 노란 꽃을 피운다든지 하는 것은 시각 이미지이다. 길거리에서 들리는 일상의 소음과 "저 세상의 먼 우뢰"는 청각 이미지이다. 그런가 하면 나뭇가지 끝 잎사귀가 갓난아이처럼 앙증맞은 손가락을 편다든지, 해골들이 놀라 일어나 읍하고 선다든지 하는 것은 하나같이 동적 이미지이다.

이렇듯 이양하는 죽음을 삶의 종착역으로 보지 않고 오히려 삶을 새롭게 시작하는 출발역으로 본다. 삶과 죽음을 순환 구조로 보려는 태도는 그의 또 다른 작품 「낡아빠진 네게 무슨 죽음이 있으랴」에서도 엿볼 수 있다.

가지가지 팔 들어 높이 받들고
바람도 숨 죽여
조심조심 지키는 찬란한 목란송이

하루아침 뚝뚝 떨어져
푸른 잔디 위에 검은 거적 덮을 때

이 목란에 죽음이 있지
낡아빠진 네게 무슨 죽음이 있으랴

진달래 붉게 타 바위가 달고
자줏빛 아지랑이 속
취한 산이 몸을 가누지 못하는데

파란 하늘이 웃음 거두고
산마루에 잿빛 수의襚衣 슬쩍 던질 때

이 산에 죽음이 있지
낡아빠진 네게 무슨 죽음이 있으랴

유방乳房이 장미 봉오리 부풀고
날씬한 허리대가
청青물푸레 모양 탱긴 고운 아가씨

하루아침 노래 꽃 다 잃고
어젯사랑 호주구니 치마 적실 때

이 아가씨에 죽음이 있지
낡아빠진 네게 무슨 죽음이 있으랴 (20~22쪽)

피천득이 넷째 연 "진달래 붉게 타 바위가 달고 / 자줏빛 아지랑이 속 / 취한 산이 몸을 가누지 못하는데"를 정지용의 작품 못지않게 훌륭하다고 칭찬했다는 점은 앞에서 잠깐 언급하였다. 그러나 정지용의 작품 못지않은 훌륭한 구절로 말하자면 마지막 둘째와 셋째 연도 마찬가지이다. "유방이 장미 봉오리 부풀고 / 날씬한 허리대가 / 청물푸레 모양 탱긴 고운 아가씨 // 하루아침 노래 꽃 다 잃고 / 어젯사랑 호주구니 치마 적실 때"에서는 비유법이 그야말로 찬란한 빛을 내뿜는다. 젊은 여성의 부푼 젖가슴을 장미 봉오리에 빗대는 것이 무척 참신하다. 더구나 '장미 봉오리처럼'이라고 직유법을 구사하는 대신 '~처럼'이라는 보조 수단을 살짝 생략하고 '장미 봉오리 부풀고'라고 은유법으로 처리하는 솜씨도 여간 놀랍지 않다. 만약 직유법을 구사했더라면 아마 탄력을 잃은 용수철처럼 시적 긴장이 적잖이 떨어졌을 것이다.

시적 화자는 아가씨의 젖가슴에서 이번에는 허리 쪽으로 시선을 옮긴다.

무심코 지나치기 쉽지만 화자는 '날씬한 허리'라고 말하지 않고 '날씬한 허리 대'라고 말한다. '허릿대'라고 하면 흔히 낚싯거루에 세운 돛대 가운데 가장 큰 돛대를 말한다. 여성의 날씬한 허리의 맵시는 '허릿매'라고 부른다. 그렇다 면 시적 화자는 젊은 아가씨의 허리를 청물푸레나무의 날씬한 줄기에 빗대는 것이다. 물푸레나무는 옛날 벼루를 만들 만큼 목질이 단단하기로 유명하다. '탱기다'는 '퉁기다'의 사투리이지만 여기서는 '탱탱한'의 뜻으로 받아들여도 크게 틀리지 않을 것 같다. 그렇게 탄력성 있는 아가씨가 하루아침에 '노래' 를 잃고 '꽃'을 모두 잃었다는 것을 보면 사랑하던 남성한테서 실연당했음이 틀림없다. "어젯사랑 호주구니 치마 적실 때"라는 구절이 이를 뒷받침한다. 아 가씨는 지난날의 찬란했던 사랑을 생각하며 눈물을 흘리고, 그 눈물은 떨어 져 치마를 적신다. 평안도 사투리로 미루어 볼 수 있는 '호주구니'는 아마 '후 줄근하게'의 강원도 사투리 '후주구리'이거나, 아니면 '홀로' 또는 '혼자서'라 는 뜻일 것이다.

이 작품의 주제를 캐는 열쇠는 시적 화자가 말하는 '너'의 정체를 밝히는 데 있다. 그렇다면 피화자 '너'는 과연 누구 또는 무엇일까? 작품 전체에서 '너'가 '낡아빠졌다'는 사실 말고는 그 정체를 알 수 있는 단서란 아무것도 없 다. 여기서 '너'는 시나 시를 창작하는 나이 지긋한 시인, 좀 더 넓게는 예술 작품과 그것을 창조하는 예술가로 볼 수 있다. 이양하가 그토록 좋은 글을 남기고 싶다고 입버릇처럼 말해 온 것도 따지고 보면 인간의 불멸성은 생명 그 자체가 아니라 왕성한 예술 창작에 있다고 생각하기 때문이다.

그렇다면 이양하가 시를 비롯한 문학과 예술을 '낡아빠졌다'고 말하는 까 닭이 어디에 있을까? 모든 문학 장르 중에서 시는 선사시대로 거슬러 올라갈 만큼 그 역사가 가장 오래되었다. 한국으로 좁혀 보더라도 고대 시가 문학은 한민족의 제천의식과 가무에서 그 기원을 찾을 수 있다. 이렇듯 시가의 기원 은 원시 공동체 사회의 제의祭儀에 뿌리를 둔다. 그러므로 이양하가 시를 두고 '낡아빠진 너'라고 부르는 것도 그다지 무리는 아니다. 그는 「내 이즘도 가끔」이라는 작품에서 이렇게 노래한다.

> 나는 종시 시詩와 사랑의 낙욕樂欲의 도徒
> 욕정의 손아귀 풀려 그대 붙잡지 못하고
> 그대 그림자 붙잡노라 허덕임을 못내 설어하노라 (113쪽)

시에서는 시적 화자와 시인을 엄격히 구분 지어야 한다. 시인이 비록 1인칭 화자 '나'로 얼굴을 내밀지라도 그 둘은 서로 다르기 때문이다. 시적 화자를 뜻하는 영어 '퍼소나persona'는 가면을 뜻하는 그리스어 '페르소나'에서 유래하였다. 고대 그리스 시대 비극에서는 배우가 무대에 등장할 때 가면을 쓰고 등장하였다. 그래서 연극의 등장인물을 '드라마티스 페르소나이dramatis personae(연극의 가면)'라고 불렀고, 가면을 사용하지 않는 요즈음에 이르러서도 여전히 그렇게 부르기도 한다. 시인이 자기 작품에 등장할 때에도 반드시 가면을 쓰고 등장하게 마련이다. 그러나 이 작품에서 시적 화자 '나'는 가면을 쓴 이양하로 간주하여도 크게 무리가 없다. 그는 평생 시와 사랑의 욕망을 좇는 사도였지만 현실에서는 그 실체가 아닌 그림자만 잡았다고 서러워하였다.

연정과 인정

「낡아빠진 네게 무슨 죽음이 있으랴」에서도 부분적으로 엿볼 수 있지만 이양하는 사랑과 실연 그리고 그것에서 비롯하는 상실감을 즐겨 노래한다. 평생 고독을 반려자로 삼아 살아오다시피 한 그는 고독을 극복하는 한 방법으로 사랑을 선택하였다. 그의 시집 『마음과 풍경』에는 고향을 그리워하는 작품에 이어 사랑과 실연을 노래한 작품이 생각 밖으로 많다. 그러나 이양하에게 사랑은 추상적·관념적 성격이 아주 강하다. 이러한 감정을 비교적 잘 표현한 작품이 「내 그대 생각할 때마다」이다.

내 그대 생각할 때마다
영원과 죽음을 생각하노니

세속 영원의 사랑 속삭이고
죽자 사자 하잠은 아니로다

금빛 햇살이
고 어느 경도傾度로
실 그어 잔디 위에 걸칠 때

푸른 하늘이
먼 구름 사이로
줄달음쳐 아스름 사라질 때

가는 바람이
오월 파란 잎새
파르르 푸른 냄새 풍기고 갈 때

나는 이 볕 이 하늘 이 바람에도
문뜩 그대 그리고

영원과 죽음을 생각하노니

그 아름다운 영원을 붙잡되
붙잡을 수 없는 아름다움이요
붙잡지 못해 더욱 아름다울새

내 그대 사랑에 영원을 안고
그대 사랑에 길이 못 칠 길 없어
이내 가슴에 안타까이 못 치고 못 치는 것이어니

오오 그대는 나의 영원의 기쁨!
그대의 사랑은 나의 아픈 죽음 죽음! (108~110쪽)

　이양하가 시적 화자 '나'의 입을 빌려 말하는 사랑은 주위에서 흔히 볼 수 있는 일반적인 세속적 사랑과는 조금 거리가 멀다. 둘째 연에서 화자는 "세속 영원의 사랑 속삭이고 / 죽자 사자 하잠은 아니로다"라고 못 박아 말한다. 여기서 '세속 영원의 사랑'이란 보통 사람들이 흔히 상대방이 없이는 살지 못하겠다고 말하는 그러한 방식의 사랑은 아니다. 화자가 염두에 두는 사랑은 '세속 영원'이 아닌 진정한 '영원', 즉 이데아의 세계에서나 볼 수 있는 참다운 '영원'이다. 화자는 아름다운 황금빛 햇살과 푸른 하늘과 오월의 훈풍도 '아름다운 영원'을 붙잡을 수 없다고 절망감을 털어놓는다. 그 아름다운 사랑은 이 세속 세계에서는 도저히 이룰 수 없는 것이라면 죽음에서 찾을 수밖에 없을 것이다. 화자가 첫 연에서 "내 그대 생각할 때마다 / 영원과 죽음을 생각하노니"라고 노래하는 것은 바로 그 때문이다.

　더구나 여기서 한 가지 주목해 볼 것은 이양하가 사랑과 죽음을 동일한 차원에서 생각한다는 점이다. 적어도 이 점에서 그의 생각은 지그문트 프로이트와 비슷하다. 잘 알려진 것처럼 프로이트는 에로스(쾌락 원칙)와 타나토스(죽음 충동)가 동전의 양면과 같다는 전제 위에 그의 정신분석학의 집을 지었다. 그는 달콤한 사랑의 쾌락 속에는 죽음의 충동이 깃들어 있다고 지적한다. 그러나 이양하가 사랑을 죽음과 연관시키는 것은 그가 바라는 이상적인 사랑을 현세에서는 도저히 이룰 수 없기 때문이다. 그래서 그는 시적 화자의 입을 빌려 "그대의 사랑은 나의 아픈 죽음 죽음!"이라고 부르짖는다. 이렇게 사랑과 실연을 노래한 이양하의 작품 중에서도 「십년 연정」은 가장 널리 알려진 작품이다.

> 십년 연정이 한 장의 장황한 편지가 된 날 아침
> 하늘은 왜 이리 휘양창 높푸르기도 할가
>
> 방이 어둡고 답답하여
> 지향指向 없이 나선 언덕길
>
> 발길 낯익어 발부리 제 길을 가나
> 어딜 디디는지 꿈나라의 허공 가듯
>
> 걸음은 싸이고 싸인 기억이 무거워
> 한걸음 한걸음이 천리 먼 길이 되고 ―
>
> 장황한 편지 장황한 편지
> 갈라나는 벌떼 모양 붕붕 귀를 때리고

원 세상에 이런 일도
외골 생각 연자말 돌고 돌아

온몸은 귀먹은 납덩이
마음은 이슬 찬 옷자락

새도 들도 뫼도 없고
온 하늘이 닫치도다

주저앉아 풀잎 뜯고 뜯고
담배 하나 둘 피우고 또 피우고

머리 앞으로 숙어
담뱃내 자주 눈을 스치는데

깍깍
문득 귀 째는 까치소리

아침 울면
손님 온다는 까치도

오늘 아침은 아픈 비웃음
날카로운 송곳 가슴을 찔러라 (105~107쪽)

이 작품에서 시적 화자에게 그토록 사랑의 슬픔을 안겨 준 여성이 과연 누구일까? 이 시를 창작한 연대를 정확히 밝히지 않아 자세히는 알 수 없지만 그가 10년 동안 사랑해 온 여성임이 틀림없다. 그가 연희전문학교에 재직할 시절 그에게 피아노를 가르쳐 주었다는 피아니스트일 수도 있고, 1957년 미국 뉴헤이븐에서 결혼한 장영숙일 수도 있으며, 아니면 서울대학교 문리대학에서 화학을 전공한 제자 박용원일 수도 있다. 장성언은 「십년 연정」이 그의 누이 장영숙을 염두에 두고 쓴 작품임을 암시한 적이 있다. 그는 "선생의 결혼 문제는 30년대로 소급할 수 있다. 지금 선생의 시집이 손에 없어 참고할 수 없지만, 「연정 십년」에도 반영되어 있다. 이 시가 하버드에 계실 때 작이라면, '10년'이 '20'년으로 개제되어야 한다"[16]고 말한다.

그러한 여성들 중 한 사람이 아니라면 어쩌면 이양하가 송전이나 원산에서 만난 그 누구일지도 모른다. 이태준은 어느 날 원산을 여행하던 중 길거리에서 서울에서도 어쩌다 만난다는 Y를 우연히 만났다. 창백한 얼굴에 힘이 없어 보이는 Y는 그에게 명사십리에 가는 중이라고 말하였다. 두 사람은 청요릿집에 들어갔고 그곳에서 Y는 이태준에게 원산에 온 이유를 밝힌다. 그는 "난 영리한 친구들이 웃으리만치 어떤 여자를 사랑했네. 물론 여러 가지로 봐서 난 그를 사랑할 수 없는 처진데 어떻게 그렇게 됐네……. 내가 오늘 여기 온 건 그 여자하고 무슨 산보가 하고 싶었다든지 그야말로 무슨 속살거리고 싶어서 온 건 아니야. 단지 솔직하게 말하자면 보고 싶어서……. 단 오 분 동안이라도 가만히 그를 바라보고 싶어서 온 건데……"[17]라고 말한다. Y가 이양하라고 단정 지어 말할 근거는 없지만 여러 정황으로 미루어 보면 이양하일 가능성이 높다.

---

16 장성언, 「미국 시절의 이 선생」, 『이양하 교수 추념문집』, 234쪽. 장성언은 「십년 연정」을 「연정 십년」으로 잘못 기억한다.
17 이태준, 「여정의 하루」, 상허학회 편, 『이태준 전집 5: 무서록 외』(소명출판, 2015), 284~285쪽.

위에 인용한 작품에서 시적 화자가 사랑한 대상이 누구이든 한 가지 분명한 것은 10년 동안 교제한 뒤에 갑작스럽게 편지 한 장을 보내 절교를 선언했다는 점이다. 시적 화자가 '장황한 편지'라는 구절을 무려 세 번이나 되풀이하는 것을 보면 여성은 그와 헤어질 수밖에 없는 이유를 변명하듯이 길게 늘어놓은 듯하다.

절교를 선언하는 첫 연의 두 행 "십년 연정이 한 장의 장황한 편지가 된 날 아침 / 하늘은 왜 이리 휘양창 높푸르기도 할가"를 좀 더 꼼꼼히 살펴보기로 하자. 이양하는 사랑하던 여성이 그에게 어느 날 아침 장황한 편지 한 장을 보내어 십 년 연정을 끝냈다고 말하지 않는다. 그렇게 말하면 산문은 될지언정 시는 되지 못할 것이다. 그래서 그는 십 년에 이르는 애틋한 사랑의 감정이 한낱 종잇조각 한 장 편지로 변질되었다고 노래한다. 말하자면 연정이라는 독특한 무형의 감정을 종이라는 유형의 물질로 바꾸어 놓는다. 또한 시적 화자는 실연의 절망감을 반어적 대조법을 구사하여 "하늘은 왜 이리 휘양창 높푸르기도 할가"라고 노래한다. 그날따라 유달리 높고 푸른 하늘은 실연한 화자를 한껏 조롱하고 비웃는 것 같다. "새도 들도 뫼도 없고 / 온 하늘이 닫치도다"라는 구절에서도 볼 수 있듯이 그는 지금 마치 세상이 종말을 맞이한 것처럼 깊은 절망감에 빠져 있다.

이 작품의 시적 화자는 비참한 마음과 절망감을 달래려고 어둡고 답답한 방을 뛰쳐나와 늘 걷던 길로 걸어간다. 발길은 타성에 젖어 걷던 길을 가지만 그에게는 마치 '꿈나라 허공'을 걷는 듯한 느낌이다. 그래서 시적 화자는 "온몸은 귀먹은 납덩이 / 마음은 이슬 찬 옷자락"이라고 노래한다. "납덩이같은 침묵"이라고는 말하여도 온몸이 "귀먹은 납덩이"라고는 좀처럼 표현하지 않는다. 그러나 '아연실색啞然失色'이라고밖에는 달리 표현할 수 없는 상황에서 온몸은 납덩이처럼 무겁게 가라앉고 그의 귓가에는 납으로 봉인한 듯이 아무런 소리도 들리지 않는다. 한편 "마음은 이슬 찬 옷자락"이라는 구절은

「낡아빠진 네게 무슨 죽음이 있으랴」의 "어젯사랑 호주구니 치마 적실 때"와 비슷하다. 「십년 연정」에서 시적 화자는 비참한 심경을 더할 나위 없이 잘 드러낸다. 그래서 절교의 통고를 받은 그날 아침 화자는 자신에게 짓는 '아픈 비웃음'이 마치 '날카로운 송곳'처럼 그의 가슴을 찌르는 것을 느낀다.

이양하는 「사람의 마음이 어쩌면 그럴 수 있읍니까」라는 작품에서도 사랑의 희열과 실연의 아픔을 노래한다. 시적 화자는 작품 첫 부분에서는 아름다운 사랑의 추억을 떠올리며 "그대 있어 세상 빛나고 / 그대 있어 기쁜 노래 있었거니"(115쪽)라고 노래한다.

> 꽃 피는 들 숲 욱은 언덕길
> 새와 꽃과 나무가 동무하고
> 꽃 나무처럼 자라 연륜年輪 또렷한 사랑
>
> 높은 하늘이 굽어보고
> 해와 별과 달이 지키고
> 영원과 죽음을 말하던 사랑 (114쪽)

이 작품에서도 「십년 연정」의 시적 화자와 피화자처럼 그렇게 '영원과 죽음'을 함께 말하던 사랑이 어느 날 갑자기 산산조각이 되고 만다. 시적 화자는 사랑하던 연인을 원망하며 제목 그대로 "사람의 마음이 어쩌면 그럴 수 있읍니까"라고 따져 묻는다. 이렇게 실연의 아픔을 절감하는 화자는 삶의 의욕마저 상실하는 상태에 이른다.

> 하루아침 나무 뿌리째 뽑고
> 고운 약속 순질러 진흙모양 밟으시니

사람의 마음이 어쩌면 그럴 수가 있읍니까 (115쪽)

　여기서 시적 화자는 비극적 상실감과 절망감을 뿌리 뽑힌 나무에 빗댄다. 뿌리 뽑힌 나무가 살 수 없듯이 사랑을 잃은 화자도 살아가기 무척 힘들 것이다. 화자는 마지막 연에 이르러 "푸른 바다 흰 돛 달고 고이 달리던 배 / 난데없이 모진 바람 휘몰아 뒤엎으시니 / 사람의 마음이 어쩌면 그럴 수가 있읍니까"(115쪽)라고 원망한다. 이번에는 실연한 자신의 마음을 망망대해에서 폭풍에 난파당한 배에 빗댄다. 뿌리 뽑힌 나무이든 난파선이든 화자의 상실감과 절망감을 표현하는 데에는 그야말로 안성맞춤이다.

한반도의 분단과 이양하의 정치의식

　이양하는 작품에서 좀처럼 정치의식을 드러내지 않았다. 그래서 김우종은 그를 순수문학을 지향한 문인으로 간주하였다. 그러나 한국전쟁이 일어난 1950년대 이후부터 그의 시 작품은 주제나 형식이 조금씩 바뀌기 시작한다. 고향 상실이나 자연, 실연 같은 사사로운 개인적 정서에서 벗어나 좀 더 나라와 겨레 같은 공적 영역으로 확대되면서 정치의식을 표현한다. 특히 한국전쟁은 그에게 반공의식을 불러일으키고 냉엄한 국제 정세를 깨닫게 하는 데 촉매 역할을 하였다. 그의 시 작품 중에서 「박 노인」은 이러한 경우를 보여 주는 좋은 예로 꼽을 만하다.

　　나성羅城 오년 쉬카고 십년 디트로일 십년
　　학교 그릇사리 바아 레스트랑
　　굴고 굴러 이 보스튼 구석 온지도 이미 십여년

부엌 하나 침실 하나 살림방 하나

살림방에는 의자 소파 테이블 라디오……

고독하고 단둘이 살기 꼭 알맞은 살림이라 (71쪽)

박 노인에 대해서는 박용원이 이양하를 추모하는 글에서 언급한 적이 있다. "간혹 이 선생님이 Boston에 오시면 박 노인 댁에 가서 냉면 대접 받는 것이 큰 재미였으며 '박 노인 같이 냉면을 맛나게 만드는 사람을 아직 못 만났소' 이렇게 말씀하시던 선생님의 말씀은 객지에서 한국 음식에 굶주렸던 탓만도 아니었던 것 같다"[18]고 회고한다. 여러 정황으로 미루어 보아 박 노인은 이양하의 고향 강서 출신 선배인 듯하다. 박 노인이 강서 출신일지 모른다는 것은 냉면을 잘 만든다는 사실에서도 알 수 있다.

또한 박 노인은 이양하보다는 열 살쯤 위인 것 같다. 조선이 일본 제국의 식민주의에서 해방되던 날 오직 '혼자서' 만세를 '목 놓아' 부르면서 뉴욕을 향하여 자동차를 70마일 속도로 달렸다고 하는 것을 보면, 박 노인은 일찍이 일제강점기에 식민지 조국을 떠나 미국에 망명하여 젊의 시절 대부분을 보낸 것 같다. 그것도 태평양 연안 로스앤젤레스(5년)에서 시작하여 중서부의 일리노이주 시카고(10년)와 미시건주 디트로이트(10년)를 거쳐 대서양 연안 뉴욕(10년)에 도착하여 당시에는 보스턴(20년)에 살고 있었다. 말하자면 미국 전역을 누비며 살다시피 하였다. 이양하도 실향민으로 외롭게 살았지만 박 노인은 자의든 타의든 '국외 추방자'로 이국땅에서 이양하보다도 훨씬 더 외롭게 살았다. 고국에 살던 박 노인의 아버지는 이미 사망하였고, 그가 아들에게 남긴 유언은 고국에 돌아와 그의 옆에 묻히라는 것이었다.

---

18 박용원, 「미국에서의 노 교수의 모습」, 『이양하 교수 추념문집』, 240쪽.

뼈라도 내 옆에 와 묻혀라

남기고 가신 아버지 말씀 새삼 되씹힘은

인제 푸른 꿈 다 가고 이순노골耳順老骨된 탓일라

연합군 이기고 왜놈 쫓기던 날

만세 만세 혼자 목 놓아 부르고

뉴우욕 가는 천리 길 냅다 70마일을 놓았겠다

허나 나라 다시 저꼴 되고

그리운 고향 철막鐵幕 속 깊이 잠겼으니

인제 정말 오갈 곳 없는 외로움 뼈에 사무치도다 (73쪽)

둘째 연에서 시적 화자는 2차 세계대전이 연합국의 승리로 끝나면서 일본이 패망하여 한반도가 마침내 일제의 굴레에서 벗어난 해방의 기쁨을 노래한다. 그러나 그러한 기쁨도 잠시 삼팔선을 경계로 한반도의 허리가 두 동강이로 잘리면서 그의 고향은 이제 '철의 장막' 속에 갇히게 되었다. "공산당 때려 부수고 / 미국정부 한국정부 규탄 규탄 / 푸른 기함氣焰 천정 뚫고 무지개를 뿜도다"(74쪽)라는 구절에서는 냉전 시대 정치 이데올로기의 실험장이 되다시피 한 한반도의 혼란스럽던 해방 공간의 모습을 읽을 수 있다. 더구나 해방을 맞이한 지 몇 해 뒤 일어난 한국전쟁은 분단을 더욱 고착하는 결과를 낳았다. 서로 왕래할 수 없는 분단 상황에서 뼈라도 옆에 묻히라는 아버지의 유언도 무색하게 된 당시 박 노인의 고독은 뼈에 사무칠 수밖에 없었을 것이다.

둘째 연의 첫 행 "연합군 이기고 왜놈 쫓기던 날"에서 볼 수 있듯이 이양하는 시적 화자의 입을 빌려 일본 제국의 식민지 통치를 드러내 놓고 비판한다. '일본인'도 아니고 '왜놈'이라는 말에서는 암울한 일제강점기에 식민지 주민 조선인을 온갖 방법으로 압박한 일본에 대한 적의를 읽을 수 있다. 그가 식민지 종주국의 심장부 도쿄에서, 그것도 식민지 관료를 양성하는 제국대학에서 유학했다는 점을 염두에 두면 어딘지 비겁함이 묻어나는 것 같기도 하고, 목구멍을 가로막고 있던 가래를 뱉어 내듯이 그동안 마음속에 담아 온 울분을 토로하는 것 같기도 하다.

그런데 일본인을 낮추어 부르는 '왜놈'은 이양하의 또 다른 작품 「미국 병정」에서도 찾아볼 수 있다. 이 작품은 제목에서도 잘 드러나듯이 조국이 일제로부터 해방된 뒤 미군이 한반도 남쪽에 상륙하여 주둔할 무렵 쓴 것이다.

> 허위대 좋다 모두 콩 먹인 말 새끼 같구나.
> 어떤 어머니 우리 한국韓國 사내 허수아비 같
> 다더니 그 따님 뒤에 미국美國으로 시집가겠다. (124쪽)

이양하는 일본인을 '왜놈'이라고 부르고 중국인을 '되놈'이라고 부르는 것처럼 미국인을 흔히 '코백이'라고 부른다. '왜놈'은 일본인의 몸집이 왜소矮小하여 그렇게 부르는 것으로 알고 있지만 실제로는 '왜倭나라 사람'이라는 뜻이다. 중국인을 가리키는 '되놈'도 북쪽을 가리키는 고유어 '되'에 '놈'을 붙인 것이다. 물론 '왜놈'이든 '되놈'이든 일본인과 중국인을 경멸하여 부르는 말이라는 것만은 부정할 수 없는 사실이다. 이러한 논리로 한다면 태평양을 건너온 미국인은 '양놈'이라고 하여야 할 터인데도 시적 화자는 '코백이'라고 부른다. 두말할 나위 없이 미국인의 코가 유난히 크다고 하여 붙인 별명으로 흔히 '양洋' 자를 덧붙여 '양코백이'라고 부르기도 한다. 「미국 병정」의 시적 화자는 '(양)코백이'로도 모자라 아예 '콩 먹인 말 새끼' 같다고 짐승에 빗대기도 한다. 한국 사내를 '허수아비' 같다고 말하던 어떤 어머니는 귀엽게 기른 딸을 미군에게 시집보낸다.

시적 화자는 그동안 한국인들을 억압하고 착취해 온 열강 국가 사람들을 경멸적인 말로 낮추어 불러 보지만 지정학적 특수성에서 비롯한 한반도의 운명은 어찌할 수 없다는 사실을 깨닫고 절망감을 느낀다. 이러한 절망감은 「미국 병정」의 마지막 연에서 단적으로 드러난다.

> 허나 그제는 되놈 어제는 왜놈 오늘은 코
> 백이, 사내로선 비위脾胃가 뒤틀린다. 내일來日은
> 또 어떤 놈일까 가다 팔짱 걷고 허세虛勢도 부
> 려보나 사내인즉 지지리 못난 사내로다. (128쪽)

지난 몇천 년 동안 한민족이 열강들의 지배를 받아 온 역사적 사실에 시적 화자는 남성으로서 '비위가 뒤틀린다'고 말한다. '비위가 뒤틀린다'는 것은 마음에 맞지 않아 기분이 틀어진다는 뜻이다. 그래서 길거리를 걸어가면서 잔뜩 허세도 부려 보지만 자신이 '지지리 못난 사내'라는 사실은 어찌할 수 없다. 더구나 문제는 외세의 침략과 그것에서 비롯하는 고통과 시련이 단순히 지나간 과거 역사로 그치지 않는다는 데 있다. "내일은 / 또 어떤 놈일까"라는 구절에는 앞으로 다가올 미래에도 과거 역사가 되풀이될지 모른다는 불안감이 짙게 배어 있다.

「미국 병정」에서 주제 못지않게 중요한 것이 형식과 기교이다. 이 작품의 주제를 좀 더 쉽게 이해하려면 흔히 '행갈이'라고 일컫는 시행을 바꾸는 방식을 좀 더 찬찬히 눈여겨보아야 한다. 이 작품에서 이양하는 일반적인 행갈이의 관행을 완전히 무시한다. 예를 들어 "허수아비 같다더니"로 해야 할 것을 일부러 "허수아비 같 / 다더니"로, "미국으로 시집가겠다"로 해야 할 것을 "미국으로 시집가겠 / 다"로 처리한다. 한국어의 음운 구조에서는 '같-다더니'에서처럼 '같'과 '다더니'를 떼어 놓을 수 없고, '시집가겠-다'처럼 '가'와 '겠다'를 떼어 놓을 수 없다. 이러한 관행을 무시한 행갈이는 "오늘은 코 / 백이", "팔

짱 걸고 허세도 부 / 려보나"에서도 찾아볼 수 있다. 이 밖에 '파-랄까'를 비롯하여 '탓이라-나', '없-고', '오토맽처-럼', '마주-서', '츄잉-검', '아가씨에게-는', '모-든 것이', '장-난감 같고', '뒷걸-음 친다', '어딜 디-디는지', '아-우성은', '노-랑 파랑처럼', '하-느님의', '오-늘은', '부두-를' 등에서도 나타난다.

이양하가 이렇게 굳이 행갈이 관행을 무시하는 데에는 그럴 만한 까닭이 있다. 음운 구조가 뒤틀리면서 의미가 혼란스럽게 되듯이 한민족도 그동안 강대국의 힘에 밀려 적잖이 분열되고 혼란을 겪어 왔다는 사실을 시각적으로 보여 주기 위해서이다. 물론 문법 구조에 어긋나게 분철分綴한다고 하여 의미를 완전히 헤아릴 수 없는 것은 아니지만 해독에 적잖이 어려움을 겪을 수밖에 없다. 이와 마찬가지로 한반도도 지정학 특성 때문에 외세의 침입으로 온갖 수난과 고통을 겪어 오면서도 한민족은 꿋꿋이 정체성을 지켜 나갈 수 있었다. 시를 비롯한 문학 작품에서 형식과 주제는 이렇게 샴쌍둥이처럼 떼려야 뗄 수 없이 서로 밀접하게 연관되어 있게 마련이다.

이양하는 「미국 병정」처럼 그렇게 과격하지는 않지만 다른 작품에서도 일반적인 방식과는 조금 다르게 행갈이를 시도한다. 「혼자 살겠다는 그대」는 이러한 경우를 보여 주는 좋은 예로 꼽을 만하다.

풀잎 한 끝에 동그랗게 오므린
이슬

깎은 석벽石壁 위에 외로이 핀
꽃

높은 가지 한 끝에 꼬리 치킨
새 (94쪽)

이양하는 '오므린'과 '이슬'을 한 행으로 처리하지 않고 두 행으로 처리한다. 이러한 행갈이 방식은 "외로이 핀 / 꽃"과 "꼬리 치킨 / 새"에서도 마찬가지로 일어난다. 두말할 나위 없이 독자의 시선은 자연스럽게 '이슬', '꽃', '새'로 쏠릴 수밖에 없다. 한편 이양하는 작품의 후반부 연에 이르러서는 '이슬', '꽃', '새'를 주어로 삼아 연의 앞 행에 위치시킨다.

이슬은
개똥에도 내리고

꽃은
개똥에 피어서 더욱 곱고

새는
개똥을 쪼아야 산다 (96쪽)

이 작품의 시적 화자는 작품의 전반부에서 '혼자 살겠다'는 피화자의 의지나 태도를 몇몇 은유로써 설명한 뒤 후반부에서는 그러한 의지나 태도가 바람직하지 않다는 것을 설명한다. 결국 궁극적으로 화자가 피화자에게 말하려는 것은 "고고孤高의 미美는 / 절음발이의 미"(96쪽)라는 사실이다. 적어도 주제적 측면에서 본다면 이양하의 「혼자 살겠다는 그대」는 17세기 영국 형이상학파 시인 앤드루 마벌Andrew Marvell의 「수줍은 연인에게」와 비슷하다. 이 작품에서 마벌은 "우리에게 충분한 세계와 시간이 주어진다면 / 여인이여, 그대의 수줍음을 탓할 수 없을 것입니다. / 함께 앉아 어느 길을 걸을까 생각하며 / 긴 사랑의 날들을 보내겠지요"라고 설득한다.

이양하의 이러한 실험적 기법은 그동안 영시를 연구하면서 영향을 받은 것으로 볼 수 있다. 특히 그는 20세기 초엽 미국 모더니즘을 대표하는 시인 E. E. 커밍스Edward Estlin Cummings한테서 적잖이 영향을 받았다. 이 미국 시인의 혁명적 기법에 대하여 이양하는 "한 시에 있어 호수號數가 다른 활자를 쓰기도 하고, 여러 말을 한데 뭉쳐서 쓰는 반면 한 말을 분리해 놓기도 하고, 한 말 사이에 다른 말의 일부분을 끼워 놓기도 하고, 두 말의 어근에다 한 어미를 붙이기도 하며, 'comma' 하나로 한 줄을 만들기도 하고, 'ampersand'나 괄호나 다른 수식 부호를 넣기도 하여 별의별 체재體裁를 다 보여 준다"[19]고 말한다.

더구나 이양하는 커밍스의 「이 부산한 비인간非人間 괴물을 불쌍히」라는 작품을 분석하며 "요컨대 이 시는 과학주의 물질주의가 군림하는 현대에 처하는 인간의 인간답지 못함을 신랄하게 말한 것으로 볼 수 있다"고 밝히기도 한다.[20] 여기서 '과학주의 물질주의'를 '한반도를 둘러싼 강대국'으로, '현대에 처하는 인간'을 '한민족'으로 바꾸어 놓을 수 있다. 물론 이양하는 커밍스처럼 실험적 기법을 그렇게 극단적으로까지 밀고 나가지는 않는다.

「미국 병정」에서 볼 수 있듯이 한반도는 열강의 희생물이기도 하지만 동족상잔의 비극을 낳은 곳이기도 하다. 「시時와 영겁永劫」은 한국전쟁의 비극을 고발한 작품이다. 동족에게 총부리를 겨눈 한국전쟁은 이양하에게 씻을 수 없는 치욕과 정신적 상처를 주었다.

자갈밭 위에

무릎 꿇고 박승진 백성百姓이

---

19 이양하, 「E. E. Cummings」, 『이양하 교수 추념문집』, 103쪽. 여기서 'ampersand'란 영어 접속사 'and'에 해당하는 '&'를 가리킨다. '&'와 'and'는 비록 뜻은 같지만 서로 호환하여 사용하지는 않는다. 전자는 '!' 나 '?' 등과 같은 기호인 반면, 후자는 어디까지나 문자이기 때문이다.

20 위의 글, 107쪽.

160

161

하나 둘 셋 넷 다섯 여섯……

그 등 뒤에 나란히

스탈린의 총부리 겨눈 인민군이

또 하나 둘 셋 넷 다섯 여섯……

　　　(…중략…)

오 철鐵의 폭학이여!

시時의 천단淺斷이여!

인간의 오욕汚辱이여! (129~130쪽)

　이양하는 이 작품에서 인민군이 남한 인사를 '반동분자'라는 명목으로 붙잡아 인민재판을 열고 처형하는 장면을 묘사한다. '박승진 백성'이란 박승縛繩, 즉 죄인을 묶는 노끈에 꽁꽁 묶여 있는 백성을 말한다. 그들 뒤에는 그 수만큼 인민군이 총을 겨누고 처형 명령을 기다리며 서 있다. 이양하는 인민군이 서울에 진입했을 때 미처 서울을 빠져나가지 못하고 한 달 동안 공산군 치하에서 살면서 이러한 인민재판과 즉결 처형을 목도하였다. 그는 영문으로 쓴 「공산주의자들과의 개인 접촉」이라는 글에서 공산주의자들의 만행을 낱낱이 고발한다. 어떤 의미에서 「시와 영겁」은 이 산문을 시의 형식으로 바꾸어 놓은 것으로 볼 수 있다.

소리와 의미

　시를 한마디로 정의한다면 '소리와 의미'로 이루어진 운문 문학이라고 할 수 있다. 미국 대학에서 가장 널리 사용되는 시 교재 중에 로렌스 퍼린 Laurence Perrine의 『소리와 의미』(1956, 2017)라는 책이 있다. '시 입문'이라는 부제가 붙은 이 책은 지금까지 15판을 거듭해 오면서 이 분야의 스테디셀러로 자리 잡았다. 이 책의 제목 그대로 시란 '아름다운' 소리에 의미를 실어 표현하는 문학 양식이다. 그런데 시는 어떤 의미에서는 의미보다 소리가 훨씬 더 중요할 때가 많다. 이양하는 시에서 의미 못지않게 소리에 무게를 실은 시인이다.

한편 시는 응축의 예술이요, 절제의 예술이요, 생략의 예술이다. 독일어로 시를 뜻하는 낱말이 여럿 있지만 '디히퉁dichtung'도 그중의 하나이다. 마르틴 하이데거가 즐겨 사용한 이 말에는 본디 '농축된'이나 '촘촘함' 또는 '꼼꼼한'이라는 뜻이 있다. 이 점을 의식이라도 한 듯이 이양하는 「내가 어질다면」이라는 작품에서 모순어법으로 이렇게 노래한 적이 있다.

> 시인이
> 말에 인색함은
> 더 웅변되고자 — (141쪽)

서양 속담에 "웅변은 은이요 침묵은 금이다"라는 것이 있듯이 이양하는 시인의 덕목 중 하나가 될수록 언어를 아끼는 것이라고 지적한다. 시인은 언어를 구사하는 데 인색하면 할수록 좋다. 다시 말해서 시인이 언어를 헤프게 사용하면 할수록 시적 긴장은 탄력을 잃은 용수철처럼 그만큼 떨어질 수밖에 없다. 그래서 이양하는 "두 마디 할 자리 / 한 마디 하리로다"(142쪽)라고 노래한다.

이양하는 그동안 영한사전과 한영사전을 편찬하면서 언어 감각을 좀 더 날카롭게 갈고닦았다. 그가 예일대학교에서 새뮤얼 마틴 교수와 장성언과 함께 한영사전을 편찬했다는 것은 앞에서 이미 언급하였다. 이 무렵 한국 정부에서는 한글을 간소하려고 하여 문제를 일으킨 적이 있었다. 흔히 '한글 간소화 파동'으로 일컫는 사건이 바로 그것이다. 이 파동은 1949년 이승만 당시 대통령이 한글 맞춤법을 소리 나는 대로 쓰는 방식으로 바꿔야 한다고 주장함으로써 처음 불을 댕겼다.

1953년 한글 개정안이 국무총리 훈령으로 공포되었고, 1954년 이선근李瑄根이 문교부 장관에 임명되면서 더욱 구체적인 모습을 띠었다. 그러자 국내에서는 연희전문대학 교수 최현배와 김윤경이 전국을 순회하면서 한글 간소화 계획이 부당하다고 알렸다. 한편 이양하는 미국에서 한글 간소화 정책을 비판하는 글을 연희전문학교 제자 조풍연에게 보냈다. 이 무렵 을유문화사에 근무하다가《한국일보》창간에 참여한 조풍연은 스승의 동의를 받지 않고 이 글을 신문에 실었다. 이와 비슷한 시기에 예일대학교의 새뮤얼 마틴 교수도 1954년 7월 이선근 문교부 장관에게 한글 간소화 계획에 반대하는 공개서한을 보내기도 하였다.[21] 결국 한글 간소화 계획은 이렇게 심한 반대에 부딪히자 1955년 9월 마침내 철회되었다.

이렇게 국어에 깊은 관심을 기울이던 이양하는 시 작품에서도 언어 감각을 한껏 살리려고 노력하였다. 정지용이 흔히 시어를 조탁하는 데 심혈을 기울인 시인으로 널리 알려져 있지만 시어의 조탁으로 말하자면 이양하도 그에 못지않았다. 이양하가 시어를 조탁하는 여러 방법 중 하나는 토박이말이나 고어, 사투리 등을 되살려 사용하는 것이다. 말하자면 그는 모국어의 창고에 폐물처럼 버려두거나 팽개친 낱말을 찾아내어 갈고닦아 사용하기 일쑤였다. 그의 시를 읽다가 이해하기 어려운 낯선 낱말을 만나는 것은 바로 그 때문이다. 그가 얼마나 한국어의 감칠맛을 살려 구사했는지는 몇 가지 예만 들어 봐도 충분히 알 수 있다.

---

21 조풍연, 「이 선생과 나」, 『이양하 교수 추념문집』, 222쪽; 「웃음거리로 전락한 한글 간소화 파동」, 《한국대학신문》 (2004. 01. 15); http://www.unn.co.kr/ColumnIssue/Univ50Detail.asp?idx=15&n4_page=1&n1_category=1.

섹비릿길 오불꼬불 한두 마장 올라가서

바른쪽 산 팔굽이 불쑥 내밀어 동리 물리치고

　　　　—「나의 이니스프리」(17쪽)

남한과 북한에서 발간한 국어사전을 아무리 샅샅이 뒤져 보아도 '섹비릿길'이라는 낱말은 도저히 찾을 수 없다. 다만 문맥으로 미루어 본다면 '비탈진 언덕 길'을 가리키는 것 같다. '오불꼬불'은 요리조리 고르지 아니하게 굽은 모양을 가리키는 표현으로 '오불고불'보다 좀 더 센 느낌을 준다.

꽃니레 바람 이 거리에도 불어

포도鋪道의 아가씨는 흩어진 머리를 매만지며

　　　　—「다시 조춘」(24쪽)

꽃니레 바람 한 며칠

소소리 봉峰 위의 솔을 불어

송화松花가루 뽀얗게 온 산에 드날리고 나면

　　　　—「점경」(42쪽)

이양하가 '꽃니레'라는 낱말을 '바람'을 수식하는 말로 자주 사용하는 것으로 보아 '꽃을 피게 하는'이라는 뜻으로 미루어 볼 수 있다. 한자어 '화신풍花信風'은 꽃이 피려고 하는 것을 알리는 바람이다. 특히 소한에서 곡우까지 닷새마다 새로운 꽃이 피는 것을 알려 주는 봄바람을 일컫는 말로 흔히 '꽃바람'이라고도 한다. 화신풍의 반대말에 해당하는 것이 꽃을 떨어뜨리는 바람이라는 뜻의 '낙화풍落花風'이다. '꽃니레 바람'은 문맥으로 보아서 아무래도 곡우 이후에 부는 낙화풍보다는 화신풍으로 보아야 할 것 같다. '꽃니레'는 봄에 꽃이 필 무렵을 가리키는 '꽃이리'라는 북한어와 관련 있는 것처럼 보인다. 북한 속담에 "꽃이리에 바람꽃 핀다"는 말이 있다. 꽃들이 한창 피어나는 봄철에 바람이 몹시 분다는 뜻으로 좋은 일이 일어나려고 할 때 갑자기 방해물이 나타나는 것을 비유적으로 이르는 말이다.

> 바른쪽으론
> 연산連山 멀리 굽이지는 곳에
> 울산蔚山 가는 외오리 길이 아스럼 사라지고
> ―「금강원」(33쪽)

'외오리'와 '아스럼'은 앞의 두 낱말과 비교하여 짐작하기 훨씬 쉽다. '외오리'는 실이나 끈, 대나무 따위의 단 하나의 오리를 가리키는 북한말이다. '아스럼' 역시 북한말로 '아스란히', 즉 아득하게 멀어 희미하게 사라지는 모습을 나타내는 부사이다. 시적 화자는 지금 부산 동래의 금강원 공원 꼭대기 언덕에 올라가 저 멀리 북동쪽 방향을 바라보고 있다.

> 아삭다삭한 솔잎 사이 아롱대는
> 하늘의 아라베스크 모양 알쏭하고
> ―「금강원」(36쪽)

'아삭다삭한'은 연하고 싱싱한 과일이나 채소 따위를 보드랍게 베어 물 때 나는 소리를 흉내 내는 '아삭바삭한'과 관련 있는 듯하다. '아롱대는'은 물체가 또렷하지 아니하고 흐리게 아른거리는 모습을 묘사하는 말이다. '알쏭하고'는 질서가 없어 알아보기 힘들게 아리송한 것을 뜻한다. 바로 앞에서 사용한 '아라베스크 모양'이라는 구절이 이를 뒷받침한다. 식물의 줄기와 잎을 도

안으로 만들어 당초唐草 무늬나 기하학 무늬로 배합시킨 아라베스크 문양은 언뜻 보아서는 쉽게 알아보기 힘들다.

이양하는 이렇게 낯선 낱말을 하나하나 헤아리기 어려울 만큼 자주 사용한다. 가령 "밈 도는 파란 버들가지"에서 '밈', "휘우둠 비낀 언덕길 (…중략…) 오종종 나란히"에서 '휘우둠'과 '오종종', "오십 고개가 가끕선다"에서 '가끕선다' 등이 좋은 예이다. 이 밖에도 그는 '쏙새', '욱은', '부나드는', '그물어', '팔낏', '발디팃', '호수로이', '해끗', '거름세', '소소리', '연송', '탱긴' 같은 낯선 낱말을 즐겨 사용한다. 그중 어떤 낱말은 북한 국어사전이나 방언사전에서 겨우 의미를 알아낼 수 있지만 어떤 낱말은 아예 문맥으로 짐작할 수밖에 없다.

이양하는 시어를 조탁하는 두 번째 방법으로 의성어와 의태어를 효과적으로 살려 표현한다. 동시대의 다른 시인들과 비교하여 그의 작품에서는 유난히 의성어와 의태어를 자주 엿볼 수 있다. 의성어와 의태어는 다른 언어에도 있지만 한국어만큼 그렇게 발달되어 있지 않다. 이러한 기법은 작품에 생동감을 불어넣어 줄 뿐 아니라 시에서 아주 중요한 역할을 하는 이미지와도 깊이 관련되어 있다. 가령 의태어는 시각 이미지에, 의성어는 청각 이미지에 크게 이바지한다. 또한 의성어와 의태어는 시에서 음악적 효과를 자아내는 데에도 적잖이 도움을 준다. 그러므로 한국어에 의성어와 의태어가 발달했다는 것은 한국 시인들에게는 축복이 아닐 수 없다. 이양하가 의성어와 의태어를 즐겨 구사하는 것은 모르긴 몰라도 아마 김영랑과 정지용을 비롯한 '시문학파' 시인들한테서 받은 영향인 것 같다.

여름이면 소낙비 한 줄기 두 줄기
물보라 휘몰아 앞 벌 건니는 거름세 먼발하고
겨울이며 함박눈 펑펑 내려쌓이는 저녁

횟뚝횟뚝 재 내려 나 찾는 꿩을 맞고

　—「나의 이니스프리」(19쪽)

　제목에서도 엿볼 수 있듯이 이 작품은 아일랜드 시인 윌리엄 버틀러 예이츠의 유명한 작품 「이니스프리 호수 섬」을 염두에 두고 쓴 것이다. 예이츠가 어린 시절을 보낸 슬라이고 지방을 이상향으로 노래한 것처럼 이양하는 분단 현실에서 이제는 갈 수 없는 강서 산골 고향을 이상향으로 노래한다. 함박눈이 '펑펑' 내려서 쌓이는 한겨울의 저녁, 꿩 한 마리가 시적 화자를 찾아오기라도 하듯이 '횟뚝횟뚝' 고개를 내려오는 모습이 눈앞에 선하다.

팔다리 활짝 벗어 치고
발자국 옴폭 옴폭 회똑거리는 여인들은
갈데없는 흰 비늘 자랑하는 인어 인어

　—「LAKE GEORGE」(56쪽)

　흔히 '미국 호수의 여왕'으로 일컫는 조지호수는 뉴욕주 북부 애디론댁산맥 남동쪽에 위치한다. 경치가 빼어나 미국에서도 이름난 유원지로 꼽힌다. 이양하는 "산 푸르고 / 하늘 푸르니 / 호수도 푸를 밖에—"(55쪽)라는 구절로 이 작품을 시작한다. 위에 인용한 구절은 인어 같은 백인 여성들이 옷을 '활짝' 벗어 팔다리를 훤히 드러낸 채 모래밭을 걷는 모습을 묘사하는 장면이다. '옴폭옴폭'이라는 부사에서는 여성들이 모래밭 군데군데가 오목하게 폭 들어가도록 힘차게 걷는 모습이 떠오른다. '회똑거리는'이라는 말을 보면 인어 같은 백인 여성들은 지금 넘어질 듯이 자꾸 한쪽으로 조금 쏠리거나 이리저리 흔들거리며 걷고 있는 듯하다.

거품 와그그 부퍼 오르는
굽 높은 유리잔의 탄산수
—「추상화」(58쪽)

'와그그'는 탄산수의 거품 따위가 한꺼번에 마구 고이는 모양을 묘사하는
의태어로 볼 수도 있고 그 소리를 흉내 낸 의성어로 볼 수도 있다. 어느 쪽으
로 간주하든 굽 높은 글라스에 탄산이 들어간 물이나 청량음료를 따를 때
동그란 거품이 뽀글뽀글 올라오는 모습을 묘사한다. '와그그'는 '우그그'보다
는 규모가 작아 탄산수를 묘사하는 데에는 안성맞춤이다.

일국一國의 수도首都라는 게
퇴물리기 전차 자동차
덜커덕 덜커덕 해수병자咳嗽病者의 기침을 깃고
—「돌아와 보는 고국산천」(134쪽)

이양하가 몇 해 동안 미국에 체류하다가 귀국하여 서울에서 느낀 감회를
노래한 작품이다. 미국의 눈부신 기술문명을 몸소 경험하고 막 돌아온 그에
게 아직 전쟁의 폐허가 그대로 남아 있던 고국산천은 누추하기 그지없었을
것이다. 수도가 그럴진대 지방은 더더욱 말할 나위가 없었을 터이다. 그래서
시적 화자는 "우리나라 / 쩨그러진 마을 마을 / 구석진 골짝 찾아 웅크리고"
라고 노래한다. 골짜기마다 자리 잡고 있는 시골 마을을 쩨그러진(찌그러진)
깡통이나 양은 냄비에 빗대는 것이 무척 신선하다.
둘째 행의 "퇴물리기 전차 자동차"란 일제강점기에 일본이, 해방 후에는 미
국이 군정 때 사용하다가 한국에 물려준 전차와 자동차를 말한다. 여기서 전
차와 자동차는 구체적인 교통수단보다는 오히려 일본과 미국이 한국에 물려

준 물적 유산을 가리키는 환유나 제유로 볼 수도 있다. 한국은 1970년대 본격적으로 근대화를 이룩할 때까지 그들이 물려준 물적 유산에 의존했지만 그러한 물적 유산은 그렇게 견실하지 못하였다. 셋째 행 "덜커덕 덜커덕 해수병자의 기침을 깃고[짓고]"라는 구절에서 볼 수 있듯이 만성적인 천식 환자처럼 기능을 제대로 발휘하지 못했기 때문이다. 전차나 자동차가 덜커덕거리는 소리를 내며 힘겹게 달리는 모습을 천식 환자에 빗대는 이양하의 시적 상상력이 여간 놀랍지 않다.

이양하가 구사하는 의태어와 의성어는 비단 시에 그치지 않고 수필에서도 찾아볼 수 있다. 예를 들어 「해방 도덕에 관하여」에서 그는 "아마 '쏘삭쏘삭' 또는 '바삭바삭'과 관련을 가진 말로 우리는 그 가운데 쏘삭쏘삭 쏘닥거리는 소리를 엿듣는 동시에, 바삭바삭 지표紙票 세는 소리를 듣고, 사바사바娑婆娑婆 세속적이어도 너무 세속적이로구나 하는 소리를 들을 수 있다"(193~194쪽)고 말한다. 뇌물이나 뒷거래 등 떳떳하지 못하게 은밀히 이루어지는 일을 두고 흔히 '사바사바'라는 말을 쓴다. 그런데 '사바'는 본디 '야단법석'이나 '이판사판'처럼 불교에서 주로 사용하던 용어였다.

이양하가 시어를 조탁하는 세 번째 방법은 두 가지 이상의 감각을 동시에 감지하는 공감각을 효과적으로 구사하는 데에서 찾을 수 있다. 물론 공감각이 시인의 전유물은 아니다. 가령 청각을 시각화한 '밝은 소리'나 '어두운 소리'라든지, 시각을 촉각화한 '따뜻한 색깔'이나 '차가운 색깔'이라든지 공감각은 일상어에서도 자주 쓰인다. 또한 '요란한 냄새'는 후각을 청각화한 표현이고, '맛이 보인다'는 말은 촉각을 시각화한 표현이다.

세계 예술사에서 프랑스의 상징주의 시인 아르튀르 랭보, 독일의 음악가 프란츠 리스트, 러시아의 화가 바실리 칸딘스키 같은 예술가는 공감각 능력이 뛰어난 예술가들로 잘 알려져 있다. 특히 랭보는 글자를 보고 색깔을 느낄 줄 알았고, 알파벳에 고유한 색깔을 부여하기도 하였다. 리스트는 오케스트라 연주를 지휘하면서 단원들에게 특정 부분을 좀 더 '푸르게' 연주해 달라고 주문했다고 전해진다. 이양하는 한국 시인 중에서 공감각 능력이 매우 뛰어난 시인 중 한 사람으로 가히 '공감각의 장인'으로 부를 만하다.

> 미국정부 한국정부 규탄 규탄
> 외로운 마음 고개를 들어
> 솔밭 사이 요란한 푸른 웃음을 엿듣고
> 인어 모양 푸른 물속 뛰노는 흰 나신裸身을 엿보다
> ─「MR. MORRISON」(79쪽)

> 푸른 기염 천정 뚫고 무지개를 뿜도다
> ─「박 노인」(74쪽)

> 젊음은 흰 돛에 푸른 바람을 그득 싣고
> 사랑은 물매생이 호수로이 미끄러졌어라
> ─「삼면경」(85쪽)

> 가는 바람이
> 오월五月 파란 잎새
> 파르르 푸른 냄새 풍기고 갈 때
> ─「내 그대 생각할 때마다」(109쪽)

서로 다른 네 작품에서 인용한 '푸른 웃음', '푸른 기염', '푸른 바람', '푸른 냄새'는 하나같이 공감각이다. 네 공감각 모두 푸르다는 시각을 다른 감각으로 지각하는 표현이다. '푸른 웃음'과 '푸른 기염'은 시각을 청각화한 공감각이고,

'푸른 바람'은 시각을 청각이나 촉각화한 공감각이다. '푸른 냄새'는 시각을 후각화한 공감각이다. '푸른 냄새' 앞에 '파르르'라는 부사를 덧붙여 놓으면 시각과 후각 말고도 동적 감각이 더해지면서 훨씬 더 역동적인 이미지가 된다.

　그런데 여기서 한 가지 눈에 띄는 것은 이양하가 하고많은 색깔 중에서 유독 '푸른색'을 고른다는 점이다. 모든 색깔 중에서 푸른색이 아마 희망, 생명, 젊음, 평화, 용기, 진리 등을 상징하는 데 가장 알맞은 색깔이기 때문일 것이다. 한편 이양하가 이러한 공감각을 사용한 데에는 다른 시인들의 작품에서 영향을 받았을 가능성을 배제할 수 없다. 어느 작품보다도 먼저 떠오르는 시는 이상화李相和의 「빼앗긴 들에도 봄은 오는가」이다.

　　　나는 온몸에 풋내를 띠띠
　　　푸른 웃음 푸른 설음 어우러진 사이로
　　　다리를 절며 하로를 것는다 아마도 봄신령이 집혓나보다.
　　　그러나 지금은—들을 빼앗겨 봄조차 빼앗기것네.[22]

　이상화는 '푸른 웃음'과 '푸른 설음' 같은 공감각적 이미지를 빌려 자연법칙에 따른 계절의 순환과 일제 식민지로 전락한 조선의 암울한 현실 사이의 모순을 드러낸다. 시적 화자는 한편으로는 겨울이 끝나고 찾아온 봄 들판에 펼쳐져 있는 온화한 봄기운을 느끼면서도 다른 한편으로는 국권을 상실한 식민지 주민으로서 새봄의 정취를 만끽할 수 없다. 시적 화자에게 '푸른 웃음'이 계절의 순환에 따라 어김없이 들판에 찾아온 봄을 맞이하는 긍정적 감정인 반면, '푸른 설움'은 가혹한 식민지 현실 속에서 겪고 있는 비애와 시대적 고통에

---

22 이상화, 「빼앗긴 들에도 봄은 오는가」, 《개벽開闢》 70호 (1926. 06.); 이상화, 이상규 편,
　　『이상화 문학전집』 (경진출판, 2015), 98쪽.

따른 부정적 감정이다. 이렇게 웃음과 설움은 비록 서로 다른 감정적 상태이지만 시적 화자에게는 서로 상충하는 모순이 아니라 동일한 감정으로 느껴진다.

색깔을 이용한 이러한 공감각은 서정주徐廷柱와 김광균金光均한테서도 찾아볼 수 있다. 서정주는 「문둥이」에서 "꽃처럼 붉은 울음을 / 밤새 울었다"[23]고 노래한다. '붉은 울음'은 천형의 저주받은 나병 환자가 피를 토하듯이 슬프게 우는 모습이거나, 진달래꽃 활짝 피어 있는 산속에서 절규하는 모습을 묘사한 것으로 볼 수 있다. 한편 김광균은 「외인촌」에서 "퇴색한 성교당聖教堂의 지붕 위에선 / 분수처럼 흩어지는 푸른 종소리"라고 노래한다. 그는 「뎃상」에서도 "향료를 뿌린 듯 곱다란 노을 위에 / 전신주 하나하나 기울어지고 / 먼 고가선 위에 밤이 켜진다"고 노래한다.[24]

이양하는 때로 공감각을 좀 더 묵시적인 방법으로 구사하기도 한다. '푸른 웃음', '푸른 기염', '푸른 바람', '푸른 냄새'처럼 명시적으로 한 감각과 다른 감각을 결합하는 대신 에둘러 간접적으로 표현한다. 다음 인용문은 이러한 경우를 보여 주는 좋은 예로 꼽을 만하다.

온몸은 귀먹은 납덩이
마음은 이슬 찬 옷자락이
　　—「십년 연정」(106쪽)

밤 따러 갔다 돌아오던 쑥새 욱은 언덕길
발디팃 빼앗긴 첫 키쓴 풋밤 냄새가 났겠다
　　—「삼면경」(83쪽)

---

23 서정주, 「문둥이」, 《시인부락》 창간호, (1936년 11월); 서정주, 『미당 서정주 전집 1: 시』 (은행나무, 2017), 33쪽.
24 김광균, 『와사등 / 기항지』 (소명출판, 2014), 30, 88쪽.

언뜻 보아서는 이양하가 위 인용문에서 공감각을 사용했는지 쉽게 알아차릴 수 없다. 그러나 좀 더 꼼꼼히 따져 보면 공감각을 교묘한 방식으로 사용하고 있음을 알 수 있다. '귀먹은 납덩이'는 청각을 촉각이나 중량 감각과 결합한 공감각이다. 10년 사귀어 온 여성이 어느 날 아침 갑자기 시적 화자에게 절교를 선언하는 편지를 보내온다. 답답한 마음에 방을 뛰쳐나온 그는 발걸음이 옮기는 대로 걷는다. 온몸이 마치 납덩어리처럼 무거운 상태로 정처 없이 걷는 그의 귓가에는 아무런 소리도 들리지 않는다. 이렇게 이양하가 간접적으로 공감각을 사용하는 것은 '이슬 찬 옷자락'도 마찬가지이다. 여기서는 '옷자락'이라는 시각과 '이슬 찬'이라는 촉각이 한데 어울려 독특한 효과를 자아낸다.

이 점에서는 '키쓴 풋밤 냄새'도 크게 다르지 않다. 지금 시적 화자는 깊은 산속에 밤을 따러 갔다가 마을을 향하여 '쏙새(억새) 욱은(우거진)' 언덕길을 걸어 내려온다. 그때 밤을 따러 함께 갔던 마을의 어떤 소녀가 갑자기 그에게 입을 맞춘 것 같다. 그런데 시적 화자는 촉각인 키스를 '풋밤 냄새'라는 후각으로 표현한다. 그것도 그냥 밤 냄새가 아니라 아직 완전히 여물지 않은 '풋밤 냄새'이다. 이 '풋'이라는 접두사는 화자에게 첫 키스를 한 '풋사랑'과 썩 잘 들어맞는다.

그러나 이양하가 시도하는 시어 조탁은 뭐니 뭐니 하여도 흔히 '형이상학적 기상奇想'이라고 일컫는 기발한 비유나 유추, 재치 있는 표현 등을 사용하는 데에서 찾을 수 있다. 그는 대학에서 존 던 같은 17세기 영국의 형이상학파 시인의 작품을 즐겨 강의하였다. 그만큼 그는 형이상학파 시에서 영향을 받을 수밖에 없었다. 이양하는 T. S. 엘리엇에 관한 글에서 「불멸의 속삭임」의 첫 구절 "웨브스터'는 많이 죽음에 사로잡혀 / 피부 아래 두개골을 보았다"를 설명하면서 존 던의 영향을 지적한다. 그는 "'피부 아래 두개골을 본다'는 생각은 시인이 항시 감성과 사상이 완전히 융합한 예로 격찬하고 있는

Donne의 다음 두 줄의 생각과 일치한다"고 밝힌다. 그러면서 그는 "그리고 무덤을 파는 사람은 / 뼈에 감긴 빛나는 모발의 팔찌를 본다"는 구절을 인용한다. 이양하는 계속하여 "감성이 곧 사상에 통하고 사상이 곧 감성에 통한다는 이 시 전반의 생각도 Donne의 다음 몇 줄에 나타난 생각과 일치한다"고 지적한다.[25]

　　17세기 시인들, 특히 형이상파에 속하는 시인들은 다양의 경험을 포섭하고 사상을 장미의 향기처럼 느껴서 사상과 감정을 완전히 융합하고 일견하여 아무 유사성이 없는 물질과 정신을 혼연히 결합시킬 수 있었음에 반하여 그 뒤의 시인, 특히 낭만 시인들은 감성의 분열을 일으킨 나머지 감상주의에 빠졌다는 것이 Eliot의 지론인데 그는 말하자면 이 시에서 현대 사람의 지성과 감성의 분열을 말하는 동시에 차원을 달리하는 경험을 종합하는 형이상파의 수법으로 한 훌륭한 형이상파의 시를 이룩하려 한 것이다.[26]

위 인용문의 "말하자면 이 시에서"라는 구절에서 이 시란 「불멸의 속삭임」을 말한다. 이양하는 이 작품이야말로 엘리엇의 짧은 시 작품 중에서 '가장 훌륭한 시'의 하나라고 격찬해 마지않는다. 이양하는 엘리엇의 유명한 비평문 「형이상학파 시인들」을 잘 알고 있었다. 엘리엇은 일찍이 형이상학파 시풍을 어떠한 인간 체험도 거뜬히 소화해 낼 수 있는 감수성의 상상력으로 간주하였다. 그에 따르면 형이상학파 시인들은 감성과 지성을 분리하는 대신 그

---

25 이양하, 「T. S. Eliot」, 『이양하 교수 추념문집』, 84~85쪽. 이양하가 말하는 존 던의 '다음 몇 줄'은 "우리는 자체姿體를 보고 그를 이해하였다. / 순결하고 달변達辯한 피는 거의 볼에서 말하고 / 하도 분명히 움직여 그의 몸이 생각한다 할 수 있었다"라는 3행이다.
26 위의 글, 87쪽.

둘을 혼연일체로 만들 수 있는 '통일된 감수성'의 소유자였다. 그래서 그들은 사상을 '장미꽃 향기처럼' 냄새 맡을 수 있었다. 형이상학파 시의 특징이 한두 가지가 아니지만 그중에서도 기발한 발상을 구사하는 기상은 첫손가락에 꼽힌다. 예를 들어 기상은 두 연인의 관계를 컴퍼스의 두 발에 빗댄다든지, 세속적 사랑을 성스러운 종교적 차원에서 다룬다든지 하는 데에서 쉽게 엿볼 수 있다.

그런데 흥미롭게도 이양하는 시를 창작하면서 의식적 또는 무의식적으로 멀게는 존 던, 가깝게는 엘리엇한테서 영향을 받은 바 적지 않다. 이양하의 시 작품을 읽다 보면 여기저기서 이 두 시인의 그림자가 자주 어른거린다.

> 거리의 소음은
> 저 세상의 먼 우뢰를 울고 —
> 해와 땅과 바람이
> 기적 행하는 마당
>
> 골해들도 놀라
> 경건히 일어나 읍揖하고 서다
> ―「부활」(15~16쪽)

앞에서도 인용한 「부활」로 『마음과 풍경』 첫 부분 '조춘'이라는 제목 아래 「나무」와 「해우」와 함께 실려 있는 작품이다. 무덤에 서 있는 시적 화자는 길거리에서 들려오는 소음을 저승에서 들려오는 우뢰(우레)에 빗댄다. 그는 '통일된 감수성'으로 이승과 저승, 현세와 내세를 하나로 묶는다. 그래서 화자는 죽은 이가 누워 있는 무덤을 "해와 땅과 바람이 / 기적 행하는 마당"이라고 부른다. 더구나 "골해들도 놀라 / 경건히 일어나 읍하고 서다"라는 구절은 가히 형이상학적 기상이라고 할 만하다. 이 구절은 존 던의 작품에서 '착상着想과 의빙依憑'을 얻었다는 엘리엇의 「불멸의 속삭임」의 첫 행과 아주 비슷하다.

웨브스터는 많이 죽음에 사로잡혀
피부 아래 두개골을 보았다
그리고 지하의 가슴 없는 골해는
뒤로 젖히고 이를 드러내고 웃었다.[27]

Webster was much possessed by death
And saw the skull beneath the skin;
And breastless creatures under ground
Leaned backward with a lipless grin.

이양하가 엘리엇한테서 영향을 받았다는 것은 무엇보다도 죽음이나 무덤을 소재로 삼는다는 점에서 엿볼 수 있다. 두 시인의 작품 모두에서 시체는 죽음을 떨치고 벌떡 일어난다. 또한 이양하 작품의 '저 세상'은 엘리엇 작품의 '지하'와 맞닿아 있고 '골해' 같은 동일한 시어를 사용한다는 점에서도 두 작품은 서로 비슷하다. 이양하가 해와 땅과 바람이 무덤에서 '기적'을 행한다고 노래하는 것은 엘리엇이 얼굴을 뒤로 젖히고 해골이 이를 훤히 드러내고 웃는다고 노래하는 것과 유사한 상상력에 기반을 둔 다분히 형이상학적 기상이다. 그런가 하면 '부활'이라는 제목도 엘리엇 작품의 제목 '불멸의 속삭임'과 무관하지 않다.

---

27 앞의 글, 82쪽. 위 인용문은 이양하가 번역한 것을 그대로 옮긴 것이다.

어떤 토요일 아침
뜻밖의 젊음과의 해후

영원이 문득 발을 붙이고
행복이 피타고러스의 원을 그리다
—「해후」(14쪽)

　이양하의 이 작품은 '슬퍼하지 말기를'이라는 부제를 붙인 존 던의 「고별사」에서 영향을 받고 쓴 것 같다. 제목부터가 하나는 '해후상봉'을 줄인 '해후'이고, 다른 하나는 이별을 슬퍼하지 말라는 '고별사'이다. 이 두 작품에서 해후와 고별은 얼핏 서로 다른 것 같지만 실제로는 그러하지만도 않다. 존 던의 작품에서 시적 화자는 "우리의 두 영혼은 하나이기에 내가 떠난다 하더라도, 그건 다만 끊기는 게 아니라 늘어나는 것일 뿐이지요"라고 말한다. 그렇다면 두 연인은 지금은 당장 헤어져도 언젠가는 다시 만날 날을 기약하는 것이다.

　「해후」에서 시적 화자는 어느 토요일 아침 잠자리에서 일어나 보기 드물게 젊음이 다시 찾아온 듯한 상쾌한 기분을 느낀다. 그래서 그는 "콧방울이 기포氣泡처럼 부풀고 / 온몸이 탱긴 청물푸레 활등이 되다"(14쪽)라고 노래한다. 둘째 연에서 화자는 기하학의 비유를 빌려와 "행복이 피타고라스의 원을 그리다"라고 말한다. 그가 말하는 '피타고라스의 원'이 무엇인지 정확히 알 수는 없지만 아마 피타고라스 정리에 따른 닮은 도형의 면적을 뜻하는 '히포크라테스의 원'을 가리키는 것 같다. 심리 상태를 기하학의 비유를 빌려 표현하는 이 구절에서는 어딘지 존 던의 「고별사」가 떠오른다.

만일 우리 영혼이 둘이라면

그것은 아마 컴퍼스 다리와 같을 테지요.
한쪽 다리에 머무는 그대의 영혼,
아무런 미동도 보이지 않지요.
하지만 다른 다리가 움직이면
비로소 그제야 같이 움직일 것이어니.

If they be two, they are two so
As stiff twin compasses are two;
Thy soul, the fixed foot, makes no show
To move, but doth, if the other do.

피타고라스의 정리와 컴퍼스가 도대체 무슨 관계가 있는지 궁금해하는 사람이 적지 않을지 모르지만 이 둘은 나름대로 서로 관련이 있다. 상식적으로 말해서 피타고라스의 정리를 증명하고자 직각삼각형을 그리거나 원을 그리려면 직선 자와 컴퍼스가 필요하다. 그러고 보니 「해후」에서 "영원이 문뜩 발을 붙이고"라는 구절도 그 의미가 새롭게 다가온다. 이 구절에서는 「고별사」의 '컴퍼스의 두 다리'가 떠오르기 때문이다. 이렇듯 영원이나 영혼을 노래하는 두 작품은 모두 기발한 비유를 구사하여 남녀의 사랑을 노래한다.

인제 자주 창가에 서
서쪽 하늘에 피 흘리고 스러지는
저녁 해 하염없이 오래 오래 지키고
　　―「MR. MORRISON」(77쪽)

이 작품은 「PROMENADE SENTIMENTALE」라는 작품과 더불어 이양

하의 시 작품 중에서 가장 길이가 긴 작품에 속한다. 지금으로서는 '모리슨 씨'가 누구인지 확인할 길이 없다. 다만 분명한 것은 60대에 접어든 노인으로 아마 미국의 명문 대학에서 은퇴한 뒤 산장에서 홀로 책을 벗 삼아 지내는 노교수인 듯하다. 머리칼이 '제비처럼' 새까만 '이국 소녀'가 가끔 그를 찾아와 말벗이 되고 함께 산책한다.

저녁 해가 "서쪽 하늘에 피 흘리고 스러지는"이라고 묘사하는 마지막 두 행은 그 비유가 자못 형이상학적이다. 저녁 해가 서쪽 하늘을 붉게 물들이며 뉘엿뉘엿 기우는 모습을 피를 흘리며 점차 희미해지면서 사라진다고 묘사한다. 그러나 피를 흘린다는 앞의 구절을 염두에 두면 '스러지는'은 '쓰러지는'으로 읽어도 무방하다. 시인이 즐겨 구사하는 언어는 사전의 뜻풀이대로의 지시어가 아니라 어디까지나 양수겸장의 함축어이다. "서쪽 하늘에 피 흘리고 스러지는"이라는 구절에서는 누군가가 길거리에서 괴한의 피습을 받고 피를 흘리며 쓰러지는 모습이 눈앞에 선하다. 이러한 기상천외한 비유를 구사하는 것을 보면 이양하의 시적 상상력이 무척 뛰어나다는 사실을 알 수 있다. 그런데 이 구절에서는 T. S. 엘리엇의 「앨프리드 프루프록의 연가」의 첫 구절이 금방 떠오른다.

> 그러면 우리 갑시다, 당신과 나,
> 수술대 위에 에테르로 마취된 환자처럼
> 저녁이 하늘에 펼쳐져 있을 때
>
> Let us go then, you and I,
> When the evening is spread out against the sky
> Like a patient etherized upon a table.[28]

엘리엇은 하늘을 배경으로 펼쳐져 있는 일몰의 저녁을 마치 마취 상태에서 수술대 위에 누워 있는 환자에 빗댄다. 환자는 아직 피를 흘리지는 않았지만 이제 곧 수술을 받으면 피를 흘리게 될 것이다. 엘리엇의 작품에서 수술을 받으려고 수술대 위에 누워 있는 저녁 해와 이양하의 작품에서 서쪽 하늘에 피 흘리고 스러지는/쓰러지는 저녁 해는 여러모로 서로 닮았다. 피는 접어두고라도 저녁이라는 시간적 배경과 저녁 해가 누워 있다는 점에서 두 작품은 비슷하다.

이 밖에도 이양하가 존 던이나 엘리엇한테서 받은 영향을 얼마든지 더 찾아볼 수 있다. 그러나 여기서는 다음 몇 편의 작품에서 몇 구절을 인용하는 것으로 그치기로 한다.

강은 정녕
등성에 오른 한낱 생선의 눈깔
　—「CHARLES RIVER」(30쪽)

꿈은 여기서 구겨져 길가의 휴지조각이 되고
희망은 강밑 깊이 잠겨 검은 펄이 된다
　—「CHARLES RIVER」(31쪽)

연정戀情은 어지런 바다처럼 설레는데
높은 하늘에는 빗방울 하나 둘 번쩍 채찍을 그린다
　—「송전 풍경」(27쪽)

---

28 T. S. Eliot, *Selected Poems* (Boston: Houghton Mifflin Harcourt, 2014), p. 11.

기억은 농 위에 싸인

갈피갈피 곰팡냄새를 풍기고

지나간 사랑은 지금 천정 한구석

먼지 쓴 거미줄에 달라붙은 박나비

　　―「삼면경」(86쪽)

이런 때면

저녁 하늘이 대리석 바탕의 핏대처럼 푸르고

기름진 택시가 성욕에 두 눈을 뜨고 분방奔放히 달리는 무렵

　　―「내 차라리 한 마리 부엉이 되어 외롭고자 하노라」(104쪽)

이양하 시의 상호텍스트성

지금까지 이양하가 형이상학파 시인 존 던이나 그의 시적 전통을 상당 부분 물려받은 T. S. 엘리엇에게서 받은 영향을 살펴보았다. 그러나 이 문제를 좀 더 넓혀 이제는 상호텍스트성의 관점에서 이양하의 작품을 들여다보기로 하자. 포스트모더니즘에서 주로 말하는 상호텍스트성이란 단순히 영향의 범위를 뛰어넘어 매우 광범위하게 쓰인다. 영향은 말할 것도 없고 선행 텍스트에서의 인용, 차용, 변형, 인유, 패러디 등에서 문학 전통이나 인습에 이르기까지 광범위하고 포괄적인 개념이다. 상호텍스트성이라는 용어는 쥘리아 크리스테바Julia Kristeva가 러시아의 문학 이론가 미하일 바흐친Mikhail Bakhtin의 대화주의 또는 다성성 이론을 프랑스에 소개하면서 처음 사용하였다. 그녀는 "모든 텍스트는 인용구들의 모자이크로 구성되어 있고, 모든 텍스트는 다른

텍스트를 받아들이고 변형시키는 것에 지나지 않는다"[29]고 주장한다.

이양하는 명시적으로 상호텍스트성을 드러내기도 하고, 묵시적으로 상호텍스트성을 드러내기도 한다. 「나의 이니스프리」와 「점경」은 전자를 보여 주는 좋은 예로 꼽힌다. 「나의 이니스프리」에서 이양하는 윌리엄 버틀러 예이츠의 「이니스프리 호수 섬」 첫 연을 번역하여 인용한 뒤 아일랜드 시인의 '이니스프리'가 아닌 '나의 이니스프리'를 노래한다. 이양하가 꿈꾸는 이니스프리는 예이츠가 어린 시절을 보낸 슬라이고가 아니라 강서의 산골 마을이다. 이양하는 마지막 연에서 "이내 마음 어느덧 나의 이니스프리로 / 먼 산 바라며 초암草庵 앞뜰 홀로 거닐도다"(19쪽)라고 노래한다. 「점경」에서는 역시 아일랜드 시인인 윌리엄 앨링햄William Allingham의 「연못에 떠 있는 오리 네 마리」 전문을 번역하여 먼저 인용한 뒤 고국을 떠나 멀리 이역에서 고향의 시골 풍경을 그리워하는 마음을 표현한다. 한편 좀 더 묵시적인 상호텍스트성은 이양하의 작품 곳곳에서 쉽게 찾아볼 수 있다.

> 그댈 얼마나 사랑하느냐고요
> 어린애 두 팔 벌려 이만치라 할까요
> 아아 기껏 고고얘요
> —「그댈 얼마나 사랑하느냐고요」(97쪽)

---

29 Julia Kristeva, *Desire in Language: A Semiotic Approach to Literature and Art*, ed. Leon S. Roudiez, trans. Thomas Gora, Alice Jardine, and Leon S. Roudiez (New York: Columbia University Press, 1980), p. 64; Mikhail Bakhtin, *The Dialogic Imagination: Four Essays* (Austin: University of Texas Press, 1982), Mikhail Bakhtin, *Problems of Dostoevsky's Poetics*, ed. and trans. Caryl Emerson (Minneapolis: University of Minnesota Press, 1984), pp. 6~7; 김욱동, 『대화적 상상력: 바흐친의 문학 이론』 (문학과지성사, 1999), 138~139, 163~183쪽; 김욱동, 『포스트모더니즘: 문학/예술/문화』 개정판 (민음사, 2004), 180~266쪽; 김욱동, 『모더니즘과 포스트모더니즘』 개정판 (현암사, 2004), 214~219쪽; 김욱동, 『포스트모더니즘』 (연세대학교 출판부, 2008), 62~81쪽 참고.

동요풍의 이 작품은 빅토리아 시대의 시인 엘리자베스 배럿 브라우닝 Elizabeth Barrett Browning의 작품 「얼마나 그대를 사랑하느냐고요?」와 상호텍스트성을 맺고 있다. 그녀는 그녀가 병상에 누워 있을 때 여섯 살 어린 시인 로버트 브라우닝Robert Browning과 편지를 주고받으며 사귀기 시작하였다. 이 두 사람의 연애는 영문학사에서 가장 아름다운 로맨스로 널리 알려져 있다.

얼마나 그대를 사랑하느냐고요? 그 방법을 한번 세어 볼게요.
눈먼 내 영혼이 참된 '존재'와
이상적인 '미'의 끝자락을 더듬어 찾을 때
그것이 도달할 수 있는 깊이와 폭과 높이만큼 사랑해요

How do I love thee? Let me count the ways.
I love thee to the depth and breadth and height
My soul can reach, when feeling out of sight
For the ends of being and ideal grace.[30]

이양하의 작품과 브라우닝의 작품은 시적 화자가 묻고 그 물음에 시적 화자가 답하는 형식을 취한다는 점에서 서로 비슷하다. 주제에서도 두 작품은 상대방에게 느끼는 무한한 사랑을 노래한다. 윌리엄 셰익스피어도 양적으로 계산할 수 있는 사랑은 진정한 사랑이 아니라고 말한 적이 있다. 한마디로 피화자인 '그대' 자체가 바로 화자 '나'가 존재하는 이유이다.

---

30 Elizabeth Barrett Browning, *The Poetical Works of Elizabeth Barrett Browning*, Volume 4 (London: Smith, Elder, and Co., 1890), p. 77.

내 그대 사랑에 영원을 안고

그대 사랑에 길이 못 칠 길 없어

이내 가슴에 안타까이 못 치고 못 치는 것이어니

오오 그대는 나의 영원의 기쁨!

그대의 사랑은 나의 아픈 죽음 죽음!

　　—「내 그대 생각할 때마다」(110쪽)

　이 작품은 시적 화자가 자신의 곁을 떠난 연인을 잊지 못하고 그리워하는 심정을 다룬다. 결별은 그에게 마치 죽음과 같은 절망감을 안겨 주지만 다른 한편으로는 '영원의 기쁨'을 가져다주기도 한다. 화자는 '영원의 기쁨'을 얻을 수 있기 때문에 자신의 마음에 못을 박을망정 연인의 마음에 못을 박지 못한다. 그런데 이 시는 존 키츠의 장시 「엔디미언Endymion」(1818)의 첫 구절과 상호텍스트적인 관계를 맺고 있다.

아름다운 것은 영원한 기쁨,

그 사랑스러움은 갈수록 커 가고, 결코

줄어들어 소멸하지 않고 우리에게

한결같이 고요한 그늘을 줄 것이며, 달콤한 꿈과

가득한 잠과 건강함과 조용한 숨결을 주리라.

A thing of beauty is a joy for ever:

Its loveliness increases; it will never

Pass into nothingness; but still will keep

A bower quiet for us, and a sleep

Full of sweet dreams, and health, and quiet breathing.[31]

키츠는 자연적이든 인위적이든 아름다운 대상이란 하나같이 그것이 사라지고 난 뒤에도 오랫동안 남아 인간을 행복하게 해 준다고 노래한다. 여기서 '기쁨'이라는 낱말 못지않게 '영원한'이라는 형용사에 무게가 실려 있다. 이양하의 작품에서도 시적 화자는 사랑하는 사람과 헤어졌지만 그 추억이 남아 자신에게 영원한 기쁨을 선사한다고 말한다.

한편 이양하는 외국 시 말고도 한국 시나 민요 가락에서도 상호텍스트를 취해 온다. 가령 "뻐꾹새 / 이산에서 뻑꾹 / 저산에서 뻑꾹"(43쪽)이라는 구절은 두말할 나위 없이 「새타령」의 "이산으로 가면 뻐꾹 뻐꾹 / 저산으로 가면 뻐뻐꾹 뻐꾹"이라는 가사와 상호텍스트적 관계를 맺고 있다.

가지가지 팔 들어 높이 받들고
바람도 숨죽여
조심조심 지키는 찬란한 목란송이

하루아침 뚝뚝 떨어져
푸른 잔디 위에 검은 거적 덮을 때
　　　　—「낡아빠진 네게 무슨 죽음이 있으랴」(20~21쪽)

이 작품은 김영랑의 「모란이 피기까지는」과 상호텍스트적인 관계가 있다. 다만 김영랑의 '모란'을 '목란'으로 바꾸어 놓은 것이 조금 다를 뿐이다. 모란

---

31 John Keats, *Complete Poems of John Keats*, ed. Jack Stillinger (Cambridge, MA: Harvard University Press, 1982), p. 64.

은 본디 한자로 '목단牧丹'으로 표기하지만 활음조 현상 때문에 '모란'으로 읽는다. 북한에서는 산목련을 '목란'이라고 부르기도 한다.

> 모란이 뚝뚝 떨어져 버린 날,
> 나는 비로소 봄을 여읜 서름에 잠길 테요.
> 오월 어느 날 그 하로 무덥든 날
> 떠러져 누은 꽃닢마저 시드러 버리고는[32]

목란/모란꽃이 떨어지는 모습을 '뚝뚝'이라는 의태어를 사용한다든지, 떨어진 때도 '하루아침'이거나 오월 어느 날의 '그 하로'라든지, 꽃이 땅바닥에 떨어져 죽은 시체처럼 놓여 있다든지 하는 점에서 이양하의 시와 김영랑의 시는 서로 닮았다. 그런가 하면 이양하의 "찬란한 목련송이"의 '찬란한'은 김영랑 작품의 마지막 행 "나는 아즉 기둘리고 잇슬 테요 찬란한 슬픔의 봄을"에서의 '찬란한'과 맞닿아 있다.

> 둘러보니
> 먼 산 그림자가 길고
> 해는 분명
> 서쪽 하늘을 한두 층계 내려섰다
> ―「금강원」(37쪽)

32 김영랑, 「모란이 피기까지는」,《문학》 3호 (1934. 04); 김영랑, 『영랑 시집: 초판본과 정본』 (북테라스, 2016), 150쪽.

이양하는 김영랑 같은 시문학파 시인의 작품뿐 아니라 모더니즘 계열의 작품과도 상호텍스트적 관계를 맺는다. 위 작품에서는 김기림의 「아침 해」라는 산문시가 떠오른다. 『태양의 풍속』(1939)이라는 시집에 수록되어 있는 이 작품에서 김기림은 동쪽 하늘에 떠오르는 아침 해의 모습을 이렇게 노래한다.

> 별들은 지구 우에서 날개를 걷우어 가지고 날어갑니다. 변하기 쉬운 연인들이여. 푸른 하늘에는 구름의 층층대가 걸려 있읍니다. 부즈러한 사무가事務家인 태양군太陽君은 아침 여섯 시인데도 벌써 침상에서 일어나 별의 잠옷을 벗읍니다. 그리고 총총히 층층대를 올러가는 것이 안개가 찢어진 틈으로 보입니다.[33]

이양하는 "서쪽 하늘을 한두 층계 내려섰다"는 구절을 위 인용문의 "푸른 하늘에는 구름의 층층대가 걸려 있읍니다"라는 구절을 염두에 두고 쓴 것 같다. 하늘에 층계가 있는 것으로 보는 상상력이나 구름에 층층대가 있는 것으로 보는 상상력이나 크게 차이가 없다. 모더니스트라는 꼬리표에 어울리게 김기림은 「아침 해」에서 파격적인 이미지와 비유 그리고 기상을 사용한다. 아침 해가 떠오르자마자 어디론가 곧 사라져 버리는 새벽 별들을 '변하기 쉬운 연인들'로 비유하고, 태양은 '부즈런한 사무가'로 비유한다. 구름은 '층층대'로 묘사하고, 층층대 위로 총총 걸음으로 올라가는 태양의 걸음걸이는 '고무뽈처럼' 가볍다고 묘사한다. 태양이 잠자리에서 일어나 '별의 잠옷을 벗는다'는 표현도 신선하려니와 안개가 걷힌 부분을 '찢어진 틈'이라고 표현하는 것 또

---

33 김기림, 「아침 해」. 김기림의 「아침 해」는 존 던의 「해돋이」와 상호텍스트적 관계를 맺고 있다. 이 작품에서 던은 "바쁘게 설쳐대는 늙은 어릿광대 태양이여, / 너는 왜 이렇게 / 창문을 통해 커튼 사이로 우리를 방문하느뇨? / 너의 운행에 맞추어 연인들의 계절도 달려야만 한단 말이냐?"라고 노래한다.

한 꽤 충격적이다. 적어도 이렇게 기상천외한 비유와 충격적인 이미지를 사용한다는 점에서 김기림의 시는 가히 형이상학파의 시와 많이 닮았다.

이양하의 시 작품을 읽다 보면 여기저기서 정지용의 그림자도 자주 아른거린다. 조각가가 대리석을 깎아 작품을 만들듯이 언어를 조탁하는 솜씨도 그러하고, 감정을 헤프게 늘어놓지 않고 절제하는 태도도 그러하다. 그런가 하면 작품의 소재와 주제 면에서도 두 시인의 유사점을 쉽게 찾을 수 있다. 이양하의 어떤 작품에서는 의식적 또는 무의식적으로 정지용의 작품을 모방한 흔적도 엿볼 수 있다.

수다쵸(須田町)
울퉁불퉁한 전차길
쇠달구지 높은 집에 허덕이는 얼룩소야
휘갈기는 채찍에 소스라치는 얼룩소야

네 고향
황해도냐 함경도냐

거룩한 뿔 퍼진 가슴
내 눈에 낯 익고나

고향엔 오곡 익고
기름진 풀 길 찰 무렵

포푸라나무
오종종 실개천 따라가고

구름 그림자 하나 둘
게으른 걸음 옮기는 넓은 벌에

한번 길게 움머어
먼산받이 영각도 뽑았으려만 —

인제 이국異國도
한 도시에 사로잡힌 몸

괴물 같은 전차 자동차
우렁우렁 무섭게 몰아세고
검은 먼지 길길이 앞을 가리는데

오늘도 달구지 멍에
내일도 달구지 멍에
네 영 멍에 벗을 날 없겠고나

두고 온 송아지는
아른아른
혓바닥으로 자꾸 핥아지고—
　　—「얼룩소」(121~123쪽)

　앞에서 이미 밝혔듯이 이양하가 일본 도쿄제국대학에서 영문학을 전공하던 시절 지은 「얼룩소」라는 작품이다. 얼룩소 한 마리가 도쿄 시내 거리를 달구지를 끌고 지나가는 모습을 노래한 작품이다. 그런데 이 작품은 무엇보다도 먼저 제목에서부터 정지용의 「향수」가 떠오른다.

넓은 벌 동쪽 끄트로
넷니야기 지줄대는 실개천이 회돌아 나가고,
얼룩백이 황소가
해설피 금빗 게으른 우름을 우는 곳[34]

이양하가 작품 제목으로 삼은 '얼룩소'는 정지용의 '얼룩백이 황소'와 비슷하다. 정지용의 작품에서 황소는 식민지 조선의 시골 밭에서 일한다면, 이양하의 작품에서 황소는 동양에서 서구 문명의 교두보 역할을 하던 도쿄의 한복판 간다의 수다쵸 거리를 걷고 있다. 정지용의 작품에서는 "넓은 벌 동쪽 끄트로" 실개천이 졸졸 흐르지만 이양하의 작품에서는 "넓은 벌에" 구름 그림자가 하나 둘 걸음을 옮긴다. 「향수」에서는 얼룩백이 황소가 "게으른 우름을" 울지만 「얼룩소」에서는 황소가 "한번 길게 움머어" 하고 울부짖는다. 정지용의 작품에서 "실개천이 회돌아 나가고"라는 구절은 이양하의 작품에서는 "오종종 실개천 따라가고"라는 구절로 바뀐다. 전자의 "게으른 우름"은 후자에서는 "게으른 걸음"이 된다.

이렇듯 두 작품을 찬찬히 뜯어보면 볼수록 이양하가 정지용의 작품에서 직접 또는 간접으로 영향을 받았다는 사실을 알 수 있다. 얼핏 보아서는 잘 드러나지 않지만 「향수」의 다음 연聯도 좀 더 찬찬히 살펴보면 이양하의 「얼룩소」와 연관되어 있음을 알 수 있다.

---

34 정지용, 「향수」,《조선지광朝鮮之光》(1927. 03), 13~14쪽; 권영민 편, 『정지용 전집·시』 (민음사, 2016), 103~104쪽. 이 작품은 『정지용 시집』 (시문학사, 1935)과 『지용시선』 (을유문화사, 1946)에 실리면서 일부 자구를 조금 고쳤다.

흙에서 자란 내 마음
파아란 한울 비치 그립어서
되는대로 쏜 화살을 차지려
풀섶 이슬에 함추름 휘적시든 곳[35]

이양하는 「얼룩소」에서 정지용의 "흙에서 자란 내 마음"이라는 구절을 '고향'이라는 낱말을 두 번 반복하여 표현한다. 그러면서 그는 "네 고향 / 황해도냐 함경도냐 // 거룩한 뿔 퍼진 가슴 / 내 눈에 낯 익고냐"라고 노래한다. 「얼룩소」에서 이양하는 「향수」의 "풀섶 이슬에 함추름 휘적시든 곳"을 "고향엔 오곡 익고 / 기름진 풀 길 찰 무렵"으로 고쳐 놓는다.

이양하의 「얼룩소」는 좋게 말하면 정지용의 「향수」와 상호텍스트적 관계를 맺고 있는 것이고, 나쁘게 말하면 선배 시인의 작품을 모방하고 있는 것이다. 그러나 비록 정지용의 낱말에서 부분적으로 영향을 받았다고 하여도 이양하는 시적 변용을 통하여 전혀 다른 작품으로 승화시켰다. 엄밀히 따지고 보면 정지용의 「향수」에서도 19세기 말엽에서 20세기 초엽에 걸쳐 활약한 미국 시인 트럼불 스티크니Trumbull Stickney의 작품 「므네모시네Mnemosyne」에서 받은 크고 작은 영향을 곳곳에서 발견할 수 있다. 그렇지만 정지용은 스티크니의 작품과는 전혀 다른 작품으로 승화시켰던 것이다.[36]

한편 흥미롭게도 이양하의 시 작품을 상호텍스트로 삼은 작품도 있다. 김광섭金珖燮은 이양하의 작품과 동일한 제목으로 「십년 연정」을 썼다. 물론 김광섭은 이양하를 추모하는 작품을 쓰느라 일부러 똑같은 제목을 사용했을

---

35 앞의 글, 13~14쪽.
36 정지용과 스티크니의 영향 관계에 대해서는 김욱동, 「정지용의 '향수'와 스티크니의 '므네모시네'」, 『부조리의 포도주와 무관심의 빵』 (소명출판, 2013), 9~64쪽 참고.

지 모른다. 또한 김광섭은 이 작품에서 「십년 연정」이 아닌 이양하의 다른 작품을 상호텍스트로 삼기도 한다.

백년 생각한 것을
줄여서 십년인가
다시 펴고 살고져
사랑했을 뿐이리

모란꽃 피는 꿈꾸고서도
그 한마디 모질까봐 어려워
어딜 디디는지 허황하기만
"온몸은 귀먹은 납덩이"

가라는 줄도 모르고
몰래 따르다가
비탈에서 만나
고이 닦은 자리인데
세월이 쉬이 무너져
슬픔이 서러워라[37]

첫 연의 1~2행 "백년 생각한 것을 / 줄여서 십년인가"는 이양하의 「십년 연정」의 첫 구절 "십년 연정이 한 장의 장황한 편지가 된 날 아침"(105쪽)과 관련되어 있다. 둘째 연의 첫 행 "모란꽃 피는 꿈꾸고서도"는 「낡아빠진 네

---

37 김광섭, 「십년 연정」, 《자유문학自由文學》 (1963. 03); 『이양하 교수 추념문집』, 187쪽.

게 무슨 죽음이 있으랴」의 "가지가지 팔 들어 높이 받들고 / 바람도 숨 죽여 / 조심조심 지키는 찬란한 목란송이"(20쪽)를 염두에 둔 구절이다. 같은 연의 셋째 행 "어딜 디디는지 허황하기만"은 「십년 연정」의 "어디를 디디는지 꿈나라의 허공 가듯"(105쪽)을 조금 고친 구절이다. 역시 같은 연의 넷째 행 "온 몸은 귀먹은 납덩이'"는 이양하의 「십년 연정」에 나오는 구절을 아예 따옴표를 사용하여 직접 인용한다.

이양하는 지금까지 영문학자요 수필가로 널리 알려져 왔지만 그는 이제 시인으로서도 정당하게 평가받아야 할 때가 되었다. 그를 단순히 수필가의 틀에 가두어 두는 것은 그가 평생 이룩한 문학적 성과를 과소평가하는 것과 다름없다. 더구나 이양하를 수필 문학에 국한시키는 것은 한국문학의 관점에서 보더라도 중요한 시인 한 사람을 잃는 것이 된다. 19세기 영국 낭만주의 시인이요 비평가인 새뮤얼 콜리지Samuel Coleridge는 "산문=가장 훌륭한 순서로 배열해 놓은 말, 시=가장 훌륭한 순서로 배열된 가장 훌륭한 말"[38] 이라고 밝힌 적이 있다. 이양하는 한국어에서 '최선의 낱말'을 선택하여 그가 생각하는 '최선의 순서'로 배열하려고 노력한 시인 중 한 사람이었다.

더구나 이양하는 한국어에서 죽은 것과 다름없던 아름다운 토박이말이나 평안남도 지방 사투리를 찾아내어 그것에 호흡을 불어넣어 새롭게 살려냈다. 연희전문학교 시절의 제자 유영은 이양하의 작품에서 흔히 볼 수 있는 "고차원적 표현미는 우리말과 우리 시의 산 기념비"[39]라고 언급한 바 있다. '기념비'라는 말이 조금 지나치다면 '증인'이라고 하여도 좋다. 한국 시의 기념비이든 증인이든 이양하는 비록 그가 평소 그토록 흠모해 마지않던 정지용

---

38 이양하는 이 구절을 "시는 최선의 질서를 가진 최선의 말이다"로 번역하였다. 이양하, 「한국 현대시의 연구」, 『이양하 미수록 수필선』(중앙일보사, 1978), 163쪽.
39 유영, 「시인으로서의 이 선생」, 『이양하 교수 추념문집』, 228쪽.

이나 박용철 같은 시인은 아니라고 할지라도 적어도 탁월한 시인 중 한 사람으로 간주하여도 크게 틀리지 않을 것이다.

제 3 장

▼

수필가 이양하

한국 현대 문학사에서 '수필'이라는 명칭을 처음 사용한 것은 1924년 동인지《영대靈臺》였고, 그로부터 2년 뒤 1926년 종합잡지《동광東光》에 이르러 정식 명칭으로 굳어지기 시작하였다. 그러나 수필을 문학 장르로 본격적으로 논의하기 시작한 것은 1930년대에 이르러서였다. 그중에서도 김기림과 김광섭의 논의는 주목해 볼 만하다. 김기림은 일찍이 수필을 "형태의 구속을 버리고 자유로운 형식으로" 쓰는 글이라고 정의하였다. 그러면서 그는 "향기 높은 유머와 보석과 같이 빛나는 위트와 대리석같이 찬 이성과 아름다운 논리와 문명과 인생에 대한 찌르는 듯한 아이러니와 패러독스와 그러한 것들이 짜내는 수필의 독특한 맛은 이 시대의 문학의 미지의 처녀지가 아닐까 한다"고 밝힌다. 또한 그는 수필이야말로 "다분히 근대성이 섭취한 가장 시대적인 예술"이라고 못 박아 말한다.[1]

김광섭도 김기림과 크게 다르지 않아서 "무형식이 그 형식적 특징"인 문학이 곧 수필이라고 규정지었다. "수필이란 글자 그대로 붓 가는 대로 써지는 글"이라고 정의한 김광섭은 "다른 문학보다 더 개성적이며 심경적心境的이며 경험적"이라는 데에서 수필의 특징을 찾았다.[2] 이렇듯 '자유로운 형식'이나 '무형식의 형식'은 문학 장르로서의 수필을 규정짓는 가장 중요한 잣대로 자리 잡았다.

수필을 '붓 가는 대로 쓰는 글'이라고 생각하여 그러한지는 몰라도 한국 문학사에서 그동안 수필 문학이 차지해 온 몫은 아주 컸다. 한 연구 조사에 따

---

1 김기림, 「수필을 위하여」, 《신동아》(1933. 09); 김기림, 「수필·불안·가톨리시즘」, 김학동·김세환 공편, 『김기림 전집 3: 문학개론/문학평론』(심설당, 1988), 110쪽.
2 김광섭, 「수필 문학 소고小考」, 《문학》(1934. 01). 『이산 김광섭 산문집』(문학과지성사, 2005), 599쪽. 한편 김광섭이나 김기림과는 달리 임화林和는 수필을 그다지 탐탁하게 보지 않았다. 가령 임화는 "저널리즘이 수필을 요구하고 문학의 수요자 측은 단短한 것을 요구하는 것만은 사실"이라고 인정하면서도 "소설가나 시인의 내적 요구"에 따른 문학 장르는 아니라고 지적한다. 「문예 좌담회」, 《조선문학》(1933. 10. 16).

르면 1920년대에 발표된 수필의 수는 줄잡아 1,500편이 넘는다. 그로부터 100년이 지난 21세기 전반기는 가히 '수필 문학의 전성시대'라고 불러도 크게 무리가 되지 않을 만큼 한국의 현대 문학에서 수필은 큰 비중을 차지한다. 2019년 12월 기준으로 한국문인협회에 가입한 수필가 수는 무려 3,600명이 넘는다. 국립중앙도서관에 수필 문예지로 분류되어 납품되는 연속 간행물도 2017년 기준으로 160종 가까이 된다.

연희전문학교 시절 이양하의 제자 이군철은 스승의 수필과 관련하여 "수필이란 딴 장르의 문학과는 달리 주인이 없는 문학이다"[3]라고 밝힌 적이 있다. 그의 말대로 어쩌면 '주인이 없는 문학'이라서 이렇게 많은 사람이 그동안 수필 장르에 관심을 두어 왔는지도 모른다. 일주일에도 수십 권의 수필집이 쏟아져 나오다 보니 수필을 읽는 독자보다는 수필을 쓰는 수필가의 수가 훨씬 더 많다는 말까지 나온다.

그동안 수필 문학에 깊은 관심을 기울여 오고 『이양하 수필 전집』의 편집을 맡은 송명희는 한국 수필의 기원을 저 멀리 신라 시대로 거슬러 올라가 찾는다. 그녀는 8세기 혜초慧超의 『왕오천축국전』이 한국 최초의 수필(집)이고, 1875년 유길준俞吉濬의 『서유견문』은 개화기 수필의 효시이지만 근대 수필이 쓰이기 시작한 것은 이광수와 최남선崔南善부터라고 지적한다.[4] 그러나 송명희는 아쉽게도 이규보李奎報, 최자崔滋 같은 고려 시대 문인들이나 박지원朴趾源, 김만중金萬重 같은 조선 시대 문인들의 뛰어난 수필을 건너뛴다.

한국에서 근대 수필이 본격적인 문학 장르로 자리 잡은 것은 1920년대 말엽과 1930년대 초엽 김진섭, 이효석, 양주동, 피천득 같은 외국문학 전공자들

---

3 이군철, 「서문: 스승을 다시 대하는 기쁨」, 『이양하 미발표 수필선』 (중앙일보사, 1978), 6쪽. 고려 후기 문인 이제현李齊賢은 『역옹패설櫟翁稗說』의 서문에서 수필이란 "한가한 가운데서 가벼운 마음으로 닥치는 대로 기록하는 글"이라고 규정하였다.
4 송명희, 『디지털 시대의 수필 쓰기와 읽기』 (푸른사상, 2006), 49~56쪽.

이 일련의 수필을 발표하면서부터라고 할 수 있다. 1920년대 《조선문단》과 《동광》은 시(노래)와 소설(창작)의 고정란과 더불어 수필 고정란을 두면서 수필을 본격적인 문학 장르로 정착시키는 데 크게 이바지하였다. 1938년에는 마침내 한국 최초의 수필 전문잡지라고 할 《박문博文》이 발간될 정도였다. 또한 《문장》과 《인문평론》도 시나 소설 못지않게 수필에 큰 관심을 기울였다.

늦깎이 수필가

이양하는 평소 정지용처럼 시를 쓰고 싶었듯이 김진섭처럼 수필을 쓰고 싶었다. 이처럼 이양하는 김진섭을 수필 문학 장르에서 일가를 이룬 문인으로 높이 평가하였다. 「글」이라는 수필에서 이양하는 "나의 글이란 땅을 기는 글, 긴다기보다는 차라리 배밀이하는 글이라 나는 여태까지 눈을 겨울의 서정시라 한 김진섭 씨의 한 줄을 써 본 일도 없고……"[5]라고 솔직하게 고백한다. 평소 그의 겸손한 성격에서 나온 언급이라고는 하여도 자신의 글을 '땅을 기는 글' 또는 '배밀이하는 글'이라고 폄훼하기란 여간 어려운 일이 아니다. 이양하의 지적대로 그의 수필이 뱀 같은 파충류라면 김진섭의 수필은 아마 공중을 나는 새에 가까울 것이다.

이양하는 김진섭 같은 다른 수필가들과 비교하여 조금 뒤늦게야 수필을 쓰기 시작하였다. 그가 과연 언제부터 수필을 쓰기 시작했는지는 정확히 알 수 없지만 연희전문학교에 근무하던 1930년대 중반부터 수필을 쓰기 시작한

---

5 이양하 저, 송명희 편, 『이양하 수필 전집』 (현대문학사, 2009), 33쪽. 앞으로 이양하의 수필은 모두 이 수필집에서 인용하고 인용 쪽수는 본문 안에 직접 밝히기로 한다.

것 같다. 물론 그가 수필 문학에 관심을 기울인 것은 일찍이 도쿄제국대학에서 영문학을 공부할 때부터였다. 어느 누구보다도 이양하를 "제일 잘 아는 사람 중에 하나"라고 자처하는 최정우는 "이 군은 학생 시절부터 수필에 대한 관심이 커서 항시―수필, 특히 영국의 수필을 즐겨 부단히 읽었기 때문에 그의 수필에는 여러 수필인들의 좋은 특질이 혼연히 흡수되어 있는 것을 느낀다"[6]고 밝힌 적이 있다.

이양하는 첫 번째 수필집 『이양하 수필집』을 1947년, 그러니까 일본 제국주의 식민지 통치에서 해방된 지 2년 후 민중서관에서 간행하였다. 이 수필집을 위하여 쓴 두 단락 남짓 짧은 서문에서 이양하의 수필과 관련한 몇몇 중요한 단서를 얻을 수 있다.

> 이것은 내가 과거 한 10년 동안을 두고 신문이나 잡지에 기고하였던 글을 모은 것이다. 이렇게 책이 되리라고는 꿈에도 생각지 아니하였던 것이 이제 막상 책이 되고 보니 나에게는 참말로 조그만 기쁨이 아니요, 한 커다란 기쁨이다. 그러나 독자에게는 과연 어느 정도의 기쁨이 될는지, 아니 도대체 기쁨이 될는지, 책을 꾸미느라고 다시 한번 통독해 보니 글이 유치하기 짝이 없다. 그러지 않아도 낙양의 지가가 이미 높은 오늘 이러한 글까지 상재한다는 것이 어떨까 하는 주저의 마음도 없지 아니하다. 그러나 한두 친구의 권고도 있고, 또 지나온 길이 하도 호젓하여 이러한 글이나마 책으로 만들어 보았으면 하는 마음

---

6 최정우, '발跋', 『이양하 수필 전집』, 161, 163쪽. 최정우는 "(외국 수필가들이) 쓴 수필을 읽고 그들 각인各人의 특유와 풍미와 문체를 완미함은 외국인인 우리들에게 대하여는 그리 용이한 일이 아닐 것이다"라고 말한다. 또한 최정우는 "그의 불멸의 개성이 흡수되어 외래적 여러 특질을 유효적절하게 소화, 정리함은 물론이다"라고 덧붙인다. 이 무렵 이양하가 즐겨 읽은 영국 수필로는 찰스 램, 프랜시스 베이컨, 월터 페이터, A. A. 밀른, 조지 기싱 등의 작품을 들 수 있을 것이다.

을 억제하지 못하여 감히 부끄러움을 무릅쓰고 내놓는 바이다.[7]

위 인용문으로 미루어 보면 이양하가 수필을 쓰기 시작한 것은 1930년대 중반이다. 첫 수필집의 출간 연도인 1947년을 기준으로 하여 10년 전이라면 1937년쯤이 된다. 실제로 연희전문에 취직하기 전만 하여도 이양하의 존재는 식민지 조선에서 영문학 전공자 외의 사람들에게는 거의 알려져 있지 않았다. 그도 그럴 것이 도쿄제국대학을 졸업하자마자 이양하는 모교인 교토의 제3고등학교 도서관에서 촉탁 사서로 근무하다가 병을 얻어 귀국하여 고향 강서에서 치료를 받으며 휴양하고 있었기 때문이다. 그가 신문이나 잡지 같은 대중매체에 알려지기 시작한 것은 연희전문에 전임강사로 임용되고 나서부터였다. 그것도 수필가로서보다는 영문학자나 비평가로서 처음 알려졌다. 가령 그는 《조선일보》에 「리챠즈의 문예 가치론」(1933)을 비롯하여 「'말' 문제에 대한 수상隨想」(1935), 「조선 현대시 연구」(1935), 「바라던 '지용시집'」(1935) 같은 문학 비평을 주로 발표하였다.

이양하의 수필은 하나같이 신문사나 잡지사의 청탁을 받고 쓴 것들이다. 그의 수필에는 흔히 '문학 수필'이라는 꼬리표가 붙어 다니지만 저널리즘의 몸에서 태어난 자식이었다. 그래서 그의 수필의 길이가 들쭉날쭉하여 「나무」는 겨우 3쪽 남짓하지만 「교토 기행」은 무려 17쪽이나 된다. 길이가 이렇게 다른 것은 아마 신문사나 잡지사가 요청하는 매수가 서로 다르기 때문이다. 어떤 수필에서 그는 아예 "편집자여……"라고 하면서 글을 청탁한 사람에게 하소연하거나 푸념을 늘어놓기도 한다.

이양하는 첫 수필집에 실린 글들이 "유치하기 짝이 없다"고 말하면서도 수필집의 출간에 자못 크게 기뻐하였다. 그 기쁨도 "참말로 조그만 기쁨이 아

---

7 이양하, '저자 소서小序', 『이양하 수필 전집』, 18쪽.

니요, 한 커다란 기쁨"이라고 솔직히 밝힌다. 그의 이러한 반응은 시집 『마음과 풍경』(1962)을 출간했을 때도 마찬가지였다. 이렇듯 그는 작품에 대해서는 겸손하면서도 자신으로서는 자못 큰 자부심을 느꼈다. 그가 이렇게 자신의 글에 큰 자부심을 느끼는 것은 평소 글과 글쓰기를 소중하게 여겼기 때문이다. 여기서 '글'의 범주에는 시뿐 아니라 수필도 들어가는 것은 두말할 나위가 없다.

더구나 위 서문에서 "한두 친구의 권고도 있고" 하여 첫 수필집을 출간하기로 결심했다는 구절도 좀 더 찬찬히 살펴보아야 한다. 여기서 이양하가 말하는 '한두 친구' 중에는 연희전문학교 제자 조풍연이 들어 있다. 서문에서 그는 "책이 되기까지 조풍연 군이 많은 애를 써 주었고, 책이 된다는 것을 듣고 길진섭 씨는 그림을 보내 주고, 최정우 군은 발문을 써 주었다"[8]고 밝힌다. 평양에서 출생한 길진섭은 3·1운동 민족대표 33인 중의 한 사람인 길선주吉善宙 목사의 아들이다. 이양하는 아마 《문장》에 글을 기고하면서 이 잡지의 편집에 참여한 길진섭과 가까운 사이가 되었을 것이다. 최정우는 도쿄제국대학에서 함께 영문학을 전공한 동료로 한때 서울대학교에서 같이 근무한 적이 있다.

조풍연은 연희전문학교 문과를 졸업한 뒤 출판계에 뛰어들어 을유문화사 창설에 참여하였다. 1945년 12월 민병도閔丙燾, 정진숙鄭鎭肅, 윤석중尹石重 등이 해방을 맞아 '민족문화의 선양과 선진 세계문화의 섭취'라는 깃발을 내걸고 이 출판사를 설립하였다. 민병도가 사장을, 정진숙이 전무를, 윤석중이 주간을, 조풍연이 편집국장을 맡았다. 이 출판사의 첫 출판으로 1946년 『어린이 한글책』을 간행하였고, '조선아동문화협회'를 설립하여 『소파동화집』(전 5권)을 간행하였으며, 주간잡지 《소학생》을 창간하기도 하였다.

---

8 이양하, 앞의 글, 18쪽.

을유문화사의 편집을 맡은 조풍연은 무엇보다도 먼저 스승 이양하의 수필집을 내고 싶었다. 이때 이양하는 연희전문을 떠나 서울대학교로 자리를 옮긴 뒤여서 조풍연이 동숭동 교수실로 찾아가 출간 계획을 상의하자 이양하는 즉석에서 선뜻 허락하였다. 이 책의 출간과 관련하여 뒷날 조풍연은 이렇게 회고한다.

그 책은 내 자신의 편집과 교정을 거쳐 출판되었습니다. 당시 구하기 어려운 모조지에 상하로 여백을 많이 남기고, 그리고 본문은 굵직한 5호 활자를 쓴 호화본이었습니다. 이만한 것이 호화본이 된 까닭은, 종이가 없어서 모든 간행물이 신문을 포함해서 화선지(껄쭉껄쭉한 종이)로 출간되던 때였기 때문입니다. 아마 다른 저자들이 무척 부러워했을는지 모를 생김새의 책인데, 이것은 물론 나의 정실情實도 있거니와 그만한 값어치가 나가는 내용이라고 나는 생각했습니다.[9]

어떤 의미에서 『이양하 수필집』은 조풍연이 아니었더라면 출간되기 어려웠을 것이다. 적어도 이 책이 당시 기준으로 호화판으로 출간될 수 있었던 데에는 그의 '정실'이 없이는 불가능하였다. 이양하가 "낙양의 지가가 이미 높은 오늘"이라고 말하는 데에서 엿볼 수 있듯이 해방 직후 서적을 제작하는 종이를 구하기란 무척 어려웠다. 본디 '낙양의 지가가 높다'는 말은 '낙양지귀洛陽紙貴'라는 중국 고사에서 따온 것으로 요즈음 말로 베스트셀러를 일컫는다. 그런데도 그는 이 표현을 종이값이 비싸다는 축어적 의미로 사용한다.

조풍연의 말대로 이 무렵에는 종이가 무척 귀해서 모든 간행물을 껄쭉껄쭉한 화선지나 마분지에 인쇄하였다. 그런데도 그는 스승의 첫 수필집을 모

9 조풍연, 「이 선생과 나」, 정병조 외 편, 『이양하 교수 추념문집』(민중서관, 1964), 221쪽.

조지를 사용하여 호화롭게 만들었다. 해방 후 이 책을 처음 접한 김우종도 "그때까지는 말똥으로 만들었다는 마분지가 많이 쓰이던 시절이었지만 『이양하 수필집』은 그보다는 깨끗한 종이로 만들어진 것으로 기억되고 있다"[10]고 회고한다. 조풍연이 이렇게 이 책을 호화롭게 만든 것은 단순히 스승에 대한 배려나 존중 때문만은 아니었다.

조풍연이나 김우종의 말대로 『이양하 수필집』은 호화롭게 만들 만한 가치가 충분히 있었다. 김우종는 이 수필집이 처음 출간되었을 때 중학교 5학년이었고, 이 책을 구입했을 때의 벅찬 감동을 뒷날까지도 잊지 못하였다.

이양하의 첫 수필집 표지. 연희전 문학교의 제자 조풍연이 공들여 제작하였다.

중학 5학년생으로서 이 책을 받아 든 나의 기쁨은 작은 것이 아니었다. 을 유년 8·15를 맞고 그해에 '을유문화사' 가 탄생했다지만 세계적인 문학의 독서 는 거의 모두 일본어판에 의존하고 있 었기 때문에 『이양하 수필집』을 사게 되었다는 것은 꽤 큰 감동적인 사건이 었다. (…중략…) 그때 우리는 이것을 국어 시간에 교과서로 썼었다. 국정 국어 교과서 같은 것이 없었기 때문이다.[11]

---

10 김우종, 「수필계의 선구자 이양하」, 『신록예찬: 이양하 수필선』(을유문화사, 1972), 5쪽.
11 위의 글, 5쪽.

이양하가 첫 수필집을 출간하면서 느낀 기쁨이 "참으로 조그만 기쁨이 아니요, 한 커다란 기쁨"이었듯이 김우종이 『이양하 수필집』을 구입했을 때 느낀 기쁨도 결코 '작은 것'이 아니었다. 김우종은 이 책을 전국적으로 얼마나 많은 학교에서 교과서로 사용했는지는 잘 모르지만 당시 사정으로 미루어 보면 이 책이 국어 교육은 물론이고 한국문학에 미친 영향도 적지 않은 것은 사실이라고 지적한다. 함경북도 성진 출생인 김우종은 송도에서 고등학교를 다녔다. 당시 서울 같은 대도시의 사정도 아마 송도와 크게 다르지 않았을 것이다.

이양하는 첫 수필집 『이양하 수필집』에 이어 사망한 이듬해인 1964년에 두 번째 수필집 『나무』를 출간하였다. 두 번째 수필집은 비록 사망한 직후에

이양하의 제2 수필집 표지. 병상에서도 교정을 보면서 출간을 기다렸지만 별세한 뒤에야 출간되었다.

출간되었지만 그의 생전에 출간된 것과 거의 다름없다. 입원해 있던 서울대학교 부속병원에서 그는 재교와 3교까지 모두 마친 상태로 오직 서문만을 남겨 두고 있었기 때문이다. 이양하는 서울대학교 부속병원에 갑자기 입원하기 전에 이미 초교를 마쳤다. 이양하의 아내 장영숙은 "작년(1962년) 11월 19일에 이 책자의 교정은 일단 끝났었다"[12]고 밝힌다. 그러나 이양하는 병원에서 수술을 받고 나서도 조금이라도 차도가 있는 듯하면 침대에 누운 채 거듭 교정을 보아 출판사에 최종적으로 보내기

전에 재교와 3교까지 마쳤다. 자신의 병이 심각한 상태인 것을 전혀 몰랐던 이양하는 두 번째 수필집이 곧 출간될 것으로 믿고 출간을 기다리고 있었다.

---

12 장영숙, '제2 수필집 『나무』 서문', 『이양하 수필 전집』, 19쪽.

그러나 이 책은 결국 그가 사망하고 난 뒤에야 비로소 출간되어 그의 유작이 되고 말았다.

이양하가 생전에 쓴 수필의 양은 수필가라는 명성에 어울리지 않게 그렇게 많지 않다. 첫 수필집에 수록한 21편, 두 번째 수필집에 수록한 41편 등 모두 62편을 썼을 뿐이다. 그가 사망하고 15년 뒤 중앙일보사에서 '중앙신서 30' 문고판으로 『이양하 미수록 수필선』(1978)을 출간했지만 엄밀한 의미에서 수필로 간주할 수 있는 '미수록' 수필은 단 한 편도 없다. 이미 두 수필집에 수록된 작품이거나 수필보다는 비평문으로 분류해야 할 글이 몇 편 실려 있을 뿐이다.

이양하가 그토록 뛰어난 수필가로 칭찬해 마지않던 김진섭은 그보다 무려 몇 배나 많은 수필 작품을 창작하였다. 김진섭은 1947년에 출간한 첫 수필집 『인생예찬』의 서문에서 "각종 신문 잡지 등으로부터 수시 주문에 응하여 소위 잡록을 초해 온 지 연수로 약 20년, 편 수로는 약 200여 편"[13]이라고 밝힌다. 첫 수필집에 이어 이듬해 수필가로서의 문명을 크게 떨치게 한 두 번째 수필집 『생활인의 철학』(1948)에 실린 작품을 합하면 그 수는 그보다 훨씬 더 많다.

이양하는 시 작품이나 학술 논문이 그러하듯이 수필도 과작寡作이다. 그는 원석을 갈고닦아 보석을 만들듯이 그렇게 정성 들여 글을 썼다. 그는 평소 말문을 여는 데 힘들어했지만 글을 쓰는 일에는 더더욱 고통스러워하였다. 연희전문학교 제자 이군철은 스승에 대하여 "고운 말 고르기에 무척 애를 썼다. 그러나 생각과는 달리 누에가 명주실을 토하듯이 쉽게 쓸 수는 없었고 지극히 난산이었던 것으로 생각된다"[14]고 회고한다. 이 점은 이양하도 솔직

---

13 김진섭, '자서自序', 『인생예찬』 (현대문화사, 1947), 1쪽.
14 이군철, 「서문: 스승을 다시 대하는 기쁨」, 5쪽.

히 인정하는 바이다. 「글」이라는 수필에서 그는 "원고지 처음 한두 줄을 메우는 것이 어떻게 힘드는 일인지—생소한 바다에 뛰어들기도 이 이상은 두렵지 아니할 것이요, 헤엄쳐 가야 할 10리 바다도 이 열 줄 한 장의 원고지처럼은 망망해 보이지 아니할 것이다"(34쪽)라고 밝힌다.

그러나 이양하는 어디까지나 양보다는 질로 평가받으려 한 문인이다. 그는 마치 산모가 아이를 분만하듯이 고통스럽게 썼으므로 그의 수필은 한국 문학사에 길이 남을 만하다. 이군철은 "우리나라에 현대 문학이 정착되는 과정에서 수필 문학에 이바지한 이 교수의 공헌은 지대하다. 수필의 멋과 맛을 체득하고 본격적으로 수필다운 수필을 쓴 이가 이 교수이다"[15]라고 못 박아 말한다. 그의 주장에 이의를 제기할 사람은 아마 그다지 많지 않을 것이다.

한편 이양하의 수필을 그렇게 긍정적으로 평가하지 않는 비평가들도 더러 있다. 그중에서도 아마 김윤식金允植은 첫손가락에 꼽힐 것이다. 그는 이양하의 수필에는 ① 대상을 관찰할 뿐 사유하는 흔적이 보이지 않고, ② 관념의 선입견이 전혀 없으며, ③ 감수성보다는 논리성에 무게를 싣고, ④ 개인적 경험에 치중되어 있으며, ⑤ 산문 문학인 수필에서 시적 문체를 구사한다는 점을 들어 부정적으로 평가한다.[16]

그러나 김윤식의 평가에는 그 자체에 여러 모순이 있을 뿐 아니라 이양하의 수필에 관한 평가로서도 잘 들어맞지 않는다. 첫째, 이양하의 수필이 대상을 관찰할 뿐 사유하는 흔적이 보이지 않는다고 주장하지만 이는 실제 사실과는 상당히 다르다. 대상을 면밀히 관찰하지 않고서는 깊이 있게 사유할 수

---

15 이군철, 앞의 글, 5~6쪽.
16 김윤식, 「고독과 에고이즘」, 『한국근대문학사상비판』(일지사, 1978), 336~344쪽; 김윤식, 「이양하의 외로움과 에고이즘」, 『작은 생각의 집짓기』(나남, 1985), 271~272쪽. 한편 오양호를 비롯한 많은 연구가들은 이양하 수필을 긍정적으로 평가한다. 오양호, 「한 유미주의자의 연둣빛 생리-이양하론」, 『한국 근대수필의 행방』(소명출판, 2020), 245~273쪽.

없다. 관찰하지 않고 하는 사유는 한낱 공상에 지나지 않을 뿐이다. 이양하의 수필을 읽다 보면 사유하고 통찰하는 흔적이 곳곳에서 보인다. 둘째, 김윤식이 말하는 '관념의 선입견'이란 과연 무엇인가? 관념이면 관념이고, 선입견이면 선입견이지 '관념의 선입견'은 아무런 의미도 없는 공허한 말이다. 셋째, 이양하의 수필이 감수성보다는 논리성에 무게를 싣는다는 주장도 받아들이기 쉽지 않다. 수필만큼 자유로운 형식도 없어 감수성에 호소하는 작품도 있고 논리성에 호소하는 작품도 있다. 넷째, 이양하의 수필이 개인적 경험에 치중되어 있다는 비판도 정곡에서 빗나간다. 피천득의 수필과 비교해 보면 이양하의 수필은 오히려 신변잡기적인 특징이 그다지 많지 않다. 이양하는 초기 수필에서는 사적이고 개인적인 경험을 다루지만, 뒤로 가면 갈수록 공적·사회적 경험에 무게를 둔다. 어떤 후기 수필에서는 다분히 논리적이어서 수필의 범위를 넘어 논설이나 칼럼의 단계에 접어들기도 한다. 다섯째, 이양하가 산문 문학인 수필에서 시적 문체를 구사한다는 비판도 잘못 짚은 것이다. 수필이 '시적詩的'이 되어서는 안 된다는 김윤식의 주장은 받아들이기 힘들다.

수필은 흔히 소재와 주제, 형식에 따라 여러 가지 유형으로 나뉜다. 미국에서 태어나 주로 영국에서 활약한 소설가 헨리 제임스Henry James는 소설을 '용적이 큰 선박'에 빗댄 적이 있지만, 용적이 큰 것으로 말하자면 수필도 소설 못지않다. 그러나 수필은 미셸 드 몽테뉴Michel de Montaigne 유형의 경수필輕隨筆과 프랜시스 베이컨Francis Bacon 유형의 중수필重隨筆 두 가지로 크게 구분하는 것이 보통이다. 경수필은 개인적이고 주관적이며 사색적인 경향을 띠고 있어 흔히 '개인 수필'이라고도 부른다. 이 유형의 수필은 글자 그대로 비교적 '가벼운' 형식의 글로 수필가의 개성이 비교적 강하게 드러나고, 신변잡기적인 경험을 정서적이고 시적으로 표현하는 경향이 짙다.

한편 중수필은 철학·종교·과학 등 주로 학문적이고 사회적인 문제에 관심을 보이면서 계몽적인 면을 강조하여 흔히 '계몽적 사회 수필'이라고도 부른다. 이 유형의 수필은 글자 그대로 비교적 '무거운' 형식의 글로 철학적인 사변이나 과학적인 사실, 사회나 문화에 대한 비평을 싣는다. 이러한 유형의 수필을 두고 김우창은 "이것들은 사람의 행복을 완상적으로, 또는 우수를 가지고 명상하고 느끼려고 하는 수필이 아니라 현실을 비판 분석하고 사회의 타락상을 질타하는 논설"[17]이라고 지적한다.

　물론 이러한 구분은 어디까지나 상대적인 것이어서 그 중간에 속하는 수필도 얼마든지 있을 수 있다. 이양하의 수필은 경수필과 중수필, 개인 수필과 사회 수필의 두 범주로 국한시킬 수 없을 만큼 그 스펙트럼이 무척 넓다. 더구나 김우종처럼 이양하의 수필을 단순히 '미셀러니류'로 범주화하는 데에는 위험이 따른다. 김우종은 '미셀러니류'와 관련하여 "보통 사람이 살아가는 많은 신변적 소재에 애정을 기울여 가며 글을 쓴 것이다"[18]라고 말한다. 이양하의 수필은 소재나 주제, 형식에 따라 ① 신변잡기적 개인 수필, ② 자연을 예찬하는 수필, ③ 기행 수필, ④ 글쓰기에 관한 자기 반영적 수필, ⑤ 계몽적 사회 수필 등 크게 다섯 가지 유형으로 나눌 수 있다.

신변잡기적 개인 수필

　이양하의 신변잡기적 개인 수필에는 「신의新衣」를 비롯하여 「나의 소원」, 「조그만 기쁨」, 「일연이」, 「다시 일연이」, 「경이, 건이」, 「아버지」, 「PHILIP MORRIS, ETC」, 「봄을 기다리는 마음」, 「젊음은 이렇게 간다」 등이 속한다.

---

17 김우창, 「이양하 선생의 수필 세계」, 《수필공원》 (한국수필문학진흥회, 1984년 가을), 122쪽.
18 김우종, 「수필계의 선구자 이양하」, 8~9쪽. 김우종은 당시 한국 수필의 '미셀러니적' 경향이 이양하한테서 받은 영향이라고 지적한다.

『이양하 수필집』에 수록한 수필의 거의 대부분이 이 범주에 해당한다. 『나무』에 수록한 작품 중에서는 「어머님의 기억」, 「새해의 결심에 관하여」, 「이만영 목사」 등을 이 범주에 넣을 수 있다. 물론 이양하의 수필 대부분에서는 그의 체취를 느낄 만큼 삶의 흔적이 짙게 묻어난다.

첫 번째 유형의 가장 좋은 예는 두말할 나위 없이 「일연이」와 「다시 일연이」, 그리고 「경이, 건이」이다. 앞의 두 작품은 동대문 밖에서 사는 친구를 방문하여 친구의 다섯 살 된 어린 딸과 나누는 '우정'을 다룬다. 연희전문학교 근처 와우산 자락에 조그마한 집을 마련하여 이사하기 전, 이양하는 이 친구 집 2층에서 잠시 기거한 적이 있다. 친구보다는 일연이를 만나러 간다고 할 정도로 이양하는 일연이를 몹시 귀여워한다. 그래서 일연이를 만나러 갈 때면 그는 주머니에 초콜릿을 넣고 가는 것을 잊지 않는다. 「다시 일연이」에서 이양하는 외국에 나가 있는 친구를 대신하여 아버지 역할을 한다. 그런가 하면 일연이는 모임에 나가 집에 없는 어머니를 대신하여 '어린 주인' 노릇을 한다. 아버지를 생각하며 일연이는 입가에 가벼운 웃음을 짓는다. 이양하는 "아버지의 모습을 그려 보는 것이다. 나도 멀리 동무의 얼굴을 그려 본다. 동무여 빨리 돌아오라. 일연이가 기다린 지 오래다. 그리고 그대는 귀여운 일연이가 보고 싶지 않은가"(51쪽)라고 말한다.

「경이, 건이」는 일연이를 다룬 작품처럼 어린아이를 소재로 한 대표적인 수필이다. 1940년 1월 《동아일보》에 처음 발표한 이 작품에서 이양하는 잘 알려진 것처럼 연희전문학교 철학과 교수 고형곤의 어린 두 아들을 소재로 삼는다.

경이, 건이는 내 동료요 동무의 하나가 지난봄 내 집 앞으로 이사 온 이래 새로 생긴 어린 두 친구다. 경이는 다섯 살, 건이는 세 살, 경이는 아버지 닮아 귀엽고, 건이는 어머니 닮아 귀엽다. 얼굴이 더 귀여

운 것은 아래 건일까? 그러나 경이는 이마 바로 위에 이 세상에 아무
도 갖지 못한 귀엽고 귀여운 가마를 가졌다. (52쪽)

위 인용문은 「경이, 건이」의 첫 단락이다. 이 단락을 읽다 보면 이양하의 친
구가 동료 교수인 고형곤인지, 아니면 그의 어린 두 아들인지 헷갈린다. 뒤에
가서 이양하는 "경이는 무엇보다도 건이와 함께 내 귀여운 친구요, 없어서 아
니 될 소중한 친구다"(56쪽)라고 잘라 말한다. 또한 경이가 더 귀여운지, 아니
면 건이가 더 귀여운지도 판단하기 쉽지 않다. 한마디로 고 교수 집안 식구
모두가 이양하의 친구요, 경이와 건이 모두 우열을 따질 수 없이 똑같이 귀엽
다고 할 수 있다. 이양하가 '공리주의자'라고 부르는 '건이'는 뒷날 성장하여
두 차례에 걸쳐 국무총리를 역임한 고건高建이다. 수필에서 이름을 언급하지
는 않지만 고형곤의 맏아들 고석윤高錫尹은 상공부 상역국장을 지내다가 야
당 정치인으로 활동하던 아버지가 검찰의 내사를 받자 공직을 사퇴한 뒤 변
호사로 활동하였다. 수필에 '경이'로 등장하는 고건의 작은 형 고경高敬은 일

연희전문학교 재직 시절
와우산 옆집에 살던
동료 교수 고형곤.

찍 사망한 것으로 알려져 있다.

　방금 다룬 세 수필에서 볼 수 있듯이 이양하는 어린아이에게 유달리 깊은 관심을 기울였다. 어쩌면 어린아이에게서 일찍이 어머니를 여읜 자신의 모습을 발견했기 때문인지도 모른다. 심지어 이양하는 신록이 우거진 5월의 하늘을 "어린애의 웃음같이 깨끗하고 명랑하다"(84쪽)고 말한다. 그렇다면 이양하는 도대체 왜 어린아이들에게 그토록 관심을 기울였을까? 그는 어린아이들에게서 식민지 시대를 헤쳐 나갈 희망을 보았기 때문이다. 어린이는 일제강점기라는 암흑의 시대에 유일한 희망과 다름없었다. 「경이, 건이」를 발표한 1940년은 일본 제국주의가 태평양전쟁을 준비하려고 조선의 신문과 잡지를 강제로 폐간시키는 등 전시 체제로 진입하던 무렵이다. 이양하에게는 어린이야말로 프리드리히 횔덜린Friedrich Hölderlin이 말하는 '궁핍한 시대'에 조국을 지켜 낼 유일한 희망의 새싹이었다. 어린이를 빗대어 말하는 '자라나는 새싹'이라는 표현은 단순히 성장을 가리키는 은유적 표현이 아니라, 앞으로 나라라는 집을 떠받들 기둥 노릇을 할 것이라는 기대가 담겨 있는 표현이다. 그러고 보니 이양하는 소파小派 방정환方定煥이 설립한 '색동회'에 가입하여 활약하지는 않았지만 나름대로 어린이를 위하여 노력한 셈이다.

　그런데 이양하의 신변잡기적 개인 수필에서 한 가지 눈여겨볼 것은 단순히 사사로운 개인 경험을 기록하는 것에 그치지 않고 한 걸음 더 나아가 독자들을 삶에 대한 통찰이나 인식, 또는 예지로 이끌고 나간다는 점이다. 가령 「신의」는 이러한 경우를 보여 주는 좋은 예로 꼽을 만하다. 이양하는 오랜만에 새 옷을 맞춰 입었지만 동료들이 "봄바람에 불리어 돈푼이나 쓰고 다니는 시골뜨기 같다"(26쪽)고 부정적으로 말하자 그는 몹시 마음의 상처를 받는다. 그러나 이양하는 옷을 비롯한 음식과 독서와 취미 등에 개인은 저마다 취향이 다르다고 밝힌다. 그러면서 그는 거리에서 여성들의 옷차림을 보고도 '악취미'라고 생각할지 모르지만 여성들은 나름대로 여러 대가를 치르면서까지 이렇게 멋을 부리려고 한다고 말한다.

　　이러한 것은 말하자면 그들의 아름다운 것을 추구하는 마음, 우리
의 이 어지러운 주위보다는 한 걸음 높고 맑고 깨끗한 세계를 동경하
는 마음, 다시 말하면 엉클어진 잡초를 잡아 젖히고 그 가운데 한 송
이 꽃을 피워 보고자 하는 갸륵한 마음을 말하는 것이 아닐까. 그리
고 이러한 노력이야말로 이 세상을 무지와 빈궁과 죄악에서 건지고자
하는 학자나 정치가나 종교가의 노력에 못지아니하게 귀한 노력으로
잘 이끌고 북돋우기만 하면 족히 이 세상을 움직일 수도 있는 것이 아
닐까. (27쪽)

　이양하는 이러한 주장을 겸손하게 '변명'에 지나지 않는다고 말하지만 이
변명에는 귀담아들을 만한 소중한 교훈이 담겨 있다. 비록 사치스럽고 호화
스럽지는 않다고 하여도 아름다움을 추구하는 마음("한 송이 꽃")이야말로
누추한 삶("엉클어진 잡초")을 더욱 윤택하고 풍요롭게 한다는 그의 주장에서
는 좋은 의미의 탐미주의적 세계관을 읽을 수 있다. 좀 더 정치적 관점에서
보면 "높고 맑고 깨끗한 세계를 동경하는 마음"은 조국 해방을 갈망하는 애
국심으로 읽히고, "엉클어진 잡초"는 식민지 조국을 무자비하게 억압하는 일
본 제국주의 통치자들로 읽힌다. 그러고 보니 이러한 아름다움을 추구하는
것이 곧 "세상을 움직일 수도 있는 것"이라는 마지막 문장도 예사롭지 않다.
　이렇게 신변잡기적이고 사사로운 개인적 경험에서 삶의 통찰이나 인식을
찾으려는 첫 번째 유형의 수필 중에서 「길에 관하여」를 빼놓을 수 없다. 이
글에서 이양하는 한국전쟁 중 1년 반 남짓 부산에서 피란 생활을 하면서 겪
은 경험을 다룬다. 당시 피란지 부산은 기반 시설이 열악하여 길거리는 돌멩
이투성이인 데다 자동차라도 지나가면 희뿌연 먼지가 뿌옇게 일어나고, 하수

구에는 뚜껑이 없어 악취가 코를 찔렀다. 이러한 열악한 도시 환경에서 이양하는 좀처럼 "마음 붙일 곳이 없었"다.

그러나 이양하는 전시연합대학이 위치한 대신동으로 걸어갈 때면 늘 눈에 띄는 언덕길이 하나 있어 마음에 위안을 받는다. 구덕산 남쪽 저수지로 넘어가는 5리 남짓한 언덕길이 바로 그것이다. 그런데 이양하는 출근하는 길에 한 학생한테서 학생들도 이 길을 '희망의 길'이라고 부른다는 사실을 알게 된다. 그처럼 부산에 피란을 와 학교에 다니는 학생들에게도 북쪽으로 뻗어 있는 언덕길은 머지않아 전쟁이 끝나고 찾아올 희망의 메시지를 주었다.

어느 날 이양하는 이 언덕길을 넘어 저수지까지 산책한 적이 있다. 그러나 막상 찾아간 그 길이 여느 고갯길과 크게 다르지 않다는 사실을 깨닫고 적잖이 실망한다. 이 길을 매개로 그는 그가 '노상 심리학'이라고 부르는 그 나름의 이론에 이르게 된다. 첫째, 그 언덕길이 아름답게 보이는 것은 멀리 떨어져 있기 때문이다. 둘째, 그 길은 원근법 같은 회화적 효과를 주기 때문에 실제보다 더 아름답게 보인다. 셋째, 그 언덕길은 인간의 뿌리 깊은 원시 감정과도 무관하지 않다. 짐승을 잡아 먹이로 삼던 수렵 시대 원시인들은 숲에서 길을 잃으면 목숨을 잃을지도 모른다. 그 무렵 길은 그만큼 원시인들의 사활과 직결되었다. 한마디로 이양하는 구체적인 길에서 '도리'나 '윤리'라는 형이상학적 의미를 찾아낸다.

그런데 길은 "길이 아니거든 가지 말라"는 말에 있어 보는 바와 같이 곧 우리 윤리 세계로 통한다. 우리는 사람으로서 마땅히 할 바, 아버지로서 할 바, 아들로서 할 바, 형제로서 할 바, 친구로서, 부부로서 할 바, 한 시민, 국민으로서 할 바를 바로 길 또는 도리라고 한다. 길은 여기 있어서는 수사학상의 이른바 은유다. 그리고 그것이 오늘날까지 오랫동안 널리 쓰이고 조금도 부자연스러운 점이 없는 것을 보면 이

은유는 충분히 그 역할을 다하는 것을 볼 수 있다. (201~202쪽)

이양하는 첫 문장에서 "길이 아니거든 가지 말고, 말이 아니거든 듣지도 말라"는 한국 속담의 앞부분을 인용한다. 언행을 소홀히 하지 말고, 정도正道에서 벗어나는 일이거든 아예 처음부터 하지 말라고 가르치는 속담이다. 이양하는 여기서 유교에서 목숨처럼 소중하게 지켜야 할 삼강오륜을 염두에 둔다. '길'은 동양의 유가 철학뿐 아니라 서양의 기독교에서도 인간이라면 마땅히 지켜야 할 윤리 규범을 말한다.

이양하의 수필 중에서 신변잡기적 개인 수필은 넓은 의미에서 이태준이 말하는 수필의 개념에 비교적 잘 들어맞는다. 일제강점기 조선 문단에는 "운문에서는 지용芝溶, 산문에서는 상허尙虛"라는 말이 나돌 정도로 이태준은 소설가로 이름을 크게 떨쳤다. 정지용은 상허 이태준을 최고의 산문가로 꼽았다. 흔히 '한국의 모파상'으로 일컫는 이태준은 소설 못지않게 『무서록無序錄』(1944)에서 볼 수 있듯이 수필에서도 두각을 보였다.

> 누구에게 있어서나 수필은 작가의 심적心的 나체裸體다. 그러니까 수필을 쓰려면 먼저 '자기의 풍부'가 있어야 하고 '자기의 미'가 있어야 할 것이다. 세사 만반에 통효通曉해서 어떤 사물에 부딪치는 정당한 견해에 빨라야 할 것이요, 정당한 견해에서 한 걸음 나아가 관찰에서나 표현에서나 독특한 자기 스타일을 가져야 할 것이다.[19]

여기서 무엇보다도 눈길을 끄는 것은 '심적 나체'라는 은유적 표현이다. 이태준은 벌거벗은 육체를 말하는 나체를 그 반대말에 해당하는 정신과 함께

---

19 이태준, 『문장강화』 (창작과비평사, 1991), 166쪽.

사용하여 독특한 효과를 자아낸다. 수필은 옷을 모두 벗고 육체를 훤히 드러내듯이 글쓴이의 정신이나 마음, 내면세계를 고스란히 드러내는 문학 장르라는 뜻이다. 이태준에 따르면 수필가는 세상 물정에 통달하여 환하게 알되 그만의 개성을 표현해야 한다. 비교적 짧은 인용문 안에 '자기의 풍부', '자기의 미', '자기 스타일'이라는 구절을 무려 세 번 반복하는 데에서 볼 수 있듯이 수필에서는 '자기', 즉 개인의 체험이 아주 중요하다. 이양하의 수필 중에서 첫 번째 유형으로 분류한 신변잡기적 개인 수필들이야말로 '심적 나체'를 비교적 잘 표현한 작품들이다.

자연 예찬 수필

이양하 수필의 두 번째 유형인 자연을 예찬하는 수필로는 중고등학교 교과서에 실려 널리 알려진 「신록예찬」과 「나무」를 비롯하여 「나무의 위의」, 「무궁화」, 「송전의 기억」 등을 들 수 있다. 이양하는 윌리엄 워즈워스와 퍼시 비시셸리, 존 키츠 같은 영국 낭만주의 시인들을 좋아하였다. 자연을 예찬하는 수필은 그가 낭만주의 전통의 영향을 받고 쓴 것이 대부분이다. 도쿄제국대학에서 영문학을 전공하던 시절, 그는 한 친구와 함께 강의를 빼먹고 다마가와(玉川) 천변으로 산책을 간 적이 있다. 이양하는 "오래간만에 땅을 디뎌 보고 푸른 하늘을 가슴껏 한아름 안아 보면 그것으로 만족하였을 우리는, 이 소조蕭條한 풍경이나마 모든 것을 우리 둘만이 가질 수 있는 데 도리어 어린애같이 기뻐하였다"(89~90쪽)고 말한다.

두 젊은이는 잔디밭에 누워 자연을 만끽하던 중 친구가 벌떡 일어나 책가방에서 셸리의 시집을 꺼내 "오오 세계여! 인생이여! 세월이여!"(91쪽)로 시작하는 시 한 편을 큰 소리로 읽는다. 바로 그때 하늘에서 일진광풍이 소나무

가지를 스치고 지나가면서 그의 귓가에 셸리의 목소리, "슬프고 날카로운 셸리 자신의 몸소 외치는 소리"(92쪽)가 들렸다. 이 '어이없는' 경험을 바탕으로 쓴 수필이 바로 「셸리의 부름」이다. 여기서 '부름'이란 기독교에서 흔히 말하는 '소명召命', 좀 더 넓혀 자연을 예찬하는 수필가로서의 소명을 뜻하는 것으로 받아들여도 크게 틀리지 않을 것 같다.

이양하가 이 무렵 이렇게 셸리에게 강박관념 비슷한 것을 느낀 것은 어쩌면 흔히 '일본의 하이네'로 일컫던 시인 이쿠타 슌게쓰(生田春月)의 죽음과 관련이 있었는지도 모른다. 1930년 이쿠타는 배를 타고 가던 중 셸리의 시를 읊으며 세토나(瀬戸) 내해에 몸을 던져 삶을 마감하였다.[20] 일본 문단을 떠들썩하게 한 이 자살 사건은 당시 러시아의 혁명 시인 블라디미르 마야콥스키Vladimir Mayakovsky의 자살과 함께 일본 젊은이들 사이에 큰 화제가 되었다.

이렇게 자연을 예찬하는 작품으로는 「신록예찬」과 「나무」를 빼놓을 수 없다. 첫 번째 수필에서 이양하는 네 계절 중에서도 신록이 무성한 5월을 가장 좋아한다고 말한다. 그러면서 이때가 되면 "나는 곁에 비록 친한 동무가 있고 그의 재미있는 이야기가 있다 할지라도 이러한 자연에 곁눈을 팔지 아니할 수 없으며, 그의 기쁨의 노래에 귀를 기울이지 아니할 수 없게 된다"(85쪽)고 밝힌다. 곁눈을 파는 것에 그치지 않고 아예 온 신경을 자연에 집중한다고 말하는 쪽이 더 적절할 것이다. 더구나 이양하는 자연에서 삶에 관한 소중한 교훈을 얻는다.

---

20 이하윤은 이쿠타 슌게쓰를 이쿠타 하루에(生田春江)로 착각한다. 하루에는 나병으로 사망한 일본의 평론가, 번역가, 소설가, 극작가이다. 청년 시절 이쿠다 슌게쓰는 이쿠타 조코(生田長江)한테서 문학과 독일어를 배웠다. 이하윤, 「세계문단의 1년간 변동」, 서울대학교 사범대학 국어과·동문회 편, 『이하윤 전집 2: 평론·수필』(한샘, 1982), 66쪽.

우리 사람이란─세속에 얽매여 머리 위에 푸른 하늘이 있는 것을 알지 못하고, 주머니의 돈을 세고, 지위를 생각하고, 명예를 생각하는 데 여념이 없거나, 또는 오욕칠정五慾七情에 사로잡혀 서로 미워하고 시기하고 질투하고 싸우는 데 마음의 영일寧日을 갖지 못하는 우리 사람이란 어떻게 비소卑小하고 어떻게 저속한 것인지, 결국은 이 대자연의 거룩하고, 아름답고, 영광스러운 조화를 깨뜨리는 한 오점 또는 한 잡음밖에 되어 보이지 아니하여, 될 수 있으면 이러한 때를 타 잠깐 동안이나마 사람을 떠나 사람의 일을 잊고 풀과 나무와 하늘과 바람과 한가지로 숨 쉬고 느끼고 노래하고 싶은 마음을 억제할 수가 없다. (85~86쪽)

이양하는 "거룩하고, 아름답고, 영광스러운 조화"라는 구절에서 볼 수 있듯이 대자연을 종교적 차원으로까지 끌어올린다. 기독교에서 인간을 원죄의 짐을 걸머진 죄인으로 보듯이 이양하도 오욕칠정에 사로잡혀 있는 인간을 대자연의 조화를 깨뜨리는 "한 오점 또는 한 잡음"으로 간주한다. 이러한 오점이나 잡음을 깨끗이 정화해 주는 것이 바로 5월의 신록이다. "신록을 대하고 앉으면 신록은 먼저 나의 눈을 씻고, 나의 머리를 씻고, 나의 가슴을 씻고, 다음에 나의 마음의 모든 구석구석 하나하나 씻어 낸다"(86쪽)고 말한다.

이 점에서는 1956년 2월 서울대학교에서 발행하는 《대학신문》의 '문화와 교양'이라는 칼럼에 처음 실린 「나무」도 「신록예찬」과 크게 다르지 않다. 신록이 우거진 숲도 나무들이 모인 곳이다. 이양하는 나무의 속성으로 ① 자신의 처지에 만족할 줄 알고, ② 고독을 견디고 즐길 줄 알며, ③ 친구를 이해관계에 따라 박대하거나 후대하지 않고, ④ 천명을 다한 뒤에는 하늘의 뜻에 따라 다시 흙과 물로 돌아가는 것 등을 꼽는다. 이양하는 「신록예찬」처럼 「나무」에서도 나무를 종교적 차원에서 바라본다.

하늘을 우러러 항상 감사하고 찬송하고 묵도하는 것으로 일삼는다. 그러기에 나무는 언제나 하늘을 향하여 손을 쳐들고 있다. 그리고 온 갖 나뭇잎이 우거진 숲을 찾는 사람이 거룩한 전당에 들어선 것처럼 엄숙하고 경건한 마음으로 자연 옷깃을 여미고 우렁찬 찬가에 귀를 기울이게 되는 이유도 여기 있다. (174~175쪽)

이양하가 위 인용문에서 구사하는 낱말은 하나같이 종교와 관련한 것들이 다. 나무 한 그루 한 그루는 신에게 예배하는 신자들이고, 나무가 서 있는 숲 은 예배당이다. 그래서 숲을 찾는 사람은 마치 예배당 안에 들어간 것처럼 경건해질 수밖에 없다. 이 대목을 읽노라면 19세기 말엽에서 20세기 초엽에 활약하다 1차 세계대전 중 프랑스 전선에서 사망한 미국 시인 조이스 킬머 Joyce Kilmer의 「나무」라는 시가 떠오른다.

이 세상에 나무처럼
아름다운 시가 어디 있을까.
단물 흐르는 대지의 젖가슴에
마른 입술을 내리누르고 서 있는 나무.
온종일 신神을 우러러보며
잎이 무성한 팔을 들어 기도하는 나무.
한여름에는 머리 위에
개똥지빠귀의 둥지를 틀고 있을 나무.
가슴에는 눈[雪]을 품고 있는 나무.
비와 더불어 다정하게 살아가는 나무.
나 같은 바보들은 시는 쓰지만
신 아니면 나무를 만들지 못한다.[21]

킬머는 이 작품에서 나무에 인간의 속성을 부여하는 의인법을 효과적으로 구사한다. 그가 나무를 예찬하는 정도가 이만저만이 아니다. 그래서 그런지 환경 위기 또는 생태계 위기 시대를 맞아 이 작품은 뭇사람의 입에 자주 오르내린다. 이양하의 「나무」와 킬머의 「나무」는 산문과 운문의 차이를 배제하고 나면 낱말, 이미지, 비유법 등에서 아주 비슷하다.

이양하는 「나무의 위의」라는 수필에서도 자연을 예찬하는 것에 그치지 않고 한 발 더 나아가 인생론적인 의미를 찾아낸다. 교정 한가운데 마로니에 한 그루가 자라고 있다고 말하는 것으로 보아 이 글은 그가 연희전문학교에서 서울대학교로 자리를 옮기고 나서 쓴 것임이 틀림없다. 이양하는 "아롱다롱 울긋불긋 곱고 다채로워 사람의 눈을 끌고 마음을 빼내는" 화려한 꽃보다는 오히려 "은근하고 흐뭇하고 건전한 풍취"를 자아내는 나무에 훨씬 더 마음이 끌린다. 그는 나무에는 "하찮은 명리名利가 가슴을 죄고, 세상 훼예포폄毁譽褒貶에 마음 흔들리는 우리 사람은 이러한 나무 옆에 서면 참말 비소하고 보잘것없는 존재다"(178~179쪽)라고 말한다.

기행 수필

앞에서 잠깐 언급했듯이 한국 문학사에서 수필은 혜초의 『왕오천축국전』에서 박지원의 『열하일기』를 거쳐 유길준의 『서유견문』에 이르기까지 기행문과는 떼려야 뗄 수 없을 만큼 깊이 연관되어 있다. 이렇듯 한국 수필은 기행문에서 시작했다고 하여도 그렇게 지나친 말이 아니다. 62편에 이르는 이양

---

21 조이스 킬머가 이양하를 비롯한 한국 시인들과 소설가들에게 끼친 영향에 대해서는 김욱동, 「킬머의 '나무'와 한국 현대시」, 『부조리의 포도주와 무관심의 빵』 (소명출판, 2013), 65~115쪽 참고. 킬머의 「나무」의 주제와 형식에 관해서는 김욱동, 『적색에서 녹색으로』 (황금알, 2011), 81~85쪽 참고.

하의 수필에도 기행문을 겸한 수필이 적지 않다. 좁게는 국내 기행문에서, 넓게는 외국 기행문에 이르기까지 그는 기행 수필을 여러 편 썼다. 가령 「송전의 추억」을 비롯하여 「교토 기행」과 3편에 이르는 「서구 기행」, 「돌과 영국 국민성」 등이 바로 그것이다.

이양하의 기행 수필 중에서도 「송전의 추억」은 여러모로 흥미로운 작품이다. 첫째, 이 수필에는 "조그만 산 하나 넘어서서 / 이곳은 오로지 바람과 물결이 깃들이는 곳"(128쪽)으로 시작하는 시 한 편이 삽입되어 있다. 그런데 이양하는 이 시를 시집 『마음과 풍경』에 '마음과 풍경'이라는 제목 아래 「금강원金剛園」과 「CHARLES RIVER」와 함께 3부작으로 한데 묶어 수록하였다. 다만 시집에서는 마지막에서 두 번째 연에서 행갈이, 낱말, 조사를 조금 다르게 사용할 따름이다.[22]

평안남도 강서의 산골에서 태어나 자란 이양하로서는 동해안의 송전과 송전해수욕장을 남달리 좋아하였다. 강원도 통천군에 위치한 송전은 청송백사青松白沙로 유명한 곳이다. 그는 연희전문학교에 재직하던 시절 맹장염 수술을 받고 휴양차 처음 송전을 찾아간 뒤 여러 번 그곳을 방문하여 머물렀다. 그 뒤 병을 치료하려고 꼬박 한 해를 이곳에서 보낸 적도 있다. 그러므로 송전은 그에게는 제2의 고향과 같은 곳이 되다시피 하였다. 송전에는 해수욕장과 오매리 뒷산 말고도 인근에 고저총석庫底叢石과 삼일포三日浦 등이 있어 휴식을 취하며 관광하기에도 좋은 곳이다. 이양하는 "송전이 몹시 그립다. 송전을 생각하지 아니하는 날이 없다"(128쪽)고 고백했는데, 이를 보면 그가 얼

---

22 『이양하 수필집』에는 "바위 밑 깊이 내려 / 소라를 따는 사내는 용감한 나이트, / 던지는 소라를 받는 여인은 아름다운 여왕"으로 되어 있다. 그러나 『마음과 풍경』에는 "바윗밑 깊이 내려 소라 따는 사내는 용감勇敢한 나이트, / 던지는 소라 이받는 여인女人은 아름다운 여왕女王"으로 되어 있다. 한편 『이양하 수필 전집』에는 '이받는'을 '받는'으로, '여왕'을 '여성'으로, '꼬부란'을 '꼬부랑'으로 잘못 표기한다. '이받다'는 '잔치하다', '대접하다', '봉양하다'는 뜻의 옛말이다.

마나 송전을 사랑했는지 알 수 있다. 그러나 안타깝게도 해방 후 남북이 삼팔선으로 갈리면서 송전은 두 번 다시 찾아갈 수 없는 금단의 땅이 되고 말았다.

「송전의 추억」이 국내 기행문이라면 「교토 기행」은 일본 기행문이다. 일본의 고도 교토는 이양하에게 송전만큼이나 인연이 깊은 곳이다. 고등학교를 다닌 곳도 이곳이고, 대학 졸업 후 모교 도서관에서 촉탁 사서로 처음 일한 곳도 이곳이다. 그래서 그는 자동차를 타고 교토 시내를 달리면서 차창 밖 거리를 바라보며 "내 일생의 가장 아름답고 꽃다운 청춘, 기쁨과 희망에 넘치는 3년 동안의 고교 생활을 보낸 거리, 또 뒤이어 대학을 마친 뒤에 내 지나간 반생치고는 역시 가장 쓰라리고 비참한 3년의 젊은 날을 보낸 거리"(116쪽)라고 말한다. 그가 왜 그곳에서 보낸 마지막 3년을 가장 비참하다고 생각했는지는 잘 알 수 없다. 다만 도서관 사서 생활이 그에게는 부담스러웠을 것이고, 시간을 내어 교토제국대학에서 대학원 과정을 밟는 일도 그렇게 수월하지는 않았을 것이다. 더구나 그는 심신이 지쳤는지 이곳에서 병을 얻어 귀국할 수밖에 없었다.

그러나 5, 6년 만에 다시 찾은 교토는 많이 달라져 있어 이양하는 어리둥절할 수밖에 없었다. 시내 중심가에 있던 레스토랑들은 자취를 감추고 그 자리에는 높은 빌딩이 들어서 있었다. 사정은 고등학교 시절 저녁을 먹고 친구들과 삼삼오오 떼를 지어 찾아가던 교코쿠(京極)에 있는 긴교테이(金魚亭)의 제과점도 마찬가지였다. 이양하에게는 "그리움, 낯익음, 애달픔, 아프게도 선명하게 떠오르는 그러나 엉클어지고 또 엉클어져 하나하나 분간해 낼 수 없는 인상과 기억과 풍경과 풍경"(117쪽)이 남아 있을 뿐이었다.

이양하의 기행 수필에서 한 가지 눈여겨볼 것은 여행하는 곳의 풍물을 묘사하거나 기록하는 것에 그치지 않고 문화와 국민성을 연관시킨다는 점이다. 교토행 기차를 타고 가면서 이양하는 차창 밖에 펼쳐진 일본의 산하를 주의 깊게 바라본다. "산이랴야 모두 올망졸망 어깨를 한 번 기껏 솟구고 오만을 피워 보려고 하는 것은 하나도 없다"(112~113쪽)고 말한다. 주위의 들판이나 마을과 다투지 않는 '아리땁고 겸손한 산들'이다. 마을이나 집들도 이러한 산의 미덕을 배워 크거나 높으려고 하지 않고 작지만 아담한 자태를 지키려고 한다. 이러한 자연 환경은 일본인들의 국민성과 문화에 그대로 영향을 끼친다.

이러한 아름다운 자연과 명랑한 풍물 속에 말하자면 고매한 사상과 심각한 고민은 가지지 못하였으나 섬세한 감성과 예민한 이지를 가지고 현실을 처리하고 물질을 극복하는 데 있어 항상 과단과 명쾌와 절도를 보여 주는 이 땅 사람의 미덕이 자라는 것이 아니며, 또 노래를 쓰면 인정人情의 기미機微, 운수풍월雲水風月의 맑은 감회를 짧은 와카(和歌)나 하이쿠(俳句)에 붙이는 것으로 만족하고, 소설을 쓰면 장편보다는 담담한 심경소설이나 신변소설에 더 잘 성공하는 이 땅 사람의 마음의 비밀이 숨어 있는 것이 아닐까. (113쪽)

교토에 도착한 이양하는 옛 추억을 더듬으며 이곳저곳을 찾아간다. 그가 즐겨 찾던 곳은 많이 없어졌지만 그래도 그에게 위안을 주는 곳을 발견하고 적잖이 기뻐한다. 일본의 전통 인형인 '교닌교(京人形)'를 파는 가게를 발견한 것이다. 8세기 헤이안(平安) 시대 남녀 인형이 그의 눈에 들어온 것이다. 이양하는 그들이 입고 있는 전통복의 색깔을 보고 일본의 자연 환경이 빚어낸 신비로운 색이라고 판단한다. 교토의 어떤 보석상 쇼윈도에서 꽃병의 아름다운 색깔을 보고도 그는 "아름다운 하늘과 산과 물을 가진 교토 사람이 아니고는 낼 수 없는 미묘한 연둣빛 시미즈야키였는데……"(30쪽)라고 말한다. 교토의 맑은 하늘 아래 천년을 두고 흐르는 가모가와(加茂川)의 맑은 물도 크게 다르지 않다. '교비진(京美人)'이라고 하여 교토에 유난히 미인이 많이 태어나는 것도 이 도시의 아름다운 물과 무관하지 않다고 밝힌다.

이양하는 10년 남짓 일본에 살면서 일본의 자연을 지켜보았다. 그러면서 지리적 환경이 일본인의 심성과 문화에 알게 모르게 영향을 끼쳐 왔음을 발견하였다. 인형 가게의 쇼윈도에 전시된 인형에 심취하는 이양하이고 보면 일본의 자연을 눈여겨보지 않을 수 없었을 것이다. 이를 두고 이양하가 일본 제국주의의 어두운 이면을 보지 못하거나 일부러 회피한다고 비판할 수도 있다. 문화인류학의 관점에서 일본을 분석한 루스 베네딕트Ruth Benedict의 잘 알려진 저서 『국화와 칼』(1946)에 빗대어 말하자면, 이양하는 어떤 면에서는 국화만 보고 미처 칼을 보지 못한 셈이다.

지리적 환경이 신체, 정신, 문화 등에 적잖이 영향을 끼친다는 것은 새삼 말할 필요도 없다. 이러한 일은 나라와 나라 사이에서뿐 아니라 심지어 한 나라 안에서도 얼마든지 일어난다. 이양하는 "우리 조선의 아름다운 하늘과 이러한 고대 신라 사람의 아름다운 복색 사이에는 전혀 인연 없는 것이 아니리라"(124쪽)라고 밝힌다. 그것은 신라의 문화뿐 아니라 고려청자나 이조백자도 마찬가지일 것이다.

이양하의 문화인류학적 관점은 「돌과 영국 국민성」에서 좀 더 뚜렷이 엿볼 수 있다. 이 글에서는 아예 제목에서부터 '국민성'을 명시적으로 드러낸다. 영국을 여행하면서 그가 무엇보다도 감명받은 것은 돌로 지은 건물이 유난히 많다는 점이다. 석조 사원과 성은 말할 것도 없거니와 심지어 시골의 농가와 창고는 물론이고 목장과 목장 사이의 담도 돌로 되어 있다. 그래서 이양하는 "영국 사람들은 천 년 내외를 두고 돌과 싸우고 돌을 다루고 돌을 벗하였다 할 수 있는데, 이러한 장구한 동안의 돌과의 깊은 인연과 긴밀한 교섭이 그들의 일상생활 내지 그들의 성격에 어떤 영향을 남기지 않았으리라고는 도저히 생각할 수 없다"(299쪽)고 지적한다. 그러면서 이양하는 영국인의 큰 미덕이요 국민성이라고 할 견인堅忍과 강의剛毅가 바로 돌에서 비롯한다고 결론짓는다. 영국인의 특징 중 하나로 흔히 꼽히는 보수주의도 따지고 보면 돌을 사랑하는 태도와 일맥상통한다는 것이다.

자기 반영적 수필

이양하의 수필에서는 다른 수필가들한테서는 좀처럼 볼 수 없는 '자기 반영적自己反映的 수필'이라고 부를 수 있는 독특한 유형이 있다. '소설의 소설' 또는 '소설을 위한 소설', 즉 소설 창작 과정을 소재와 주제로 삼는 소설을 '메타픽션'이라고 부른다. 그렇다면 좁게는 수필 창작 과정, 더 넓게는 글쓰기 문제를 다루는 수필은 '메타에세이'로 부를 수 있을 것이다. 이양하 수필 중에서 「글」, 「실행기」, 「셸리의 소리」, 「젊음은 이렇게 간다」, 「베이컨의 수필집」 같은 작품은 바로 이 범주에 속한다. 번역과 창작의 경계가 애매한 「프루스트의 산문」과 「페이터의 산문」도 넓은 의미에서는 이 범주에 넣을 수 있다.

이양하는 「글」에서 글쓰기나 창작과 관련한 여러 문제를 수필 형식을 빌려 자유롭게 다룬다. 먼저 그는 글을 쓴다는 것이 얼마나 어려운지 밝히면서 산모의 분만에 빗댄다. 신문사나 잡지사에서 원고 청탁을 받고 난 뒤 그는 곧바로 후회하기 시작한다고 말한다. 이양하는 "약속한 기일이 닥쳐와 원고지를 펼쳐 놓고 앉으면 그땐 정말 진통이 시작된다. 원고지 처음 한두 줄을 메우는 것이 어떻게 힘드는지"(34쪽)라고 절망감을 털어놓는다. 문필가 사이에서는 금전 빚보다 더 압박을 받는 것이 원고 빚이라고 한다. 한편 이양하는 글을 쓰는 작업을 망망대해에서 헤엄치는 것에 빗대기도 한다. 그는 원고지라는 드넓은 바다에 뛰어들어 무사히 헤엄쳐 건너편 탈고라는 육지에 도달해야 한다.

이양하가 「글」에서 다루는 두 번째 주제는 글쓰기와 관련한 좀 더 근본적 문제이다. 그는 "참말로 사람은 무엇 때문에, 무슨 이유로, 또 무엇을 위하여 글을 쓰는 것일까"(35쪽)라고 질문을 던진다. 지금껏 글을 써 온 사람은 많고 그들이 쓴 글도 많지만 이 문제를 '솔직하게' 직접 다룬 사람은 없다고 말한다.[23] 그러면서 이양하는 문학개론 같은 종류의 책에서 이 물음에 이런저런 답을 하지만 "이런 소리는 애초부터 귀에 들어오질 않는다"(36쪽)고 일축한다. 이양하는 글을 쓰는 것은 어디까지나 '자기 자신의 기쁨'을 위한 것이라고 고백한다. 여기서 방점은 '자기 자신'에 찍혀 있다. 즉 독자의 기쁨을 위하여 글을 쓰는 것이 아니라 오직 글 쓰는 사람의 기쁨을 위하여 글을 쓴다는 것이다. 그는 "셸리는 확실히 자기 자신의 기쁨을 위하여 쓴 사람이라고 할 수 있겠다. 종달새같이 노래하고 구름같이 자유스러웠던 셸리, 돈을 위하여 시를 썼다고는 생각이 되지 아니하고, 독신의 외로움을 이기지 못하여 어린애를 꿈꾸는 애절한 글을 읽은 찰스 램Charles Lamb이 세상 명예를 위하여 그의 에세이를 썼다고는 믿어지지 아니한다"(37쪽)고 밝힌다. 이양하는 이러한 범주에 속하는 대표적인 한국 문인으로 정지용을 들었다.

그러나 이양하는 '자기 자신의 기쁨'만 가지고서는 글을 쓰는 이유를 설명하기에 충분하지 않다고 생각한다. 그는 윌리엄 셰익스피어, 요한 볼프강 폰 괴테, 새뮤얼 존슨, 조지 고든 바이런, '화돈花豚'이라는 필명을 사용하던 김문집金文輯 같은 문인들을 예로 들면서 글을 쓰는 궁극적 이유를 다른 곳에서 찾는다.

그렇다, 글이란 이 모든 것을 위해 쓴다고 생각하는 것이 바를 것이다. 돈을 위해 쓰기도 하고, 사랑을 위해 쓰기도 하고, 명예를 위해 쓰

---

23 조지 오웰은 1946년에 「나는 왜 글을 쓰는가」라는 에세이를 발표했지만 아마 이양하는 오웰의 글을 미처 읽어 보지 못했을 것이다. 이양하는 오웰의 글에 앞서 「글」을 썼거나 거의 비슷한 시기에 썼기 때문이다.

기도 하고, 기쁨을 위해 쓰기도 하고, 또 아무것도 할 것 없어 쓰기도 하고, 그러니 이제 이러한 글을 무엇 때문에 쓰느냐 하는 것을 생각할 필요는 자연 해소되었다고 생각하여도 무방할 것 같다. (38~39쪽)

여기서 한 가지 흥미로운 것은 이양하가 「글」에서 자신의 이름을 직접 언급한다는 점이다. 그는 "또 혹 이러한 글이나마 썼다고 이양하 놀고 있지 않다는 평이 생기면 염외念外의 다행이겠고……"(39쪽)라고 말한다. 1인칭 화자 '나'로 등장하는 것과 필자가 직접 자기 이름을 밝히는 것은 조금 다르다. '나'는 어디까지나 페르소나, 즉 작가가 얼굴을 가리려고 쓰고 있는 가면에 지나지 않는다. 이양하가 자신의 이름을 밝히는 것은 메타픽션에서 작가가 자신의 이름을 밝히면서 작품에 직접 등장하는 것과 궤를 같이하는 수법이다.

「실행기」는 엄밀히 말해서 박용철의 사망을 추모하는 글이지만 이양하는 창작에 관하여 언급하기도 한다. 가령 박용철은 그에게 "글이란 반드시 한 번 풀어지는 때가 있어야 한다고 하였고, 작품의 완성을 두고는 즐겨 꼭지가 돈다든가 태반이 돌아 떨어진다든가 하는 말을 썼다. 모두 글이 참으로 어떠한 것인가를 알지 못하고는 하지 못할 말이다"(66쪽)라고 밝힌다. 그렇다면 글에는 반드시 한 번은 '풀어지는 때'가 있어야 한다는 말은 무슨 뜻인가? 글에서는 계속 긴장만 유지할 것이 아니라 긴장이 이완되는 순간이 있어야 한다는 뜻으로 받아들일 수 있다. 연극이나 소설에서 모든 갈등이 해소되고 사건이 마무리되며 인과관계가 밝혀지는 것을 흔히 '데누망'이라고 부른다. 박용철이 말하는 것이 바로 이 데누망인 듯하다.

한편 박용철이 '꼭지가 돈다'느니 '태반이 돌아 떨어진다'느니 하고 말하는 것은 작품의 구성이 인위적이지 않고 자연스러워야 좋은 글이 된다는 의미로 받아들일 수 있다. 『채근담菜根譚』에도 "물이 모이면 개천을 이루고, 참외는 익으면 꼭지가 떨어진다. 도를 얻으려는 사람은 모든 것을 자연에 맡겨라(水

到渠成 瓜熟蒂落 得道者 一任天機)"라는 구절이 나온다. 여기서 '도'라는 말을 '글'로 바꾸어 놓아도 그대로 통한다. 과일이 무르익어 자연스럽게 줄기에서 떨어져 나오는 것처럼 태아도 태반에서 자연스럽게 떨어져 나오면서 정상적으로 분만이 이루어진다. 만약 태아가 분만되기 전에 태반이 먼저 떨어지게 되면 '태반 조기 박리' 현상이 일어난다. 이와 마찬가지로 구성이나 기승전결이 자연스러워야만 좋은 글이 된다는 것이다.

계몽적 사회 수필

이양하의 수필은 첫 번째 수필집 『이양하 수필집』과 두 번째 수필집 『나무』를 분수령으로 소재와 주제 그리고 형식에서 큰 차이가 난다. 두 번째 수필집에서는 처음 몇 편을 제외한 나머지 작품은 대부분 계몽적 사회 수필로 분류하여도 크게 틀리지 않는다. 이 유형의 수필에서 이양하는 신변잡기적인 개인의 문제나 글쓰기 문제에서 벗어나 좀 더 계몽적인 사회 문제 쪽으로 시선을 돌린다. 해방 이후부터 그는 사회 문제를 적극적으로 발언하기 시작하였다. 이양하가 달라진 점을 의식한 권중휘는 "해방 이후에는 가끔 만났는데 이 군이 옛날 학생 시대의 그 사람이 아님을 보고 내 기억을 의심하기도 했다. 우스운 말도 알아듣고 가끔 농담도 하고 남의 일을 애써 봐주고 책 이야기, 담배, 커피, 모자, 구두 이야기보담 세상이 돌아가는 형편, 국가·민족에 관한 이야기를 자주 하게 되었다"[24]고 회고한다.

가령 「나라를 구하는 길」과 「다시 나라를 구하는 길」을 비롯하여 「신문인의 글」, 「모든 것은 가난이 설명한다」, 「주택 개선안」, 「구청 소견」, 「원圓과 환

---

24 권중휘, 「고 이양하 군의 일면」, 『이양하 교수 추념문집』, 215쪽.

圜」, 「차장의 임무」, 「음향관제」, 「억지가 통하는 세상」, 「우리 자매부락」, 「서울의 도시미」 등은 이양하의 가장 대표적인 계몽적 사회 수필에 속한다. 사회 수필의 특징을 알기 위해서는 그중에서 한두 편을 살펴보는 것으로 충분할 것 같다.

가령 한영사전 편찬 작업으로 미국 예일대학교에 몇 해 머물다 귀국하여 쓴 「나라를 구하는 길」에서 이양하는 한국의 사정이 부산 피란 시절보다도 오히려 더 못한 것 같다고 한탄한다. 비교적 질서가 잡히고 안정된 미국에서 체류하다가 귀국했기 때문에 그의 눈에는 한국전쟁 이후의 사회가 더더욱 혼란스럽게 보였을지도 모른다.

> 서울에 갓 돌아와 받은 인상은 다시 한번 단적으로 말씀하면 몹시 눈에 띄고 불쾌한 것으로 먼지와 냄새와 아우성을 들 수밖에 없는데, 생각하면 먼지와 냄새와 아우성은 거리에만 있는 것이 아니요, 우리 나라가 운영되어 가는 기구, 우리 사회를 구성하는 사람의 마음에도 먼지가 끼고 잡음이 나고 냄새가 나는 것이 아닌가 합니다. (323쪽)

위 인용문에서 무엇보다도 먼저 눈에 띄는 것은 경어체를 사용한다는 점이다. 문어체가 아닌 구어체를 사용하는 이 글은 수필보다는 강연이나 연설에 가깝다. 어찌 되었든 이양하는 이 글에서 단순히 길거리 곳곳에서 만나는 먼지와 냄새와 아우성을 지적하는 것에 그치지 않고 더 나아가 그것의 형이상학적 의미를 부연한다. 그가 걱정하는 것은 물리적 혼란과 무질서 못지않게 정신적인 혼란과 무질서이다. 이양하는 한국이 "몹시 가난하고 세계의 가장 가난한 나라의 하나라는 데에는 이의가 없으리라고 생각합니다"(324~325쪽)라고 지적한다. 그러면서 한국의 국민소득이 1인당 평균 70달러라고 하지만 실제로는 50달러 안팎에 지나지 않는다고 말한다. 그런데 이양하에 따르면 문제는 "유독 경제 면에 있어서만 빈곤한 것이 아니요, 우리의 말에 있어 빈곤하고 문학예술에 있어 빈곤하고 사상·과학에 있어 빈곤하고 인재에 있어 빈곤한"(325쪽) 데 있다. 한마디로 물질과 정신 모두 빈곤에 허덕이고 있다는 것이다.

이렇게 이양하는 전후 한국이 놓인 형편을 구체적으로 열거한 뒤 그 해결책을 제시한다. 그는 무엇보다도 먼저 그동안 한민족의 정신을 지배해 온 유교를 철폐할 것을 주장한다. 유교 그 자체는 훌륭한 가르침이지만 산업사회를 지향해야 하는 오늘날의 한국에는 낡은 옷처럼 잘 들어맞지 않는다고 지적한다.

> 공자孔子의 가르침으로 말하면 높고 너그럽고 아름다운 것이어서 별나라처럼 찬란하고 아름다운 세계를 이르기에 족한 훌륭한 것이라고 생각합니다. 그러나 원래가 농경 사회, 봉건 사회를 배경으로 한 가르침이니만큼 안정 내지 고정에의 경향을 가진 가르침이요, '수신제가 치국평천하'라 하니만큼 자기 수양이 주가 되어 현실의 세계, 물질의 세계를 돌아보지 않았고, 사어서수射御書數와 함께 예악을 가르쳤지만 모든 데 있어 이성만을 존중한 나머지 우리의 정서의 세계, 상상의 세계를 소홀히 한 유감이 있습니다. (328쪽)

한국의 한 중국학 연구가는 "공자가 죽어야 나라가 산다"고 설파한 적이 있지만 적어도 유교 또는 유가의 폐해를 지적한 점에서는 이양하도 크게 다르지 않다. 이양하가 보기에 전통적인 유교와 그 가치는 이제 시대착오적인 것이 되어 버렸다. 이양하는 권중휘에게 시간이 나면 공자와 이순신의 전기를 쓰고 싶다고 말한 적이 있다. 예순 살이 되기 전에 사망하여 그러한 꿈을 미처 이루지는 못했지만, 만약 그가 공자의 전기를 집필했다면 아마 동양의 성인이 끼친 부정적 영향도 지적했을지 모른다.

「모든 것은 가난이 설명한다」에서 이양하는 한국인이 게으른 것을 가난과 빈곤의 탓으로 돌린다. 그런데 이러한 주장은 앞서 「KOREAN OTIOSITY」에서 주장한 것과는 조금 어긋난다. 이 글에서 그는 일본인 스승에게 한국인은 나태한(idle) 것이 아니라 한가한(otiose) 민족이라고 항변한다. 설령 나태하다고 하더라도 그것은 어디까지나 한반도의 자연과 물자가 풍부하지 못한 데에서 비롯한 결과라고 지적한다. 더구나 이양하는 "우리는 한가와 관유寬裕를 사랑하고 영영營營한 도모圖謀와 악착한 동주서치東走西馳를 천히 여긴다. 여기 우리의 고아한 것 우려優麗한 것을 사랑하는 고상한 취미가 배양되고, 여기 우리의 거룩한 것 관활寬闊한 것을 사랑하고, 비소한 것 저속한 것을 미워하는 고귀한 성격이 배태된다"(69~70쪽)고 밝힌다.

이양하는 「모든 것은 가난이 설명한다」에서 이른바 '코리안 타임'을 문제 삼는다. 다른 민족과 비교해 볼 때 한민족은 유난히 시간관념이 부족하다고 지적한다. 물론 그는 한민족의 느슨한 시간관념을 오랫동안 농경 사회에서 살아온 결과의 탓으로 돌린다. 농경 사회에서는 시계 같은 기계에 따라 생활하기보다는 천체의 운행에 따라 생활하기 때문이다. 그러면서 이양하는 서구 사회에서도 시간관념이 철저하게 된 것은 제임스 와트와 조지 스티븐슨이 증기기관을 발명하여 산업혁명에 불을 지핀 이후부터라는 올더스 헉슬리 Aldous Huxley의 주장을 언급한다. 어찌 되었든 이양하는 한국인이 좀 더 시간관념에 철저할 것을 권한다.

이렇듯 이양하가 남긴 사회 수필 중에는 엄밀한 의미에서 수필보다는 차라리 칼럼이나 논설에 가까운 글도 적지 않다. 가령 『이양하 수필집』에 수록한 「내가 만일 다시 대학생이 된다면」과 『나무』에 수록한 「신입생 제군에게 주는 글」, 「분산된 각 단대는 한 캠퍼스로 모여야 된다」, 「모든 대학 졸업생에게 교원 될 길이 열렸으면」 같은 글은 이러한 경우를 보여 주는 좋은 예이다. 엄밀한 의미에서 수필은 신문이나 잡지에 시사적인 문제나 사회적 관심거리를 평하는 칼럼이나 자신의 견해나 주장을 논리적으로 밝히는 논설과는 적잖이 다르다. 그러므로 이러한 작품들은 수필의 테두리에 넣어야 할지, 아니면 칼럼이나 논설의 테두리에 넣어야 할지 적잖이 망설이게 된다. 만약 이 작품들을 수필로 분류한다면 그 이전의 수필과 비교하여 질이 크게 떨어진다고 할 수밖에 없다.

한편 「해방 도덕에 관하여」, 「험구 악담에 관하여」, 「시간 약속에 관하여」, 「화나는 일에 관하여」, 「늙어가는 데 대하여」, 「새해의 결심에 관하여」, 「말의 깡패에 관하여」, 「기성세대 물러가라는 데 대하여」처럼 제목이 '~에 관하여' 또는 '~에 대하여'로 끝나는 작품도 넓은 의미에서 계몽적 사회 수필로 분류할 수 있다. 물론 이 수필들은 하나같이 프랜시스 베이컨의 수필에서 흔히 볼 수 있듯이 특정한 주제를 집중적으로 다루는 형식을 취한다.

여기서 한 가지 주목해 볼 것은 이양하의 계몽적 사회 수필 중에는 조금 과장하거나 실제 현실과 잘 맞아떨어지지 않는 것들도 더러 있다는 점이다. 이러한 현상은 아마 그의 편견이나 이해 부족에서 비롯한 듯하다. 가령 「모든 것은 가난이 설명한다」에서 이양하는 한국의 모든 현실을 지나치게 가난 탓으로 돌린다는 비판을 면하기 어렵다. 물론 가난이 개인의 행동, 가치관, 사회 문제를 불러오는 주요 요인임에는 틀림없다. 그러나 모든 사회 문제를 가난의 탓으로만 돌릴 수는 없다. 개인 스스로 가난의 원인을 제공하기도 하고, 사회의 구조적인 결함으로 가난이 생기기도 한다. 가난을 좀 더 균형 있고 체계적으로 다루려면 절대적 빈곤과 상대적 빈곤의 문제도 짚고 넘어가야 한다. 이양하는 한 수필에서 "번쩍거리는 모든 것이 금이 아니다"(79쪽)라는 윌리엄 셰익스피어가 『베니스의 상인』에서 한 말을 인용한다. 이 인용문을 빌려 말한다면 한국 사회에 문제가 많다고 하여 모두 가난 때문만은 아니다.

더구나 오랫동안 외국에서 생활해서인지는 몰라도 이양하의 한국 고유문화에 대한 이해나 평가도 조금 부족하다. 그가 '국자國字'라고 부르는 한글을 '가장 과학적으로 된 표음문자'라든지 '경탄할 만한 독창성' 있는 문자로 평가하는 것은 옳다. 그러나 「모든 것은 가난이 설명한다」에서 뽑은 다음 인용문에서는 고개를 갸우뚱하지 않을 수 없다.

> 인쇄술의 현재와 장래를 두고 볼 때 나는 이 잘된 국자에도 몇 가지 제한이 있다는 것을 말하지 아니할 수 없다. 그를 우리가 가진 인쇄술의 입장에서 보건대, 국자를 창안한 분들의 경탄할 독창성에도 불구하고 글자가 네모지게 되고 세로 내려쓰게 된 데 있어 한자의 영향을 완전히 탈각지 못하였고, 또 인쇄술이 오늘처럼 발달되어 글자가 깨알처럼 작아질 것을 예상치 못하였다. (…중략…) 문자는 필경 한 연장이요, 연장은 편한 것이 제일이라는 것을 생각하고 또 금후의 조판인쇄술을 전망하면 이것이 우상 파괴욕을 발휘해 보려는 나의 하루아침의 변덕만이 아님을 알 수 있으리라고 생각한다. (254~255쪽)

한글은 이양하의 주장처럼 기본적으로는 표음문자이지만 표의문자로서의 가능성을 제시한 학자도 있다. 가령 연희전문학교에서 이양하와 함께 근무한 정인섭은 최현배의 권유로 1930년 한글학회에 회원으로 정식 가입하는 등 외국문학 전공자로서 한글에 적극적인 관심을 보였다. 그런데 정인섭은 한글이 표음문자이지만 로마자처럼 한글 자모를 펼쳐 쓰지 말고 종성은 종성대로 모음 아래 붙여 두면 표의문자의 특성도 어느 정도 지닌다고 지적한다. 이양하가 한글 글자가 네모나다고 말하는 것은 바로 종성을 모음 아래 붙여 쓰기 때문이다. 정인섭은 표음문자를 다시 '음소문자'와 '음절문자'로 세분하여 한글은 음소문자로, 일본어는 음절문자로 분류한다.[25]

이양하가 한글을 세로로 내려쓰는 것을 문제 삼는 것은 좀처럼 이해가 가지 않는다. 세로쓰기가 한자의 영향을 완전히 벗어나지 못한 결과인지도 좀더 따져 볼 일이다. 한국에서는 한국전쟁 이후 1950년대부터 한글 전용 정책에 따라 한글 세벌식 타자기가 일반화되면서 가로쓰기가 점점 확산되었다. 출판업계에서는 1970년대까지 세로쓰기가 우세했지만 1980년대 이르러 신문을 제외한 출판물은 가로쓰기가 대세로 자리 잡았다. 끝까지 세로쓰기를 고집하던 신문업계도 점차 가로쓰기로 전환하였다. 현재는 한국은 물론이고 세로쓰기의 종주국이라고 할 중국도 가로쓰기가 대세이고, 일본에서도 최근 들어 점차 가로쓰기가 보편화되고 있는 실정이다.

이양하가 한글의 또 다른 문제점으로 지적하는 인쇄술의 발달과 활자의 축소화도 받아들이기 어렵다. 물론 한글을 창제한 15세기 중엽에는 붓에 먹물을 찍어 글씨를 적던 시절이어서 "글자가 깨알처럼 작아질 것"을 전혀 예상하지 못했을 것이다. 그러나 글자 크기가 작아지면 육안으로 읽기 힘든 것은 비단 한국어에만 해당하는 현상은 아니다. 가령 영어 알파벳도 활자 크기를 조그만 작게 하여도 'b'와 'd', 'i'와 'l', 'u'와 'v'를 구분하기가 그리 쉽지 않다.

이양하 수필의 문체

18세기 중엽 프랑스의 수학자요 박물학자인 조르주 루이 뷔퐁은 "문체는 곧 그 사람이다"라고 말하였다. 훌륭한 작가라면 자기 자신의 독특한 문체

---

25 정인섭, 「대회에 참석하여」, 『못다한 인생』 (휘문출판사, 1986), 225~226쪽; 김욱동, 『눈솔 정인섭 평전』 (이숲, 2020), 252~256쪽. 정인섭은 한글 문제를 두고 연희전문의 선배 교수인 최현배와 적잖이 다투었다. 풀어쓰기를 주장한 최현배와는 달리 정인섭은 모아쓰기를 주장하였다. 또한 최현배가 '날틀기'와 '배움터'처럼 순우리말을 사용할 것을 주장한 반면, 정인섭은 '비행기'와 '학교'를 사용하되 한자어를 피하고 한글로 표기할 것을 주장하였다.

를 만들어 개성 있고 짧고 강력한 문장을 구사할 줄 알아야 한다는 뜻이다. 그런데 뷔퐁의 이 말이 가장 잘 들어맞는 장르는 다름 아닌 수필이다. 수필만큼 글쓴이의 개성과 성격이 잘 드러나는 문학 장르도 없다. 이양하는 여러 수필에서 "나무는 그 열매로 안다"(71, 252, 334쪽)고 말한다. 여기서 '나무'는 수필이요 '열매'는 그가 쓴 수필 작품으로 읽어도 크게 틀리지 않는다.

이양하는 「젊음은 이렇게 간다」에서 손에는 잔주름이 잡히고 머리카락이 희끗희끗하기 시작하는 중년이지만 "나는 오늘 아직 열 살의 깨끗한 마음, 스무 살의 튼튼한 몸—지난겨울에는 감기 하나 앓지 아니하였다—을 잃지 아니하고, 모든 아름다운 것을 사랑하는 힘을 잃지 아니하였다"(105쪽)고 말한다. 그의 수필에서는 이렇게 '깨끗한 마음'과 '튼튼한 몸' 그리고 '아름다운 것을 사랑하는 힘'을 느낄 수 있다. 그의 수필이 가진 매력 중 하나는 이렇게 어린아이같이 순수한 동심에서 우러나온 듯한 소박하고 아름다운 문체이다.

영국의 소설가요 수필가인 올더스 헉슬리는 "수필이란 거의 모든 것에 대하여 거의 모든 것을 말하기 위한 문학 장치"라고 말한 적이 있다. 그러면서 그는 수필가가 세 가지 축, 즉 ① 개인적이고 자전적인 축, ② 객관적이고 사실적인 축, ③ 추상적이고 보편적인 축에서 집필할 때 가장 큰 효과를 얻을 수 있다고 하였다.[26] 헉슬리의 정의에 따른다면 수필가는 글의 성격과 필자의 성향에 따라 가장 알맞은 문체를 구사하여야 한다. 수필가들은 시에서 흔히 볼 수 있는 감성적인 문체에서 논설이나 논문에 가까운 논리 정연한 문체에 이르기까지 온갖 문체를 구사한다. 다시 말해서 독자들은 수필에서 간결체, 만연체, 강건체, 우유체, 건조체, 화려체 등 거의 모든 문체를 만나게 된다. 이 점에서 수필은 갖가지 문체가 한데 모여 있는 문체의 전시장과 같다고 할

---

26 Aldous Huxley, "Preface," *Collected Essays* (London: Harper and Brothers, 1960), p. v.

수 있다.

　이양하의 수필에서 가장 눈에 띄는 것은 일상생활에서는 좀처럼 사용하지 않는 낯선 낱말을 찾아내어 사용한다는 점이다. 그가 즐겨 사용하는 이러한 낱말은 사전에서나 찾아볼 수 있는 고어나 폐어이기도 하고, 평안도 지방 사투리이기도 하며, 때로는 옥편이 없이는 그 뜻을 제대로 알 수 없는 난삽한 한자어이기도 하다. 이러한 낱말 사용은 그의 수필뿐 아니라 시에서도 마찬가지로 엿볼 수 있다. 이양하가 의도했든 의도하지 않았든 이러한 기법은 러시아 형식주의자들이 말하는 '낯설게 하기'의 효과를 흔히 자아낸다. 「신의」에서 뽑은 한 대목을 예로 들어 보자.

　　7, 8세 때의 조급을 아직 가지고 있었던들 나는 그 당장에 옷을 벗어 메때렸을 것이다. (…중략…) 나의 취미란—이러한 데 취미란 말을 쓸 수 있을는지 의문이지마는—대개 까다롭고 결벽스러운 것이다. 아니 까다롭고 결벽스럽다느니보다 어떤 독자는 옹졸하고 시살스럽다고 빈축할는지 알지 못하겠다. (26쪽)

　위 인용문에서 '메때렸다'와 '시살스럽다'라는 두 낱말을 이해하는 독자는 그다지 많지 않을 것이다. '메때렸다'는 국어사전에 북한어로 "메었다가 아래로 세게 내던지다"로 풀이되어 있다. 용례로 "잡은 뱀장어를 메때리다"를 제시한다. '시살스럽다'도 북한어로 "진저리가 날 정도로 귀찮다"로 풀이되어 있다. 이양하는 『이양하 수필집』에서는 '시살스럽다' 대신 '쇠살스럽다'라는 평안남도 사투리를 그대로 사용하였다. 또한 '빈축顰蹙하다'도 동사형보다는 '빈축을 사다'처럼 명사형으로 더 많이 사용한다.

　이러한 예는 이양하의 수필에서 비교적 쉽게 찾아볼 수 있다. 가령 "책 끼고 서재 가는 길 따뜻한 햇볕이 포시시 내려 쪼이는 안퐁한 언덕"(82쪽)에서

'포시시'와 '안쫑한'은 모두 북한어이다. 전자는 "짧고 가는 솜털 따위가 짧고 보드랍게 나거나 꽤 흐트러져 있는 모양" 또는 "물체가 조금씩 부스러지거나 흩어지는 모양"을 가리키는 낱말이다. 후자는 "언덕 따위의 가운데가 오목하게 들어가 아늑하다"라는 뜻의 북한어이지만 남한에서도 가끔 사용하는 말이다.

옆집에서 키우는 산양을 묘사하는 장면에서 이양하는 "고 가는 살눈섭 아래 가느스름 조는 눈에는 꿈조차 서려 있다"(97쪽)고 적는다. 일상어에서도 "고럼, 고럼!"이라는 표현을 자주 사용했듯이 그는 수필에서도 '고놈'처럼 지시 형용사 '그' 대신 '고'를 즐겨 쓴다. '살눈섭'이란 '속눈썹'의 평안남도 사투리로 '산눈썹'으로 표기하기도 한다. "강정江亭 최에도 예例의 미나리가 돋아나기 시작하였을 것이 아닌가"(98쪽)에서도 '최'는 언덕이나 높은 곳, 뫼 등을 뜻하는 평안남도 강서 지방의 사투리이다. 『이양하 수필집』에서는 '매나리'로 되어 있는 것을 『이양하 수필 전집』에서 편집자 송명희는 '미나리'로 고쳐 놓았다. "나의 폐는 구물지 않아 장년의 건강을 누릴 수 있을 것이오"(140쪽)에서 '구물다'는 '저물다' 또는 '상하다'의 제주도 사투리이지만 아마 평안도에서도 같은 의미로 사용하는 것 같다.

이 밖에도 이양하의 수필에는 비탈진 곳에서 위쪽으로 향한 방향을 뜻하는 '치받이', 남의 일을 방해하거나 남을 해롭게 한다는 뜻의 '갈개다', 듬직하고 위엄이 있는 겉모양을 가리키는 '틀거리(틀거지)' 같은 순 토박이말을 즐겨 사용한다. 수도꼭지나 워터탭을 뜻하는 '물고동'이라는 말도 순수한 토박이말로 한자어나 영어에서 온 외래어보다 훨씬 더 구체적이고 감각적이어서 피부에 와닿는다. 몸 따위가 옴츠러드는 것을 묘사하는 '옹소리다(옹그리다)'나, 실속은 없어도 마음이 넓고 손이 크다거나 말이나 행동이 분에 넘치며 버릇이 없다는 뜻의 '희떱다'도 마찬가지이다. 이 점과 관련하여 이양하는 "순수한 우리말을 많이 쓰면 거기 따르는 새로운 아름다움이 있을 수 있다는 것을 잊어서는 아니 되고, 또 우리 식자층의 완강한 한자에 대한 애착은 순전히 습관에서 온다는 것을 잊어서는 아니 된다"(358쪽)고 역설한다.

임중빈任重彬은 이양하의 수필을 독일 시인 프리드리히 실러의 「환희의 송가」와 이 시에 영감을 얻어 작곡한 교향곡 9번 4악장을 염두에 둔 듯이 '환희의 송가'로 부른다. 또한 그는 이양하의 수필을 '사물의 성화聖化'라고 부르기도 한다.

> 그의 수필이 궁극에는 환희의 송가로서 사물의 성화에 이르고 있어서 한낱 보잘것없고 범상한 진실들도 크나큰 승리에 값한다. 대체로 모국어로 구상해서 다듬어진 수필의 참맛을 이양하는 특이하게 대변한다. 미상불 수필의 그러한 묘미는 진지한 생의 자세와 탁월한 표현에 근거한다.[27]

임중빈이 말하는 '환희의 송가'니 '사물의 성화'니 하는 표현이 정확하게 무엇을 뜻하는지는 잘 알 수 없다. 그러나 얼핏 보잘것없어 보이는 일상성에 신비스러운 종교적 분위기를 불어넣는다는 의미로 받아들여도 크게 무리가 없을 것 같다. 그런데 이양하의 수필이 그러한 분위기를 풍기는 것은 어디까지나 "모국어로 구상해서 다듬어진 수필의 참맛" 때문이다. 여기서 임중빈이 말하는 '모국어'란 사람이 태어나서 처음 습득하여 익힌 언어를 가리키는 것이 아니라 한자에 기반을 둔 한국어가 아닌 순수한 토박이말을 뜻한다.

한편 이양하는 이와는 달리 때로는 좀처럼 사용하지 않는 난해한 한자어를 사용하기도 한다. 가령 "지금까지 부급負笈하고 동으로 서로 돌아다니는 동안 가장 긴 세월을 보낸 거리"(117쪽)라는 구절에서 '부급'은 책 상자를 등

---

27 임중빈, 「이양하론」, 『신록예찬』 (범우사, 1976), 18~19쪽.

에 진다는 뜻으로 고향을 떠나 타향으로 공부하려 가는 것을 일컫는다.[28] 요즈음 말로 하면 '유학'에 가깝다. 이 밖에도 이양하는 '주박呪縛', '훤조喧噪', '균제均齊', '소쇄瀟洒', '접문接吻', '노현露顯', '치차齒車', '부감俯瞰', '소라疎懶', '강의剛毅', '촌가寸暇', '하회下回', '관절冠絶' 같은 요즈음에는 좀처럼 쓰이지 않는 난해한 한자어를 사용한다. 그래서 젊은 독자들이 그의 수필을 읽을 때 쉽게 이해하기 어려운 곳이 가끔 눈에 띈다.

이와는 반대로 이양하는 중국의 고사성어나 관용어를 조금 풀어서 사용하기도 한다. 가령 '죽마고우竹馬故友'라고 하여도 좋을 것을 "죽마竹馬의 벗"(142쪽)이라든지, '세월여유수歲月如流水'라고 하여도 될 것을 굳이 "세월이 여류如流하여"(271쪽)라고 표기하는 것이 좋은 예다. 또한 '양두구육羊頭狗肉'은 "양두를 내걸고 구육을 파는 것"(246쪽)으로 표기한다. 『맹자孟子』의 공손추公孫丑 하편에 나오는 "天時不如地利 地利不如人和"의 '지리'를 "지地의 이利가 있어"로 풀어서 설명하기도 한다. 이러한 문체는 젊은 세대 독자들이 좀 더 쉽게 이양하의 수필에 다가가는 데 적잖이 도움을 준다.

그런가 하면 이양하는 일본어나 영어를 서툴게 번역한 듯한 문체를 구사하기도 한다. 가령 앞서 「신의」에서 인용한 "7, 8세 때의 조급을 아직 가지고 있었던들"(26쪽)에서 '조급을 가지다'라는 표현은 아무래도 한국어 어법에 잘 들어맞지 않는다. '조급하다'나 '조급하게 굴다'가 훨씬 더 한국어답다. 또한 "우리나라가 요즈음의 소위 후진국가의 하나로서 가진 세계적 위치를 생각하고, 우리가 가진 문학, 과학, 기술의 수준을 생각할 때……"(253쪽)에서도 한

---

28 『이양하 수필 전집』에서 편집자는 '부읍' 대신 '부급'으로 잘못 표기한다. 또한 "걸음길 한 5분, 10분 걷는 수고를 아끼지 않으면"(178쪽)에서도 편집자는 '걸엇길'을 '걸음길'로 바꾸어 놓았다. 국어사전에 '걸음길'은 인도나 도로를 가리키는 북한어로 풀이되어 있지만 아무래도 원문 그대로 '걸엇길'이 맞을 듯하다. '걸엇길'이란 '도보徒步 길' 즉 걸어서 걷는 길을 말한다.

국어를 적절하게 구사한 것으로 보기 어렵다. 「경이, 건이」에서도 경이를 묘사하는 "표백漂白의 영원한 동경을 갖고 있는 배가본드의 모습"(55쪽)이라는 구절에서 그 뜻을 선뜻 이해하기 어려운 것은 한국어 어법에 잘 들어맞지 않을 뿐 아니라 일본어와 영어 표현이 뒤섞여 있기 때문이다. 일본 에도(江戸) 시대의 하이쿠 시인 마쓰오 바쇼(松尾芭蕉)가 여행기 『오쿠노호소미치(奥の細道)』(1702)에서 말하는 '뵤하쿠노오모이(漂白の思い)', 즉 정처 없이 길을 떠나고 싶다는 기분과 어떤 식으로든지 관련이 있는 것 같다. '배가본드'란 두말할 나위 없이 정처 없니 떠도는 유랑자 나그네를 가리키는 영어이다.

이양하는 흥에 겨워 개인적 감정을 드러낼 때에는 시인이 무색할 만큼 시적 문체를 한껏 구사한다. 「교토 기행」은 이러한 경우를 보여 주는 더할 나위 없이 좋은 예가 된다. 몇 해 만에 6년 동안 젊은 시절을 보낸 교토를 다시 여행하는 일이 그에게는 무척 가슴이 벅찰 수밖에 없었다. 이 무렵 교토에 가려면 관부연락선을 타고 시모노세키(下関)에 내려 다시 기차를 타고 히로시마(広島)를 거쳐 가야 한다. "바다 하나 건너서서 이곳은 남국"(108쪽)이라고 종결어미를 생략하고 명사형으로 끝맺는 문장으로 시작하는 것부터가 예사롭지 않다.

다시 바다 하나만 건너서면 거기는 냉랭한 태양과 준엄한 하늘 아래 산이 외롭게 옹그리고 섰고, 마을 마을이 추워 산골짜기로만 파고들고, 물이 주박呪縛되고, 들이 눈 속에서 질식되고, 수목이 휘갈기는 바람에 숨을 죽이고, 앙상한 팔만 내맡기고 있을 때인데 여기는 아직 모든 것이 힘과 호흡과 생명을 잃지 아니하고, 서로 서로의 기쁨을 속삭이고 있지 아니한가. (108~109쪽)

위 인용문에서 이양하가 비유법과 이미지와 대조법, 수사 의문법 등을 구사하는 솜씨는 웬만한 시인보다 낫다. '거기'란 태양마저 냉랭하고 하늘이 준엄한 식민지 조국을 말하고, '여기'란 힘과 생명력이 흘러넘치는 식민지 종주국 일본을 말한다. '거기'에서는 마을이 추워서 이불 속으로 들어가듯이 산골짝 안으로 파고들고, 흐르는 물도 마술에 걸려 꼼짝달싹하지 못하며, 들이 눈 속에 숨이 막혀 질식 상태에 놓여 있다. 한편 '여기'에서는 들과 산과 물과 하늘이 '구원의 자유'를 한껏 노래한다.

차가 달리기 시작한다.

전신주가 달린다. 집이 달린다. 들이 돈다. 산이 돈다. 마을이 오고 가고 오고 간다. 걸핏 누렁 열매 주렁주렁 달린 나무 하나 스치고 지나간다. 밀감나무가 아닌가. 이번에는 빨간 열매가 조롱조롱 수놓고 있는 푸른 울타리가 스치고 지나간다. 꽃같이 아름다운 열매다. 무슨 열맬까. 남천일까. 아니 지금 지나간 저 집 뜰에는 참말로 꽃이 피어 있지 않은가. 새빨간 꽃이다. 무슨 꽃일까. 동백꽃일까. 동백꽃일 수는 없고. (109쪽)

위 인용문은 기차가 마침내 시모노세키를 출발하여 교토를 향하여 달리기 시작하는 모습을 묘사하는 대목이다. 기차가 달린다고 말하는 것은 마치 소금이 짜다고 말하는 것처럼 싱겁기 그지없다. 그러나 이양하는 전신주가 달리고 집이 달린다고 말한다. 이것은 시적 상상력이 없으면 좀처럼 구사할 수 없는 표현이다. 이번에는 기차가 속도를 내어 달리자 마을이 계속 '오고 가고 오고 간다'고 말한다. 밀감나무에 누런 밀감이 달린 모습도 "누렁 열매 주렁주렁 달린 나무"라고 묘사한다. '누런'을 굳이 '누렁'이라고 표현하는 것은 의태어 '주렁주렁'과 운을 맞추기 위한 것이다. 밀감은 나무에 '주렁주렁' 달려 있지만 말감보다 작은 빨간 열매는 '조롱조롱' 매달려 있다. 이양하의 추측대로 빨간 열매를 맺는 나무는 매자나뭇과의 상록 관목일지 모른다. 6~7월에 작고 흰 꽃이 피고 가을이 되면 둥근 열매가 빨갛게 익기 때문이다. 그런가 하면 이양하는 딱 부러지게 단정 지어 말하지 않고 "~이 아닌가"라고 수사적 의문문을 사용하거나, "~일까"라고 유보를 두어 말하는 방식을 사용하기도 한다.

앞에서 잠깐 언급했듯이 김윤식은 이양하가 수필 작품에서 시적 언어를 구사한다는 점을 들어 비판하였다. 그러나 수필에는 운문이 아닌 산문을 사용한다는 점을 제외하고는 어떤 일정한 언어를 구사해야 한다는 규칙은 없다. 시에 산문시가 있는 것처럼 수필에도 얼마든지 시적 수필이 있을 수 있다. 이 점에서 김광섭의 말은 시하는 바 자못 크다. 그는 "우리는 오늘날까지의 수필 문학이 그 어느 것이나, 비록 객관적 사실을 다룬 것이라 할지라도 시경에 부딪치지 않는 것을 보지 못했다. 강력하게 짜내는 심경적이라기보다 자연히 유로流露되는 심경적인 점에 그 특징이 있다. 이 점에서 수필은 시에 가깝다. 그러나 시 그것은 아니다"[29]라고 지적한다. 특히 개인의 인상을 기록하는 기행 수필에서는 더더욱 그러할지 모른다. 몇 해 만에 교토를 다시 여행하는 이양하는 어린아이처럼 기분이 한껏 들떠 있고, 이렇게 격양된 감정을 표현하는 데에는 시적 언어가 밋밋한 묘사나 기술보다 훨씬 더 안성맞춤일 것이다.

이양하의 수필 문체와 관련하여 영어로 '펀'이라고 부르는 말장난을 가끔 사용한다는 점도 주목해 보아야 한다. 이러한 수법은 「경이, 건이」에서 엿볼 수 있다. 다음은 동생 건이와 비교하여 호기심이 많은 경이를 묘사하는 대목이다.

---

29 김광섭, 「수필 문학 소고」, 『이산 김광섭 산문집』, 599쪽.

아 저놈의 하늘이 이상하다. 구름이 이상하다. 저놈의 산도 이상하다. 조놈의 집들도 이상하지 않나. 조놈의 집이 문이 열려 있다. 어디 들어가 보자. 무엇이 있나. 야 고놈의 시계 별스럽다. 어디 한번 비틀어 보자. 고놈의 분갑 아롱아롱 이상하고나. 어디 요놈도 한번—경이 눈앞에서는 모든 것이 곧 한 경이요, 신비다. 그러면 이 모든 경이와 신비를 어떻게 탐색하지 않고 그냥 내버려 둘 수가 있느냐. (55쪽)

위 인용문에서 이양하는 소설에서 흔히 묘출화법描出話法이라고 일컫는 기법을 구사한다. 묘출화법이란 소설에서 작가가 말로 표현하지 않은 등장인물의 생각이나 감정을 독자에게 설명할 때 주로 사용하는 기법으로, 간접화법으로 쓰인 피전달문이 독립된 문장으로 나타난 것을 말한다. 인칭과 시제는 간접화법이지만 어순은 직접화법에 가까운 혼합화법混合話法과 달리, 묘출화법에서 어순은 직접화법처럼 사용하되 인칭, 시제, 지시대명사 등에서는 간접화법의 규칙을 그대로 따른다. "아 저놈의 하늘이 이상하다"느니 "구름이 이상하다"느니 하는 문장은 화자(이양하)가 하늘과 구름을 보고 주어(경이)가 느낀 생각을 표현한 것이다. "어디 들어가 보자"니 "어디 한번 비틀어 보자"니 하는 문장에서 주어는 화자인 이양하가 아니라 어디까지나 경이이다.

이양하는 위 인용문 후반부에서 동음이의어를 살린 말장난을 구사한다. "경이 눈앞에서는 모든 것이 곧 한 경이요, 신비다. 그러면 이 모든 경이와 신비를 어떻게 탐색하지 않고……"에서 맨 앞의 '경이'는 건이의 형을 가리키지만 두 번째와 세 번째 '경이'는 '경이롭다'고 할 때의 바로 그 '경이驚異'이다. 이러한 말장난의 묘미를 살리고자 이양하는 일부러 한자어를 사용하지 않고 한글로만 표기한다. 같은 작품의 "경이는 어린 시인이다. 경이는 이르는 곳마다 경이와 기쁨을 발견한다"(56쪽) 역시 앞의 두 '경이'와 세 번째 '경이'는 발음은 같지만 그것이 의미하는 바는 서로 다르다.

이러한 말장난은 「늙어가는 데 관하여」에서도 엿볼 수 있다. 이양하는 공자가 『논어』의 위정爲政 편에서 말하는 '사십이불혹四十而不惑'에 대하여 높은 윤리적 경지를 인정하면서도 좀 더 생리학적으로 해석한다.

> 좀 더 까놓고 말하면 공자의 불혹의 경지도 단순한 분비선과 관련
> 시켜 생각할 수 있는 문제가 아닌가 한다. 혹하지 않는 대상은 한두
> 가지가 아닐 것이나 이성異性에 대하여 이성理性을 잃지 않는 것이 그
> 중에도 중요한 것이 됨은 틀림없는 일인데, 이 이성에 대한 이성은 분
> 비선의 쇠퇴에 반비례하여 자라는 것이기 때문이다. (236쪽)

위 인용문에서 이양하는 독자의 혼란을 피하고자 한자를 표기한다. 만약 「경이, 건이」에서처럼 한자를 표기하지 않았다면 말장난의 묘미는 좀 더 컸을 것이다. 그러나 마지막 "이성에 대한 이성"에서는 한자를 사용하지 않아 말장난의 묘미가 훨씬 크다. 이양하는 공자 같은 성인이 불혹의 경지에 도달한 데에는 분비선, 좀 더 정확히 말하면 남성 호르몬이나 테스토스테론 같은 내분비선의 생산이나 수치가 저하되면서 생기는 생리적 현상과 관련 있을 것이라고 생각한다.

한국 현대 문학사에서 수필의 대가로는 흔히 김진섭과 이양하 두 사람을 쌍벽으로 꼽는다. 여기에 한 사람을 더 추가한다면 1930년대 초엽부터 수필을 쓰기 시작한 피천득이 들어간다. 물론 이태준과 김기림을 비롯하여 김광섭, 양주동, 이희승, 김용준 등도 수필가로서 일가를 이루었다. 해방 후에는 김태길金泰吉·김형석金亨錫·안병욱安秉煜 같은 철학자들, 윤오영尹五榮·이어령李御寧 같은 문학가, 법정法頂·법륜法輪 같은 승려들이 한국 수필을 한 단계 높이는 데 크게 이바지하였다. 그러나 한국 현대 수필의 초석을 다진 '수필

이양하, 피천득과 함께 한국 수필 문학의 세 거봉 중 한 사람인 김진섭의 수필집 표지.

문학의 세 봉우리'라고 하면 흔히 김진섭, 이양하, 피천득을 꼽는 것이 보통이다.

김진섭의 수필은 『생활인의 철학』이라는 수필집 제목에서 엿볼 수 있듯이 다분히 철학적이고 명상적이고 관조적이다. 김기림은 수필을 "조반 전에 잠깐 두어 줄 쓰는 글"로 가볍게 생각했지만 김진섭의 수필을 읽고 나서 그러한 생각이 잘못되었다고 고백한 적이 있다. 김기림은 "아무것도 주지 못하는 한 편의 소설을 읽는 것보다 나는 오히려 함부로 씌어진 느낌을 주는 한 편의 수필은 인생에 대하여 문명에 대하여 어떻게 많은 것을 말하는지 모른다고 생각한다"[30]고 하였다. 김진섭의 수필은 구체적인 삶에서 시작하여 관조와 명상과 사색으로 이어진다. 다시 말해서 구체적인 생활에 뿌리를 두되 그 생활에서 삶의 의미를 성찰하여 어떤 보편적 속성을 찾아내려고 한다. 그의 수필 작품에 '~송頌', '~부賦', '~변辨', '~도道', '~설說', '~철학', '~예찬' 같은 작품이 유난히 많은 것은 바로 그 때문이다.

한편 피천득은 신변잡기적인 개인 경험을 다루는 수필을 즐겨 썼다. 예를 들어 「나의 사랑하는 생활」을 비롯하여 「서영이에게」, 「어느 날」, 「서영이」, 「서영이 대학에 가다」, 「딸에게」, 「서영이와 난영이」, 「외삼촌 할아버지」, 「인연」 같은 작품만 보아도 그의 수필은 개인의 경험에 바탕을 두고 있음을 알 수 있다. 이 점을 의식이라도 한 듯이 윤오영은 "수필은 '난蘭이요, 학鶴'이라고

---

30 김기림, 「수필·불안·가톨릭시즘」, 김학동·김세환 공편, 『김기림 전집 3: 문학개론/문학평론』(심설당, 1988), 109쪽.

했지만 사람에 따라서는 '피요, 눈물'이라고 할 수도 있다"고 말한다. 그는 계속하여 수필을 "'청초하고 몸맵시 날렵한 여인'이라고 했지만 때로는 남성적일 수도 있다. '수필은 중년 고개를 넘어선 사람의 글'이라고 했지만, 모든 것이 신기하고 청신하게 느껴지는, 때 안 묻은 소년의 글일 수도 있고, 인생을 회고하며 생을 거의 체념한 노경老境의 글일 수도 있다"고 하면서 피천득 수필의 한계를 지적한다.[31] 여기서 윤오영은 피천득이 「수필」에서 "수필은 청자 연적靑瓷硯滴이다. 수필은 난이요, 학이요, 청초하고 몸맵시 날렵한 여인이다"라고 한 말을 되받아 말하며 피천득의 수필이 지나치게 순수성에 무게를 둔다고 비판한다.

이양하는 김진섭과 피천득의 한중간에 서 있는 수필가이다. 이양하는 신변잡기적인 개인 수필에서 사회나 국가의 여러 현안 문제를 제기하고 개선을 촉구하는 계몽적 사회 수필에 이르기까지 그 스펙트럼이 무척 넓다. 실제로 한국 수필가 중에서 이양하처럼 그렇게 온갖 형식으로 삶의 여러 문제를 두루 다루는 수필가도 아마 찾아보기 쉽지 않을 것 같다. 그러나 그의 수필에서 가장 찬란한 빛을 내뿜는 것은 탐미주의적 감성을 유감없이 발휘할 때이고, 그것은 신변잡기적 개인 수필에서 가장 뚜렷이 드러난다. 한마디로 이양하는 한국 문학사에서 수필의 금자탑을 쌓은 기념비적인 인물로 길이 남게 될 것이다.

---

31 윤오영, 「수필 문학」, 『수필문학입문』 (태학사, 2001), 11쪽.

제 4 장

▼

번역가 이양하

이양하는 수필이나 시 같은 창작 작품에 가려 잘 드러나지 않지만 번역에도 깊은 관심을 기울였다. 그를 시인이라고 하면 아마 고개를 갸우뚱할 사람이 있을 터이지만 그를 번역가라고 하면 고개를 갸우뚱할 사람이 더 많을 것 같다. 물론 이양하는 살아 있을 때 번역 시집이나 번역 작품집을 단행본으로 출간한 적은 없다. 그러나 그는 평생 시와 수필을 쓰면서 틈틈이 번역에도 손을 댔다. 그의 번역 작업은 창작보다는 아무래도 영문학 연구의 일환으로 이루어졌다고 보는 쪽이 더 적절할 것이다.

이양하가 번역한 작품은 크게 다섯 곳에 흩어져 있다. 첫째는 그의 두 수필집 『이양하 수필집』(1947)과 『나무』(1964)에 실린 수필 작품 속에 전체나 일부가 인용되어 실려 있다. 둘째, 최재서가 편집하여 출간한 『해외서정시집』(1938)에 윌리엄 워즈워스의 작품 번역이 실려 있다. 셋째, 그를 추모하는 문집 『이양하 교수 추념문집』(1964)에도 그가 번역한 작품이 일부 실려 있다. 이양하는 문학 연구에 과학적 방법을 도입한 I. A. 리처즈의 『과학과 시』(1926)를 1932년에 일본어로 번역하여 『우타토가가쿠(詩と科學)』로 출간한 뒤 1947년에 다시 한국어로 번역하여 같은 제목으로 출간하였다. 그리고 마지막으로 이양하의 사후 그의 제자 이재호가 스승이 남겨 놓은 윌리엄 워즈워스 시 번역 유고를 정리하여 『워어즈워쓰 시집: 초원의 빛』(1964)이라는 제목으로 교양문화사에서 출간하였다. 그러므로 번역가로서의 이양하를 제대로 평가하려면 이렇게 다섯 곳에 흩어져 있는 작품을 모두 한데 모아서 살펴야 한다.

더구나 이양하의 번역 작업을 좀 더 체계적이고 종합적으로 파악하려면 그가 영문학 작품을 한국어로 번역한 작품뿐 아니라 한국문학 작품을 영어로 번역한 작품도 반드시 함께 다루어야 한다. 이 두 가지를 모두 검토하지 않고서는 번역가로서의 이양하에 대한 논의는 결코 충분하다고 할 수 없다. 한국의 영문학자로서는 보기 드물게 이양하는 원천 언어인 영어에서 목표 언어인 한국어로, 이와는 반대로 한국어를 원천 언어로 삼고 영어를 목표 언어로 삼아 양방향 번역을 시도하였다.

이양하의 번역관

이양하는 자국어로 창작한 작품 못지않게 외국문학 작품을 번역한 작품도 아주 중요하게 생각하였다. 두말할 나위 없이 번역은 자국의 문학에 위협적 요소가 되기보다는 오히려 그것을 더욱 풍요롭게 해 주는 역할을 하기 때문이다. 특히 그는 번역 시와 관련하여 "(창작 시 못지않게) 번역 시도 결코 소홀히 할 것이 아니라고 생각된다. 더욱이 우리에게 있어서 다 같이 가진 문학이 빈곤한 경우에 그러하다"[1]고 말한다. 1920~1930년대에 외국문학을 전공하던 조선의 지식인들 중에는 이양하처럼 번역 문학을 중시한 학자들이 적지 않았다.

일본에서 고등학교와 대학 학부와 대학원 과정을 밟은 이양하는 메이지(明治)유신 이후 일본문학이 어떻게 서구문학을 폭넓게 받아들이면서 발전해 왔는지 잘 알고 있었다. 그가 도쿄제국대학 문학부에 입학할 무렵 영국에서 유학한 나쓰메 소세키(夏目漱石) 같은 학자들은 이미 사망했지만 다른 유학파 교수들이 포진하고 있었다. 가령 영문학 전공 교수 이치카와 산키와 사이토 다케시(齋藤勇)를 비롯하여 독일문학 전공 교수 키무라 킨지(木村謹治), 프랑스문학 전공 교수 타츠노 타카시(辰野隆)와 스즈키 신타로(鈴木信太郎) 등이 바로 그들이다. 이양하가 대학원 과정을 밟은 교토제국대학의 다나카 히데나카(田中秀央) 교수도 옥스퍼드대학교에서 공부한 유학파 학자였다.

---

1 이양하, 「외국 시의 번역」, 정병조 외 편, 『이양하 교수 추념문집』 (민중서관, 1964), 66쪽.

1962년 정부에서는 대학 교수의 질적 향상을 꾀하고자 여러 방안을 마련하였고, 그중 하나가 교수의 업적을 평가하는 데 번역을 제외하는 방안을 고려하는 것이었다. 당시 서울대학교에서 발행하는 《대학신문》에서는 이와 관련하여 "교수 자격 심사 기준 중 연구 업적에서 번역 실적은 제외되리라는 데 이 점에 대하여 귀하의 의견은 어떠하십니까?"라는 물음으로 설문 조사를 실시하였다. 설문 조사에 참여한 이양하는 "부당하다고 생각한다"고 잘라 말한다. 그러면서 그는 "어떤 분야의 연구 없이 그 분야의 저서를 번역할 수 없을 것이고 번역함으로써 연구의 깊이를 더할 수 있기 때문이다"라고 밝힌다. 또 "저서와 번역서는 연구 업적으로 보아 반드시 구별되어야 한다고 생각하십니까?"라는 질문에도 이양하는 "구분해서 안 될 것은 없을 것이다. 그러나 번역서를 반드시 열위劣位에 놓는 구분은 타당치 않다고 생각한다. 번역서의 업적으로 보아 독자獨自의 저서보다 더 훌륭할 수 있고 교수의 실력을 더 잘 말하는 경우가 있을 수 있기 때문이다"라고 응답한다.[2] 설문 조사에 응한 사학자 이병도는 기본적으로는 이양하와 같은 태도를 취하되 번역서가 저서로 인정받으려면 반드시 역주가 붙어야 한다는 조건을 달았다.

그런데 문제는 외국의 문학 작품을 어떻게 번역하느냐에 달려 있다. 서로 다른 언어권에 속한 자국어로 쓴 시를 번역하기란 여간 어렵지 않기 때문이다. 오죽하면 미국의 '국민 시인'이라고 할 로버트 프로스트가 "시란 외국어로 번역하고 나서 남은 것"[3]이라 설파했겠는가. 그는 사실과 정보에 무게를 두는 산문과는 달라서 시는 다른 언어로는 좀처럼 번역할 수 없다고 생각하였다. 예로부터 이탈리아에서 "번역가는 곧 반역자"라고 하거나, 스페인의 철학

---

2 「앙케트: 서적에는 번역서도 포함」, 《대학신문》 (1962. 07. 02).
3 프로스트의 말을 좀 더 직역하여 옮기면 "시란 번역하는 과정에서 잃게 되는 그 무엇이다"가 된다. Louis Untermeyer, *Robert Frost: A Backward Glance* (Washington, DC: Library of Congress, 1964), p. 18.

자 호세 오르테가 이 가세트José Ortega y Gasset가 번역을 '배신행위'로 간주한 것도 이와 같은 맥락에서 이해할 수 있다.

이렇게 시를 번역하기가 무척 어렵다고 생각한 점에서는 이양하도 크게 다르지 않다. 한국 문학사에서 일찍이 서구 시를 번역한 안서岸曙 김억金億은 기회 있을 때마다 시를 번역한다는 것이 얼마나 어려운지 토로하였다. 이 점에서는 이양하도 김억과 크게 다르지 않아서 시 번역을 외과의사가 심장 수술하는 것에 빗댄다.

> 번역하여 제대로 시가 되게 한다는 것은 심장 수술을 하여 사람을 살리는 것처럼 지난至難한 일이다. 원래 바탕이 다르니만치 어떤 것은 천하없어도 산 시가 되지 않는다. 그러나 시에 따라서는 번역하여 쉬이 성공할 수 있는 것도 없지 않다. 유사한 사회 환경을 배경으로 하든가 사랑싸움, 우정, 인생의 무상無常 등을 주제로 하든가 또는 소위 원시심상原始心象으로 되어 있다든가 하는 경우에 그렇다 할 수 있다.[4]

의학이 발달한 요즈음과는 달라서 이양하가 이 글을 쓸 무렵만 하여도 심장병 환자가 수술에 성공하여 살아남기란 그렇게 쉽지 않았다. 그래서 그는 시 번역을 '지난한' 심장 수술에 빗댄 것이다. 여기서 '산 시'라는 구절을 주목해 볼 필요가 있다. 심장 수술을 받은 환자가 수술의 성공 여부에 따라 사망할 수도 있고 살아날 수도 있듯이, 번역도 번역가의 능력에 따라 '죽은 시'가 될 수도 있고, '산 시'가 될 수도 있다. 그러고 보니 발터 베냐민Walter Benjamin이 왜 한 작품이 번역을 통하여 '사후의 삶'을 보장받을 수 있을 뿐

---

4 이양하, 「외국 시의 번역」, 66쪽.

아니라 번역을 통하여 원작을 새롭게 파악할 수 있다고 말했는지 알 만하다.

이양하가 "원래 바탕이 다르니만치"라고 말하는 것은 외국어와 자국어의 구조가 다르기 때문이다. 독일의 언어학자 카를 빌헬름 폰 훔볼트Karl Wilhelm von Humboldt는 두 언어 사이에 어떤 낱말도 유의어적類義語的이거나 유사어적類似語的 관계를 맺을 뿐 엄밀한 의미에서 등가성이란 존재하지 않는다는 이유를 들어 번역의 불가능을 주장하였다.[5] 그에 따르면 동일한 대상을 지칭하는 두 언어의 낱말을 '말의 천칭' 위에 올려놓고 무게를 달면 어느 한쪽 접시로 기울 수밖에 없다. 가령 같은 인도유럽어족에 속한 영어와 독일어에서조차 그러할진대 한국어와 영어처럼 언어 계통이 전혀 다른 경우는 두말할 나위가 없을 것이다.

그러나 이양하는 훔볼트처럼 번역의 불가능성을 주장하지는 않는다. 시 작품 중에는 얼마든지 번역할 수 있는 작품이 있다고 보기 때문이다. 이양하는 그러한 작품으로 ① 두 언어권의 사회 환경이 서로 비슷하고, ② 사랑과 우정 같은 인류에 두루 통하는 보편적 주제를 다루며, ③ 원시시대부터 전해 내려온 인류 공통의 보편적 무의식에서 비롯하는 '원시심상(urtümliches Bild)'으로 구성된 경우를 든다. 이양하의 번역 이론은 극단적으로 번역 불가능성을 주장한 프로스트나 훔볼트의 번역 이론보다 훨씬 더 균형 잡혀 있고 바람직하다. 그것은 지금까지 번역이 세계 문학사에서 얼마나 중요한 역할을 해 왔는지만 보아도 잘 알 수 있다. 조금 과장해서 말한다면 문학의 역사란 곧 번역의 역사라고 하여도 크게 틀리지 않는다.

---

5 김욱동, 『번역인가 반역인가』 (문학수첩, 2007), 16~17쪽; 김욱동, 『번역의 미로: 번역에 관한 열두 가지 물음』 (글항아리, 2011), 81~83쪽.

토착어의 구사

이양하의 번역 중에서 가장 먼저 눈에 띄는 것 중 하나는 순수한 토박이 말을 한껏 살려 구사하려고 애썼다는 점이다. 한국어 낱말에서 한자어가 차지하는 비중은 줄잡아 70퍼센트 정도이다. 이러한 사정은 한자 문화권에 속하는 아시아의 대부분 국가도 크게 다르지 않다. 한국어 낱말 중 나머지 30퍼센트는 순수한 토박이말이다. 흥미롭게도 영어도 30퍼센트 정도가 앵글로 색슨 토착어인 반면, 나머지 70퍼센트는 고대 그리스어나 라틴어에서 파생된 것이다. 토박이말은 오랫동안 그 나라나 고장에서 써 온 말로 흔히 토착어나 고유어라고도 부른다. 한편 토속어는 넓은 의미에서는 토착어에 속하지만 좀 더 엄밀하게는 특정 지방의 독특한 풍토를 반영하는 말로 사투리 같은 향토 방언과 가까운 개념이다. 그러므로 토착어는 한자어와 일본어·서구어 등의 외래어에 대한 상대 개념이고, 토속어는 표준어의 상대 개념으로 간주하는 것이 옳다.

그렇다면 한국어에서 토착어와 한자어는 어떻게 다를까? 어머니 무릎에서 자연스럽게 습득하는 토착어는 감각적이고 극적인 성격이 강한 반면, 사회화 과정에서 학습하는 한자어는 관념적이고 추상적인 성격이 강하다. 다시 말해서 전자는 함축성이 짙고 후자는 지시성이 짙다. 그래서 시인을 비롯한 문학가들은 감각적이고 극적이며 함축적인 토착어를 구사하려고 해 왔다. 예를 들어 같은 한국어 낱말이라도 '어머니'라는 순수한 토착어와 '모친母親'이라는 한자어, '오누이'라는 토착어와 '남매男妹'라는 한자어 사이에는 지시적 의미는 비록 같을지 몰라도 함축적 의미에서는 큰 차이가 난다.

평안남도 강서 출신인 이양하는 시와 수필 작품에서 토속어를 즐겨 사용하는 한편, 될 수 있는 대로 외래어를 피하고 순수한 토착 한국어를 사용하려고 노력해 왔다. 그런데 그의 이러한 언어 구사는 번역 작품에서도 마찬가지로 쉽게 엿볼 수 있다.

하늬바람 네 언제 불어
그 가는 가랑비 내리려나
오오 내 님 품에 안고
다시 자리에 들고지고[6]

Western wind when wilt thou blow
That the small rain down can rain?
Christ, that my love were in my arms
And I in my bed again!

위 인용문은 16세기 초엽 영국에서 널리 유행하던 민요이다. 이 작품의 시적 화자 '나'는 여성보다는 남성으로 보는 쪽이 더 합리적일 것 같다. 두 번째 행의 정확한 해석을 두고 학자들 사이에서는 아직 의견이 서로 엇갈린다. 시적 화자가 단순히 가랑비가 내리기를 바라는 것으로 해석하는 학자들도 있다. 두 연인은 가랑비가 내리는 날 만나기로 서로 약속했는지도 모른다. 한편 사랑하는 여성과 멀리 떨어져 있는 시적 화자가 연인이 가랑비가 되어 내려 자신의 두 팔에 안겨 함께 잠자리를 같이하기를 바라는 것으로 해석하는 학자들도 있다. 어찌 되었든 오래전부터 구전되어 내려오는 전래 민요가 흔히 그러하듯이 이 작품도 자못 에로틱하다. 어니스트 헤밍웨이Ernest Hemingway의 『무기여 잘 있어라』(1929)에서 주인공 프레드릭 헨리는 이탈리아 전선에서 탈영한 뒤 비가 주룩주룩 내리는 어느 날, 화물 기차에 몰래 올

---

6 이양하, 「외국 시의 번역」, 67쪽.

라타고 가면서 이 시를 읊조리며 밀라노에 두고 온 연인 캐서린 바클리를 그리워한다.

이양하는 첫 행에서 'western wind'를 그냥 '서풍'이라고 옮기는 대신 '하늬바람'이라는 토박이말로 옮겼다. 서쪽에서 불어오는 바람을 '하늬바람'이라고 하는 것은 예로부터 뱃사람들이 서쪽을 '하늬'라고 불렀기 때문이다. 남쪽을 '마'라고 부른 옛 뱃사람들이 남쪽에서 불어오는 바람을 '마파람'이라고 한 것과 비슷하다. 이렇듯 바다를 삶의 터전으로 삼고 살아온 뱃사람들은 바람의 방향에 무척 민감하였다. 이양하가 이 민요를 번역하면서 만약 '서풍'이라고 했더라면 이렇다 할 감흥을 불러일으키지 않았을 터이지만 '하늬바람'이라고 번역하니 서쪽에서 불어오는 서늘하고 건조한 바람이 마치 피부에 와닿는 듯하다. 여름이 지나면서 하늬바람이 불면 곡식이 여물기 시작한다. 퍼시 비시 셸리의 유명한 시 "Ode to the West Wind"를 '서풍부西風賦'나 그것을 풀어서 '서풍에 바치는 노래'로 옮겨 왔지만 어느 누구도 '하늬바람'으로는 옮기지 않았다.

또한 이양하는 'small rain'을 세우細雨나 삽우霎雨 같은 한자어로 옮기지 않고 역시 토박이말인 '가는 가랑비'로 옮긴다. 그냥 '가랑비'라고 하여도 될 텐데도 그는 힘주어 말하려고 군이 '가는'이라는 형용사를 덧붙여 놓는다. 물론 '가' 소리를 반복하여 음악적 효과를 자아내고 운율을 맞추려고 그렇게 했을지도 모른다. 원문 시에서도 "small rain down can rain"이라고 'rain'이라는 낱말을 주어 명사와 동사로 반복하여 사용한다.

이렇게 이양하가 토착어를 살려 번역하는 것은 셋째 행에서도 마찬가지이다. 놀라움이나 노여움 등을 나타내는 감탄사 'Christ'를 '오오'라고 옮긴 것이 놀랍다. 영어에서는 'Christ' 말고도 흔히 'Jesus Christ!'나 그것을 줄여서 그냥 'Jesus!'라고 말한다. 이러한 감탄사는 흔히 불쾌한 감정을 드러낼 때 사용하지만 이양하는 간절한 소망을 드러내는 '오오'로 옮긴다. 더구나 그가 'love'를 '사랑'이나 '사랑하는 사람' 또는 '연인'으로 옮기는 대신 토착어 '님'으로 옮긴 것도 새롭다. 특히 한국인에게 '님'은 한용운의 「님의 침묵」에서 볼 수 있듯이 조국, 이상적 존재, 절대적 개념, 연인, 독자 등 의미장意味場이 무척 넓다.

마지막 행에서도 이양하가 'in my bed'를 '내 침대에'라고 옮기지 않고 '자리에'로 옮긴 것도 토착어를 살린 탁월한 번역이다. 물론 그가 이 시를 번역할 당시 침대를 사용하는 조선인은 거의 없다시피 하였다. 그래서 지금도 그러하지만 당시 한국어 어법에서는 '(잠)자리에 들다'라는 말로 취침 행위를 표현하기 일쑤였다. 이양하의 번역에서 가장 감칠맛 나는 것은 뭐니 뭐니 하여도 마지막 행 "다시 자리에 들고지고"의 '들고지고'이다. 이 구절에서는 "달아 달아 밝은 달아"로 시작하는 전래 동요의 끝부분 "초가삼간 집을 짓고 / 양친부모 모셔다가 / 천년만년 살고지고"에서 '살고지고'가 떠오른다.

이양하가 토착 모국어를 살려 번역하는 것은 비단 전래 민요에만 그치지 않는다. 순수한 토착어 구사는 현대 영국 시단에 혁명적 변화를 불러일으켰다고 흔히 평가받는 T. S. 엘리엇의 작품에서도 엿볼 수 있다. 다음은 이양하가 엘리엇의 「황무지」(1922) 첫 구절을 번역하여 「봄을 기다리는 마음」이라는 수필 첫머리에 인용한 것이다.

> 4월은 몹쓸 달
> 죽은 땅에서 라일락 길러 내고
> 회억과 소망 한데 버무리며
> 우둔한 뿌리를 봄비로 흔든다[7]

---

7 이양하, 「봄을 기다리는 마음」, 이양하 저, 송명희 편, 『이양하 수필 전집』(현대문학사, 2009), 80쪽.

April is the cruellest month, breeding

Lilacs out of the dead land, mixing

Memory and desire, stirring

Dull roots with spring rain.

엘리엇의 「황무지」를 한국어로 처음 번역한 사람은 흔히 시인 박용철로 알려져 있다. 1935년 《신동아》에 기고한 글에서 그는 현대 영국의 젊은 시인들을 다루면서 434행에 이르는 장시 중 극히 일부(60~65행)를 번역하여 소개하였다.[8] 엄밀히 말해서 번역이라고는 볼 수 없고 다만 몇 행을 번역하여 소개했을 뿐이다. 그러나 박용철이 이 작품의 제목을 '황무지'가 아닌 '황폐국

이양하가 존경했던
미국 태생의 영국 시인 T. S. 엘리엇.
이양하는 한국에도 엘리엇 같은
시인이 나타나기를 염원하였다.

---

8 박용철, 「현대 영국의 젊은 시인들」, 《신동아》 5권 8호 (1935), 155~156쪽. 이양하는 I. A. 리처즈의 『시와 과학』을 번역하면서는 엘리엇의 작품 제목을 '황폐荒廢의 나라'로, 「조선 현대시 연구」에서는 박용철처럼 '황폐국'으로 번역하였다. 이양하, 「조선 현대시 연구」, 『이양하 미수록 수필선』 (중앙일보사, 1978), 177, 178쪽.

荒廢國'으로 번역했다는 점은 주목할 만하다. 이재호를 비롯한 영문학자들은 작품 속에 등장하는 '어부왕漁夫王'의 전설을 들어 지금 널리 쓰이는 제목보다는 박용철이 사용한 제목을 사용할 것을 제안하였다.

한국에서 「황무지」를 완역한 것은 해방 후의 일로 1949년 1월 고려대학교 영문학과 교수 이인수李仁秀가 번역하여 《신세대》에 발표하였다. 이양하의 번역과 이인수의 번역을 비교해 보면 이양하가 얼마나 한자어를 피하고 한국의 토착어를 구사하려고 했는지 알 수 있다.

> 사월四月은 잔인殘忍한 달이라
> 황폐荒廢한 땅에서도 '라일락'은 크고
> 추억追憶과 정욕情欲을 뒤섞으면서
> 잠든 뿌리를 봄비로 깨우쳐 준다.[9]

엘리엇이나 영문학은 잘 몰라도 봄이 되면 "사월은 잔인한 달"을 입에 올리는 사람이 있을 만큼 인구에 회자되는 구절이다. 첫 행에서 이인수가 한자어 '잔인한'이라고 옮긴 것을 이양하는 '몹쓸'이라는 토착어로 옮겼다. '몹쓸'이란 악독하고 고약한 것을 가리키는 말로 16세기 문헌에도 나타난다. 한편 일본에서는 "四月は殘酷な月"에서처럼 '잔코구나(殘酷な)'라는 형용사를 사용하여 옮긴다. 두 번역가 모두 원천 텍스트의 최상급을 번역하지 않고 그냥 넘어간 것이 흥미롭다면 흥미롭다. 그러나 영어 같은 서구어와는 달리 한국어에서는 좀처럼 최상급을 사용하지 않는다는 점을 염두에 두면 이해가 간다.

이러한 사정은 둘째 행에서도 마찬가지이다. 이인수가 "황폐한 땅에서도

---

9 엘리엇, 이인수 역, 「황무지」, 《신세대》 30호 (1949.01), 62~68쪽; 이인수 저, 이성일 · 이성원 편, 『한국에서의 영문학: 1940년대 한국 사회와 문학』 (한국문화사, 2020).

'라일락'은 크고"라고 번역했지만 이양하는 "죽은 땅에서 라일락 길러 내고"로 옮긴다. 그런데 '황폐한 땅'보다는 아무래도 '죽은 땅'이라는 토착어를 살린 표현이 감각적이어서 더 실감이 난다. 무심코 지나칠 수도 있지만 'breeding'은 '크고'보다는 '길러 내고'나 '키워 내고'가 원천 텍스트에 더 가깝다.

이양하와 이인수는 셋째 행의 번역에서도 차이를 드러낸다. 이인수가 "추억과 정욕을 뒤섞으면서"라고 옮긴 반면, 이양하는 "회억과 소망 한데 버무리며"로 옮겨 놓는다. '추억'과 '회억'은 의미에서 크게 차이가 없지만 '정욕'과 '소망'은 의미에서 차이가 크다. 전자의 번역에서는 원문의 'desire'를 조금 과장해서 번역한다면 후자의 번역에서는 조금 과소하여 번역한다. 원문 'mixing'을 이인수는 '뒤섞으면서'로 번역하고, 이양하는 '버무리며'로 번역한다. 얼핏 이 두 낱말은 이렇다 할 차이가 없어 보이지만, '버무리며'에서는 나물을 온갖 양념으로 뒤섞어 반찬을 만들듯이 여러 가지를 한데 혼합한다는 이미지가 좀 더 강하게 느껴진다. 또한 사용한 시기로 보더라도 '뒤섞다'는 비교적 최근에 쓰이기 시작했지만 '버무리다'는 15세기부터 쓰일 만큼 역사가 오래되었다.

마지막 행에서도 이양하와 이인수의 번역은 적잖이 다르다. "stirring / Dull roots with spring rain"은 제프리 초서Geoffrey Chaucer의 『캔터베리 이야기』 전체 서곡의 첫머리와 아주 비슷하다. 이양하는 "우둔한 뿌리를 봄비로 흔든다"로 번역한 반면, 이인수는 "잠든 뿌리를 봄비로 깨우쳐 준다"로 번역한다. 여기서는 이양하의 번역보다는 이인수의 번역이 더 낫다. '우둔한 머리'라고 하면 몰라도 '우둔한 뿌리'는 어딘지 모르게 걸맞지 않다. 한겨울에 죽은 것처럼 지내던 식물의 뿌리가 봄비가 내리자 다시 생명을 되찾는 모습을 묘사하는 표현으로는 '잠든 뿌리'가 훨씬 더 잘 어울린다. 이양하는 '우둔한'에 상응하도록 '흔든다'는 동사로 옮기고, 이인수는 '잠든'에 걸맞게

'깨우쳐 준다'로 옮긴다. 이양하가 지금까지 토착어를 구사하다가 왜 갑자기 마지막 행에 이르러서는 '우둔한'이라는 한자어를 사용하는지 조금 의아하지 않을 수 없다.

자국화 번역

이양하의 번역에서 가장 돋보이는 것은 번역 연구 또는 번역학에서 흔히 말하는 '자국화自國化 번역'을 처음 본격적으로 시도했다는 점이다. 한국 번역 문학사에서 이양하만큼 자국화를 시도하여 성공을 거둔 번역가를 찾아보기란 쉽지 않다. 잘 알려진 것처럼 번역 방식은 '자국화'와 '이국화異國化'의 두 갈래로 크게 나뉜다. 이 두 번역 방법의 역사를 거슬러 올라가다 보면 독일의 신학자요 번역가인 프리드리히 슐라이어마허Friedrich Schleiermacher를 만나게 된다. 1813년 그는 한 강연에서 "(번역하는) 방법에는 오직 두 가지가 있을 뿐이다. 저자를 될수록 본래 자리에 그대로 두고 독자를 저자 쪽으로 끌어오든지, 아니면 독자를 본래 자리에 그대로 두고 저자를 독자 쪽으로 끌어오든지 하는 것이다"라고 밝혔다. 그런데 로렌스 베누티Lawrence Venuti는 이 두 가지 방법에 각각 '이국화(foreignization)'와 '자국화(domestication)'라는 명칭을 붙였다.[10] 쉽게 말해서 이국화 번역이란 낯설면 낯선 대로 원천 텍스트에 충실하게 옮기는 번역 방식을 말하고, 자국화

---

10 Friedrich Schleiermacher, "On the Different Methods of Translating," in *Theories of Translations: An Anthologies of Essays from Dryden to Derrida*, ed. Rainer Schulte and John Biguenet (Chicago: University of Chicago, 1992), pp. 36~54; Lawrence Venuti, The Translator's Invisibility: A History of Translation (London: Routledge, 1995), pp. 1~34; 김욱동, 『번역의 미로: 번역에 관한 열두 가지 물음』 (글항아리, 2011), 213~229쪽.

번역이란 목표 텍스트 독자가 이해하기 쉽도록 자국의 언어와 문화에 가깝게 옮기는 번역 방식을 말한다.

이양하는 서로 대척점에 있는 이 두 번역 방식 중에서 자국화 번역 방식을 선호하였다. 그래서 그의 번역을 읽다 보면 마치 한국의 시인이 직접 쓴 것 같은 느낌을 흔히 받는다. 이양하가 번역한 서정시 몇 편을 보면 그가 자국화 번역에 얼마나 깊은 관심을 기울였는지 쉽게 알 수 있다.

가지 위에 우는 파랑새야

우지 말라 내 가슴 메일라

너 울면 나 버리고 가신 님

날 사랑턴 그 옛날 생각난다[11]

Thou'll break my heart, thou bonnie bird,

That sings upon the bough;

Thou minds me of the happy days

When my false love was true.

위 인용문은 18세기 스코틀랜드의 민요시인 로버트 번스Robert Burns의 작품 「둔 언덕(The Banks o' Doon)」의 둘째 연을 옮긴 것이다. 흔히 '스코틀랜드의 셰익스피어'로 일컫는 번스는 구수한 스코틀랜드 방언을 사용하여 농민들의 소박한 감정을 표현한 것으로 유명하다. 첫 행 'bonnie bird'는 '귀여운 새' 또는 '예쁜 새'라는 뜻이다. 그렇다면 이양하는 도대체 왜 '파랑새'로 번역했을까? 두말할 나위 없이 한국 독자들에게 좀 더 친근한 맛을 살려 전

---

11 이양하, 「외국 시의 번역」, 67쪽.

달하려고 했기 때문이다. '파랑새'는 "달아 달아 밝은 달아"로 시작하는 민요와 함께 쌍벽을 이루는 전래 민요로 주로 어린이들에게 널리 애창되던 노래와 맞닿아 있다. "새야 새야 파랑새야 / 녹두밭에 앉지 마라 / 녹두꽃이 떨어지면 / 청포장수 울고 간다." 조선 시대 말엽 동학농민운동 때 애창되어 참요讖謠로도 받아들이는 민요이다.

이양하의 자국화 번역은 그다음에 이어지는 행에서 좀 더 뚜렷하게 드러난다. 영어를 비롯한 서구어에서는 새가 '노래한다(sing)'고 말한다. 가령 독일어에서는 'singen'라고 하고, 프랑스에서는 'chanter'라고 하며, 이탈리아에서는 'cantare'라고 한다. 그러나 동양 문화권에서는 새가 '운다'고 하지 새가 '노래한다'고는 좀처럼 말하지 않는다. 새[鳥]가 입[口]을 쩍 벌리고 소리를 내는 모습을 형상화한 '울 명鳴' 자를 보면 분명해진다. 비단 새만이 아니라 닭이 짓는 것은 '명계鳴鷄', 개구리가 소리 내는 것은 '명와鳴蛙', 매미가 소리 내는 것은 '명선鳴蟬'이라고 한다. 심지어 북소리는 '명고鳴鼓'라고 하고, 베 짜는 북소리는 '명사鳴梭'라고 할 정도이다.

이렇듯 사물과 현상을 인식하는 방법에서 동양과 서양은 저마다 다르다. 자국화를 지향하는 번역 방식에서는 원천 문화 쪽보다는 목표 문화 쪽에 훨씬 더 무게를 둔다. 그래서 이양하는 "노래하지 말라 나를 비탄에 빠뜨릴라"로 옮기는 대신 "우지 말라 내 가슴 메일라"로 옮긴다. 그것으로도 모자라 그는 원천 텍스트에 없는 구절을 덧붙여 "너 울면……"이라고 다시 한번 되풀이한다.

마지막 두 행 "너 울면 나 버리고 가신 님 / 날 사랑턴 그 옛날 생각난다"도 자국화 번역으로 볼 수 있다. 원천 텍스트 그대로 옮긴다면 "너는 행복한 날들을 생각나게 하는구나 / 내 사랑이 나를 배반하기 전 날들을" 정도로 옮길 수 있을 것이다. 그러나 이양하는 한국어 시가에서 그동안 자주 사용해 온 '님'이라는 낱말을 구사한다. 원문 'false love'도 '거짓된 사랑'이나 '믿지 못할 연인'으로 옮겼다면 시적 감흥이나 시적 긴장이 지금보다 훨씬 떨어졌을 것이다. 사랑하던 사람을 배반했을망정 '거짓'이나 '믿지 못할'이라고 드러내 놓고 원망하는 것은 한국인의 정서에 들어맞지 않는다. 김소월이나 정지용의 작품에서 흔히 볼 수 있듯이 동양 문화권에서는 애이불비哀而不悲, 즉 비록 속으로는 슬퍼할망정 겉으로는 슬픔을 나타내지 않는 것이 미덕이다.

다음은 이양하가 18세기 말엽에서 19세기 초엽에 걸쳐 활약한 영국 시인 월터 새비지 랜더의 작품을 번역한 것이다. 이양하는 일찍이 그의 평전을 집 필할 만큼 이 시인에게 관심이 많았다. 랜더는 고대 그리스의 여성 시인 사포 Sappho의 짤막한 시구에서 암시를 받아 1806년에 이 작품을 쓴 것으로 알 려져 있다.

어머님, 물레가 돌아가지 않아요
손가락이 아프고 입술이 마르고요
오오 어머니 내 아픈 가슴 아셨으면
그러나 누가 오 이처럼 아팠을라고요

다른 뭇 사내 농락할지 모르나
인제 그이는 의심할 수 없어요
그는 언제나 내 눈 까맣다 하고
가끔 내 입술 진정 곱다고 해요[12]

Mother, I cannot mind my wheel;

---

[12] 이양하, 「외국 시의 번역」, 68쪽. 사포의 시구는 "Mother I cannot work the loom, filled by Aphrodite with love of a slim boy"였다. 사포의 시구와 랜더의 시구는 시적 화자와 시적 상황 등에서 비슷하다.

My fingers ache, my lips are dry:

O, if you felt the pain I feel!

But O, who ever felt as I?

No longer could I doubt him true……

All other men may use deceit;

He always said my eyes were blue,

And often swore my lips were sweet.

원문 첫 행의 'Mother'는 돈호법이어서 이양하가 '어머니'라고 옮기지 않고 경어를 써서 '어머님'으로 옮긴 것은 부모를 공경하는 한국 문화를 고려한 자국화 번역이다. 영어에도 나름대로 경어체가 있지만 한국어처럼 그렇게 발달되어 있지는 않다. 셋째 행의 'you'를 평어체로 '어머니'라고 옮겼지만 만약 '당신'이라고 옮겼더라면 지금보다 훨씬 더 감칠맛이 났을 것이다.

셋째 행 "O, if you felt the pain I feel"을 이양하는 "오오 당신께서 내가 느끼는 고통을 느끼신다면"이라고 번역하지 않고 "오오 어머니 내 아픈 가슴 아셨으면"이라고 옮긴 것도 자국화를 염두에 둔 번역이다. 한국어에서는 주로 신체 기관에 빗대어 감정을 표현하기 일쑤이다. 가령 질투심이 나는 것을 '배가 아프다' 또는 '배알이 꼬이다'느니, 몹시 싫은 것을 '치가 떨리다'느니, 매우 걱정하는 것을 '애태우다'느니, 불쾌하여 기분이 상하는 것을 '비위에 거슬리다'느니 하고 말하는 것이 좋은 예이다. 그러므로 단순히 '고통을 느낀다'고 옮기는 것보다는 '가슴이 아프다'로 옮기는 쪽이 한국어와 한국 문화를 염두에 둔 번역이다.

이러한 자국화 번역은 둘째 연에 이르러 좀 더 분명하게 드러난다. 셋째 행과 넷째 행에서는 시적 화자의 눈이 '푸르다'고 말하고, 입술이 '달콤하다'고 말한다. 그러나 이양하는 영어 어법이나 영국 문화를 무시한 채 한국어 어법이나 문화에 걸맞게 "그는 언제나 내 눈 까맣다 하고 / 가끔 내 입술 진정 곱다고 해요"로 옮긴다. 한국 문화권에서 여성의 눈이 '푸르다'고 하면 색목인色目人이라고 하여 외국 사람으로 취급받을 수도 있다. 이와 마찬가지로 입술도 '달콤하다'고 하면 입맞춤하는 행동을 노골적으로 드러내는 것이어서 은근과 끈기를 덕목으로 삼는 한국인들에게는 그다지 적절하지 않다. 그래서 이양하는 부사를 사용하여 '진정 곱다'고 옮긴 것이다.

그러나 아쉽게도 이양하는 이 작품을 번역하면서 오역한 곳이 더러 눈에 띈다. 가령 원천 텍스트의 첫 연 첫 행 "Mother, I cannot mind my wheel"은 시적 화자 '나'가 어머니에게 물레가 고장 나서 잘 돌아가지 않는다고 불평하는 말이 아니라 이제는 더 물레로 실을 잣기 싫다고 푸념을 늘어놓은 말이다. 지금 '나'는 사랑하던 남자한테서 배신당한 상태에서 물레로 실을 잣는 일이 손에 잡히지 않기 때문이다. 다시 말해서 지금 화자가 신경을 쓰는 것은 물레가 아니라 한 젊은 남자이다. 지금도 크게 다르지 않을 터이지만 당시에는 젊은 여성이 사랑과 관련하여 고민이 있으면 흔히 어머니나 친한 친구에게 털어놓고 상의하기 일쑤였다.

번스의 작품이 흔히 그러하듯이 이 작품도 19세기 초엽에 널리 사용되던 관용적 표현을 즐겨 사용한다. 가령 "어머님, 물레가 돌아가지 않아요 / 손가락이 아프고 입술이 마르고요"라는 구절은 축어적으로 받아들여서는 자칫 이 작품의 묘미를 놓칠 수 있다. 19세기 초엽 "Mind your wheel"이라는 표현은 "네 일이나 신경 써" 또는 "네가 상관할 바 아니야"라는 뜻의 관용어로 널리 쓰였다. 요즈음에도 런던의 지하철이나 길거리에서 발걸음을 조심하라는 경고문으로 "Mind your step"라는 구절을 보게 된다.

또한 "My lips are dry"라는 표현도 입술이 말랐다는 축어적 의미 못지않게 젊은 연인들이 상대방에게 키스를 해 달라고 은근히 유혹하는 관용어였다. 상대방이 오랫동안 키스를 해 주지 않았다는 사실을 에둘러 '입술이 말랐다'고 말하는 표현이다. 이 관용어는 1920~1930년대까지도 영국이나 미국의 젊은이들 사이에서 사용되었다. 당시의 관용어를 접어 두고라도 이양하가 "어머님, 물레가 돌아가지 않아요"라고 번역한 것은 아무래도 오역으로 볼 수밖에 없다.

이양하의 이러한 오역은 둘째 연에서도 엿볼 수 있다. 첫 연이 시적 화자의 에로틱한 열정에 초점을 맞춘다면, 둘째 연은 화자가 느끼는 차분한 후회와 자기반성에 초점을 맞춘다. 둘째 연의 의미를 제대로 파악하려면 랜더가 구사하는 동사를 좀 더 찬찬히 눈여겨보아야 한다. 둘째 행에서는 가능성을 시사하는 'may use'를 사용하지만 나머지 세 행의 동사는 하나같이 과거형으로 되어 있다. "다른 뭇 사내 농락할지 모르나"에서 농락의 대상은 시적 화자 '나'이다. 다른 사내들은 모두 화자를 속일지 모르지만 화자가 그동안 사랑해 온 사내만은 그럴 리가 없다고 말한다. 셋째 행의 'said'는 사실을 진술하는 동사이지만 넷째 행의 'swore'는 의견을 표명하는 동사이다. 그러므로 둘째 연의 첫 행 "No longer could I doubt him true……"를 이양하처럼 "인제 그이는 의심할 수 없어요"라고 옮기면 반대 뜻이 되고 만다. 전에는 그의 달콤한 말에 속아 넘어갔지만 이제는 더 그 사내를 믿을 수 없다는 뜻이기 때문이다. 그렇게 해석해야만 첫 연에서 화자가 어머니에게 이제는 더 물레를 돌리기 싫다고 푸념을 늘어놓는 이유가 밝혀진다. 랜더는 첫 연에서는 시적 상황의 결과를 진술하고 둘째 연에 이르러서는 그 결과가 가져온 원인을 설명한다.

그런데 이양하의 번역에는 자국화가 조금 지나친 경우도 없지 않다. 가령 에즈라 파운드Ezra Pound의 「Portrait d'une Femme」을 번역한 「한 여인의 초상」은 이러한 경우를 보여 주는 좋은 예라고 할 만하다. 이 번역처럼 자국화 번역이 지나치면 오히려 이국화 번역보다도 이해하기가 어렵다.

그대 마음과 그대는 우리의 박해薄海,
'런던'이 이 20년래 그대를 스치고
반짝이는 배들은 이것저것을 그대 것으로 남겼다 —
여러 가지 생각, 낡은 항담巷談, 잡동사니 물건,
이상한 단편의 지식, 그리고 퇴색한 귀중품들.[13]

Your mind and you are our Sargasso Sea,
London has swept about you this score years
And bright ships left you this or that in fee:
Ideas, old gossip, oddments of all things,
Strange spars of knowledge and dimmed wares of price.

아무리 사전을 찾아보아도 첫 행의 '박행'이 무엇을 의미하는지 도무지 알
수 없다. 중국 사전에는 '到达海边', 즉 드넓은 지역이나 바다에 이르는 길
로 풀이되어 있다. 아무리 생각해 보아도 '박해'는 'Sargasso Sea'의 번역
으로는 걸맞지 않다. 그렇다면 '薄海'는 '藻海'의 오식으로밖에는 볼 수 없
다. 한국어 사전이나 일본어 사전에 '藻海'는 "북대서양 북위 20~35도, 서
경 30~70도의 넓은 지역에 걸쳐 있는 바다"로 나와 있다. 이에 덧붙여 모자
반류의 해조가 떠 있고 바람도 약하여, 항해하기 어렵기 때문에 '마魔의 해
역'이라고 부른다고 풀이되어 있다. '조해'는 서인도 제도 북동쪽에 위치한
사르가소해海를 가리키는 것이 분명하다. 이양하도 "Sargasso Sea란 것은
West Indies Islands 북동부 일대의 해역으로서 여기는 바다가 거칠지 않
아 'Sargassum'이란 종류의 해조가 떠다니고 있는 곳이다. 해조가 있느니만

---

13 이양하, 「영시 감상: Ezra Pound」, 『이양하 교수 추념문집』, 91~92쪽.

치 바다에 표류하는 여러 가지 물건이 걸려들고 쌓이게 마련이다"[14]라고 말한다.

　이양하는 이 작품을 파운드의 「공원(Garden)」처럼 한 여성을 묘사하는 작품으로 이해한다. 이 점과 관련하여 이양하는 "시인은 여기서 사교계의 한 hostess로서 문인, 정객, 예술가 등을 맞아들이는 것을 일삼는 상류계급의 한 여인을 묘사한 것인데 이 여인은 자기 것이라고 할 생활 내용을 갖지 못하고 수동적 태도를 갖고 있는데 「공원」에서 묘사한 여인과 비슷하다"[15]고 하였다. 그러나 「한 여인의 초상」은 '시에 관한 시'로 말하자면 자기 반영적 작품이다. 파운드는 이 시에서 영어로 흔히 '뮤즈'로 일컫는 예술의 여신 '무사이', 좀 더 자세히 말해서 현대시의 무사이의 성격과 힘을 노래한다.

　파운드는 20세기의 시를 바다에 표류하는 온갖 물건이 해조류에 걸려 쌓이는 사르가소해에 빗댄다. 현대 시인들은 "여러 가지 생각, 낡은 항담, 잡동사니 물건, / 이상한 단편의 지식, 그리고 퇴색한 귀중품들"을 소재로 삼아 시를 짓는다. 말하자면 파운드가 노래하는 여성은 시인에게 영감을 줄 뿐 아니라 온갖 이야기나 물건을 간직했다가 되돌려주는 사르고사해의 역할을 한다. 여기서 '그대'가 무사이를 의미한다는 것은 마지막 두 행에서 파운드가 "참말로 그대 것이랄 것이 하나도 없다. / 그러나 이것이 그대다"라고 역설법을 구하여 노래하는 데에서 단적으로 엿볼 수 있다. 시인은 삶의 온갖 소재로 시를 창작하지만 그 소재는 시가 되는 순간 소멸하고 만다. 시 창작 과정은 마치 포도 열매로 포도주를 만드는 화학반응과 같다.

---

14 이양하, 앞의 글, 93쪽.
15 이양하, 앞의 글, 94쪽.

시의 어조와 번역

이양하가 영시를 한국어로 번역하면서 중요하게 고려한 것 중 하나는 시의 어조를 살리는 것이었다. 일상 대화에서도 어떠한 어조를 사용하느냐가 중요할진대 하물며 언어를 최대한 효과적으로 구사해야 하는 시에서는 더할 나위가 없을 것이다. 문학 작품에서 어조는 ① 화자의 유형, ② 피화자 또는 청자에 대한 화자의 태도, ③ 화자의 감정 상태, ④ 대상에 대한 화자의 태도 등 크게 네 가지 측면에 따라 달라진다. 항목 ①에 따른 어조로는 남성적이나 여성적 또는 중성적이 될 수 있고, 항목 ②에 따른 어조로는 권유, 명령, 기원, 예찬, 설득, 호소, 선동, 공감 등이 될 수 있다. 항목 ③에 따른 어조에는 격정, 침착, 낙천, 절망, 영탄, 관조, 환희, 애상, 소망, 체념, 비판, 자조, 냉소, 초연 등이 속한다. 그런가 하면 항목 ④에 따른 어조에는 호의, 적의, 긍정, 부정, 비판, 동정, 연민, 풍자, 냉소 등이 포함된다.

이양하는 「소월의 진달래와 '예이츠'의 꿈」이라는 글에서 시 작품에서 어조가 얼마나 중요한지 역설한다. 「진달래꽃」을 두고 이양하는 "소월의 시 가운데 가장 널리 애송되는 시이다. 아름답고 잘된 시로 되어 있다"고 말한다. 그러면서 이양하는 곧이어 "이것이 왜 아름답고 잘된 것인가는 들은 일이 없다. 첫째, 많은 독자가 이 시의 주인공을 사내로 읽는 모양인데 이것은 이 시의 '톤tone'을 가리지 못하는 오해라고 생각한다. 이 시에서 말하고 있는 사람은 사내가 아니고 여자다"라고 지적한다[16] 이 작품의 시적 화자는 남성이 아니라 어디까지나 여성이고, 이렇게 화자를 남성으로 잘못 간주한 것은 작품의 어조를 제대로 파악하지 못했기 때문이라는 것이다.

그런데 이양하는 이 작품의 시적 화자가 남성이 아닌 여성이라는 증거로

---

16 이양하, 「소월의 진달래와 '예이츠'의 꿈」, 『이양하 교수 추념문집』, 62쪽.

1962년
서울대학교 신문에
기고한 '영문학 산책' 3회분.
이양하는 김소월과
윌리엄 버틀러 예이츠의
영향 관계를
맨 처음 제기하였다.

"나 보기가 역겨워"와 "사뿐이 즈려밟고 가시옵소서"라는 구절의 어조를 든다. "나 보기가 역겨워"라는 구절은 비단 여성의 어조에 그치지 않고 얼마든지 남성의 어조로도 볼 수 있다. 그러나 1, 2, 4연의 마지막 행, 즉 "말없이 고이 보내 드리오리다", "아름 따다 가실 길에 뿌리오리다", "죽어도 아니 눈물 흘리오리다" 등은 여성의 어조로밖에는 달리 볼 수 없다. 평안남도 강서 출신인 이양하로서는 김소월의 평안북도 정주 방언을 누구보다도 잘 알고 있었을 터이다.

여기서 이양하가 제기하는 문제는 시에서 1인칭의 시적 화자 '나'를 어떻게 받아들일 것인가 하는 것과 관련되어 있다. 앞장에서 이미 시적 화자를 뜻하는 영어 '퍼소나'는 고대 그리스어 '페르소나(가면)'에서 파생되었다고 언급하였다. 시도 연극과 크게 다르지 않아서 시인이 작품에 등장할 때에는 가면을 쓰고 등장한다. 다시 말해서 시를 창작하는 '시인'과 작품 속에서 말하는 1인칭 화자 '나'는 서로 엄격히 구분 지어야 한다. 물론 시적 화자가 명시적으로 분명하게 드러나지 않는 경우도 더러 있고, 시인 자신이 화자로 직접 등장하는 경우도 없지 않다. 그러나 시에 나오는 '나'를 무조건 시인으로 간주하는 것은 옳지 않다. 어찌 되었든 이양하는 시적 어조를 한껏 살려 예이츠의 「He wishes for the Cloths of Heaven」을 번역한다.

Had I the heaven's embroidered cloths,
Enwrought with golden and silver light,
The blue and the dim and the dark cloths
Of night and light and the half-light,
I would spread the cloths under your feet:
But I, being poor, have only my dreams;
I have spread my dreams under your feet;

Tread softly because you tread on my dreams.

금빛 은빛으로 짜서
수놓은 천상天上의 비단
밤과 백광白光과 박명薄明의
푸르고 구물고 감은 비단이 있다면
그것을 당신 발밑에 깔아 드리오리다.
그러나 가난하여 내 꿈을 깔았소이다.
내 꿈 밟으시는 것이오니 사뿐히 밟으소서. [17]

 이양하의 번역에서 무엇보다도 눈에 띄는 것은 첫 두 행이다. "금빛 은빛으로 짜서"는 1918년 김억이 번역하여 《태서문예신보》에 처음 발표한 "광명의 / 황금, 백금의 짜아 내인"과 비교해 보면 큰 차이가 난다. 원문의 "Enwrought with golden and silver light"는 "금빛과 은빛으로 짠"이라는 뜻이다. 여기서 '금빛'은 한낮의 햇빛을 가리키고, '은빛'은 한밤중의 달빛을 가리킬 수도 있다. 외국어를 서툴게 옮겨 놓은 것 같은 김억의 번역과는 달리 이양하의 번역은 비교적 자연스럽게 읽힌다.

 더구나 이양하는 'cloths'를 '옷감'이나 '천'으로 옮기지 않고 '비단'으로 옮겼다. 영어 명사 중에는 단수형으로 사용할 때와 복수형으로 사용할 때 그 의미가 달라지는 것들이 더러 있다. 예를 들어 'color(색깔) - colors(깃발)', 'arm(팔) - arms(무기)', 'glass(유리) - glasses(안경)' 등이 바로 그것이다. 'cloth'는 복수형이 두 가지로 'cloths'는 '옷감들'을 뜻하지만 또 다른 복수형 'clothes'는 옷감으로 만든 '옷'을 가리킨다. 영어 문법에서 '분화 복수'

---

17 앞의 글, 63쪽.

라고 일컫는 현상이다. 분화 복수를 잘 이해하지 못한 한국의 번역자 대부분은 'cloths'를 '옷'으로 옮겼지만 이양하는 옷감의 한 종류인 '비단'으로 옮겼다. 수를 놓았고 '천상의' 천이라고 했으니 그 천은 비단일 가능성이 가장 높기 때문일 것이다. 그러나 비단이 아닌 천도 얼마든지 수를 놓을 수 있다. 이양하의 제자 이재호는 '비단' 대신 '융단'으로 옮겼지만, '옷감'이라는 원문에서 점점 더 멀어지는 듯한 느낌이 든다.

그런데 여기서 한 가지 주목해야 할 것은 이양하가 우리나라 창작 시의 영향을 받고 외국 시를 번역했다는 점이다. "그것을 당신 발밑에 깔아 드리오리다", "그러나 가난하여 내 꿈을 깔았소이다", "내 꿈 밟으시는 것이오니 사뿐히 밟으소서" 하는 구절은 그가 만약 김소월의 「진달래꽃」을 읽지 않았더라면 도저히 할 수 없는 번역이다. 원문의 'softly'를 옮기면서 '사뿐히'라는 부사를 사용하는 것도 마찬가지이다. '사뿐히 밟으소서'가 아니라 '사뿐히 즈려 밟으소서'라고 번역하지 않은 것이 놀라울 정도이다. 외국 시의 영향을 받아 자국어로 시를 창작한 경우는 많이 있어도 이렇게 이양하처럼 자국 창작시의 영향을 받고 외국 시를 번역한 경우는 한국 문학사는 물론이고 세계 문학사에서도 찾아보기 힘들다. 김용권은 이러한 현상을 '진달래 효과'라고 부른다.[18]

더구나 이양하는 원시의 6~7행을 "그러나 가난하여 내 꿈을 깔았소이다"라고 한 행으로 번역함으로써 원시의 어조를 충분히 살려 내지 못하였다. 원시에서는 시적 화자가 너무 가난하여 깔아 줄 것이라고는 오직 꿈밖에 없다는 사실이 강하게 내포되어 있다. 한편 시의 어조보다는 문법과 관련한 것이지만 이양하가 원문의 3~4행을 "밤과 백광과 박명의 / 푸르고 구물고 감

---

18 김용권, 「예이츠 시 번(오)역 100년: "He wishes for the Cloths of Heaven"을 중심으로」, 《한국 예이츠 저널》 40권 (2013), 153~184쪽.

은 비단이 있다면"으로 옮긴 데에는 문제가 있다. 원문 3행은 "The blue cloths, and the dim cloth, and the dark cloths"를 줄여서 말한 것이 므로 4행의 "Of night and light and the half-light"에 대응하여 "한낮의 푸른색 옷감, 황혼 녘의 어스레한 옷감, 한밤중의 검은색 옷감이 있다면"으로 옮겨야 더 정확하다.

이양하가 어조를 살려 번역한 작품으로는 윌리엄 워즈워스의 작품을 들수 있다. 그는 장시를 제외한 워즈워스의 작품 35여 편을 번역할 만큼 이 영국 낭만주의 시인에게 깊은 관심을 기울였다. 이양하의 아내 장영숙은 남편이 사망한 뒤 그가 번역한 워즈워스의 작품을 모아 유고 번역 시집 『워어즈워쓰 시집』을 발간하면서 "'양하'라는 인품에 '워어즈워쓰'가 끼친 친화력이 많았음"을 느꼈다고 회고한다. 그러면서 그녀는 "신新하고 기奇한 것에보다도 평범한 일과 사소한 일에 더 집착하는 점"을 한 예로 든다.[19] 이렇게 자연의 친화력을 다루면서 시인과 시적 화자의 어조를 살려 번역한 작품으로 「I Wandered Lonely as a Cloud」를 꼽을 만하다. 이양하는 이 작품을 「구름모양 외로이」라는 제목으로 번역하였다. 모두 네 연 중에서 처음 두 연을 예로 들어 보자.

> 산과 계곡에 높이 떠도는
> 구름모양 외로이 헤매다
> 나는 문득 한때 한 무리의
> 황금빛 수선水仙을 보았노라.
> 호숫가 나무 아래서
> 간들바람에 오줄오줄 춤추고 있는

---

19 장영숙, '후기', 『워어즈워쓰 시집』 (교양문화사, 1964), 185~186쪽.

은하수에 반짝이는

별모양 끊임없이 列지어

수선은 물구비에 선 두르고

길게 길게 뻗쳐 있어

나는 한눈에 수만 수선을 보았노라.

고개 흔들며 한들한들 춤추고 있는[20]

I wandered lonely as a cloud

That floats on high o'er vales and hills,

When all at once I saw a crowd,

A host, of golden daffodils;

Beside the lake, beneath the trees,

Fluttering and dancing in the breeze.

Continuous as the stars that shine

And twinkle on the milky way,

They stretched in never-ending line

---

20 이양하, 「영시 감상: William Wordsworth」, 『이양하 교수 추념문집』, 70쪽. 『해외서정시집』에 실린 「수선화」의 번역은 다음과 같다. "산곡에 높이 떠도는 / 구름과 같이 외로이 헤매다 / 나는 문득 한떼의 / 황금빛 수선을 보았노라. / 호수까 숲울 그늘 알에서 / 미풍을 마저 오줄오줄 춤추고 있는. // 은하수에 반짝이고 있는 / 별과도 같이 끈긴없이 / 수선은 물구비에 선을 치고 / 길게 길게 놓여 있어, / 나는 한끄번에 수만의 수선을 보았노라 / 고개를 들고 활발하게 춤추고 있는." 최재서, 편 『해외서정시집』 (인문사, 1938), 17~18쪽. 번역 끝에 '최재서'라고 적혀 있지만 '이양하'의 오식일 것이다. 목차에 워즈워스 편 번역자는 분명히 '이양하·김상용'으로 나와 있고, 김상용은 「애시哀詩」를 번역하였다. 이양하가 번역한 『워어즈워쓰 시집』에 실린 「수선화」 번역은 『해외서정시집』에 수록한 것과 한두 구절 제외하고는 동일하다. "구룸과 같이"가 "구름마냥"으로, "한떼의"가 "한 떼 한 무리의"로, "별과도 같이 끈긴없이"가 "별처럼 끊임없이" 등으로 바뀌었다.

Along the margin of a bay:

Ten thousand saw I at a glance,

Tossing their heads in sprightly dance.

영국의 중서부 호반 지역에 머물던 워즈워스가 1802년 아내와 누이동생과 함께 얼스워터Ullswater호수를 산책할 때 그 근처에 피어 있는 수선화를 바라보며 느낀 감정을 노래한 작품이다. 그의 누이동생 도러시도 일기에 그 때 경험을 자세히 적고 있다. 이 작품에 대하여 이양하는 "이 시는 해조諧調 있는 리듬을 가져 시인의 경험에 그의 누이동생의 산문에서 볼 수 없는 통일을 주는 동시에 특수하고 개성적인 음조와 뉘앙스를 주고 있다"[21]고 밝힌다. 이 작품에서 시인 워즈워스와 시적 화자 '나'는 그렇게 엄격히 구분되지 않는다. 위에 인용하지는 않았지만 셋째 연에서 화자는 "이렇게 기쁜 동무 있으니 / 시인으로서 유쾌해질 수밖에—"라고 노래한다. 이양하는 '특수하고 개성적인 음조와 뉘앙스'를 살려 번역하려고 애썼다. 워즈워스는 일찍이 시를 "침착 가운데 회상한 힘찬 감정의 자발적인 분출"로 규정하였다. 이양하도 지적하듯이 「구름모양 외로이」는 이러한 시의 정의에 비교적 잘 들어맞는다.

이양하는 "골짜기와 언덕"이라고 번역해야 할 것을 "산과 계곡"으로 옮겼다. 'hills'를 산으로, 'vales'를 계곡으로 보고 그렇게 옮겼는지도 모른다. 최재서가 편집한 『해외서정시집』에서 이양하는 '산곡山谷'으로 옮겼다. 그러나 산곡은 산과 산 사이의 움푹 들어간 계곡을 말하는 것으로 '언덕'이나 '나지막한 산'이라는 뜻이 빠져 있다. "한때 한 무리의"에서 '한때'는 '한떼'의 오식일 가능성이 크다. 실제로 『해외서정시집』에서는 '한떼의'로 되어 있다. 'host'에 대하여 이양하는 "많은 수를 말하는 것이나 군대와 관련 있는 말로 열을

---

21 이양하, 「영시 감상: William Wordsworth」, 73쪽.

지어선 수선의 대줄기를 복장을 하고 나란히 선 군대의 대열로 본 것으로서
아주 절묘한 표현이라 할 수 있고……"[22]라고 말한다.

절묘한 표현으로 말하자면 첫 연의 마지막 행 "간들바람에 오줄오줄 춤추
고 있는"이라는 구절을 들 수 있다. '간들바람'이란 부드럽고 가볍게 살랑살
랑 부는 바람을 말한다. 또 '오줄오줄'이란 '오졸오졸'의 변형으로 몸이 작은
사람이나 짐승이 가볍게 율동적으로 반복하여 움직이는 모양을 묘사하는 의
태어이다. 둘째 연의 마지막 행 "고개 흔들며 한들한들 춤추고 있는"에서 '한
들한들'도 가볍게 자꾸 이리저리 흔들리는 모양을 묘사하는 말이다. 시적 화
자 '나'는 호숫가를 따라 무리를 지어 활짝 피어 있는 황금빛 수선화를 바라
보며 더할 나위 없이 기분이 유쾌하다. 이양하는 화자의 이러한 감정을 한껏
살려 번역하려고 하였다.

이양하가
관심을 가지고
연구하고 번역한
영국 낭만주의의
대표적인 시인
윌리엄 워즈워스

---

22 앞의 글, 74쪽.

이번에는 워즈워스의 작품 중에서 1차 산업혁명의 폐해를 다룬 작품을 한 예로 들어 보기로 하자. 이양하가 「우리는 너무도 세속에 치우쳐」라는 제목으로 번역한 「The World Is Too Much with Us」라는 소네트 형식의 작품이다.

우리는 너무도 세속에 치우쳐
아침저녁 벌고 쓰노라 힘을 허비하고
주어진 대자연에도 거의 눈을 감다시피
온 마음을 기울여 저속한 공리功利만 좇는다.
달을 향해 가슴을 드러낸 이 바다
항시 울부짖고 지금
조는 꽃처럼 몸을 가눈 바람
이 모든 것에 우리는 조화를 잃어
아무 감명도 없다 오오 위대한 신神이여
나는 차라리 낡은 신앙에 자란 한 이교도가 되고자!
그러면 이 아름다운 목장에 서서
나는 희망을 갖게 하는 영광靈光을 얻어
바다에서 떠오르는 늙은 '푸로티어스'를 보고
소라 부는 늙은 '트라이튼'을 들을 수 있으리.[23]

The world is too much with us; late and soon,
Getting and spending, we lay waste our powers;
Little we see in Nature that is ours;

---

23 이양하, 『워어즈워쓰 시집』, 121~122쪽.

We have given our hearts away, a sordid boon!

This Sea that bares her bosom to the moon;

The winds that will be howling at all hours,

And are up-gathered now like sleeping flowers,

For this, for everything, we are out of tune;

It moves us not. — Great God! I'd rather be

A pagan suckled in a creed outworn;

So might I, standing on this pleasant lea,

Have glimpses that would make me less forlorn;

Have sight of Proteus rising from the sea;

Or hear old Triton blow his wreathèd horn.

첫 행 "우리는 너무도 세속에 치우쳐"라는 구절은 "우리에게 세상은 너무 고달파"를 의역한 것으로 볼 수 있다. 첫 구절에서 시적 화자는 1차 산업혁명이 당시 영국인들에게 비록 물질적 풍요를 안겨 주었지만 얼마나 그들을 자연에서 멀어지게 했는지 노래한다. "late and soon"은 해석을 두고 지금도 학자들 사이에서 의견이 엇갈린다. 이양하는 "아침저녁"으로 옮겼지만 "전에도 앞으로도"로 해석하는 것이 보통이다. 셋째 행의 "Little we see"를 "거의 보지 못하고"로 번역하는 대신 "거의 눈을 감다시피"로 번역한 것은 어조를 살려 옮긴 것이다. '보다'라는 지각동사보다는 '눈을 감다'라는 의지를 수반하는 동사가 훨씬 더 잘 어울린다.

이렇게 시적 화자의 어조에 무게를 싣다 보니 이양하는 그다음 행을 "온 마음을 기울여 저속한 공리만 좇는다"로 번역한다. 화자는 지금 산업혁명이 가져온 부정적 결과라고 할 물질주의 세계관을 날카롭게 비판한다. 영국 낭만주의는 따지고 보면 산업혁명에 대한 비판적 반작용과 다름없었다. 위즈워스는 당시 영국인들이 물질주의에 현혹된 나머지 '저속한 공리'에 마음을 빼앗겼다고 생각하였다. 그러나 이양하의 번역은 원문 "We have given our hearts away, a sordid boon!"과는 적잖이 차이가 난다. 특히 그는 모순어법인 'sordid boon'을 '저속한 공리'라는 말로 슬쩍 넘어간다. '보잘것없는 은혜'라고 옮길 수 있는 이 구절은 '소리 없는 아우성'이나 '텅 빈 충만'처럼 산업혁명의 이중성을 지적하는 표현으로 이 작품에서 자못 중요하다. 돈을 벌고 그것을 소비하는 일에 온 마음을 빼앗겼으니 산업혁명은 한편으로는 은혜이지만 다른 한편으로는 보잘것없는 혜택이라는 뜻이다.

작품 한중간의 "오오 위대한 신이여"라는 구절도 고개를 갸우뚱하게 된다. "Great God!"은 축어적으로 해석하기보다는 좋지 않은 일을 당할 때 사용하는 감탄사로 받아들여야 할 것 같다. 시적 화자가 곧바로 "나는 차라리 낡은 신앙에 자란 한 이교도가 되고자!"라고 부르짖는 것은 이 점을 뒷받침한다. 그러면서 화자는 기독교 이전의 고대 그리스나 로마의 신화를 언급하면서 차라리 이교도가 되고 싶다고 털어놓는다. 푸로티어스(프로테우스)는 그리스 신화에서 예언 능력을 행사하는 바다의 신이고, 상반신은 인간이고 하반신은 돌고래인 트라이튼(트리톤)은 역시 그리스 신화에 나오는 바다의 신이다. 워즈워스는 산업화에 이론적 동력을 마련해 준 기독교에도 비판의 고삐를 늦추지 않는다. 오늘날 인류가 겪는 환경 위기의 근본 원인을 기독교에서 찾으려는 학자들도 있다.

지금까지 다룬 번역 말고도 이양하의 시 번역으로는 워즈워스의 다른 작품 외에 퍼시 비시 셸리의 「비탄」을 비롯하여 존 메이스필드John Masefield의 「해는 가고 오는데」, 크리스티나 로제티Christina Rossetti의 「생일날」, 이디스 시트웰Edith Sitwell의 「아직도 비가 내린다」, E. E. 커밍스의 「이 부산한 비인간非人間 괴물을 불쌍히」 등이 있다. 낭만주의 시에서 현대 모더니즘 계열의 실험시에 이르기까지 이양하의 관심의 폭은 무척 넓다.

에세이 번역

이양하는 어느 문학 장르보다도 수필에 깊은 관심을 기울인 만큼 수필 작품 번역에도 관심을 두었다. 그가 도쿄제국대학 시절 영국 수필을 즐겨 읽었다는 것은 앞 장에서 이미 지적하였다. 사망하기 몇 달 전에도 그는 영국에서 유학 중인 제자 정종화에게 옥스퍼드대학교 출판부에서 간행한 프랜시스 베이컨의 수필집을 구입하여 보내 달라고 부탁하였다. 영국 경험론의 시조로 르네 데카르트와 함께 근대 철학을 개척한 인물인 베이컨의 수필에 대하여 이양하는 "탁월한 지성과 관찰이 있고, 또 이것을 담는 간경簡勁하고 함축 있는 문체가 있어 길이 남을 책"이라고 평가한다. 그러면서 그는 "우리가 두고 두고 읽어 우리의 식견을 기르고 경험을 풍부히 할 수 있는 책이 된다"고 밝힌다.[24]

이양하는 베이컨의 가장 대표적인 수필을 번역하여 소개하였다. 그가 한국어로 옮긴 작품은 「진리에 관하여」, 「연애에 관하여」, 「학문에 관하여」 세 편이다. 베이컨이 남긴 수필은 줄잡아 60여 편 가까이 되지만 이양하가 번역한 세 편은 가장 널리 알려진 작품으로 꼽힌다. 그런데 영국 르네상스 시대의 영어라서 그러하기도 하지만 그의 수필을 번역하기란 무척 어렵다. 베이컨이 사용하는 영어는 오늘날 사용하는 영어의 의미와 다른 경우가 적지 않기 때문이다.

한 비평가의 지적대로 베이컨의 수필은 고형 수프를 먹는 것과 같아서 농축된 문장을 잘 풀어서 해석해야만 비로소 그 의미를 제대로 알아차릴 수 있다. 오늘날의 독자들은 문체가 조금 낡았다고 생각할지 모르지만 이양하의 번역은 원천 텍스트를 충실히 옮기려고 애쓴 흔적이 곳곳에서 눈에 띈다.

---

24 이양하, 「베이컨의 수필집」, 『이양하 수필 전집』, 305쪽.

무대는 인생보다 연애에 힘입는 바가 더 많다. 연애는 항상 희극의 제재가 되고 가다는 비극의 제재도 된다. 그러나 그것은 인생에 있어서는 혹은 싸이렌(유혹의 여신)으로서 혹은 퓨리(복수의 여신)로서 많은 화禍를 끼친다. (…중략…) 연애란 (희한은 하지만) 다만 허황한 마음만이 아니고 경계警戒치 아니하면 방비견고防備堅固한 마음도 들어갈 수 있는 모양이다. "우리는 각기各其가 상대자에 대하여 충분히 위대한 관람물觀覽物이다"라고 한 에피쿠르쓰의 말은 신통치 않은 말이다. 이것은 마치 하늘과 기타 모든 숭고한 사물을 보도록 만들어진 사람이 조그만 우상 앞에 꿇어앉아 금수와 같이 구복口腹의 노예는 아닐망정 눈의 노예가 되는 이외에 할 일이 없는 것처럼 여기는 것이나 눈은 좀 더 높은 목적을 위하여 만들어진 것이다.[25]

The stage is more beholding to love, than the life of Man; for as to the stage, love is ever matter of comedies, and now and then of tragedies; but in life it doth much mischief; sometimes like a siren, sometimes like a fury. …… and therefore it seems (though rarely) that love can find entrance, not only into an open heart, but also into a heart well fortified, if watch be not well kept. It is a poor saying of Epicurus, Satis magnum alter alteri theatrum sumus; as if man, made for the contemplation of heaven, and all noble objects, should do nothing but kneel before a little idol, and make himself a subject, though not of the mouth (as

---

25 이양하, 「역수필: 연애에 관하여」, 『이양하 교수 추모문집』, 53쪽.

beasts are), yet of the eye; which was given him for higher purposes.

베이컨의 「연애에 관하여」라는 수필 번역에서 뽑은 한 단락이다. 첫 문장에서 'stage'를 그냥 '무대'로 옮기는 것보다는 환유법적 의미를 살려 '연극 무대'나 '연극'으로 옮기는 것이 더 좋다. '데스크'라고 하면 신문사의 부서를 책임지는 부서장을 말한다. '은막銀幕'이 영화나 영화계를, '브로드웨이'가 뉴욕시의 연극가나 극장가를 의미하는 것과 같은 환유법이다. 연애도 넓은 의미에서는 인생의 일부이므로 'life of Man'을 단순히 추상적인 '인생'보다는 구체적으로 '인간의 삶'이나 '인간의 실제 생활'로 옮기면 비교급의 의미가 좀더 선명하게 드러난다. 첫 문장은 "연극 무대는 인간의 삶보다는 연애의 덕택을 더 많이 입는다"로 옮길 수 있을 것이다. 이양하는 친절하게도 '싸이렌(세이렌)'을 유혹의 여신으로, '퓨리'를 복수의 여신으로 번역한다. 그리스 신화에서 복수의 여신으로 나오는 에리니에스Erinyes는 로마 신화에서는 푸리아 Furia로 불렸다. 그러나 엄밀히 말해서 그리스 신화에 나오는 세이렌은 여신이라기보다는 아름다운 인간 여성의 얼굴에 독수리의 몸을 한 전설의 동물이다. 괄호로 처리한 "희한은 하지만"이라는 구절도 "드문 일이기는 하여도"로 옮기는 쪽이 독자가 좀 더 쉽게 이해할 수 있다.

에피쿠로스의 라틴어 문장을 번역한 "우리는 각기가 상대자에 대하여 충분히 위대한 관람물이다"도 선뜻 그 의미가 떠오르지 않는다. 특히 '위대한 관람물'이라는 표현이 적잖이 낯설다. "다른 사람에게 우리는 대단한 구경거리다"로 번역하거나, 베이컨이 연극의 비유를 사용했으니 그 비유를 살려 "우리는 다른 사람에게 넉넉한 연극 무대가 될 수 있다"로 옮기는 쪽이 무난할 것이다. 평범한 사람들은 연극에서처럼 갈등이나 복수 같은 극단적 일을 겪지 않은 채 일상인으로서 소소하게 살아간다는 뜻이다.

오역이라고는 할 수는 없지만 독자들이 선뜻 이해하기 어려운 번역은 위 인용문의 맨 마지막 문장에서도 엿볼 수 있다. "이것은 마치 하늘과 기타 모든 숭고한 사물을 보도록 만들어진 사람이…… 눈은 좀 더 높은 목적을 위하여 만들어진 것이다"라는 문장은 한두 번 읽어서는 그 뜻을 헤아리기가 쉽지 않다. 이 문장에서 '~을 보도록 만들어진 사람'은 '~을 관조하도록 창조된 인간'으로, '~이외에 할 일이 없는 것처럼'은 '~오직 할 뿐'으로, '구복의 노예는 아닐망정 눈의 노예'는 '비록 구복의 하수인은 아닐지라도 눈의 하수인'으로 옮기는 쪽이 적절할 것 같다. 즉 "그것은 마치 하늘과 모든 고상한 대상을 관조하도록 창조된 인간이 오직 조그마한 우상 앞에 무릎을 꿇고 (짐승처럼) 구복의 하수인은 아닐지라도 시각의 하수인이 되는 것과 같다. 그런데 눈은 좀 더 높은 목적으로 사용하도록 그에게 준 것이다"로 옮길 수 있다.

이번에는 「학문에 관하여」의 번역을 살펴보기로 하자. 이 번역에서도 앞의 두 번역과 마찬가지로 세부 사항에서 조금 문제가 있을 뿐 전반적으로는 크게 문제가 없다. 다만 요즈음 독자들로서는 이해하기 어려운 한자어나 일본어 표현을 가끔 사용하는 것이 흠이라면 흠이다.

> 학문은 기쁨이 되고 장식이 되고 능력이 된다. 주로 기쁨으로 소용되는 것은 독거은서獨居隱棲에 있어요, 장식으로 소용되는 것은 담화談話에 있어요, 능력으로 소용하는 것은 일의 판단과 처리에 있다. 능란한 사람은 일을 하나하나 처리할 수 있고, 아마 상세한 점을 판단할 수 있을 것이다. 그러나 일 전체에 관한 상량商量, 계획, 통제에 있어서는 학문 있는 사람이 가장 능하다. 학문에 너무 많은 시간을 쓰는 것은 소라疎懶요, 그것을 지나치게 장식에 쓰는 것은 허식이요, 또 오로지 학문의 법칙에 의하여 판단하는 것은 학자의 괴벽이다.[26]

Studies serve for delight, for ornament, and for ability. Their chief use for delight, is in privateness and retiring; for ornament, is in discourse; and for ability, is in the judgment, and disposition of business. For expert men can execute, and perhaps judge of particulars, one by one; but the general counsels, and the plots and marshalling of affairs, come best, from those that are learned. To spend too much time in studies is sloth; to use them too much for ornament, is affectation; to make judgment wholly by their rules, is the humor of a scholar.

첫 문장 "학문은 기쁨이 되고 장식이 되고 능력이 된다"에서 '~되다'로 옮기는 쪽보다는 '~에 쓸모가 있다'로 옮기는 쪽이 더 적절하다. 즉 "학문은 즐거움과 장식과 능력에 쓸모가 있다"로 번역하면 좀 더 쉽게 그 의미를 파악할 수 있다. 두 번째 문장에서도 '~으로 주로 소용되는 것은 ~에 있다'는 문장 구조보다는 '~로서의 학문의 주요 효용은 ~에 있다'의 구조로 옮기면 훨씬 더 한국어답다. 더구나 '독거은서', '상량', '소라' 같은 난삽한 한자어보다는 한국어나 좀 더 쉬운 한자어를 사용하는 것이 독자를 배려하는 번역이다. 즉 '독거은서'는 혼자 조용히 지냄, '상량'은 헤아려서 잘 생각함, 일본어에서 쓰일 뿐 한국어에서는 좀처럼 사용하지 않는 '소라'는 나태함이나 게으름 피움 정도로 옮기는 것이 좋을 듯하다.

이양하의 베이컨 수필 번역은 「진리에 관하여」에서 문제점이 좀 더 뚜렷이 드러난다. 앞의 두 수필 번역과 비교하여 이 번역에서는 원천 텍스트를 지나

---

26 이양하, 「역수필: 학문에 관하여」, 『이양하 교수 추념문집』, 55쪽.

치게 축역했다는 느낌이 든다. 다시 말해서 목표 독자는 아래 인용문을 한두 번 읽어서는 번역의 내용을 쉽게 이해할 수 없다.

"진리란 무엇인가"고 피라도는 조롱해 말하고 대답을 기다리지 않고 가 버렸다. 참말로 세상에는 변덕을 즐기고 신념의 고정固定을 속박으로 생각하고 행동에 있어서뿐 아니라 사상에 있어도 자행자지自行自之를 좋아하는 사람들이 있다. 이러한 종류의 철학 유파는 이제 없어졌지만 같은 성질의 논객은 아직도 남아 있다. 다만 옛날의 기세가 없을 따름이다. 그러나 허위를 사랑하게 하는 것은 진리를 발견하는 데 사람이 갖는 곤란과 노고가 아니요 진리가 발견되면 자연 받게 되는 사람의 마음의 제약도 아니요 단순히 허위 자체에 대한 악한 천성의 사랑이다.[27]

What is truth? said jesting Pilate, and would not stay for an answer. Certainly there be, that delight in giddiness, and count it a bondage to fix a belief; affecting free-will in thinking, as well as in acting. And though the sects of philosophers of that kind be gone, yet there remain certain discoursing wits, which are of the same veins, though there be not so much blood in them, as was in those of the ancients. But it is not only the difficulty and labor, which men take in finding out of truth, nor again, that when it is found, it imposeth upon men's thoughts, that doth bring

---

27 이양하, 「역수필: 진리에 관하여」, 『이양하 교수 추념문집』, 51쪽.

lies in favor; but a natural though corrupt love, of the lie
itself.

첫 문장의 '피라도'는 한국어 성경에서 '본디오 빌라도'로 옮긴 '필라토'를
일본어식으로 발음하여 표기한 것이다. 기원후 26~36년 유다, 사마리아, 에
돔을 다스린 로마의 다섯 번째 총독으로 창을 잘 쓴다 하여 '필라토스'라고
불렀다. 그는 예수 그리스도의 재판을 맡아 십자가 처형을 선고하였다. 「요한
복음」 18장에는 빌라도가 예수를 심문하는 장면이 나온다. 빌라도가 예수에
게 "당신은 왕이오?"라고 묻자 예수는 "당신이 말한 대로 나는 왕이오. 나
는 진리를 증언하기 위하여 태어났으며, 진리를 증언하기 위하여 세상에 왔
소"(37절)라고 대답한다. 그러자 빌라도는 예수에게 "진리가 무엇이오?"(38절)
라고 되묻는다. 이 '피라도'를 본디오 빌라도(필라토)로 이해할 독자는 그다지
많지 않을 듯하다.

또한 '신념의 고정'도 좀 더 풀어서 '어느 한 신념을 확고히 하는 것'이나 '신
념의 집착'으로 옮기는 쪽이 자연스럽다. '사상'도 '생각'으로 옮겨 "행동에서
처럼 생각에서도"라고 번역했더라면 훨씬 더 이해하기 쉬울 것이다. 이 문장
에서 그보다 더 문제가 되는 것은 'affect'라는 동사로 이양하가 베이컨의 고
풍스러운 문체에 걸맞게 '자행자지를 좋아하다'로 번역한다는 점이다. '自行
自之'가 무슨 뜻인지 선뜻 이해하지 못할 독자가 많을 것이다. 스스로 행하
고 스스로 그친다는 뜻의 '自行自止'의 오식일지는 모르지만 이 말로 해석하
여도 의미가 통하지 않는다. 이 'affect'는 16~17세기에는 '~을 목표로 삼다
(aim at)' 또는 '~을 얻으려고 노력하다(endeavor after)'의 의미로 널리 사용
하였다. 더구나 이양하는 'discoursing wits'를 '같은 성질의 논객'으로 옮
겼다. 'wits'가 '재주꾼', '지자知者', '현인' 등의 뜻으로 자주 사용되었으므로
'논객'으로 번역해도 크게 무리가 되지 않는다. 그러나 'discoursing'은 베이

컨 시대에는 '산만한(discursive)' 또는 '종잡을 수 없는(rambling)'의 의미로 사용되었다. 마지막 문장에서도 "옛날의 기세가 없을 따름이다"로 뭉뚱그려 옮기기보다는 좀 더 원천 텍스트에 충실하게 "고대 철학자들처럼 그러한 기질이 남아 있지는 않지만"으로 옮기는 쪽이 좋을 것이다.

특히 "그러나 허위를 사랑하게 하는 것은……"으로 시작하는 마지막 문장은 원문의 구조가 복잡한 탓인지는 몰라도 쉽게 이해가 가지 않는다. 가령 "허위를 사랑하게 하는 것"이라는 구절도, "진리를 발견하는 데 사람이 갖는 곤란과 수고"라는 구절도 지나친 축역이라고 아니할 수 없다. "단순히 허위 자체에 대한 악한 천성의 사랑"이라는 구절도 지나치게 축어적으로 번역했을 뿐 아니라 'though'를 빼놓고 번역했다고 비판받을 만하다. 'natural though corrupt love'에서 'though'는 얼핏 불필요한 낱말 같지만 실제로는 이 구절에서 자못 중요한 역할을 한다. 이 'though' 앞뒤 두 형용사 'natural'과 'corrupt'는 통사적으로는 동등하지만 의미에서는 서로 대립적이다. 'corrupt but natural', 즉 '타락했지만 자연스러운' 또는 '타락했을망정 천부적'이라는 뜻이다.

마지막 문장처럼 원문이 너무 길면 두 문장으로 나누어 옮겨도 크게 문제가 되지 않는다. 영어 문장 구조와 한국어 문장 구조는 본질적으로 서로 다르기 때문에 원문 구조 그대로 옮길 필요는 없다. 더구나 원천 텍스트에서 베이컨은 마침표보다는 덜 중요하지만 쉼표보다는 더 중요하게 문장을 분리하는 세미콜론(;)을 사용한다. 마지막 문장은 "그러나 인간이 거짓말을 좋아하는 것은 진리를 찾으려고 할 때 겪는 어려움과 수고 때문도 아니요, 진리가 발견되면 자신의 사고가 속박당하기 때문도 아니다. 그것은 인간에게는 거짓 그 자체를 좋아하는, 사악하지만 천성적인 마음이 있기 때문이다"로 옮기면 가독성이 훨씬 높아질 것이다.

리처즈의 『시와 과학』 번역

이양하는 베이컨의 수필과 함께 I. A. 리처즈의 비평서 『과학과 시』를 제목을 살짝 바꾸어 『시와 과학』으로 일본어로 번역한 뒤, 뒷날 다시 한국어로 번역하여 출간하였다. 이 번역서에 관해서는 다음 장에서 자세히 다루므로 여기서는 번역과 관련하여 몇 군데만 간단히 짚고 넘어가기로 한다. 물론 시나 수필 같은 문학 작품보다는 비평문을 번역하는 것이라서 더 어렵다는 사실을 염두에 두더라도 이양하의 리처즈 번역은 난해하여 두세 번 읽어야만 겨우 그 의미를 알아차릴 수 있을 정도이다.

예를 들어 "'예이츠' 씨는 최초부터 현대에 있어 가장 왕성한 제관심諸關心에 대한 거부를 가지고 씨의 작품의 주제를 삼았다"[28]는 문장은 쉽게 이해가 가지 않는다. 원문("Mr Yeats' work from the beginning was a repudiation of the most active contemporary interests")에 충실하게 옮긴다면 "예이츠 씨의 작품은 처음부터 동시대의 가장 적극적인 관심사를 다루지 않았다"가 될 것이다.

바로 다음 번역 문장 "그러나 애초 「아씬의 방랑」, 「도적맞은 어린애」, 「이니스프리」 등의 시인이 현대 문명을 멀리한 것은 씨에게 가장 낯익은 세계, 즉 신信도 불신不信도 없고 애란愛蘭의 농민들이 받아들이고 있던 전설 그대로의 세계를 더 사랑하였기 때문이었다"[29]도 애매하기는 마찬가지이다. 원천 텍스트는 "But at first the poet of 'The Wanderings of Usheen', 'The Stolen Child', and 'Innisfree' turned away from contemporary civilization in favour of a world which he knew perfectly, the

---

28 I. A. 리챠아즈(리처즈) 저, 이양하 역, 『시와 과학』 (을유문화사, 1947), 45쪽.
29 위의 책, 45쪽.

world of folklore as it is accepted, neither with belief nor disbelief, by the peasant"이다. "~를 창작한 시인이 처음에는 현대 문명을 멀리하고 그가 익히 잘 알고 있던 세계, 즉 믿든 믿지 않든 농부들이 받아들이는 신화의 세계를 선호하였다" 정도로 옮기는 쪽이 좀 더 적절할 것이다.

> 우리가 확정된 사실에 허許하는 승인을 감정적 표백感情的 表白—
> 단순한 가기술假記述이든 사물을 비유적으로 표현하는 것으로 생각
> 되는 좀 더 막연하고 총괄적인 기술이든—에게까지 허하는 고래古來
> 의 많이 조장된 습관이 종래 많은 사람의 반응력을 저해해 왔다.[30]

위 번역문을 읽고 그 의미를 해독할 독자는 일반 독자는 말할 것도 없고 전문가 중에서도 그다지 많지 않을 것 같다. 우선 '감정적 표백'이니 '가기술'이니 하는 용어에서부터 부딪힐 것이다. 가령 '감정적 표백'은 일본어에서 '感情の表白'로 자주 사용하지만 한국어에서는 좀처럼 사용하지 않고 오히려 '감정 표현'으로 사용한다. 이양하는 원문의 'pseudo-statement'와 'statement'를 '가기술'과 '기술'로 각각 번역하였다. 그러나 아무래도 '가기술'은 '가진술假陳述' 또는 '유사진술類似陳述'로, '기술'은 '진술'로 옮기는 쪽이 더 적절하다.[31] 또한 이양하가 『시와 번역』에서 자주 사용하는 '말'도 원어 'language'의 번역어로는 적절하지 않다. '말'보다는 '언어'로 번역하는 쪽이 훨씬 더 타당하다. '말'은 구어적 측면을 강조하지만 '언어'는 구어와 문어를 함께 포함하기 때문이다. 그런가 하면 이양하는 'persona'를 '시의 주인공'으로 옮겼지만 '시적 화자'로 번역하는 것이 더 적절할 것이다.

---

30 앞의 책, 38쪽.
31 일본의 저명한 셰익스피어 연구자 이와사키 소지(岩崎宗治)가 1974년에 새로 번역하여 출간한 『科學と詩』에는 'pseudo-statement'를 '의사진술擬似陳述'로 옮겼다.

이양하의 번역이 원문에 충실하지 않다거나 한국어로 적절하지 않다는 점에서는 역시 『시와 과학』에서 뽑은 다음 인용문도 크게 다르지 않다.

> 어떤 사람도 1590년 이전에는 돌의 낙하에 관한 우리의 보통 생각이 어떻게 불편한 것인지를 아지 못하였다. 그러나 근대 세계는 실로 '갈릴레오'가 저반這般의 진상을 발견하였을 때 시작된 것이다. 또 1800년 이전에 있어 청결에 관한 일반 재래의 관념이 어떻게 위험하고 불합리하다는 것을 알고 있던 것은 다만 광인狂人이라고 생각되어 온 소수의 사람뿐이었다. (…중략…) 또 '로날드 로쓰' 경卿 이전에는 어떤 사람도 학질을 모기와 관련시켜 생각하지 아니하고 천체天體의 영향이라든가 장기瘴氣라든가 하는 말을 가지고 생각하는 결과 어떻게 무서운 것인지를 아지 못하였었다.[32]

위 번역문에서 무엇보다도 눈에 띄는 것은 세 번에 걸쳐 반복하여 사용하는 '어떻게'라는 의문부사이다. 이양하는 "how inconvenient were our natural habits of thought"라는 구절을 "우리의 보통 생각이 어떻게 불편한 것인지"로 번역한다. 그러나 "우리가 흔히 생각하는 방식이 얼마나 불편한지"로 옮기는 쪽이 목표 독자들이 이해하기 훨씬 편한 번역이다. 여기서 'how'는 방법을 묻는 의문부사라기보다는 정도나 수준을 묻는 의문부사로 쓰이기 때문이다. 이와 마찬가지로 "어떻게 위험하고 불합리하다", "어떻게 무서운 것인지" 하는 구절에서도 '어떻게'를 '얼마나'로 바꾸어 놓으면 이해하기 훨씬 쉽다. 또한 "'갈릴레오'가 저반의 진상을 발견하였을 때"라는 구절에서도 '저반의 진상'이 과연 무슨 뜻인지 금방 떠오르지 않는다. '저반'은

---

32 이양하 역, 『시와 과학』, 1~2쪽.

'이러한' 또는 '이와 같은'이라는 말인데 사전을 찾아보아야만 비로소 겨우 의미를 알 수 있다.

그럼에도 불구하고 유사有史 이전에서 오늘에 이르기까지 허다한 유능한 인사를 고혹蠱惑해 온 중요한 비평의 일부문에 있어서는 시의 직능과 과학의 직능은 동일하다든가 전자가 후자보다도 '보다 고차高次의 형식'이라든가 또는 그것은 본래 상반하는 것으로 도저히 양립할 수 없다든가 하는 것을 설복하는 데 힘쓰고 있다.[33]

"허다한 유능한 인사를 고혹해 온 중요한 비평의 일부문"이라는 구절은 "an important branch of criticism which has attracted the best talents"라는 원문을 보면 금방 이해가 간다. 그러나 번역문을 보면 오히려 금방 뜻이 떠오르지 않는다. 메이지유신 때 일본의 근대화를 이끈 주역 중 한 사람인 후쿠자와 유키치(福澤諭吉)는 번역한 글을 읽으면서 원문을 대조하여 읽고 싶다는 생각이 들면 일단 그 번역은 실패한 것이라고 말한 적이 있다. 이양하가 번역한 『시와 과학』을 읽다 보면 원서를 찾아 대조해 보고 싶다는 생각이 드는 곳이 한두 곳이 아니다. 그렇다면 이양하의 위 번역은 실패한 번역으로 볼 수밖에 없다.

한국시의 영문 번역

이양하는 영어로 쓴 작품을 한국어로 번역했지만 때로는 이와는 반대로

---

33 앞의 책, 37쪽.

한국 작품을 영어로 번역하기도 하였다. 즉 그는 '인바운드 번역'과 함께 '아웃바운드 번역'을 시도하였다. 번역 연구나 번역학에서는 흔히 외국어를 목표 언어로 삼는 번역보다는 자국어를 목표 언어로 삼는 번역을 '가장 이상적'으로 본다. 다시 말해서 한국인 번역자라면 외국 작품을 한국어로 번역하는 것이 가장 바람직하다. 그러므로 한국어로 쓴 문학 작품을 영어로 번역한다는 것은 이양하에게 큰 도전이 아닐 수 없었을 것이다.

몇 해 동안 미국 예일대학교에서 한영사전 편찬 작업을 하고 귀국한 이양하는 1958년 7월 미공보원(USIS)이 주관하는 '미국문학 하계 세미나'에서 「Some Thoughts on Korean and American Literary Situations」라는 제목으로 기조연설을 하였다. 그런데 그의 두 번째 수필집 『나무』에 「한·미의 문학 정세에 관하여」라는 글이 수록되어 있다. 그렇다면 이양하는 영어로 먼저 기조연설을 발표한 뒤 한국어로 번역하여 두 번째 수필집을 출간할 때 실었다고 볼 수 있다. 그러므로 엄밀한 의미에서 이 글은 비록 영어로 쓰여 있지만 번역으로 볼 수는 없다. 한국어로 먼저 쓰고 뒤에 영어로 번역했다면 '자기 번역'에 해당한다.

본격적인 의미에서 이양하가 한국문학을 영어로 번역한 것은 도쿄제국대학 재학 시절부터이다. 그는 이 무렵 영국 잡지에 한국시 5편을 번역하여 「Five Korean Poems」라는 제목으로 발표하였다. 이로써 그는 한국문학 작품을 번역하여 최초로 해외에 알린 한국인이라고 할 만하다. 그가 도쿄제국대학에 입학한 것이 1927년이니 이양하의 나이 겨우 20대 중반이었다. 이양하에 이어 한국시를 서구에 알린 사람은 눈솔 정인섭이다. 1936년 8월 정인섭은 덴마크 코펜하겐에서 열린 국제언어학자대회에 참석한 뒤 곧바로 런던의 영국시인협회를 방문하여 자신이 번역한 한국시를 건네주었고, 그중 일부가 협회 기간지 《영국시》에 발표되었다.[34]

이양하가 번역하여 소개한 한국 현대시 5편은 이광수의 「동무들」과 「노래」, 그리고 주요한의 「노래」, 「첫사랑」, 「빗소리」이다. 그런데 「Five Korean Poems」라는 글 앞에 'A. D. R.'라는 편집자가 쓴 짧은 소개 글이 붙어 있다. 편집자는 먼저 번역자 이양하를 "한국의 젊은 학자요 시인"이라고 소개한 뒤 이광수와 주요한에 대하여 언급한다.

그중 이광수 씨는 25년쯤 시작된 한국 신시 운동의 핵심 지도자다. 그 시기까지 유일한 시 형식은 전통적인 3행 경구 시로 일본의 와카(和歌)에 해당하는 것이었다. 물론 지난 수천 년 동안 한국에서 시를 쓰는 중요한 표현 수단이었던 한문으로 쓴 시는 별문제로 하고 말이다. 이광수 씨는 일본과 서구의 자유시에서 영향을 받았지만 자신만의 시 형식을 창안하여 낱말과 서정을 구사하는 데 다른 동포 시인들 중에서 단연 두각을 보였다. 번역자에 따르면 「노래」(두 번째 시)는 당대 현대 서정시로서는 유일한 작품으로 과거 대가들의 작품에 견줄 만하다. 아직 젊은 주요한 씨는 특히 서정적 분위기의 다양성과 진지성으로 이미 상당한 명성을 얻었다.[35] 이 번역 작품들은 문학 창작으

---

34 정인섭의 한국시 영역과 《영국시》 게재에 관해서는 김욱동, 『눈솔 정인섭 평전』 (이숲, 2020), 212~213쪽 참고. 정인섭은 한국시를 영역하면서 연희전문학교 동료 교수요 미국인 선교사인 로스코 C. 코엔의 도움을 받았다고 밝힌다. 정인섭, 「한국시를 영역 외국에 소개」, 『이제는 하고 싶은 이야기』 (신원문화사, 1980), 85쪽.

35 「불놀이」와 관련하여 주요한은 이렇게 밝힌 적이 있다. "그 당시 나는 일본에서 요즘으로 치면 고등학교 2학년 정도의 학생이었는데, 그 무렵 서양의 문학을 일역日譯으로 많이 읽었죠. 그 무렵만 해도 우리나라 문학이란 것은, 순전히 한문문학이라 할 정도의 것과, 국문으로는 국초菊初 이인직李人稙의 소설 정도가 있었을 뿐인데, 대체로 윤리적인 목적의식 같은 것에 얽매인 것들이었습니다. 육당六堂의 신서 「해에게서 소년에게」만 해도 그런 범주에서 별로 못 벗어난 것이었습니다. 나는 그걸 벗어나서 ① 한문의 영향을 뿌리치고 우리말의 시를 하자, ② 윤리적, 교육적 목적 없이 순수예술이란 걸 담아 봐야겠다, 이런 정신으로 시도한 것이 곧 「불놀이」란 그것이죠." 《문학사상》(1972. 12).

로 간주할 수는 없을망정 가능한 한 원문의 정신을 전달하려고 노력한다.[36]

위 인용문에는 찬찬히 주목해 볼 만한 사항이 몇 가지 있다. 첫째, 편집자는 한국 현대시가 20세기 초엽에 시작한 것으로 간주한다. 둘째, 이광수를 한국 신시 운동의 핵심 지도자로 소개한다. 그러나 신시 운동의 지도자라면 이광수보다는 아무래도 최남선을 꼽는 것이 타당할지 모른다. 셋째, 한국에서 신시는 한문으로 쓴 시는 말할 것도 없고 일본의 전통 시가인 와카와 비슷한 정형시 시조를 탈피하여 자유시로 나아가면서 시작하였다. 넷째, 《창조》의 동인으로 활약하면서 시를 썼고 이광수, 김동환金東煥과 함께 『3인 시가집』(1929)을 출간한 주요한을 한국 문학사에서 중요한 시인으로 평가한다. 다섯째, 이양하의 번역은 비록 문학 창작으로 간주할 수는 없을지 몰라도 될수록 '원문의 정신'을 표현하려고 애썼다.

이양하가 번역한 다섯 편의 시 중에서 주요한의 「빗소리」를 번역한 「The Voice of the Rain」을 한 예로 들어 보기로 하자. 주요한은 4연 16행의 자유시인 이 작품을 1923년 동인지 《폐허 이후》에 발표하였다. 영국 잡지의 편집자 말대로 '서정적 분위기'를 한껏 표현하는 작품이다. 주요한은 한자어를 배제하고 순수한 한국어를 살리려고 했을 뿐 아니라 온갖 감각에 호소하는 이미지를 구사하려고 노력하였다. 이양하의 실수인지 잡지 편집자의 실수인지는 몰라도 네 개의 연으로 된 시를 연 구분 없이 한 연으로 번역하였다.

---

36 Y. Yi, 「Miscellanies: Five Korean Poems」, 『이양하 교수 추념문집』, 157~158쪽. 이 무렵 이양하는 자신의 이름을 영문으로 'Y. Yi'로 표기하였다. 그러나 뒷날 예일대학교 출판부에서 한영사전을 출간할 때에는 'Yang-Ha Lee'로 표기하였다.

It rains!

The night murmurs softly,

And the rains whispers in the garden

Like young fowls chattering in undertones.

The crescent moon looked like a bit of string,

And now through the darkness of the night,

The rain is falling.

The rain is paying me a friendly visit.

Opening the door, I greet it

And hear it whispering in the darkness.

Rain is falling on the garden,

Falling on the windows and the roof;

Bearing in secret

Joyful tidings to my heart.[37]

비가 옵니다.

밤은 고요히 깃을 벌리고

비는 뜰 위에 속삭입니다.

몰래 지껄이는 병아리같이.

이지러진 달이 실낱같고

별에서도 봄이 흐를 듯이

따듯한 바람이 불더니,

---

37 앞의 글, 160쪽.

오늘은 이 어둔 밤을 비가 옵니다.

비가 옵니다.
다정한 손님같이 비가 옵니다.
창을 열고 맞으려 하여도
보이지 않게 속삭이며 비가 옵니다.

비가 옵니다.
들 위에, 창밖에, 지붕에
남모를 기쁜 소식을
나의 가슴에 전하는 비가 옵니다.

첫 연 둘째 행 "The night murmurs softly"는 "밤은 고요히 깃을 벌리고"의 번역으로는 그렇게 적절하다고 보기 어렵다. 주요한은 밤이 온 세상을 조용히 뒤덮는 것을 시각 이미지를 살려 어미 새가 새끼 새들을 품어 주려고 큰 날개를 벌리는 것에 빗댄다. 개신교 목사 주공삼朱孔三의 맏아들인 주요한은 "암탉이 제 새끼를 날개 아래 모음 같이"(「누가복음」 13장 34절)라는 성경 구절을 잘 알고 있었을지 모른다.

또한 이양하는 '부드럽게 중얼거리는' 주체를 밤으로 보았지만 셋째 행에서 드러나듯이 밤이 아니라 한밤에 조용히 내리는 비이다. 셋째 행보다는 조금 낫지만 넷째 행 "Like young fowls chattering in undertones"도 원천 텍스트에서 조금 벗어난다. '병아리'에 해당하는 'chick' 또는 'chickens'가 있는데도 굳이 거위나 칠면조를 포함하는 가금류를 가리키는 'fowls'로 번역한 것이 조금 의외라면 의외이다. 'chick' 또는 'chickens'로 옮겼더라면 'in'과 모음법이 되고 두 번째 음절 '~ens'은 'undertones'의 두 번째 음절

'~ones'과 어울려 좀 더 음악적 효과를 불러올 수도 있었을 것이다.

둘째 연의 번역은 첫 연의 번역보다 좀 더 심각하다. 첫 행 "이지러진 달이 실낱같고"에서 '이지러진 달'을 이양하는 'crescent moon'으로 옮겼다. 그러나 이 영어는 이지러지는 달뿐 아니라 점차 커지는 달도 뜻한다. 점차 커지는 달은 'waxing crescent moon'이라 부르고, 점차 작아지는 달은 'waning crescent moon'이라 부른다. 그러나 'crescent moon'이라고 할 때는 후자보다는 전자를 가리키는 것이 보통이다. 한국어에서는 '초승달'이나 '신월新月'이라고 한다. 유럽 사람들이 아침 식사로 즐겨 먹는 크루아상은 다름 아닌 초승달을 의미한다.

언뜻 대수롭지 않아 보일지 모르지만 일본 제국주의의 지배를 받던 식민지 상황에서 주요한이 조국의 운명을 점차 줄어드는 그믐달에 빗대는 것은 상징적 의미가 있다. 주요한이 「빗소리」를 쓴 지 2년 후 나도향羅稻香은 잘 알려진 수필 「그믐달」에서 "그믐달은 요염하여 감히 손을 댈 수도 없고, 말을 붙일 수도 없이 깜찍하게 예쁜 계집 같은 달인 동시에 가슴이 저리고 쓰리도록 가련한 달이다. 서산 위에 잠깐 나타났다 숨어 버리는 초생달은 세상을 후려 삼키려는 독부가 아니면 철모르는 처녀 같은 달이지마는, 그믐달은 세상의 갖은 풍상을 다 겪고, 나중에는 그 무슨 원한을 품고서 애처롭게 쓰러지는 원부와 같이 애절하고 애절한 맛이 있다"[38]고 말한다.

더구나 이양하는 둘째 연의 둘째와 셋째 행 "별에서도 봄이 흐를 듯이 / 따듯한 바람이 불더니"를 번역하지 않고 그냥 생략하고 슬쩍 넘어가 버린다. "And now through the darkness of the night, / The rain is falling" 만 가지고서는 이 두 행을 제대로 표현할 수 없다. 심지어 차가운 밤하늘의 별에서조차 봄이 흐르면서 따뜻한 봄바람이 분다는 것은 새로운 희망을 기

---

38 나도향, 주종연·김상태 공편, 『나도향 전집 (상)』(집문당, 1988), 155쪽.

약하는 표현이다. 번역 연구나 번역학에서는 이렇게 원천 텍스트의 구절이나 문장을 생략하여 번역하는 것을 흔히 '축소 번역'이라고 부른다. 첫째 연에서 시각 이미지에 무게를 둔다면 둘째 연에서는 시각 이미지와 더불어 촉각 이미지에 무게를 싣는다. 그런데 이양하의 번역에서는 축소 번역 때문에 이러한 이미지를 제대로 느낄 수 없다.

축소 번역은 다음 연에서도 찾아볼 수 있다. "창을 열고 맞으려 하여도 / 보이지 않게 속삭이며 비가 옵니다"를 이양하는 "Opening the door, I greet it / And hear it whispering in the darkness"로 번역한다. 시적 화자 '나'는 지금 "다정한 손님같이" 내리는 비를 맞으려고 문을 열지만 한밤 중이라서 빗줄기가 좀처럼 보이지 않는다. 손님은 분명히 찾아온 것 같은데 어찌 된 일인지 눈에는 보이지 않는 것이다. 그런데 이양하는 '보이지 않게'라는 구절을 빼놓는 대신 '어둠 속에서'라는 구절을 사용하여 번역하였다. 비가 손님처럼 찾아와 반갑게 맞이하려고 하여도 눈에 보이지 않는다는 것은 일제 식민주의의 굴레에서 벗어날 조국 해방은 아직은 가시권에 들어오지 않았다는 것을 상징적으로 보여 준다. 그렇지만 마지막 연에서 볼 수 있듯이 시적 화자는 '남모를 기쁜 소식'을 전해 주는 빗소리를 들으며 아직 희망의 끈을 놓지 않는다.

앞의 다른 연보다는 덜 하지만 마지막 연의 번역도 원천 텍스트에서 조금 벗어난다. 가령 "비가 옵니다. / 들 위에, 창밖에, 지붕에"에서 '들 위에'를 'on the garden'으로, '창밖에'를 'on the windows'로 번역한다. 이보다 더 문제가 되는 것은 주요한이 1, 3, 4연의 첫 행마다 "비가 옵니다"라는 동일 어구를 반복하는 것을 제대로 옮기지 못했다는 점이다. 원천 텍스트처럼 네 연을 구분 지어 번역하고, 첫 행에 "It is raining" 또는 "The rain is falling"이라는 문장을 반복했더라면 지금보다 훨씬 더 동요에서 볼 수 있는 경쾌한 리듬을 살릴 수 있었을지 모른다. 또한 이러한 방법으로 한국어의 경어체를 영어로 번역할 수 없는 한계를 어느 정도 극복할 수도 있었을 것이다.

이양하는 어느 한 장르에 머물지 않고 시, 에세이, 비평 등을 넘나들며 폭넓게 번역하였다. 그의 번역은 오늘날의 기준으로 보면 조금 미흡할지 모르지만 당시 기준으로는 상당히 수준이 높다. 특히 한국에서 처음으로 번역을 시도한 작품도 있을 뿐 아니라 『워어즈워쓰 시집』처럼 한 시인의 작품을 집중적으로 번역한 경우도 있다. 이재호는 "참다운 자연시를 우리나라에서 처음 즐기고 감상할 수 있게 해 주신 선생님의 노고를 기뻐하면서 고맙게 생각한다"[39]고 밝힌다. 그의 말은 단순히 은사에 대한 칭찬으로만 돌릴 수 없다.

이양하는 평소 조금 어눌하다 싶다 할 언변을 글로써 유감없이 표현하였다. 이러한 특성은 그가 수필이나 시를 창작할 때뿐 아니라 외국 작품을 한국어로 번역할 때에도 잘 드러난다. 그의 제자 유영은 "늘 유창하지 못한 그 말씀이 한번 강의로 옮기기 시작하자 젊은 우리 생명에게는 곧 천의무봉天衣無縫의 명문名文의 낭송으로 변하고 만다"고 회고한다. 그러면서 유영은 "내가 번역의 가치와 필요를 깨닫고 또 마음먹었다면 이는 선생의 번역을 들은 데서였을지도 모른다. 교실에서 하시는 번역은 그대로 받아쓰면 요새 텔레타이프로 그냥 인쇄가 되어도 좋을 정도의 완벽에 가까운 것이었다"[40]고 회고한다. 유영에 따르면 이양하의 번역은 특히 시에서 찬란한 빛을 내뿜는다.

한국 번역 문학사에서 이양하의 역할과 공헌은 결코 가볍지 않다. 한마디로 그는 단순히 수필가나 시인 또는 영문학자의 범주에 묶어 둘 수는 없다. 이양하는 수필가·시인·영문학자 못지않게 번역가로서도 큰 족적을 남겼기 때문이다. 그러므로 만약 이양하가 번역에서 이룩한 업적을 소홀히 하거나 제외한다면 한국 번역사는 그만큼 초라해질 수밖에 없을 것이다.

---

39 이재호, 「워어즈워쓰의 생애와 작품」, 『워어즈워쓰 시집』, 184쪽.
40 유영, 「시인으로서의 이 선생」, 『이양하 교수 추념문집』, 223~224쪽.

제 5 장

▼

영문학자 이양하

이양하는 60년 가까운 생애에 수필가와 시인, 번역가로 눈부시게 활약했지만 그의 본업은 어디까지나 영문학자였다. 조선이 일본 제국주의의 식민지 지배를 받던 암울한 시대, 그는 식민지 주민으로서는 보기 드물게 명문 중고등학교 과정을 거쳐 일본의 최고 고등교육 기관인 도쿄제국대학에서 영문학을 전공하고 교토제국대학 대학원에서 역시 영문학을 전공하였다. 그 뒤 귀국하여 이양하는 연희전문학교에서 10년 남짓 영문학을 강의한 뒤 해방 직전 경성대학과 서울대학교로 자리를 옮겨 사망할 때까지 근무하였다. 이러한 경력을 보더라도 영문학자로서의 그의 위상은 조금도 의심할 여지가 없다. 그런데도 그의 다른 화려한 업적에 가려 아쉽게도 영문학자로서의 업적은 그동안 제대로 조명을 받지 못하였다.

어떤 의미에서 이양하의 학문적 업적은 동시대에 활약한 다른 영문학자들과 비교해 보면 그렇게 두드러지지 않게 보일지도 모른다. 가령 와세다대학에서 영문학을 전공한 정인섭만 하여도 윌리엄 셰익스피어 번역, 음성학과 비교언어학 연구, 아동문학, 극예술 등 다양한 분야에서 활약하였다. 한편 경성제국대학에서 영문학을 전공한 최재서는 낭만주의와 주지주의 같은 서구 문예 이론을 국내 학계와 문단에 도입하여 그것을 바탕으로 한국문학 작품을 새롭게 읽어 내어 주목을 받았다. 그는 한국인 학자로서는 보기 드물게 영문학사 세 권을 출간했는가 하면 셰익스피어 연구서를 한국어와 영문으로 각각 출간하였다.

그러나 이양하는 수필가와 시인, 번역가로 활동하면서도 그 나름대로 영문학자로서 역할을 충실하게 하였다. 다만 다른 영문학 전공자들처럼 대중매체에 잘 드러나지 않은 데다 영문학 전공자를 제외하고는 일반인들에게는 별로 알려지지 않았을 뿐이다. 일본 유학을 마치고 귀국한 뒤에는 영문학 전문 학술지보다는 주로 대학신문에 글을 발표했다는 점도 영문학자로서 그의 위치를 일반인에게 알리는 데 걸림돌이 되었다.

영문학과 관련하여 이양하의 활동은 ① 영문학 관계 학위 논문과 서평 및 논문 발표, ② I. A. 리처즈의『과학과 시』번역, ③ 영국 시인이요 산문 작가인 월터 새비지 랜더 평전 집필, ④ 한국 학계에 비교문학 도입, ⑤ 영한/한영 사전 편찬과 영어 교과서 집필 등 크게 다섯 가지를 들 수 있다. 식민지 상황과 어수선한 해방 공간, 그리고 곧 불어닥친 한국전쟁의 소용돌이 속에서도 그가 이러한 업적을 이룩해 냈다는 것이 여간 놀랍지 않다.

졸업논문

이양하가 영문학을 전공할 무렵 도쿄제국대학에는 쟁쟁한 영문학자들이 포진하고 있었다. 일본 이름 '고이즈미 야쿠모(小泉八雲)'로 잘 알려진 라프카디오 헌과 나쓰메 소세키와 우에다 빈(上田敏)은 이미 영문학과를 떠난 뒤였다. 1924년에 부임한 영국 시인인 에드먼드 블런던Edmund Blunden도 1927년에 영국으로 돌아갔다. 그래서 당시 사이토 다케시와 이치카와 산키 교수가 중심적인 역할을 하였다. 앞 장에서 언급하였듯이 이양하는 타고난 문학적 재능과 각고의 노력으로 교수들한테서 일본인 학생들보다 실력이 우수하다고 인정받았다.

오늘날과는 달라서 이 무렵 대학을 졸업하려면 학생들은 반드시 졸업논문을 제출하여 통과해야만 하였다. 1930년 이양하가 도쿄제국대학에 제출한 졸업논문 제목은 「월터 페이터의 인생관과 관련한 향락주의자 마리우스의 내면생활(The Inner Life of Marius the Epicurean, with Reference to Walter Pater's View of Life)」이었다. 잘 알려진 것처럼 페이터는 19세기 후반기에 활약한 영국의 문학가요 평론가이다. 옥스퍼드 대학을 졸업한 뒤 평생 이 대학의 교수로 지내면서 이른바 '예술을 위한 예술'의 대변자로『르네상스 역사에 관한 연구』(1873)와 『르네상스 미술과 시에 관한 연구』(1877, 1888, 1893)를 비롯한 문예부흥 관련 저서, 『쾌락주의자 마리우스』(1885, 1892), 『플라톤과 플라톤주의』(1893) 등을 저술하여 허무주의적 심미주의를 부르짖었다. 이렇듯 메이지유신 이후 영국문학이 일본에 적극 수용되면서 낭만주의와 함께 심미주의 문학도 소개되었다.[1]

이양하가 졸업논문의 주제로 삼은 페이터의 작품 『쾌락주의자 마리우스』는 페이터가 마리우스라는 고대 로마 시대의 한 젊은이를 주인공으로 삼아 쓴 철학적 로망스이다. 이양하의 논문이 지금 남아 있지 않아 자세히 알 수는 없지만 그 제목으로 미루어 보면 이 소설이 어떻게 페이터의 인생관을 반영하는지 규명한 것 같다. 이 작품은 '감각과 관념'이라는 부제에서 볼 수 있듯이 마리우스라는 성실한 로마의 젊은이가 '심미적' 삶을 추구해 나가는 과정을 다룬다. 주인공 마리우스는 에피쿠로스학파의 쾌락주의와 키레네학파의 쾌락주의를 시작으로 아우렐리우스 황제의 금욕주의를 거쳐 마침내 기독교의 순교 정신에 이른다. 그런데 여기서 한 가지 주목할 것은 페이터가 '향락주의'를 '쾌락주의'와는 구별 짓는다는 점이다. 플롯 못지않게 문체에 무게를 두는 이 로망스는 오스카 와일드Oscar Wilde 같은 후기 빅토리아 시대의 심미주의와 퇴폐주의 운동의 작가들뿐 아니라 제임스 조이스, 버지니아 울프

---

1 1920년대 말엽에서 1930년대 중엽 일본과 식민지 조선에서 영문학을 전공한 조선인 학생들의 졸업 학교와 연도와 졸업논문 제목은 다음과 같다. ① 정지용鄭芝溶, 도시샤대학 (1929년), 「Imagination of the Poetry of William Blake」, ② 정조명鄭朝明, 도시샤대학(1929년), 「A Glimpse of Walter de la Mare as a Poet of Life」, ③ 이효석李孝石, 경성제국대학(1930), 「The Play of J. M. Synge」, ④ 최정우崔珽宇, 도쿄제국대학 (1931), 「A Critical Study of John M. Synge」, ⑤ 권중휘權重輝, 도쿄제국대학(1931), 「On Carlyle's Social Philosophy in Sartor Resartus」, ⑥ 최재서崔載瑞, 경성제국대학(1931), 「The Development of Shelley's Poetic Mind」, ⑦ 김환태金煥泰, 규슈대학(1934), 「Matthew Arnold and Walter Pater as Literary Critics」. 이 밖에도 와세다대학을 졸업한 정인섭鄭寅燮, 정규창丁奎昶, 김한용金翰容, 유석동柳錫東, 김광섭金珖燮, 호세이대학을 졸업한 장기제張起悌 등이 영문학을 전공하였다.

이양하가 도쿄제국대학
졸업논문의 주제로 삼은
월터 페이터.
그는 '예술을 위한 예술'의
대변자였다.

Virginia Woolf, 조셉 콘래드Joseph Conrad 같은 모더니즘 계열의 심리주의 소설가들에게도 큰 영향을 끼쳤다.

1930년 도쿄제국대학을 졸업한 이양하는 1931년 6월부터 1932년 6월까지 교토제국대학 대학원에서 계속 영문학을 전공하였다. 이때 그는 이시다 겐지와 다나카 히데나카 교수 밑에서 지도를 받았다. 이시다는 찰스 램, 존 러스킨, 토머스 칼라일 등의 연구에 관심을 기울인 19세기 영문학 전공자였다. 다나카는 일본에서 서양 고전학의 개척자로 널리 알려진 학자였다. 이양하는 학부 때부터 관심을 기울이던 작가 월터 페이터를 계속 전공하되 플라톤으로 그 지평을 넓혔다. 그는 연구 주제를 '페이터와 플라톤'으로 삼았다. 그러므로 이양하가 이 분야를 좀 더 심도 있게 공부하는 데 이시다와 다나카 두 교수는 그야말로 안성맞춤이었다.

이양하는 고대 로마 시대 철인 황제와 19세기 영국의 심미주의 문학가한테서 알게 모르게 큰 영향을 받았다. 어딘지 모르게 이양하한테서 풍기는 고독과 체념과 허무의 냄새는 이 두 사람에게서 물려받은 유산이기도 하다. 그는 견인주의자堅忍主義者를 자처하며 삶의 현실에서 눈을 돌린 채 내면세계에 충실하려고 하였다. 또한 이양하는 현실에서 느끼던 실의와 좌절, 회의와 분노를 아우렐리우스의 『명상록』을 빌려 표현하려고 하였다. 국정 고등학교 국어 교과서에도 실릴 만큼 잘 알려진 그의 수필 「페이터의 산문」에서는 이양하의 세계관을 엿볼 수 있다. 이 수필에서 그는 아우렐리우스의 『명상록』을 애독서 중의 하나로 꼽는다.

> 만일 나의 애독하는 서적을 제한하여 2, 3권 내지 4, 5권만을 들라 하면 나는 그중의 하나로 옛날 로마의 철학자 황제 마르쿠스 아우렐리우스의 『명상록』을 들기를 주저하지 아니하겠다. 혹은 설움으로, 혹은 분노로, 혹은 욕정으로 마음이 뒤흔들리거나, 또는 모든 일이 뜻같지 아니하여 세상이 귀찮고, 아름다운 동무의 이야기까지 번거롭게 들릴 때, 나는 흔히 이 견인주의자 황제를 생각하고, 어떤 때에는 직접 조용히 그의 『명상록』을 펴 본다. 그러면 그것은 대강의 경우에 있어 어느 정도의 마음의 평정을 회복해 주고, 당면한 고통과 침울을 많이 완화해 주고, 진무鎭撫해 준다.[2]

이 글은 일반적 의미의 수필과는 조금 달라서 수필과 번역을 겸한, 말하자면 일종의 '하이브리드적' 작품이다. 이양하가 밝히듯이 위 인용문은 아우렐리우스의 『명상록』에서 직접 번역한 것이 아니라, 월터 페이터가 그의 『쾌락주의자 마리우스』에서 황제의 연설이라 하여 임의로 뽑아 "자기 자신의 상상과 문식을 가하여 써 놓은 몇 구절"(154쪽)을 번역한 것이다. 장르를 떠나 이

---

2 이양하 저, 송명희 편, 『이양하 수필 전집』(현대문학사, 2009), 153쪽. 앞으로 이양하의 수필은 모두 이 책에서 인용하고, 인용 쪽수는 본문 안에 직접 밝히기로 한다.

양하는 이 글에서 "모든 것을 어떻게 생각하는 것은 네 마음에 달렸다"느니, "행복한 생활이란 많은 물건에 의존하는 것이 아니라는 것을 항상 기억하라" 느니, "모든 것을 사리捨離하라"느니, "그리고 물러가 네 자신 가운데 침잠하라"(153쪽)느니 하고 말한다. 이양하는 평생 개인적 삶뿐 아니라 학자로서의 삶에서도 아우렐리우스의 충고에 비교적 충실히 따르려고 노력하였다.

교토제국대학에서 대학원 과정을 밟는 동안 이양하는 영문학자로서의 학문적 성과를 쌓기 시작하였다. 예를 들어 1931년 4월 그는 일본영문학회의 기관지 《에이분가쿠켄큐(英文學研究)》(11권 2호)에 구도 시오미가 번역한 월터 페이터의 단편집에 관한 '비평 소개' 「구도 시오미 역, 『월터 페이터 단편집』(工藤好美譯, 『ウォオルタア·ペイタア短篇集』)」을 발표하였다. 이 학술지는 표지에서도 분명히 밝히듯이 도쿄제국대학 '영문학 세미나실'에서 편집하고 있어 이 대학 교수들의 영향력이 거의 절대적이었다.

김진희金眞禧는 이양하가 저명한 영문학 학술지에 이 서평을 쓰게 된 데에는 아마 스승 도이 고치의 도움이 컸을 것으로 추정한다.[3] 그 증거로 김진희는 이 책을 출간할 때 도이가 직접 책의 장정을 고안했다는 점을 든다. 실제로 도이는 와세다대학 출신인 구도와 함께 여행도 다니고 그에게 많은 편지를 보내면서 교감할 정도로 사이가 무척 돈독하였다. 뒷날 두 사람이 50년 넘게 주고받은 편지는 1998년에 서간집으로 출간되었다.

도이 고치 교수는 1924년부터 도호쿠(東北)제국대학 교수로 재직하고 있어 이양하가 일본의 유수 학술지에 이 서평을 기고할 수 있었던 데에는 도이보다는 아무래도 사이토 다케시의 도움이 컸을 가능성이 크다. 사이토는 중

---

3 김진희, 「일본 《영문학연구》에 실린 이양하의 첫 비평」, 《서정시학》 27: 3 (2017), 191쪽. 도이 고치는 도쿄제국대학을 졸업한 뒤 타이베이(台北)제국대학 조교수로 재직하다가 영국 옥스퍼드대학교에서 유학한 뒤 귀국하여 나고야(名古屋)대학, 고베(神戶)대학, 나라(奈良)여자대학을 거쳐 도호쿠제국대학 교수를 역임하였다.

도쿄제국대학
영문학 교수 사이토 다케시.
그는 이양하와 권중휘를
직간접적으로 도와주었다.

세기부터 20세기에 이르는 영국문학사를 '문예사조를 중심으로' 집필한 『イギ
リス분가쿠샤(英文学史)』(1927)를 발간하여 큰 관심을 불러일으켰다. 그는 식
민지 조선의 젊은 학생 이양하와 권중휘를 무척 아꼈던 것으로 알려져 있다.
1972년 9월 권중휘는 서울대학교 총장을 그만둔 뒤 문교부의 주선으로 일
본 학계를 시찰하려 방문했을 때 은사를 만났다. 사이토는 네 번에 걸쳐 개
정한 『영문학사』(17쇄본, 1972) 속표지에 "중휘 군에게 옛 친구 다케시 사이
토"라고 서명하여 건네주었다.[4]

식민지 조선에 대한 사이토의 관심과 애정은 1919년 독립만세운동 직후 4
월 경기도 수원군 향남면(현 화성시 향남읍) 제암리 교회에서 발생한 양민학
살 사건에 대한 태도에서도 엿볼 수 있다. 일본 육군 헌병 중위 아리타 도시
오(有田俊夫)의 주도로 일어난 이 끔찍한 사건은 일본 제국주의의 만행을 보
여 주는 좋은 예였다. 캐나다 선교사로 세브란스의학전문학교 교수인 프랭크

4 김형국, 한산 권중휘 선생 추념문집 간행위원회 편, 『한산 권중휘 선생 추념문집』 (동인,
2004).

W. 스코필드(한국 이름 석호필石虎弼)는 이 사건을 해외에 널리 알렸다. 그런데 사이토 다케시도 이 소식을 전해 듣고 《후쿠인신포(福音新報)》에 「어떤 살육 사건」이라는 장편 시를 기고하였다. 그는 이 시에서 "돌연히 울린 총성 한 발, 두 발 / 순식간에 교회당은 시체의 사당 / 그것도 모자라 불을 들고 덮치는 자가 있었다"고 읊었다. 또한 그는 이 작품에서 "아시아 대륙 동쪽 끝에서 일어났던 참사"라고 탄식하였다.

이양하의 서평이 실린 《에이분가쿠켄큐》에는 학술 논문이 7편 실린 반면, '비평 소개'는 무려 11편이나 실려 있고 학회 소식이나 정보 등을 싣는 '잡찬 雜纂'에는 짤막한 글이 6편 실려 있다. 이양하의 서평 바로 앞에는 1930년대 도쿄제국대학에서 영문학을 가르친 영국인 비평가 피터 퀘널Peter Quennell 이 쓴 버지니아 울프의 소설 『밤과 낮』(1919)을 소개하는 영문 서평이 실려 있다. 당시 일본영문학회가 외국과 일본의 영문학 비평에 얼마나 깊은 관심을 기울였는지 가늠해 볼 수 있는 대목이다. 더구나 한국전쟁 뒤 1954년 가을 뒤늦게 출범한 한국영어영문학회와는 달리 일본에서는 일찍부터 영문학회와 영어학회를 서로 분리하여 운영하였다.

도쿄제국대학에 제출할 졸업논문을 쓰면서 이양하는 구도 요시미가 번역 한 『향락주의자 마리우스(享楽主義者 マリウス)』를 읽은 탓에 이 일본인 학자 를 이미 잘 알고 있었다.

앞서 충실하면서도 유려한 필체로 Marius the Epicurean을 번역 하고, 우리로 하여금 난해하면서도 매력 있는 Pater의 사색의 세계로 헤치고 들어가게 함과 동시에 그의 조용하면서 호흡이 긴 문체에 마 주하게 한 구도 씨는 이번에 새롭게 『월터 페이터 단편집』을 공개하여 우리에게 아름다운 Pater의 수많은 단편을 접할 기회와 인연을 만들 었다.[5]

이양하는 서평에서 구도의 페이터 산문 작품 번역 못지않게 구도의 「역자 서문」에도 주목하였다. 이양하는 "40여 장에 이르는 이 서문에서는 주로 Pater의 예술관에 관한 역자의 의견이 서술되어 있는데 하나로 정리된 연구에 관한 중요한 문헌이라고 할 수 있다"고 평한다. 그러면서 그는 구도가 페이터의 문학관이 초기 작품에서 후기 작품으로 넘어오면서 낭만주의에서 고전주의로 변모한다는 점에 주목한다고 밝힌다. 그런데 페이터의 이러한 변모 과정은 이양하한테서도 거의 그대로 엿볼 수 있다. 그는 초기에는 감상주의적이고 허무주의적인 심미적 예술관에 젖어 있었지만 한국전쟁과 4·19 혁명과 5·16 군사 정변을 거치면서 점차 사회의 현실 문제에 눈을 돌렸다.

더구나 이양하는 서평 끝부분에서 구도가 페이터의 유려한 문체와 결이 다른 프롤레타리아 문학가들의 문체에도 주목한다고 밝힌다. 김진희의 지적대로 이 대목에서는 당대 일본과 식민지 조선의 문단을 휩쓸던 프롤레타리아 문학에 대한 이양하의 태도를 읽을 수 있다.

실제로 우리들이 종래의 문학관, 특히 영문학을 통해 배워 얻은 우리들의 문학과는 대조적인 지반에 서 있는 오늘날의 새로운 문학에 대해 어떠한 태도를 갖고, 어떻게 이해할 것인가 하는 것이 지금의 급선무라고 말할 수 있다. 너그럽고 넓은 우미優美한 세계에 임할 때, 거의 생리적 반발 혹은 위축이라고도 할 만한 것을 느낀다. 그러나 그렇다고 해서 이 새로운 세계에 눈을 감는 것은 시대와, 주변과 함께 살

5 李敭河, 「批評紹介: 工藤好美譯, 『ウォオルタァ・ペイタァ短篇集』」, 《英文學研究》 11권 2호 (1931. 04), 290~291쪽. 위의 인용문은 김진희, 「일본 《영문학연구》에 실린 이양하의 첫 비평」, 189쪽에서 그대로 인용하되 다만 '가련한'을 '아름다운'으로 고쳐 옮겼다. '可憐な'는 한국어처럼 '가련하다' '애처롭다'의 의미 말고도 '아름답다' '귀엽다'의 의미로 쓰이기도 한다.

아가는 우리들로서는 무모하기만 한 것이 아니라, 그러한 것에 의해 살아 있음이 가져오는 잔속의 어떤 물방울을 지상에 흘러넘치게 하는 것인지도 모른다.[6]

위 인용문에서 "영문학을 통해 배워 얻은 우리들의 문학"이란 당시 일본 제국대학의 영문학과에서 주로 강의하던 낭만주의 문학을 말한다. 이양하가 언급하는 "너그럽고 넓은 우미한 세계"란 다름 아닌 창조적인 상상력을 비롯하여 인간의 개성과 정서의 표현 등을 중시하는 낭만주의의 세계를 말한다. 한편 "오늘날의 새로운 문학"이란 두말할 나위 없이 프롤레타리아 문학을 가리킨다. 이양하가 서평을 쓸 무렵 일본에서 프롤레타리아 문학은 막바지에 접어들고 있었다. 문학의 사회적 역할이라는 깃발을 높이 내건 이 문학은 서유럽의 낭만주의와 여러모로 비슷한 일본문학의 사소설私小說을 아주 못마땅하게 생각하였다.

일제강점기 식민지 지식인으로서 이양하는 겉으로는 평온함을 유지하고 있었지만, 내면에서는 식민 통치에 대한 반발이 적지 않았다. 첫 장에서 밝혔듯이 일제가 식민 통치의 고삐를 점점 조여 가던 연희전문학교 근무 기간은 이양하의 삶에서 "가장 고독과 불평에 가득 찬 메마른 시절"이었다는 동료 교수 고형곤의 회고를 다시 한번 떠올릴 필요가 있다. 이러한 불평은 본의 아니게 조혼한 뒤 아내와 이혼하고 혼자 살아가야 하는 개인적 삶에 대한 자기 연민 못지않게 식민지 시대에 대한 울분이기도 했을 것이다. 그의 성격에 말이나 행동으로 표현하지는 않았어도 마음속으로는 일제에 대한 반항심이 휴화산처럼 꿈틀거리고 있었을지 모른다. 그러므로 이양하를 단순히 감각주의자나 견인주의자로 묶어 두는 것은 그다지 바람직하지 않다.

---

6 김진희, 「일본《영문학연구》에 실린 이양하의 첫 비평」, 191~192쪽에서 재인용.

1933년 4월 이양하는 《에이분가쿠켄큐》(13권 2호)에 두 번째로 「월터 페이터와 인본주의(ウォルター・ペイターと人本主義)」라는 좀 더 본격적인 논문을 발표하였다. 이 논문은 그가 도쿄제국대학과 교토제국대학에 졸업논문으로 제출한 것을 좀 더 보강하고 학술지에 맞게 새로 고쳐 쓴 글이다. 식민지 조선의 지식인이 일본의 학술지에 정식으로 논문을 발표한다는 것은 결코 쉬운 일이 아니었다. 물론 여기에는 도쿄제국대학과 교토제국대학의 영문학 교수들이 어떤 식으로든지 직간접으로 도와주었을 것이다. 또한 교토제국대학에 「쾌락주의자 마리우스 연구(A Study of Marius the Epicurean)」라는 졸업논문을 제출한 모리 로쿠로가 실질적인 도움을 준 것으로 알려져 있다. 이양하는 이 논문에서 페이터가 유미주의적 문학관을 피력하면서도 플라톤의 윤리성을 기반으로 하는 이성의 힘을 강조한다고 주장한다. 다시 말해서 이양하는 페이터의 '고행'의 개념을 도입하여 참다운 의미의 유미주의라면 반드시 규율과 절제의 제약을 받아야 한다는 이론을 전개한다.[7]

이렇게 일제강점기 식민지 조선의 젊은 지식인이 일본영문학회의 기관지에 서평과 논문을 발표한다는 것은 여간 보기 드문 일이 아니었다. 더구나 그때 그의 나이 겨우 이십 대 후반에 지나지 않았다. 몇 해 뒤 경성제국대학 법문학부에서 영문학을 전공한 최재서가 이양하의 뒤를 이어 《에이분가쿠켄큐》에 논문을 발표하였다. 1935년 가을 최재서는 주임교수 사토 기요시와 함께 일본영문학회가 개최하는 7회 학회에 참가하여 「현대 비평에 있어서의 개성의 문제(現代批評に於ける個性の問題)」를 발표하고 《에이분가쿠켄큐》(16권 2호, 1936. 04)에 이 논문을 실었다. 또한 최재서는 1939년 역시 사토 교수와 함께 일본영문학회 10회 학회에 참석하여 「현대 비평의 성격(現代批評の性

---

7 이양하의 이 논문은 김윤식이 한국어로 번역하여 《현대문학》 28권 1호(1982. 01)의 '자료 소개'란, 283~293쪽에 실었다.

格)」이라는 논문을 발표하고 같은 학회지(19권 2호, 1939. 04)에 이 논문을 실었다. 또한 최재서는 《가이조(改造)》, 《시소(思想)》, 《미타분가쿠(三田文學)》 같은 일본의 저명한 잡지에 글을 기고하고 유수 출판사에서 번역서를 출간하기도 하였다.[8] 이렇듯 이양하와 최재서는 식민지 시대 조선의 영문학계를 대표하는 학자와 다름없었다.

월터 페이터가 조선에 처음 소개된 것은 이양하가 일본 학계에 논문을 발표하고 나서 1년 뒤였다. 김기림이 1935년 2월 《조선일보》에 기고한 「시에 있어서의 기교주의의 반성과 발전」에서 이 영국 유미주의 작가를 처음 소개하였다. 아르투어 쇼펜하우어Arthur Schopenhauer는 『의지와 표상으로서의 세계』(1818, 1859)에서 "모든 예술은 음악의 상태를 동경한다"고 말하였다. 페이터는 이 말을 받아 『르네상스』 3판(1888)에서 "모든 예술은 끊임없이 음악의 상태를 동경한다. 다른 예술에서는 소재를 형식으로부터 분리할 수 있는데, 사실 이 구분이 불가능하게 되어야 비로소 진정한 예술이라고 할 수 있기 때문이다"[9]라고 말한다. 김기림은 페이터가 지나치게 시에서 음악성을 강조한 것을 문제 삼으면서 시에서는 음악성 못지않게 회화성도 중요하다고 역설한다.

리처즈의 『시와 과학』

이양하는 서평과 논문을 발표하여 일본 영문학계에 식민지 조선 지식인으로서의 실력을 유감없이 발휘하였다. 이와 더불어 그는 1932년 5월 영국 비

---

8 요시아키 미하라(三原芳秋) 저, 홍종욱 역, 「최재서의 Order」, 와타나베 나오키(渡邊直紀) 외, 『전쟁하는 신민, 식민지의 국민문화』 (소명출판, 2010), 91쪽.
9 Walter Pater, *The Renaissance Studies in Art and Poetry*, ed. Adam Philips (Oxford: Oxford University Press, 1986), p. 86.

평가요 수사학자인 I. A. 리처즈의 유명한 저서『과학과 시』(1926)를 일본어로
번역하여 『詩と科學』이라는 제목으로 일본의 유수 출판사 겐큐사에서 출간

이양하가 처음에 일본어로 번역했
다가 뒷날 한국어로 번역하여 출
간한 I. A. 리처즈의『시와 과학』

하였다. 그런데 이양하가 이 책의 제목을
'과학과 시'가 아니라 '시와 과학'으로 바꾸
어 출간한 것은 그의 탁월한 식견에서 비
롯한다. 뒷날 리처즈도 이 책을 여러 번 개
정하면서 1970년에 마침내『시들과 과학
들』이라는 제목으로 다시 출간하였다. 뒷
날 이 책의 저자 역시 이양하처럼 과학보
다는 시에 무게를 두었다.

　『詩と科學』의 서지란에는 "詩と科學 /
アイ·エイ·リチャーヅ[著]; 李敭河譯 / (文
學論パンフレット / 斎藤勇編輯, 9) / 硏

究社, 1932.5 / タイトル別名 Science and poetry 詩と科學"로 표기되어
있다. 여기서 눈여겨볼 것은 '문학론 팸플릿'이라는 이 시리즈의 편집 책임자
가 다름 아닌 사이토 다케시 교수였다는 점이다. 사이토는 이 시리즈의 출간
과 관련하여 "일본의 문학계에 영미문학 대가의 글을 번역하여 공부하는 사
람의 편의를 위한 기획물"이라고 밝힌다. 그러면서 그는 "학문에 매진하는 신
진 학생들에게 영미 대가들의 번역을 맡긴다"고 말한다.[10] 도쿄제국대학 시
절부터 이양하의 실력을 높이 평가하던 사이토는 조선인 제자를 그가 말하
는 '신진 학생들' 중 한 사람에 포함시켰다. 제1장에서 언급했듯이 이양하는
영문학과 수석 졸업자였지만 당시 사정으로 교토 제3고등학교 교장의 아들
모리 로쿠로한테 그 영광이 돌아갈 수밖에 없었다. 사이토는 아마 이 일을 기

10 김진희, 앞의 글, 192~193쪽.

억하고 이양하에게 진 빚을 갚으려고 했을지도 모른다.

이양하는 이 책을 번역하면서 사이토 교수의 기대에 부응하려고 한 듯이 최선을 다하였다. 이양하가 번역하는 동안 다행스럽게도 리처즈가 일본에 들렀고, 그는 리처즈를 직접 만나 번역과 관련하여 여러 가지 도움을 받을 수 있었다. 이 무렵 중국에 머물며 영어 교육과 영문학을 강의하던 리처즈는 1930년대 일 년에 한 번꼴로 일본을 방문하곤 하였다. 이양하가 그를 만난 것은 1931년 여름 교토에서였다. 리처즈는 이양하의 질문에 성실하게 답해 주었을 뿐 아니라 일본어 번역서에 직접 '저자 서문'을 써 주기도 하였다. '역자 서문'에서 이양하는 리처즈에게 고마움을 표하였다.

> 나는 번역하는 데에 내 최선을 다했다. 그럼에도 여전히 수많은 부족한 점이 있는 것은 내 스스로 깊이 자각하고 있다. 그러나 지난여름 리처즈가 베이징에서 영국으로 돌아가는 도중 교토에 들렀던 때에는, 다행히 직접 만나 뵐 수 있는 기회를 얻어 이 책의 무수한 난문難問을 물을 수 있었던 것, 또한 특히 이 책을 위해 써 주신 서문을 얻어 권두를 장식할 수 있었던 것은 나의 큰 기쁨이다. 이에 여기에 깊게 감사할 따름이다.[11]

이양하가 '무수한 난문'이라고 말하는 것은 과장이 아니다. 실제로 리처즈가 새로운 용어를 만들어 사용하고 심리학을 비롯한 여러 분야의 개념을 도입하여 이양하로서는 이 책을 번역하는 데 적지 않은 어려움을 겪었을 터였

---

11 김진희, 앞의 글, 193쪽에서 인용. 리처즈는 일본의 영어 교육 프로그램에서 메리 덴튼을 처음 만나 서로 교류하였다. 덴튼은 교토의 도시샤 여학교에서 영어를 가르치고 있었다. 리처즈 부부가 1931년 여름 교토에 들렀을 때 그녀의 집에서 머물렀다. John Paul Russo, *I. A. Richards: His Life and Work* (Baltimore: Johns Hopkins University Press, 1989), p. 705.

다. 더구나 이양하가 아무리 일본어에 능통하다고는 하지만 그에게 일본어는 어디까지나 모국어가 아닌 외국어였다. 영문 저서를 일본어로 번역한다는 것은 아마 큰 도전이었을 것이다.

해방 후 1947년 이양하는 일본어로 쓴 『시와 과학』을 한국어로 번역하여 을유문화사에서 출간하였다. 이 비평서를 간행하는 데에는 『이양하 수필집』을 출간하는 데 큰 역할을 했던, 연희전문학교의 제자 조풍연의 노력이 컸다. 이양하는 일본에서 리처즈를 만나 도움을 받았지만 그보다 훨씬 앞서 리처즈는 한국에 잠시 들른 적이 있었다. 1929년에 중국 베이징으로 가기 전 시베리아 대륙철도로 블라디보스토크에 도착하여 일본 교토에서 잠시 머문 뒤 리처즈는 배를 타고 한국에 왔다가 다시 베이징으로 갔다.[12] 1946년 12월에 쓴 '역자 서문'에는 이 책의 저자와 관련한 소중한 여러 정보가 소개되어 있다.

> 원저자 '리처즈' 씨는 원래 '케임브리지'대학 출신으로 한동안은 모교에서 교편을 잡고 있었고 한 14, 5년 전에는 북경대학의 초빙을 받아 영문학을 가르친 일이 있다. 근자에 씨의 『기본 영어(Basic English)』가 조선서 출판되었으니 씨의 이름은 인제 우리 조선 독자에게도 아주 생소한 이름은 아니다. 이 『기본 영어』를 통하여 보건대 씨는 대전大戰 중 미국으로 가 '하버드'대학에서 교편을 잡는 한편 '록펠러'재단의 위촉을 받아 영어 교육의 개선과 연구에 종사하여 오고 현재는 주로 『기본 영어』의 창도자요 지도자로 영명令名을 날리고 있는 듯하다.[13]

---

12 Robert Sawyer, *Shakespeare Between the World Wars: The Anglo-American Sphere* (London: Palgrave Macmillan, 2019), p. 252.
13 이양하, '역자 서문', 『시와 과학』 (을유문화사, 1947), 1쪽.

이양하가 언급하는 리처즈의 '기본 영어'란 단어 수를 850개로 제한하여 간단하게 영어를 습득하는 교수법을 말한다. 이 교수법은 본디 리처즈가 영국의 언어학자 찰스 K. 오그던Charles Kay Ogden과 함께 국제적인 의사소통을 위하여 개발한 것이다. 그런데 이양하가 한국에서도 출간되었다고 말하는 '기본 영어'란 단행본의 제목이 아니라 리처즈와 오그던의 영어 교수 방법을 가리키는 것 같다. 영국에서는 오그던의 『기본 영어와 용법』(1930)이 처음

1945년 을유문화사가 출간한 리처즈와 찰스 오그던 공저의 영어 교과서.

출간된 뒤 리처즈의 『기본 영어와 그 사용』(1943)이 잇따라 나왔다. 후자의 책은 1945년에 『잉글리시 리스타트 베이식English Re-start Basic』(전 3권)이라는 제목으로 한국에서도 출간되었다. 이 책은 처음 출간된 이후 60여 년 동안 한국, 일본, 스페인, 이탈리아 등 40여 개국에서 나왔다. 성경 다음으로 가장 많이 팔렸다는 이 책은 국제적 베스트셀러로 일본에서는 30년 넘게 사랑받고 있는 교재로 정평이 나 있다. 이 책을 통하여 몇백만 명에 이르는 전 세계 독자가 영어를 효과적으로 배우는 데 성공하였다.[14]

그러나 이양하는 영어 교수법 개발자로서의 리처즈보다는 현대 비평 이론에 굵직한 획을 그은 문학비평가로서의 리처즈에 훨씬 더 깊은 관심을 기울였다. 그는 리처즈의 업적은 비평에 있다고 아예 못 박아 말한다.

---

14 이 책은 2008년에 뉴런출판사가 재출간하면서 한국에서 종합 베스트셀러 1위에 오르는 이변이 일어났다. 영어 학습서가 단행본으로 교보문고 '종합 1위'에 오른 것은 아주 이례적이다.

씨는 무엇보다도 먼저 비평가다. 그것도 심리학에 기초를 둔 독특한 비평 이론과 비평 방법을 가진 비평가로서 현대 영미 평단의 가장 중요한 위치를 차지하고 있는 비평가다. 이것은 『듀케일리온Deucalion』의 著者 '제프리 웨스트Geoffrey West'가 비평의 장래를 말하여 'J. M. 마리'와 '리처즈' 두 사람 손에 달렸다 하고, 또 『비평의 신기초(The New Ground of Criticism)』의 저자 'V. F. 캘버튼V. F. Calverton'이 문학의 사회적 연구와 심리학 연구를 기다려 비로소 종합적 문예 비평에 도달할 수 있다고 한 것으로 보아 가히 추찰推察할 수 있으리라고 생각한다.[15]

이양하가 리처즈를 "심리학에 기초를 둔 독특한 비평 이론과 비평 방법"을 정립했다고 말하는 점을 주목할 필요가 있다. 리처즈는 정신분석학을 비롯하여 행동주의와 형태심리학 등 20세기 초엽에 일어난 다양한 과학적 이론을 문학 연구 방법론에 적용하였다. 이양하가 여기서 언급하지는 않지만 리처즈의 이론은 뒷날 형식주의가 미국에서 신비평으로 발전하는 데에도 큰 영향을 끼쳤다.

더구나 이양하는 문예비평가로서의 리처즈의 업적을 무엇보다도 시와 과학, 아름다움과 진리를 창조적으로 결합했다는 데에서 찾았다. 물론 이러한 결합은 리처즈가 처음 시도한 것이 아니고 멀게는 플라톤과 아리스토텔레스한테서 그 계보를 찾을 수 있다고 말한다.

이 두 분야가 아주 밀접한 관련을 가져 양자의 종합 조화를 얻지 못하면 우리는 자기분열을 면치 못한다는 의미에 있어 이 문제는 오

---

15 이양하, '역자 서문', 1쪽.

늘 별개의 중요성을 가졌다고 할 수 있다. 즉 과학이 우리의 생활, 우리의 욕구, 신념, 태도 등에 끼친 영향은 지대한 것이 있어 우리는 시의 가치, 직능, 존립의 가능성 같은 것도 새로이 검토하지 아니하면 아니 되게 되었다. (…중략…) 시와 과학은 결코 배치되는 것이 아니요 도리어 시야말로 오늘 우리 생활에 질서와 통일을 부여하는 유력한 수단이란 것을 강조한다. 그 가부는 여하튼 씨가 과학에 의하여 도리어 시의 입장을 옹호한 데 있어 본서는 말하자면 현대의 시의 옹호론이라고도 할 수 있는 산 중요한 문헌이 될 것이다.[16]

이양하가 일본어 번역에 이어 한국어로 번역하여 출간한 이유도 리처즈가 현대 과학의 토대로 시와 과학의 상호 연관성을 밝혔기 때문이다. 이양하는 『시와 과학』이야말로 '현대의 시의 옹호론'이라고 언급한다. 16세기에 활약한 영국 시인 필립 시드니Philip Sidney는 이미 「시의 옹호」를 발표하여 관심을 끌었다. 그는 시가 인간의 학문 중에서 가장 오래되었을 뿐 아니라 시로부터 다른 학문들이 비롯되었다고 주장한다. 또한 시드니는 시가 너무나 보편적이어서 문명이 발달하지 않은 나라에서도 멸시받지 않고 미개한 야만적인 나라에서조차 존재한다고 밝힌다.

낭만주의 시대에 이르러서 퍼시 비시 셸리도 「시의 옹호」에서 ① 시는 상상력의 표현이고, ② 시인의 언어는 매우 비유적이며, ③ 시는 세상의 감춰진 아름다움의 베일을 벗겨 내고 익숙한 것들을 익숙하지 않은 것처럼 만들고, ④ 사상에 개혁을 일으킨 사람들은 모두 필연적으로 시인일 수밖에 없다고 주장하였다. 이양하는 시드니의 시의 옹호론이 엘리자베스 시대를 대변하는 이론이라면 리처즈의 『시와 과학』은 바로 현대 사회를 대변하는 시의 옹호론

---

16 앞의 글, 1쪽.

이라고 언급한다. 물론 여기서 리처즈가 말하는 시란 문학을 가리키는 제유적 표현임은 두말할 나위가 없다.

리처즈가 『시와 과학』에서 주장하는 내용을 좀 더 쉽게 이해하려면 무엇보다도 먼저 제사題辭로 사용하는 매슈 아널드Matthew Arnold의 글을 찬찬히 살펴보아야 한다. 아널드는 「시인의 연구」에서 "시의 미래는 제한이 없다. 우리 인류는 시대가 추이推移하는 데 따라 시 가운데 시가 그 지고한 사명을 다하는 데 더욱더욱 공고한 지주를 발견하겠기 때문이다. (…중략…) 시에서는 관념이 전부다"[17]라고 말하였다.

리처즈는 시에는 미래가 없다고 주장한 토머스 피콕Thomas Peacock과 과학의 진보가 시를 불가능하게 만든다고 주장한 존 키츠에 대한 비판적 반작용에서 『과학과 시』를 썼다. 그들과는 달리 리처즈는 현대 과학의 발달이 시에 부정적인 결과를 불러오지 않는다고 지적한다. 그가 현대시는 현대가 아니면 쓰지 못할 것이라고 주장하는 것은 바로 그 때문이다. 리처즈는 현대 시인이 과거 시인한테서는 찾아볼 수 없는 '새로운 요구와 충동과 태도'에 발을 맞춰야 한다고 주장한다. 그는 비단 시뿐 아니라 심지어 문학 비평도 현대 사회의 정세에 주목해야 한다고 지적한다.

리처즈는 현대에 일어난 가장 중요한 변화를 '자연의 중립화'에서 찾는다. 자연의 중립화란 과거의 '환상적 세계관'에서 현대의 '과학적 세계관'으로 이행하는 것을 말한다. 그는 과학적 세계관은 인간의 정서와 어떠한 관계가 있는가 하고 질문을 던진 뒤 곧바로 "자발적으로나 강제적으로나 상대성 원리에 의하여 좌우되는 신神이 우리의 심금을 울릴 리가 없다"[18]고 대답한다. 이를 달리 말하면 알베르트 아인슈타인의 이론보다는 윌리엄 셰익스피어의

---

17 앞의 글, ○○쪽.
18 앞의 글, 30쪽.

작품이 훨씬 더 인간의 심금을 울린다는 것이 된다.

그런데 여기서 한 가지 유념해야 할 것은 리처즈가 시가 과학의 위협을 받지 않는다고 하여 이 두 가지를 같은 차원에서 보지는 않는다는 점이다. 특히 그는 언어의 사용에서 시와 과학이 대척점에 있다고 지적한다. 과학의 기술記述보다 오히려 시의 기술이 정확하다고 간주하는 리처즈는 "말을 이론적으로, 과학적으로 사용하여서는 하나의 풍경, 하나의 얼굴도 묘사할 수 없다"고 잘라 말한다. 그러면서 그는 계속하여 "어느 경우에 있어도 말은 경험을 통일하고 경험에 일정한 구조를 부여하여 그것이 지리멸렬한 충동의 혼돈이 되는 것을 방지하는 경험의 일부분이다"라고 밝힌다.[19]

리처즈가 『과학과 시』에서 주장하는 내용 중에서 가장 핵심적인 개념 중 하나는 두말할 나위 없이 '가기술假記述(pseudo-statement)'이다. 그는 과학의 언어(과학적 기술)와 시의 언어(주정적 기술)가 서로 어떻게 다른지 구분 짓고자 이 용어를 만들어 낸다. 리처즈에 따르면 '과학적 기술'에서 "'진리'란 것은 결국 실험실에서 이해되는 바와 같이 실증되는 것"을 말한다. 한편 '가기술'에서 "'진리'란 것은 첫째로는 어떤 태도에 의하여 인용認容되는 것을 말하고 한 걸음 나아가서는 태도 그 자체에의 수용성"을 말한다.[20]

시적 접근에 있어서는 가기술이 들어박힐 모든 귀결의 테두리가 명확히 한정된다. 과학적 접근에 있어서는 이 테두리가 한정되지 않는다. 따라 모든 귀결이 들어맞을 수 있다. 만일 어떤 기술記述의 여러 가지 귀결 가운데 하나라도 기정사실과 모순되는 일이 있으면 그 기술은 그만큼 나쁜 기술이 된다. 그러나 시적으로 접근하는 경우의 가

---

19 앞의 글, 15, 16쪽.
20 앞의 글, 34쪽.

기술은 결코 그렇지 않다.[21]

위 인용문에서 리처즈가 말하는 '기술'과 '가기술'은 지시적 언어와 정서적 언어의 개념과 깊이 연관되어 있다. 지시적 언어란 그 자체 밖에 있는 그 무엇을 지칭하는 진술을 말한다. 한편 정서적 언어는 글자 그대로 축어적 진실은 아니지만 오히려 인간의 감정과 태도에 호소하여 경험을 좀 더 잘 이해하도록 도와준다. 과학적 진술은 기정사실과 반드시 부합되어야 하지만 시적 진술이라고 할 가기술은 반드시 그러할 필요가 없다. 한마디로 과학은 '기술(진술)'을 말하지만 시는 '가기술(가진술)'을 말한다. 리처즈는 "가기술은 순전히 우리의 충동과 태도를 해방 또는 통제하는 작용에 의하여 정당화된 말의 한 형식이요, 기술은 여기 반하여 진실성, 즉 그것이 표시하는 사실과 엄격한 학술적 의미에 있어 일치함으로써 정당화되는 것이다"[22]라고 밝힌다. 번역과 관련하여 앞장에서 이미 언급했듯이 원문의 'pseudo-statement'와 'statement'를 '가기술假陳述'은 '유사진술類似陳述'로, '기술'은 '진술'로 옮기는 쪽이 더 적절하다. 또한 'language'도 그냥 '말'보다는 '언어'로 번역하는 쪽이 더 타당하다.[23]

1933년 1월 이양하는《조선일보》에 「리처즈의 문예 가치론」이라는 꽤 긴

---

21 앞의 글, 34쪽.
22 앞의 책, 41쪽. '기술'과 '가기술'과 관련하여 이양하는 번역서 끝에 붙인 주석에서 이 개념에 대한 T. S. 엘리엇과 존 미들턴 머리John Middleton Murry의 비판을 소개한다. "시인의 신념과 독자의 신념이 일치되지 아니하는 경우에도 가기술로서의 시는 이것을 충분히 이해할 수 있다는 것이 저자의 주장이나 '엘리옷트'는 여기 반하여 독자의 이해는 시인의 신념과 일치됨으로써 한층 더 깊어지는 것이요, 또 때로는 그 이해는 반드시 신념의 일치를 가져오는 것으로 충분하다는 말은 아직 많이 음미할 여지가 있다고 하였다. (…중략…) '마리' 씨도 저자의 소위 가기술은 심히 애매한 말이 되어 찬동하기 힘든다고 하였다"(57쪽).
23 일본의 저명한 셰익스피어 연구자 이와사키 소지(岩崎宗治)가 1974년에 새로 번역하여 출간한 『科学と詩』에는 'pseudo-statement'를 '의사진술擬似陳述'로 옮겼다.

글을 연재하여 조선 학계와 문단에 처음 리처즈의 시론을 소개하는 데 앞장섰다. 이 글에서 그는 리처즈가 『과학과 시』를 비롯한 『문예비평의 원리』(1924)와 『실천 비평』(1927) 등에서 피력한 내용을 문예 가치론의 관점에서 살핀다. 이양하는 어빙 배빗Irving Babbitt의 신인문주의 비평 이론이나 무산계급 문학으로 출발한 마르크스주의 비평 이론에 맞서 리처즈가 어떻게 심리주의 비평 이론을 정립하는지 밝힌다.

이마누엘 칸트Immanuel Kant가 예술 작품에 고유한 기능을 부여한 것과는 달리 리처즈는 예술의 가치도 독자에게 심리적 효과를 가져다준다는 점에서 일반 경험의 가치와 크게 다르지 않다고 주장한다. 가령 경험의 가치에서 보면 시인이 시필詩筆을 드는 것이나 애연가가 파이프를 드는 것이나 다르지 않다는 논리이다. 문예의 가치를 '충동의 만족'으로 파악하는 이양하는 제러미 벤담Jeremy Bentham의 공리주의 원칙과 비슷하게 "가장 선하고 가치 있는 경험은 최대 다수의 충동의 만족과 최소수의 충동의 희생으로 된 경험이라 할 수 있다"[24]고 주장한다.

그런데 여기서 한 가지 아쉬운 것은 이양하가 리처즈의 『시와 과학』을 번역하면서도 그의 이론을 문학 작품을 분석하거나 시를 창작하는 데 활용하지 않았다는 점이다. 물론 이 저서를 번역하여 식민지 조선 학계와 문단에 "심리학에 기초를 둔 독특한 비평 이론과 비평 방법"을 처음 소개한 것은 큰 공헌이 아닐 수 없다. 그러나 이양하가 리처즈의 이론을 한국 문단과 좀 더 유기적으로 관련시켰더라면 더더욱 좋았을 것이다.

---

24 리처즈 저, 이양하 역, 『시와 과학』, 132쪽.

월터 새비지 랜더 평전

이양하가 영문학자로서 이룩한 업적 중에서 19세기 영국 시인이요 산문 작가인 월터 새비지 랜더의 평전을 집필한 것을 빼놓을 수 없다. 1937년 3월 이양하는 '研究社 英米文学 評伝叢書'의 38권으로 『ランド-(랜더)』를 출간하였다. 그런데 흥미롭게도 그의 이름이 '李敭河'가 아닌 '李 [キウ] 河'로 되어 있다. 그 이유는 알 수 없어도 '揚'의 고자古字인 '敭'이 일본에서는 낯설거나 표기할 수 없어서 아마 그렇게 했을 것이다. 미국 도서관의 서지에는 그의 이름이 'Ri Yoka'로 표기되어 있다. 이 책이 1980년 6월 겐큐샤의 저서 목록에 올라와 있는 것으로 보면 쉽게 절판되지 않고 오랫동안 일본에서 널리 읽혔던 것 같다. 출판사 서지 목록 정보에는 "Landor 昭和12年刊の複製 ランド-の肖像あり Landor年表·書誌: p183~193"으로 표기되어 있다.

이 평전 총서는 릿교대학 교수 오카쿠라 요시사부로(岡倉由三郎)와 도쿄제국대학의 두 교수 도이 고치와 다케시가 기획과 편집을 주관하였다. 쇼와(昭

영국의 시인
월터 새비지 랜더.
이양하는 한국인으로서는
보기 드물게
'겐큐샤 영미문학 평전총서'에
『랜더』를 집필하였다.

和) 8년(1933)에 발간하기 시작하여 쇼와 14년(1939) 100권에 별책 3권으로 모두 103권으로 완결되었다. 이 시리즈의 부피는 작게는 150쪽에서 크게는 250쪽으로 일정하지는 않다. 100권 중 주요 작가들을 간추려 보면 다음과 같다.

1	John Milton	齋藤勇
2	George Gissing	織田正信
7	Ben Jonson	本多顯彰
12	John Bunyan	中野好夫
17	Jonathan Swift	平岡喜一
33	William Wordsworth	佐藤清
34	Samuel Coleridge	桂田利吉
37	Jane Austen	大内脩二
38	Walter S. Landor	李歇河(李敭河)
42	Tolmas De Quincey	菊池武一
45	John Keats	齋藤勇
48	Alfred Tennyson	小田千秋
49	The Brownings	曽根保
65	George Meredith	松浦嘉一
66	Thomas Hardy	片山俊
81	William Butler Yeats	尾島庄太郎
90	Washington Irving	岡田三津

'문학론 팸프릿' 총서에 참여하여 리처즈의 『과학과 시』를 번역한 것처럼 '영미문학 평전총서'에 조선인 학자로 참여한 것도 이양하가 유일무이하였다.

당시 쟁쟁한 일본의 학자들을 물리치고 그가 이 총서에 참여했다는 것은 일본 영문학계에서 젊은 영문학자로서 그의 실력을 인정받았다는 것이다. 이때 그의 나이 겨우 서른세 살밖에 되지 않았다. 이렇게 이양하가 월터 새비지 랜더의 평전을 맡게 된 것도 이 총서의 편집 기획자 중 한 사람인 사이토 다케시 교수의 추천이 크게 작용하였다.

작가의 평전을 집필하는 작업은 남이 저술한 책을 번역하는 작업과는 성격이 크게 다르다. 단행본을 집필하려면 무엇보다도 먼저 해당 작가의 전기적 사실과 그의 저작에 대하여 잘 알고 있어야 한다. 또한 저자 자신의 논지나 주장이 뚜렷해야 하고, 그것을 논리정연하게 전개할 수 있어야 한다.

랜더의 이름은 일본 독자들에게도 상당히 알려져 있지만, 그의 저작은 아직 그다지 친숙하지 않은 것처럼 여겨진다. 그에 관한 비평이나 소개 중에서, 문학사에의 약설略說, 신문 잡지 등에서 발견되는 단편적인 기사를 제외하면, 눈에 띄는 것은 무엇 하나 없다. 이러한 의미로, 이 책이 엉성하지만 그의 최초의 입문서로 조금이라도 도움이 된다면, 필자의 기쁨은 이에 비할 데가 없을 것이다.[25]

이양하는 랜더에 관한 자료가 영문학사에 단편적으로 언급되거나 신문과 잡지 같은 매스컴에 짤막하게 기사로 나온 것밖에는 없다고 말한다. 그러나 실제로는 영국에서 이미 1846년에 존 포스터가 『월터 새비지 랜더의 작품과 생애』(전 8권)를 출간하였고, 이어 1881년에는 시드니 콜빈이 '영국 문인 시리즈'로 『랜더』를 출간하였다. 물론 연희전문학교에 근무하던 이양하로서는 이러한 책을 구하기란 그렇게 쉽지 않았을 것이다. 영국에서조차 랜더에 관

---

25 김진희, 「일본《영문학연구》에 실린 이양하의 첫 비평」, 195쪽에서 인용.

한 전기와 연구서가 본격적으로 출간되기 시작한 것은 1950년대 중반에 이르러서였다.

이양하는 『랜더』 '서문'에서 자료를 입수하는 데 일본 학자들과 조선 학자들의 도움을 받았다고 밝힌다. 경성에서 집필한 만큼 그가 도움을 받은 학자들은 주로 경성제국대학과 관련한 사람들이었다. 가령 경성제국대학 영문과 연구실의 사토 기요시와 데라이 구니오를 비롯하여 이 대학 출신인 이호근李皓根과 임학수가 이런저런 식으로 그에게 도움을 주었다. 당시 경성제국대학 도서관에는 1915년 옥스퍼드대학교 출판부에서 '월드 클래식' 총서의 하나로 출간한 랜더의 『상상적 대화』(1824~1853)가 소장되어 있었을 뿐 그의 시집이나 그에 관한 전기 또는 비평서는 한 권도 없었다.[26]

위 인용문에서 이양하가 밝히듯이 당시 랜더는 그 이름이 비록 일본에 꽤 알려져 있었는지는 몰라도 그의 작품은 일부 영문학자를 제외하고는 일반 독자들에게 아직 낯설었다. 서양 문학을 부지런히 수용하던 일본에서도 사정이 그러했다면 식민지 조선에서는 아마 더더욱 그러했을 터였다. 조선에서 랜더의 작품이 처음 번역되어 소개된 것은 1929년 11월로 변영로卞榮魯가 그의 「무제」를 번역하여 《조선지광》에 발표하면서이다. 1931년 2월에는 김상용이 「로즈 에일머Rose Aylmer」를 번역하여 《청년》에 기고하였다. 이렇듯 이양하가 랜더 평전을 집필하기 전 이 두 시가 조선에 소개된 유일한 랜더의 작품이었다.

I. A. 리처즈가 비록 사소할망정 식민지 조선과 인연이 있었듯이 랜더도 조선과 전혀 무관하지는 않았다. 구한말 조선을 여행하고 쓴 견문기 『코리아 또는 조선: 고요한 아침의 나라』(1895)를 출간한 A. 헨리 새비지 랜더는 다름 아

---

26 *Bibliography of Keijo Imperial University Library: Western Language Books – Literature I* (Seoul: Seoul National University Library, 2019), p. 34. 이 책은 'F030 1 196'로 분류되어 있다.

닌 월터 새비지 랜더의 손자이다. 화가요 여행가인 헨리 랜더는 조선을 비롯하여 일본, 중국, 인도, 티베트, 몽고 등 아시아 여러 나라를 여행하고 견문기를 남겼다. 그는 『코리아 또는 조선』에서 조선의 풍물을 소개하면서 직접 스케치한 삽화를 여러 장 실었다.

월터 새비지 랜더는 동시대나 조금 늦게 활약한 시인들과 비교하여 그렇게 중요한 작가라고는 할 수 없을지 모른다. 당시로서는 장수라고 할 90세 가까이 산 그는 주로 서정시인과 문학비평가와 산문 작가로 활약하였다. 그러나 랜더는 시인으로서는 윌리엄 워즈워스에 미치지 못하였고, 비평가로서는 매슈 아널드에 미치지 못하였다. 이양하도 이 점을 인정하여 문학적 성과에서 워즈워스, 새뮤얼 콜리지, 퍼시 비시 셸리, 조지 바이런 같은 시인들보다 못하다고 밝힌다.

그러나 이양하는 랜더가 산문을 예술의 반열에 올려놓는 등 영국 산문 분야에서는 괄목할 만한 업적을 남겼다고 지적한다. 여기서 이양하는 랜더가 고대 그리스·로마 시대에서 19세기에 이르는 역사적 인물들과 상상의 공간에서 나눈 내용을 기록한 산문집 『상상적 대화』를 염두에 두고 있는 것 같다. 실제로 랜더는 이 대화집으로 '위대한 영국 문인' 중 한 사람으로 평가받는다. 그는 일반 독자들의 대중적 인기와 비평가들이나 학자들의 평가 사이에 괴리가 적지 않은 문인들 중 한 사람으로 흔히 꼽힌다.

이양하의 『랜더』 평전은 I. A. 리처즈의 『과학과 시』 번역보다 훨씬 뛰어나다. 원문의 내용과 문체 때문인지는 몰라도 리처즈의 번역서를 읽다 보면 매끄럽지 않은 곳이 한두 군데가 아니다. 한두 번 읽어서는 제대로 논지를 이해하기 어려운 곳이 많다. 그러나 『랜더』 평전은 비교적 쉽게 읽힌다. 「랜더의 바스 시대」에서 한 예를 들어 보자. 먼저 그는 「잘 있어라 이탈리아여」의 일부를 번역하여 인용하면서 바스에 이주하여 살던 시절을 다루기 시작한다.

잘 있거라 아름다운 이탈리여!

내 이미 석양에, 높은 대지臺地로부터

그대 깊은 하늘도,

절벽에 걸린 금색의 달도,

또 은하수 감돌고, 가지 얽히어

검은 뾰족탑인 양 늘어선 삼나무도

우러러볼 길 없고,

피에솔레도 발달노도

이제부터는 한낱 꿈일 뿐

잃어버린 내 애프리코도

시인의 노래에서만 속삭이리……[27]

랜더에게 이탈리아는 제2의 고국과 다름없었다. 1815년에 그는 바스에서 만나 결혼한 아내 줄리아와 함께 이탈리아로 건너가 코모에서 3년 체류하였다. 위 시는 제목에서도 엿볼 수 있듯이 랜더가 영국에 돌아온 뒤 이탈리아에 머물던 시절을 회고하며 쓴 것이다. 여든세 살이 되던 1858년 랜더는 다시 이탈리아로 돌아와 1864년 사망할 때까지 6년 동안 살았다. 이양하는 랜더가 이탈리아에서 돌아와 영국 바스 지방에 정착하던 당시의 사정을 이렇게 묘사한다.

(위에 인용한 시는) 랜더가 이탈리를 떠난 지 얼마 안 되어, 멀리 피에솔레로 생각이 달리며 자신의 풀 길 없는 심정을 부쳐 본 시의 일절

---

27 이양하, 「평전: 랜더의 바스 시대」, 정병조 외 편, 『이양하 교수 추념문집』 (민중서관, 1964), 116쪽. 위 시를 포함한 「랜더의 바스 시대」는 연희전문학교 시절의 제자로 이양하를 존경하던 유영이 번역하였다.

인데, 나이는 이미 이순耳順이 되고 보니 장차는 뼈까지 묻겠다고 맘 먹었던 그리운 안식의 땅을 버리고, 앞서는 한나절도 슬하를 떠나지 못하게 하였던 사랑하는 네 아들과도 이별하고, 정처 없이 혼자 방황 하지 않을 수 없었던 랜더도 과연 한 가닥의 애수를 금할 수 없었으 리라. 그러나 이제까지의 경력을 보아 추측되는 바와 같이, 일단 피할 길 없는 곤란과 고통에 부딪치면, 우물우물하지 않고 그 곤란을 시원 히 참아 넘기는 것이 랜더의 성격이기에, 그는 한번 바스의 땅을 점쳐 서 임시의 처소로 정하자, 그다지 고독에 시달리는 일도, 과거의 추억 에 시달리는 일도 없이 산책과 저술과 방문에 골고루 구분된 항상 평 온한 나날을 보내기 시작하였다.[28]

위 인용문에서 무엇보다도 먼저 눈에 띄는 것은 이양하의 문체가 뛰어나다 는 점이다. 가령 '생각이 달리다'느니 '풀 길 없는 심정'이라느니 '슬하를 떠나 다'느니 하는 구절에서 볼 수 있듯이 그는 비유법을 자못 효과적으로 구사한 다. 또한 "랜더도 과연 한 가닥의 애수를 금할 수 없었으리라"라는 구절에서 는 단정적으로 말하는 대신 추측하여 말하는 예스러운 표현을 사용한다. 위 인용문은 비교적 긴 단락인데도 오직 두 문장으로 되어 있다. 이렇게 문장이 긴데도 호흡이 좀처럼 끊어지지 않고 잘 읽힌다는 것은 이양하의 글솜씨가 그만큼 훌륭하다는 것을 뜻한다.

이러한 문체를 떠나 이양하는 랜더의 삶을 비교적 정확하게 재구성하려고 애썼다. 이양하는 랜더가 바스에서 알고 지내던 여러 지인들과의 교류를 생 생하게 재현할 뿐 아니라 그곳으로 그를 찾아오던 찰스 포스터와 찰스 디킨 스, 토머스 칼라일 등과의 우정도 놓치지 않고 상세하게 기록한다. 포스터는

---

28 앞의 글, 116쪽.

랜더가 사망한 뒤 그의 유고를 정리하고 편집하여 출간한 친구였다. 소설가 디킨스는 랜더의 성격에 흥미를 느낀 나머지 그를 모델로 삼아 『황량한 집』(1853)에서 로런스 보이손이라는 인물을 창안하였다. 그러나 이양하는 랜더와 보이손에 대하여 "이 거칠고도 야성이 강한 보이손은 랜더의 교양과 위엄 따위의 좋은 일면은 일체 빼고서 만들어 놓은 인물이니, 이것이 바로 랜더의 전모라고 속단하여서는 안 된다"[29]고 경고한다. 친구들이 한 사람 한 사람 세상을 떠나자 랜더는 누구보다도 칼라일의 방문을 일종의 '대사건'으로 여길 정도로 좋아하였다.

바스에 살던 무렵 랜더의 삶을 묘사하면서 이양하는 그의 반려견 포메로에 대해서도 언급한다. 포메로는 '말 없는 벗'으로 랜더에게 큰 위안을 주었다. 그는 날마다 포메로와 함께 산책을 즐겼다. 이양하는 "산책은 랜더에게는 가장 중요한 일과의 하나로서—그가 쓴 것의 태반은 이 산책의 동안에 머릿속에서 다듬어 낸 것이었다—그는 날씨 여부에 불구하고 매일 예의 포메로를 데리고 5, 6마일을 반드시 걸었다"[30]고 적는다. 이렇게 반려견을 데리고 산책하는 모습은 바스 일대에서 낯익은 모습으로 누구도 모르는 사람이 없다시피 하였다. 그가 그토록 사랑하던 포메로가 죽은 뒤부터 랜더는 아예 산책을 그만둘 정도였다.

더구나 이양하는 이 평전에서 랜더의 삶의 궤적을 추적하는 데 그치지 않고 더 나아가 그의 문학적 업적을 평가하는 데에도 관심을 두었다. 그래서 그는 「랜더의 바스 시대」에 랜더의 시 작품을 무려 8편이나 번역하여 싣는다. 그가 인용한 시 중에는 랜더가 75세 생일을 맞아 쓴 「그의 일흔다섯 살 생일에 부쳐」라는 작품도 포함되어 있다. 그의 작품 중 한국에서 가장 널리 알려

---

29 앞의 글, 117쪽.
30 앞의 글, 119쪽.

진 이 시에서 랜더는 어느덧 인생의 종착역에 닿은 시점에서 지나온 삶을 되돌아보며 담담하게 죽음을 준비한다.

> 나 누구와도 다투지 않았네.
> 다툴 만한 사람이 없었기에.
> 자연을 사랑했고
> 자연 다음으로는 예술을 사랑했네.
> 생명의 불길에 두 손을 녹였거늘
> 이제 그 불길 꺼지니 떠나갈 차비를 하네.[31]

랜더의 이 작품은 어떤 의미에서 이양하 자신에게도 어느 정도 해당한다. 이양하는 랜더처럼 평생 좀처럼 누구와도 다투지 않았을 뿐 아니라 자연을 사랑하고 예술을 사랑하면서 '생명의 불길'에 몸을 녹이며 살았기 때문이다. 랜더처럼 아흔 살 가까이 장수를 누리지는 못했을망정 그는 이 영국 문인처럼 고독을 음미하고 산책과 저술에 몰두하였다. 그러고 보니 이양하가 왜 그토록 애정을 품고 랜더의 삶과 문학을 조명했는지 그 까닭을 알 만하다.

한국 비교문학의 초석

한국에서 비교문학이 본격적으로 대두된 것은 1950년 중반이다. 이 무렵

---

31 위에 인용한 시는 이 책의 저자(김욱동)가 번역한 것으로 이양하의 번역은 다음과 같다. "내 싸우지 않았도다, 싸울 보람 없기 때문에. / 자연을 사랑하고 자연 다음으로 예술을 사랑했네. / 내 생명의 불 앞에서 양손을 녹였네. / 불 이제는 꺼져 내 언제고 떠나고자 하네." 앞의 글, 130쪽.

김동욱金東旭과 이경선李慶善 등이 조심스럽게 비교문학의 가능성을 탐색하였다. 그러다가 1957년부터 일간신문과 잡지에서 이 문제를 좀 더 본격적으로 다루기 시작하였다. 이 해 1월 백철이 《조선일보》에 「비교문학의 방향」을 발표하였고, 4월에는 이하윤이 《세계일보》에 「비교문학 서설」을, 8월에는 정인섭이 「비교문학과 동서문화 교류」를 잇달아 발표하면서 한국 학계에서도 비교문학은 문학 연구의 중요한 담론으로 자리 잡았다.[32]

그러나 한국에서 구체적인 문학 작품을 서로 비교하면서 비교문학을 다룬 학자는 아마 이양하가 처음일 것이다. 그는 일찍이 한국의 대표적 고전소설 『춘향전』을 서양의 루크레티아 설화와 비교한다. 그는 『춘향전』을 각색한 영화를 보고 명창 이여란李如蘭의 판소리를 듣고 나서 이 작품이 '한 전형적 사연事緣'을 담고 있는 작품이라고 판단하였다.

> 그런데 서양에서도 여기 근사한 이야기가 있다. '루크렛치아Lucretia'라는 열녀의 이야기다. 그는 옛날의 '콜레이티너스Collatinus'라는 사람의 아내로 재색과 숙덕淑德을 겸비하고 있었다. 당시 로마의 왕자 '쎅스타스Sextus'가 그녀를 한번 보자 그녀의 미색을 탐내어 '콜레이티너스'가 출정하고 없는 동안 야음을 타서 그녀의 침실에 침입하여 칼로 위협하며 만일 말을 듣지 않으면 죽이고 시체 옆에 노복의 시체를 놓아두겠다고 하는 바람에 겁탈당한다. 그러나 그 이튿날 아버지와 남편을 불러 놓고 부득이 훼절毁節했다는 사연을 말하고 미리 품었던 칼로 자결한다. 여기 분개한 친척친지는 그녀의 시체를 들고 로마로 가서 시민들에게 이 일을 알리고 시민들과 함께 왕과 왕자를

32 한국의 비교문학에 대해서는 김욱동, 『세계문학이란 무엇인가』 (소명출판, 2020), 96~109쪽 참고.

추방한다.[33]

　루크레티아 겁탈을 둘러싼 이야기는 한 개인의 비극을 넘어서 기원전 510년 왕권 통치의 종식과 로마 공화정의 설립을 이끌었던 매우 중요한 사건이다. 이양하도 지적하듯이 이 고대 로마 시대 이야기는 그동안 여러 서양 문인들의 상상력을 자극하였다. 로마 시대 오비디우스와 리비우스가 그것을 소재로 작품을 썼고, 영국에서는 제프리 초서와 윌리엄 셰익스피어가 이 이야기를 소재로 작품을 창작하였다. 이양하는 루크레티아 겁탈을 소재로 한 일련의 작품 중에서도 특히 셰익스피어의 작품 「루크레티아의 겁탈」에 주목한다.

　　이 중에 셰익스피어가 쓴 「루크리스의 겁탈」은 그 제작 연대가 춘향전의 그것과 대차大差 없을 뿐만 아니라 그 표현에 있어서도 근사한데가 많다. 둘 다 권선징악을 주제로 삼고 있는 것은 두말할 것이 없고 수사修辭에 치우치고 나아가 행동이 지연되고 모든 것을 최상급으로 많은 전거를 채용하고 사례를 웅변조로 나열 중첩함으로써 수사의 효과를 거두려 한 데 있어 서로 많은 유사점을 가졌다. 주인공의 아름다운 용모와 자체姿體를 하나하나 들어 소상하게 묘사하고 있는 것도 둘의 현저한 공통점이 되겠는데, 둘 다 설부雪膚—(alabaster-skin, snow-white)—를 말하고, 단순丹脣—(coral lips)—을 말한 것은 가위 여합부절如合符節이라 할 수 있다.[34]

　이양하의 지적대로 『춘향전』과 「루크레티아의 겁탈」 사이에는 유사점이 적

---

33 이양하, 「영문학 산보: 서양의 춘향전 '루크리스'의 겁탈」, 『이양하 교수 추모문집』, 59쪽.
34 위의 글, 59~60쪽. 이양하는 《대학신문》(1962. 04. 23)에 연재하던 칼럼 '영문학 산보'에 이 글을 처음 발표하였다.

지 않다. 이 두 작품의 유사점을 간추려 보면 ① 주인공의 아름다운 용모와 마음, ② 권선징악의 주제, ③ 수사적 기법, ④ 고전의 인용 등 전고법典故法의 구사, ⑤ 사실을 중첩하여 나열하는 방식 등이다. 이 밖에도 이양하는 변학도의 수청을 거부하는 춘향이 태형을 당하면서 1부터 10까지의 숫자를 두운으로 사용하여 자신의 정절을 주장하고, 수청 강요의 부당성을 폭로하며, 신관의 문제점을 지적하는 「십장가十杖歌」를 부른다는 점에서도 「루크레티아의 겁탈」과 비슷하다고 지적한다. 루크레티아는 자신을 겁탈하려는 섹스투스에게 천지의 율법을 비롯하여 사랑의 신, 기사도, 신사도, 우의, 인간의 도리 등을 들어 그의 부당함을 호소한다.

이 두 작품의 유사점이나 공통점으로 이양하가 미처 지적하지 않은 것들도 있다. 예를 들어 ① 소재에서 남성이 폭력으로 여성의 정조를 빼앗으려고 하거나 실제로 빼앗는다는 점, ② 여성을 희롱하거나 겁탈하는 사건이 연인이나 남편이 없는 사이에 일어난다는 점, ③ 주제에서 여성의 정조와 절개를 강조한다는 점, ④ 불의한 지배 계층에 대한 서민의 저항 의식을 다룬다는 점, ⑤ 해학적 요소가 많다는 점 등을 들 수 있다.

비교문학에서는 유사점 못지않게 차이점을 밝혀내는 것도 중요하다. 이 점을 의식이라도 한 듯이 이양하는 "그러면 이 둘을 한 문학 작품으로 놓고 비교 검토 한다면 어떻게 될 것인가?"라고 물음을 던진다. 그러고 나서 그는 "이것을 자세히 검토하면 동서 문학의 현저한 차이를 볼 수 있을 뿐만 아니라 『춘향전』을 한 문학 작품으로 정당하게 평가하는 데도 큰 도움을 얻을 수 있지 아니할까 한다"고 대답한다.[35]

그러나 이 두 작품이 쓰인 시기가 비슷하다는 이양하의 주장은 좀 더 따져 보아야 한다. 셰익스피어는 「루크레티아의 겁탈」을 16세기 말엽에 썼지만

---

35 앞의 글, 60쪽.

기원전 4~5세기 고대 로마 시대의 설화에 바탕을 두고 있다. 그러나 판소리계 소설의 대표적인 작품인 『춘향전』은 그 창작 시기를 아무리 일찍 잡아도 14~15세기 조선 시대를 넘어서지 못한다. 이 작품은 그동안 민간에 전해 내려온 열녀 설화, 신원伸冤 설화, 암행어사 설화 등에 기반을 두고 있지만 루크레티아 설화처럼 고대로 거슬러 올라갈 수는 없다. "숙종대왕肅宗大王 즉위초에 성덕聖德이 넓으시사······"로 시작하는 것을 보면 적어도 작품의 시간적 배경은 17세기 후반으로 볼 수밖에 없다.

이양하의 비교문학적 관심은 조선 후기 옛시조 한 편과 성경과 영문학의 작품 두 편을 비교하는 데에서도 찾아볼 수 있다. 그가 예로 드는 작품은 서경덕徐敬德이 지었다고 흔히 알려져 있지만 지은이가 확실하지 않은 시조이다.

> 말은 가려 울고 님은 잡고 아니 놓네.
> 석양夕陽은 재를 넘고 갈 길은 천리千里로다.
> 저 님아 가는 날 잡지 말고 지는 해를 잡아라.[36]

이양하는 옛시조 중에서도 이 작품을 무척 높이 평가한다. 그는 "무르익어 뚝 떨어진 일품이다. 역대 시조를 통틀어 이렇게 잘된 것은 드물 것이다. 짧은 석 줄 가운데 해학이 있고 향토미鄕土美 흐뭇이 풍기는 선한 정경情景이 있고 기복 뚜렷한 '드라마'가 있다"[37]고 말한다.

그런데 이 작품은 방금 언급한 『춘향전』에서 춘향이 이몽룡과 헤어지는 장면과도 일맥상통한다. 『열녀춘향수절가烈女春香守節歌』에는 "말을 타고 하직

---

36 앞의 글, 60쪽. 이양하는 「한국 현대시 연구」에서도 이 작품을 인용하면서 "이 시조는 필자 자신 일찍이 많은 한시격漢詩格의 시조 가운데 가장 이채 있고 독창적이요, 또 페이소스가 있고 유머가 있다고 생각하는 것으로 잊을 수 없는 시조의 하나이었었다"고 밝힌다. 이양하, 『이양하 미수록 수필선』(중앙일보사, 1978), 170쪽.
37 이양하, 앞의 글, 60쪽.

하니 춘향 기가 막혀 하는 말이 '우리 도련님이 가네 가네 하여도 거짓말로 알았더니 말 타고 돌아서니 참으로 가는구나'"로 되어 있다. 마침내 춘향을 뒤에 남겨 두고 말을 타고 떠나는 모습을 두고 화자는 "도련님 타신 말은 준마가편駿馬加鞭이 아니냐. 도련님 낙루落淚하고 훗 기약을 당부하고 말을 채쳐 가는 양은 광풍狂風에 편운片雲일레라"라고 말한다. 『춘향전』과 위 시조에서는 청춘남녀가 애틋하게 이별하는 장면이 눈앞에 선하게 떠오른다. 특히 시조에서는 갈 길이 천리인 말은 님에게 어서 가자고 울어 대며 재촉하고, 여성은 말과 님의 옷소매를 부여잡고 놓지 않는데 저녁 해는 벌써 뉘엿뉘엿 서산을 넘어가는 모습이 한 편의 그림과 같다.

이양하가 그토록 칭찬하는 옛시조에서 주목하는 대목은 종장 "저 님아 가는 날 잡지 말고 지는 해를 잡아라" 중에서 마지막 구절이다. 그는 "지는 해를 잡으란 말은 떨어진 말이라고나 할까"라고 말한다. 여기서 '떨어진 말'이라는 표현을 주목해 볼 필요가 있다. 이양하는 예술적으로 완성도가 높은 작품을 흔히 '무르익어 뚝 떨어진' 작품에 빗댄다. 서울대학교에서 발행하는《대학신문》에서는 해마다 재학생들한테서 문학 작품을 모집하여 상을 주는 제도가 있었고, 한번은 이양하가 시 분야 심사위원을 맡은 적이 있다. 심사평에서 그는 "모두가 시를 너무 쉽게 쓰는 것 같다. 모두 너무 성급하고 기다릴 줄을 모르는 것 같다. 시는 익은 과일, 자라는 태아 같은 데가 있다. 조산하면 애가 충실치 못하고 과일은 너무 일찍 따면 맛이 없다. 어쩌면 기다릴 줄 안다는 것이 시인의 가장 중요한 소질이 될는지도 모른다"[38]고 밝힌다.

---

38 이양하, 「성급한 시작 태도」,《대학신문》(1962. 10. 15). 이양하의 이러한 태도는 박용철과 사귀면서 얻은 소중한 교훈이다. 박용철은 그에게 "글이란 반드시 한번 풀어지는 때가 있어야 한다고 하였고, 작품의 완성을 두고는 즐겨 꼭지가 돈다든가 태반이 돌아 떨어진다든가 하는 말을 썼다. 모두 글이 참으로 어떠한 것인가를 알지 못하고는 하지 못하는 말이다"라고 하였다. 이양하, 「실행기」, 『이양하 수필 전집』, 66쪽.

338
339

이양하는 이 시조와 비슷하다고 지적하는 서양 문학 작품으로 먼저 구약 성경 '여호수아'를 꼽는다. 이양하는 「여호수아」 10장 12~13절을 영어로 먼저 인용한 뒤 "해여 '기브온'에 서라. 그리고 달 너는 '아얄론' 골짝에 서라. 그러니 해가 서고 달이 머물러 백성이 그 적敵에게 원수를 갚았다"[39]로 번역해 놓았다. 그러면서 이양하는 시의 관점에서 보면 「여호수아」의 구절은 옛시조를 따르지 못한다고 주장한다.

이양하는 옛시조를 시인의 이름과 작품 제목을 밝히지 않은 4행 영시 한 편과 비교한다. 그는 「여호수아」처럼 먼저 영어 원문을 인용하고 나서 번역을 덧붙인다.

The angels all were singing out of tune,
And hoarse with having little else to do,
Excepting to wind up the sun and moon,
Or curb a runaway young star or two.

천사는 모두 곡조 틀린 노래를 불렀다.
그리고 해와 달 끌어 조이고
갈개는 한두 별 붙드느니밖에
별로 하는 일 없이 목이 잠겼었다.[40]

---

39 앞의 글, 61쪽. '새번역'에는 "태양아, 기브온 위에 머물러라! 달아, 아얄론 골짜기에 머물러라! 백성이 그 원수를 정복할 때까지 태양이 멈추고, 달이 멈추어 섰다"로 번역되어 있다. 이양하는 이 글을 《대학신문》(1962. 04. 30)에 처음 발표하였다.
40 앞의 글, 61쪽. 이양하는 이 작품을 번역하면서 원문 시에 따라 행갈이를 하지 않고 산문처럼 처리하였다.

이 작품은 조지 바이런이 이탈리아에 머물 때 쓴 106연에 이르는 장편 시 「최후 심판의 환상」 중 2연의 첫 부분이다. 악명 높은 영국 왕 조지 3세가 사망하자 당시 계관시인이던 로버트 사우디Robert Southey는 「최후 심판의 환상」이라는 작품을 써서 왕이 천국에서 영광을 누리고 있다고 찬양하였다. 그러자 이에 화가 난 바이런이 사우디의 작품을 풍자하여 쓴 것이 바로 그의 「최후 심판의 환상」이다. 이양하는 이 작품에 대하여 "시구에는 시계를 틀어 놓듯이 해를 조여 놓는다는 말이 있다. 기계 냄새가 날 뿐 아니라 치기稚氣조차 없지 않다 하겠다"[41]라고 밝힌다. 이양하가 막상 인용하지 않은 2연의 나머지 행도 그가 인용하는 앞 행 못지않게 옛시조와 비슷하다. 푸른 하늘에서 벗어나 떨어지는 혜성을 바이런은 '고삐 풀린 망아지'에 빗대기 때문이다.

이양하는 마지막으로 '코리'라는 사람이 쓴 작품을 인용하면서 역시 옛시조와 비교한다. 코리는 19세기 영국 시인 윌리엄 존슨으로 뒷날 자신의 이름에 '코리'를 덧붙여 '윌리엄 존슨 코리'라고 불렀다. 이양하가 인용하는 시는 「헤라클레이토스」라는 작품이다.

They told me, Heraclitus, they told me you were dead,
They brought me bitter news to hear and bitter tears to shed.
I wept as I remembered how often you and I
Had tired the sun with talking and sent him down the sky.

'헤라클리타스'여 그들은 그대가 죽었다 하였다.

---

41 앞의 글, 61쪽.

그들은 쓰라린 소식과 쓰라린 눈물을 가져왔다.

그대와 나 어떻게 자주 해가 지루하게 이야기하며

해를 서산 넘어 보낸 것을 생각하고 나는 울었다.[42]

　여기서 윌리엄 존슨 코리가 노래하는 '헤라클리타스'는 고대 그리스 인물 '헤라클레이토스'를 영어식으로 표기한 것이다. 그런데 코리가 말하는 헤라클레이토스는 기원전 5~6세기에 살았던 소크라테스 이전의 철학자 헤라클레이토스가 아니다. 이 철학자는 "같은 강물에 두 번 발을 담글 수 없다"고 말하면서 만물유전萬物流轉을 주창한 사람으로 유명하다. 그러나 코리가 말하는 사람은 기원전 3세기에 활약한 시인 헤라클레이토스다. 시인 헤라클레이토스는 아프리카의 키레네 출신의 시인 칼리마코스의 친구였다. 친구가 사망하자 칼리마코스는 그를 위하여 짤막한 묘비명을 지었고, 코리의 작품은 다름 아닌 이 묘비명을 영어로 번역한 것이다. 이양하가 코리의 작품을 "희랍의 고시古詩를 번역"한 것이라고 말한 까닭이 바로 여기에 있다.

　셋째 행 "그대와 나 어떻게 자주 해가 지루하게 이야기하며"라는 구절은 뒤 행과 자연스럽게 연결이 되지 않는다. 그도 그럴 것이 '지루하게' 하는 주체는 해가 아니라 시적 화자 '나'와 그의 친구 헤라클레이토스이기 때문이다. 그러므로 셋째 행을 좀 더 충실하게 옮긴다면 "그대와 나 얼마나 자주 말로써 해를 지루하게 만들어 서산 너머로 보냈던가" 정도가 될 것이다.

　이양하는 이 작품과 관련하여 "(인용하는) 표현은 아주 재미있고 잘되었다. 그리고 해학에 있어서는 가히 위의 시조에 필적한다 할 수 있을 것이다"[43]라고 주장한다. 그러나 이 두 작품의 유사점은 저녁 해가 뉘엿뉘엿 서산에 떨어지는

---

42 앞의 글, 61쪽. 이양하는 이 작품을 번역하면서도 원문 시에 따라 행갈이를 하지 않고 산문처럼 처리하였다.
43 앞의 글, 61쪽.

일몰을 다룬다는 점에서 겨우 찾을 수 있다. '운다'느니 '눈물을 흘리다'느니 하는 표현에서 찾을 수도 있을 터이지만 옛시조에서는 갈 길을 재촉하며 말이 우는 것인 반면, 코리의 작품에서는 헤라클레이토스가 죽었다는 소식을 듣고 지인들이 비통한 눈물을 흘리는 것이다. 물론 말로써 해를 지루하게 만들어 서산 너머로 보내 버렸다는 발상은 그의 말대로 재미있고 해학적이라고 할 만하다.

그러나 이 시가 과연 "말은 가려 울고……"로 시작하는 옛시조에 해학에서 필적할 수 있을까. 앞에서도 잠깐 밝혔듯이 이 시조는 청춘남녀의 애틋한 이별을 노래한 작품이다. 여성은 이별을 아쉬워하며 한순간이라도 더 연인과 함께 있고 싶지만 저녁 해가 서산에 기울면서 연인의 출발을 무심하게도 재촉한다. 이 작품에서 해학은 아무리 눈을 씻고 찾아도 없고, 독자의 마음에 남아 있는 것은 아쉬움과 비애의 감정뿐이다.

비교문학에 대한 이양하의 관심은 1962년 5월 서울대학교에서 발행하는 《대학신문》에 기고한 「소월의 진달래와 '예이츠'의 꿈」에서도 엿볼 수 있다. 앞 장에서도 언급했듯이 이양하는 김소월이 「진달래꽃」을 아일랜드 시인 윌리엄 버틀러 예이츠의 초기 작품 「He Wishes for the Cloths of Heaven」의 영향을 받고 썼을 가능성을 조심스럽게 피력하였다. 이 점과 관련하여 이양하는 "소월이 '예이츠'의 생각을 따온 것일까? 예이츠의 시가 발표된 것이 1899년이고 보니 소월이 거기서 시상詩想을 얻었을 가능성은 있다. 그러나 꼭 그랬었다고 단정할 수는 없다"[44]고 밝힌다. 김소월이 예이츠의 작품을 직

---

44 이양하, 「영문학 산보: 소월의 진달래와 '예이츠'의 꿈」, 『이양하 교수 추념문집』, 63 쪽. 김소월과 예이츠의 영향 관계에 대해서는 김용권, 「예이츠 시 번(오)역 100년: "He wishes for the Cloths of Heaven"을 중심으로」, 《한국 예이츠 저널》 40 (2013), pp. 153~184; Wook-Dong Kim, "William Butler Yeats and Korean Connections," ANQ 32: 4 (2019), pp. 244~247; Wook-Dong Kim, Global Perspectives on Korean Literature (London: Palgrave Macmillan, 2019), pp. 255~260.

접 읽었다기보다는 오히려 오산학교 시절의 스승 안서 김억이 1922년에 번역한 작품에서 영향을 받았다고 보는 쪽이 더 합리적이다. 김소월과 예이츠의 작품을 비교하고자 이양하는 먼저 김소월의 「진달래꽃」을 인용한 뒤 예이츠의 작품 원문과 그가 번역한 것을 나란히 싣는다. 원문은 앞 장에서 인용했으므로 여기서는 「진달래꽃」과 예이츠 작품의 번역만 인용하기로 한다.

　　나 보기가 역겨워
　　가실 때에는
　　말없이 고이 보내드리오리다.

　　영변寧邊에 약산藥山
　　진달래꽃
　　아름 따다 가실 길에 뿌리오리다.

　　가시는 걸음 걸음
　　놓인 그 꽃을
　　사뿐히 즈려 밟고 가시옵소서.

　　나 보기가 역겨워
　　가실 때에는
　　죽어도 아니 눈물 흘리오리다.

　이 작품에 대하여 이양하는 "소월의 시 가운데 가장 널리 애송되는 시다. 아름답고 잘된 시로 되어 있다"고 말한다. 시적 화자 '나'가 진달래를 꺾어 오겠다는 영변은 이양하에게는 각별한 의미가 있다. 영변은 그가 태어나 자란 평안남도 강서와 그다지 멀리 떨어져 있지 않기 때문이다. 다음은 이양하가 예이츠의 작품을 한국어로 번역한 것이다.

> 금빛 은빛으로 짜서
> 수놓은 천상天上의 비단
> 밤과 백광白光과 박명薄明의
> 푸르고 구물고 감은 비단이 있다면
> 그것을 당신 발밑에 깔아 드리오리다.
> 그러나 가난하여 내 꿈을 깔았소이다.
> 내 꿈 밟으시는 것이오니 사뿐히 밟으소서.[45]

이 두 작품의 영향 관계에 대하여 이양하는 "진달래를 밟고 꿈을 밟는데 사뿐히 밟으라는 데도 이 두 시는 일치된다. 그리고 두 시가 다 애인에게 사랑을 호소하는 것으로 볼 수 있는 점에 있어서도 서로 일치된다"고 지적한다. 그러면서 이양하는 "혹 그랬었다 하더라도 그야말로 환골탈태換骨奪胎라 할 것으로 이것이 소월의 시인으로서의 역량을 멸살滅殺하는 것이 아님은 두말할 나위 없다"[46]고 밝힌다. 그러나 후반부 세 행에서 '드리오리다', '깔았소이다', '밟으소서'라고 경어체를 사용한다든지, 상대방을 공경하는 태도라든지, 시어의 구사라든지 하는 점으로 미루어 보면 이양하는 시적 화자를 여성으로 보고 있음이 틀림없다.

이양하의 예이츠 번역을 꼼꼼히 살펴보면 김소월의 작품에서 영향을 받았을 뿐 아니라 한 발 더 나아가 김억의 번역에서도 적잖이 영향을 받았음이

---

45 이양하, 「소월의 진달래와 '예이츠'의 꿈」, 63쪽.
46 위의 글, 63쪽.

드러난다. 1918년 12월 김억은 예이츠의 작품을 한국 최초로 번역하여 「꿈」
이라는 제목으로 《태서문예신보》에 처음 발표하였다.

> 내가 만일 광명光明의
> 황금黃金, 백금白金의 짜아내인
> 하늘의 수繡 노흔 옷
> 날과 밤, 또는 저녁의
> 프름, 아득함 또는 어두움의
> 물들은 옷을 가젓다 하면
> 그대의 발 아래 펼치나
> 아 가난하여라, 소유所有란 꿈박게 업서라
> 그대의 발 아래 내 꿈을 페노니,
> 나의 생각 가득한 꿈 우를
> 그대여 가만히 밟고 지내라[47]

　다음은 김억이 수정하여 다시 번역한 것이다. 시어의 사용에서 어순에 이
르기까지 다음 번역은 앞의 번역과는 여러모로 꽤 다르다.

> 내가 만일 금빛 은빛으로 수놓아진
> 하늘의 옷감이 있다면
> 밤의 어두움과 낮의 밝음과 어스름한 빛으로 된
> 푸르고 희미하고 어두운 색의 옷감이 있다면
> 그 옷감을 그대 발밑에 깔아드리련만.

---

47 이옛츠(윌리어 버틀러 예이츠) 저, 김억 역, 「꿈」, 《태서문예신보》 11호 (1918. 12. 24).

나는 가난하여 가진 것은 꿈밖에 없으니

그대 발밑에 내 꿈을 깔아드리오니

사뿐히 즈려밟고 가시옵소서

그대가 밟는 것은 내 꿈이기에.[48]

김억은 이 작품을 한국 최초의 번역 시집으로 일컫는 『오뇌의 무도』(1921)
에 수록하면서 이 번역 시를 조금 수정하였고, 1923년에 이 번역 시집의 개
정판을 낼 때에도 한 번 더 수정하였다. 그런데 어찌 된 일인지 김억은 원래
제목과는 달리 「꿈」이라는 제목을 붙였으며, 세 번 수정하는 동안에도 이 제
목만은 고치지 않고 그대로 두었다. 아나나 다를까 김억은 원천 언어인 영어
를 직접 번역하는 대신 일본어 번역을 중역했음이 드러난다. 그는 다이쇼(大
正) 7년(1918) 일본의 두 번역가 고바야시 요시오(小林愛雄)와 사타케 린조
(佐武林藏)가 공동으로 번역하여 출간한 『긴다이시카슈(近代詩歌集)』에 수록
한 작품 「유메(夢)」를 중역하였다. 김억이 제목을 '꿈'이라고 한 것은 바로 이
두 일본 번역가의 번역에 따른 것이다. 수정하기 전 초기 번역에서 김억은 비
단 제목뿐만 아니라 일본 번역가가 오역한 것('天の衣')을 그대로 중역하여
'옷감'으로 번역해야 할 것을 '옷'으로 번역하기도 하였다.

고바야시와 사타케에 앞서 메이지 38년(1905)에는 일본 번역가 구리야가
와 하쿠손(廚川白村)이 역시 예이츠의 이 작품을 「사랑과 꿈(戀と夢)」이라는
제목으로 번역하여 소개한 적이 있다. 구리야가와는 '사랑'이라는 말을 덧붙
이기는 했어도 역시 「꿈」이라는 제목을 달았다. 또한 김억은 고바야시와 사
타케가 "하늘의 옷"이라고 번역한 것을 그대로 "하늘의 수놓은 옷('そらの繡
衣')"으로 옮겼다. 김억이 이렇게 번역한 것을 보면 제목은 고바야시 요시오

---

48 김억, 『오뇌의 무도』 개정판 (광익서관, 1923), 119쪽.

와 사타케 린조의 번역을, 본문은 구리야가와 하쿠손의 번역을 중역했음을 알 수 있다.[49] 이양하가 이 작품을 번역하면서 일본의 번역가들한테서 영향을 받았거나 김억한테서 영향을 받았거나, 아니면 두 쪽 모두한테서 영향을 받았을 가능성을 배제할 수 없다.

비교문학에 대한 이양하의 관심은 이번에는 김기림의 「바다와 나비」를 영국 시인 스티븐 스펜더Stephen Spender의 작품과 비교하는 데에서도 잘 드러난다. 앞에서 이미 밝혔듯이 김기림은 이양하보다 세 살 적지만 일본의 제국대학에서 영문학을 전공했다든지 해방 후 서울대학교에 재직했다든지 시를 창작하며 외국 문예이론을 국내에 소개했다든지 하는 점에서 서로 비슷하다. 그래서 이양하는 김기림의 작품에 대하여 누구보다도 잘 알고 있었다. 다음은 김기림의 「바다와 나비」 전문이다.

아무도 그에게 수심水深을 일러 준 일이 없기에
흰나비는 도무지 바다가 무섭지 않다.

청靑무 밭인가 해서 내려갔다가는
어린 날개가 물결에 저려서
공주公主처럼 지쳐서 돌아온다.

삼월三月달 바다가 꽃이 피지 않아서 서거픈
나비 허리에 새파란 초생달이 시리다.[50]

---

49 예이츠 작품의 일본어 번역에 대해서는 김용권, 「예이츠 시 번(오)역 100년」, 153~184쪽; 김욱동, 『번역의 미로』 (글항아리, 2011), 125~127쪽 참고.
50 김기림, 『바다와 나비』 (신문화연구소, 1946), 39쪽.

김기림은 이 작품을 1939년 4월 《여성》에 처음 발표한 뒤 1946년에 발간한 시집 『바다와 나비』에 수록하였다. 이렇게 시집의 제목으로 삼을 만큼 그는 이 작품에 각별한 애정을 품고 있었다. 이 작품을 인용한 뒤 이양하는 "이것은 「바다와 나비」라는 김기림 씨의 시이다. 나비가 바다를 청무밭으로 알고 내려간다는 그럴듯하고 아름다운 표현은 분명히 '스티븐 스펜더'의 다음 시에서 온 것이다"라고 지적한다. 그러면서 그는 계속하여 "우연의 일치라 하기에는 너무도 기특할 뿐 아니라 이 시를 쓴 이 시절에 김기림 씨가 '오오든', '스펜더', '루이스' 일파의 시인들을 많이 읽고 있던 것을 알고 있기에 감히 서슴지 않고 이렇게 말하는 것이다"라고 밝힌다.[51] 이양하는 스펜더의 작품을 인용한 뒤 자신이 번역한 것을 덧붙인다.

Then from the shore, two zig-zag butterflies
Like errant dog-roses cross the bright strand
Spiralling over waves in dizzy gyres
Until the fall in wet reflected skies.
They drown. Fishermen understand
Such wings sunk in such ritual sacrifice.

Remembering legends of undersea, drowned cities.
What voyagers, oh what heroes, flamed like pyres
With helmets plumed have set forth from some island
And them the seas engulfed. Their eyes

---

51 이양하, 「영문학 산보: 바다와 나비」, 『이양하 교수 추념문집』, 64쪽.

Distorted to the cruel waves desires,

Glitter with coins through the tide scarcely scanned,

While, far above, that harp assumes their sighs.

그리고는 한 쌍 나비가 갈지자로 드날리는 꽃잎 모양

따뜻한 모랫벌을 건너서 비친 하늘 가운데

흰 꽃을 찾아 대양 위에 바다 외양간을 헤맨다.

나비는 물에 빠진다. 보는 사람들은

이러한 날개가 이러한 제식祭式의 희생으로 찢김을 안다.

배와 보물과 여러 도시, 화장火葬하는 장작더미 모양 불길 찬란하고

구원久遠의 바다가 삼킨 낭패狼狽의 섬이

곧 그들의 날개 돋친 날이었던

전설의 주인공들을 기억하고 있기에

힘찬 사랑의 물을 깨어서 물결의 욕구의 조류潮流로

비틀린 그들의 돈과 눈을 볼 길 거의 없고

그 위에는 거문고가 그들의 한숨을 한숨짓는다.[52]

---

52 앞의 글, 65쪽. 이양하의 다른 번역과 비교하여 이 번역은 여러모로 문제가 많다. 두 연
을 좀 더 원문에 충실하게 옮긴다면 "그때에 해안에서 이리저리 날던 나비 두 마리가 /
길 잘못 든 들장미처럼 빛나는 해안을 건너 / 아찔하게 소용돌이치며 파도 위로 내려앉
아 / 마침내 하늘이 반사된 곳으로 빠져든다. / 나비들은 익사한다. 어부들은 알고 있지
/ 그런 날개들이 그런 제물이 되어 가라앉는다는 것을. // 떠올리노니 바다 밑 배들과 보
물과 도시 / 장작더미 같은 불꽃으로 장식한 전설적인 영웅들 / 그들의 육신의 날개를
단 날은 영원한 바다가 삼켜 버린 당혹스러운 섬. / 물결치는 파도의 욕망에 비틀리고 /
아름답지만 강력한 파도 속에서 / 그들의 금화와 눈은 헤아릴 길이 없구나. / 하프는 그
들 위에서 그들의 한숨을 내쉰다" 정도가 될 것이다.

위 인용문은 이양하가 밝히지는 않았지만 스펜더의 작품 중에서도 비교적 잘 알려진 「바다 풍경(Seascape)」의 마지막 두 연이다. 이양하의 지적대로 김 기림은 스펜더의 작품에서 영향을 받았음이 분명하다. 무엇보다도 먼저 두 시 는 나비가 흰 파도가 물결치는 바다를 들판으로 착각하고 꽃을 찾으러 간다 는 시적 상황이 아주 비슷하다. 실제로 김기림은 스펜더의 작품을 읽지 않고 서는 도저히 「바다와 나비」를 쓸 수 없었을 것이다. 이 밖에도 유사한 시어를 사용한다는 점에서도 그러하고, 온갖 감각적 이미지와 리듬을 살린다는 점에 서도 두 시는 닮았다.

스펜더 작품의 주제에 대하여 이양하는 "바다는 죽음과 영원을 말하고 바 다에 흡수되는 언덕은 덧없는 인간의 영위營爲를 말하는 것으로서 이 시는 상당히 농후濃厚하고 풍희豊戱한 한 상징시로 읽을 수 있다"[53]고 언급한다. 바다를 항해하던 배들이 난파하고 배에 싣고 가던 많은 금은보화가 물에 잠 기고 도시들이 매몰된 것을 생각하면 바다는 이양하의 말대로 죽음과 파괴 의 상징이라고 할 수 있다. 인간과 비교해 보면 바다의 위력은 가공할 뿐 아 니라 잠재적 폭력과 야만성을 감춘 채 인간을 호도하고 속이기도 한다. 스펜 더는 이 작품에서 자연의 폭력성과 함께 기만성을 노래한다.

그러나 김기림은 「바다와 나비」에서 스펜더와는 조금 다른 주제를 다룬다. 힘을 자랑하는 광활한 바다와 가냘픈 생명체인 나비를 대조시키는 것부터 가 이색적이다. 최남선의 「해에게서 소년에게」에서 볼 수 있듯이 한국 신문학 은 바다에서 시작하였다. 서양 제품에 으레 '양洋' 자가 붙듯이 서구 문물은 언제나 바다를 통하여 건너왔다. 일본 제국주의의 식민지 지배를 받던 조선 인에게 바다는 한편으로는 동경의 대상이었지만 다른 한편으로는 두려움의 대상이었다. 서구 문물을 직접 받아들이지 못하고 식민지 종주국 일본을 통

---

53 앞의 글, 65쪽.

하여 간접적으로 받아들일 수밖에 없었다. 이러한 관점에서 보면 어린 날개가 물에 젖어 '공주처럼' 지친 몸으로 육지로 돌아오는 나비는 곧 식민지 조선의 처량한 모습으로 읽힌다. "삼월달 바다가 꽃이 피지 않아서" 서글프다는 것은 조국 해방의 날이 아직은 멀었다는 것을 암시한다. 그날이 올 때까지 나비는 허리에 '새파란 초승달' 같은 시린 부위를 안고 살아갈 수밖에 없다.

한편 김기림은 나비의 운명을 비단 식민지 조선에 국한하지 않고 동아시아로 넓힌다. 탈아입구脫亞入歐의 깃발을 높이 처들고 서구 문물을 일찍 받아들여 근대화를 이룩했던 일본도 점차 나비의 신세가 되기 시작하였다. 일본 제국주의 또한 서구 문명 앞에 좌절하지 않을 수 없었다. 김기림은 시집『바다와 나비』의 머리말에서 "1939년 제2차 세계대전의 발발은 벌써 피할 수 없는 '근대' 그것의 파산의 예고로 들렸으며 이 위기에 선 '근대'의 초극이라는, 말하자면 세계사적 번민에 우리들 젊은 시인들은 마주치고 말았던 것이다"[54]라고 밝힌다.

이양하는 스펜더의 「바다 풍경」을 언급하며 "여기 비하면 김기림 씨의 시는 희박한 '이미지스트'의 시라 할 수 있겠다. '스펜더'의 시와 한자리에 놓고 말할 것은 되지 못할 것이나 바다 위를 나는 나비의 아름다운 '이미지'를 우리 시에 더하였음에는 틀림없다"[55]고 밝힌다. 이양하가 김기림의 작품을 '희박한' 이미지스트의 작품으로 평가한다는 것은 김기림의 작품을 스펜더의 작품에 견주어 완성도가 떨어지는, 이양하의 표현을 빌려 말하자면 '꼭지가 덜 떨어진' 작품으로 보았다는 것이다. 그러나 김기림은 비록 스펜더의 작품에서 영향을 받았을지는 몰라도 시적 변용을 통하여 전혀 새로운 작품으로 승화시키는 데 성공하였다.

---

54 김기림, '머릿말',『원본 김기림 시 전집』(깊은샘, 2014), 257~258쪽.
55 이양하, 「영문학 산보: 바다와 나비」, 65쪽.

영문학과 문학평론

이양하는 영문학자로서 한국 비교문학에 초석을 쌓았을 뿐 아니라 문학평론 분야에도 그 나름대로 업적을 남겼다. 당시 영문학을 비롯한 외국문학 연구자들은 거의 대부분 문학평론에도 발을 들여놓고 있었다. 독문학의 김진섭을 비롯하여 불문학의 양주동과 이헌구와 손우성孫宇聲, 러시아문학의 진학문秦學文과 함대훈 등을 들 수 있다. 영문학으로 좁혀 보면 정인섭, 최재서, 백철, 김환태, 김기림, 임학수 등 하나하나 꼽을 수 없을 만큼 아주 많다. 엄밀히 따지고 보면 외국문학 연구와 문학평론을 구분 짓기란 여간 어렵지 않다.

이양가가 발표한 문학평론의 양은 다른 작가들의 양과 비교하여 그렇게 많지 않고, 그것마저도 1930년대 중반에 집중되어 있다. 1962년 4월부터 같은 해 5월까지 대학신문에 '영문학 산보'라는 제호로 발표한 번역이나 비교문학과 관련한 글을 제외하더라도 그는 ① I. A. 리처즈의 문예 가치론, ② '말'에 관한 문제, ③ 조선어와 조선문학 장래, ④ 조선 현대시, ⑤ 『정지용시집』 서평, ⑥ 제임스 조이스, ⑦ 한국문학과 미국문학 비교 등 줄잡아 일곱 편의 글을 발표하였다. 1941년 3월에 발표한 조이스에 관한 글과 1958년 7월 미국공보원(USIS)이 주최한 미국문학 하계 세미나에서 기조연설로 발표한 글을 제외하고는 모두 1935년 이전에 발표한 것들이다.

이렇듯 이양하의 문학평론은 비록 수에서는 뒤지지만 질에서는 다른 평론가들에게 결코 뒤떨어지지 않는다. 여기서는 한국문학과 관련한 글을 간략하게 짚고 넘어가기로 하자. 그는 「조선어의 수련과 조선문학 장래」에서 조선문학이 다른 문학에 뒤지지 않는다고 하였다.

춘원春園, 요한耀翰, 파인巴人, 무애无涯, 만해萬海, 그리고 또 정지용 씨를 가진 오늘에 있어 우리 조선말로 시 쓸 수 있는 것을 의심하며, 또 우리 조선에 천재 없는 것을 한탄할 사람은 아마 없으리라고 생각한다.

우리 조선말로도 시 쓸 수 있다는 것을 알게 된 것은 어떻게 말하면 우리가 시를 가지려면 무엇보다 먼저 한문의 기반羈絆을 벗어나 우리말로 시를 써야 한다는 신시新詩 운동이 일어난 20여 년 전의 일이라 할 수 있으며, 이래로 춘원의 다한多恨, 요한의 명민明敏, 파인의 격정激情, 무애의 양식良識, 만해의 사색思索, 그리고 정지용의 감각과 세련을 낳은 우리 시단은 그 천재의 탁월함과 다방면함을 자긍하여 무방할 것이다.[56]

이양하는 무엇보다도 먼저 조선 문단에도 모국어로 시를 쓸 수 있는 뛰어난 시인들이 있다고 언급한다. 그런데 그의 어조로 미루어 보면 그는 어쩌면 식민지 종주국 일본의 시인들을 염두에 두고 있는 것처럼 느껴진다. 비록 가혹한 식민지 지배를 받고 있을망정 조선도 일본 못지않게 뛰어난 시인들이 있다는 점을 은근히 말하는 것 같다. 비교적 짧은 두 단락에서 그가 '우리'라는 말을 무려 일곱 번이나 되풀이한다는 점이 이를 뒷받침한다.

이양하는 20세기 초엽 조선에 신문학 운동이 일어난 뒤 활약한 조선 시인의 특징을 이광수의 다정다한, 주요한의 명민함, 김동인의 격정, 양주동의 뛰어난 식견과 건전한 판단, 한용운의 사색과 명상, 정지용의 세련된 감각이야말로 세계문학에 내놓을 만한 조선 시의 자랑이라고 말한다.

물론 이양하는 조선 시단에 아직 윌리엄 셰익스피어나 요한 볼프강 폰 괴

---

56 이양하, 「조선어의 수련과 조선문학 장래」, 『이양하 미수록 수필선』 (중앙일보사, 1978), 148~149쪽.

테, 폴 발레리, T. S. 엘리엇 같은 시인이 나타나지 않는 데 대하여 못내 아쉬움을 토로한다. 그러나 이양하는 이에 절망할 필요는 없고 오직 문학의 토대가 되는 모국어를 개발하고 연마하면 얼마든지 세계문학의 대열에 합류할 수 있다고 주장한다.

> 우리도 그들에 있어서와 같이 우리의 말이 현존 다른 나라 말에 비하여 비록 조야하고 빈약하다 할지라도 다른 나라 말에 못지 아니한 무한한 가능성이 있다는 굳은 믿음을 가지고 우리말을 사랑하고 숭상하여 모든 것을 우리말로 쓰고 말하는 데 힘쓰고, 또 우리의 과거를 찾아 혹은 산실散失된 신화, 사화史話, 가요를 취사取捨하고 혹은 전래하는 민담, 영웅 전설 같은 것을 새로이 우리말로 편찬하는 한편, 우리의 고유한 전통과 국민성에 비추어 배우고 본받을 만한 외국문학을 우리말로 옮기고 섭취하고 소화하는 데 게으르지 아니하면 우리는 가까운 장래에는 아닐지라도 반드시 괴테나 셰익스피어에 비길 만한 시인을 갖게 되는 날이 있으리라고 생각한다.[57]

여기서 이양하가 번역의 중요성을 언급하는 점에 주목해야 한다. 첫째, 그는 외국문학 작품을 한국어로 번역하여 적극 수용함으로써 조선문학을 풍부하게 해야 한다고 지적한다. 세계 문학사를 보면 자국문학은 번역을 통하여 예술적 자양분을 받아 성장하고 발전해 왔다. 둘째, 이양하는 번역이 한국문학 못지않게 한국어의 발달에도 크게 이바지할 수 있다는 가능성을 암시한다. 실제로 번역가는 번역하는 과정에서 그동안 사용하지 않고 모국어의 창고 속에 방치해 놓았던 고어, 폐어, 사어 등을 찾아내어 새롭게 갈고닦

---

57 앞의 글, 150~151쪽.

아 사용할 수 있다. 이양하가 자주 언급하는 괴테는 일찍이 "외국어를 모르는 사람은 모국어도 제대로 알지 못한다"고 말한 적이 있다. 여기서 '외국어'를 '외국문학'으로 바꾸어 놓아도 크게 틀리지 않는다.

이양하의 이러한 문학관은 그의 또 다른 논문 「조선 현대시의 연구」로 이어진다. 그는 일찍이 I. A. 리처즈의 심리주의 문학 이론에 관심을 기울였지만, 이 글에서는 이 영국 문예이론가와 태도를 조금 달리한다. 리처즈는 시를 정의하면서 "시는 그 어느 특질에 있어서도 기준 경험과 어느 정도 이상 다른 점이 없는 한 부류의 경험이요, 기준 경험이라는 것은 완성된 작품을 관조할 때의 시인의 적절한 경험이다"[58]라고 말한다. 이렇게 심리학자로서 시를 과학적으로 정의하려는 리처즈의 태도에 대하여 이양하는 그가 '시인의 적절한 경험'을 구체적으로 밝히지 않는 이상 '허도虛度한 노력'으로 이렇다 할 의미가 없다고 지적한다.

이양하는 자신과 교육과 경험 수준이 비슷한 동료, 즉 '일원적 이해 또는 동심원적 이해'를 공유하는 친구에게 조선의 시 두 편을 보여 주고 평가를 묻자 한 작품에서는 의견이 서로 일치했지만, 다른 작품에서는 의견이 크게 엇갈렸다. 이를 토대로 이양하는 시적 경험이란 어디까지나 주관적이고 상대적일 뿐이라고 결론짓는다.

> 시란 명백히 말할 수 없고 또 시의 고하高下를 판단하는 기준으로서 자나 저울과 같이 임의로 재단할 수 있고 형량할 수 있는 정확한 척도가 없는 이상 우리는 결국 막연하지만 우리가 과거에 있어 참다운 관심을 가지고 많은 시를 읽어 오는 동안에 얻은 시의 관념과 또 좋은 시를 많이 체험하는 동안에 얻은 시의 수준을 가지고 그 범위

---

58 앞의 글, 164쪽.

안에서 시를 말하고 시를 판단할 수밖에 없다고 생각한다.[59]

이양하는 시를 비롯한 문학 작품을 과학의 이름으로 객관적으로 판단하려는 태도에 불만을 토로한다. 그는 시를 주술의 영역에서 과학의 영역으로 끌어온 리처즈보다는 차라리 과거 전통에 비추어 시를 판단하려는 문학평론가 매슈 아널드나 영국 시인 존 메이스필드의 손을 들어 준다. 전통과 개인의 시적 재능을 유기적으로 파악하려 한다는 점에서 이양하의 태도는 T. S. 엘리엇과 비슷하다고 볼 수 있다. 이양하는 영국의 비평가들처럼 시를 판단하는 데에는 "시적 체험 사이에 성립되는 은밀한 묵계가 많은 역할"을 한다는 사실을 깨닫는다.

이양하의 「조선 현대시의 연구」에서 또 한 가지 주목해야 할 것은 정지용에 대한 평가이다. 이양하는 리처즈가 엘리엇을 재평가한 것처럼 조선의 비평가도 정지용을 재평가해야 한다고 지적한다. 물론 이양하는 "오늘 우리 시단에 있어 가장 높이 평가하여야 할 시인이 정지용 씨라는 데 대개 의견이 일치되었다"고 밝힌다. 다만 그는 "무슨 이유로 정지용 씨를 높이 평가하여야 하겠다는 것을 명백히 말하는 것을 듣지 못하였다"고 말한다.

한국 문단에서 도대체 왜 정지용을 높이 평가해야 하는지 그 이유를 밝히려는 글이 『정지용 시집』에 대한 이양하의 서평이다. 1935년 10월 박용철이 운영하던 시문학사에서 이 시집이 출간되자마자 이양하는 같은 해 12월 《조선일보》에 서평을 기고하였다. 이양하는 정지용보다 두 살 아래로 나이가 비슷할 뿐 아니라 청년 시절 식민지 종주국의 옛 수도 교토라는 같은 공간에서 유학 생활을 하였다. 정지용이 도시샤대학 영문과에 입학한 것이 1923년 4월이었고, 이양하가 교토의 제3고등학교를 졸업한 것이 1927년이었다. 두 사

---

59 앞의 글, 176쪽.

람은 서로 만나지는 못하였어도 교토유학생학우회에서 발행하는 잡지 《학조
學潮》를 통하여 간접적으로 만났다. 이 점과 관련하여 이양하는 "'금단추 다
섯 개 달은 자랑스러움'을 반드시 잊지 못하던 좋은 시절"에 이 잡지에서 「카
페 프란스」를 처음 읽게 되었다고 밝힌다.

이양하는 정지용을 높이 평가해야 하는 가장 중요한 이유로 조선어 구사
력을 꼽는다. 그는 "(정지용) 씨는 또 말의 비밀을 알고 말을 휘잡아 조종하
고 구사하는 데 놀라운 천재를 가진 시인"이라고 높이 평가한다. 또한 그는
"우리는 이제 여기 처음 다만 우리 문단 유사 이래의 한 자랑거리가 될 뿐 아
니라 온 세계 문단을 향하여 '우리도 마침내 시인을 가졌노라' 하고 부르짖
을 수 있을 만한 시인을 갖게 되고, 또 여기 처음 우리는 우리 조선말의 무한
한 가능성을 구체적으로 알게 된 것이다"라고 주장한다.[60] 정지용의 작품을
말할 때면 으레 '언어 조탁'이라는 표현을 자주 사용하지만, 이양하야말로 정
지용의 작품에서 언어 감각 재능이 탁월하다는 점을 최초로 밝힌 비평가 중
한 사람이다. 이양하는 「비로봉」에서 볼 수 있듯이 정지용은 서경시조차 서정
시로 만드는 탁월한 언어 감각 능력이 있다고 평가한다.

물론 개인적 친분과 그에 대한 호감 때문인지 모르지만 이양하의 서평은
마치 성인전을 쓰는 것 같다는 비판을 면하기 어렵다. 그가 정지용의 문학적
재능을 높이 평가하는 것은 옳지만 지나친 평가는 오히려 시인의 미래를 해
칠 염려가 있다. 세계 문학사를 보면 『앵무새 죽이기』(1960)의 작가 하퍼 리
Harper Lee처럼 비평가들의 지나친 찬사와 상업적 성공으로 더 이상 작품을
쓰지 못한 채 첫 작품이 마지막 작품이 된 작가를 쉽게 찾아볼 수 있다. 『정
지용 시집』 출간을 두고 이양하는 "어찌 우리 문단을 위하여 기쁜 일이 아니
며 참으로 감사하여야 할 혁혁한 공적이라 아니할 수 있으랴"라고 웅변적으

---

60 이양하, 「바라던 지용시집」, 『이양하 미수록 수필선』, 107, 112, 117~118쪽.

로 말한다. 그러면서 이양하는 계속하여 "씨여! 원컨대 자중가찬自重加餐 멀지 아니한 장래에 또 이러한 아름다운 시집을 우리에 선물하라. 그리고 우리의 이러한 기대가 또 우리 문단의 힘이 빛이 될 것을 부디 잊지 말라"고 당부한다.[61] 그러나 이러한 찬사에 부담을 느껴서인지는 몰라도 정지용은 첫 시집 출간 이후 그 이전을 뛰어넘는 작품을 별로 쓰지 못하였다.

영어사전과 교과서 편찬

연희전문학교에서 경성제국대학을 거쳐 서울대학교로 자리를 옮긴 뒤 이양하는 영문학 연구보다는 영어 교육에 깊은 관심을 기울이기 시작하였다. 그래서 그는 영어사전을 편찬하고 영어 교과서와 참고서를 만드는 작업에 전념하였다. 그래서 이양하는 권중휘와 함께 1949년에 『스쿨 영한사전』을, 1954년에는 『포켓 영한사전』을 편찬하여 민중서관에서 펴냈다. 이러한 작업은 영문학자보다는 영어학자가 하는 것이 적절할 터이지만 당시 이 일을 수행할 이렇다 할 영어학자들이 별로 없었거나 이 작업에 관심을 두지 않았다.

사전 편찬이란 이 분야의 선행 작업이 없이는 무척 힘이 부칠 뿐 아니라 혼자서는 달성하기 어려운 일이다. 그래서 이양하는 권중휘와 함께 공동으로 영한사전을 편찬하기로 하였고, 도쿄제국대학 교수이자 일본의 유명한 언어학자인 이치카와 산키가 편집한 『리틀 에이와지텐(リトル英和辞典)』를 번역하다시피 하여 편찬하였다. 이치카와는 이양하와 권중휘가 도쿄제국대학에 재학할 때 스승이기도 하였다. 물론 같은 한자 문화권에 속하므로 일본어 어휘

---

61 앞의 글, 118쪽.

는 한국어 어휘와 동일하거나 유사한 것이 많지만, 전혀 다른 의미로 사용되는 경우도 적지 않아 이『영화사전』을 그대로 번역해서『영한사전』으로 사용할 수는 없었다. 물론 이양하와 권중휘는 영일사전 말고도 영영사전에도 의존하였다. 그들은 비록 이치카와에 미치지는 못해도 많은 노력과 시간을 투자해야 했을 것이다.

이양하와 권중휘의 제자로 그동안 영어사전에 남달리 깊은 관심을 기울여 온 이재호는 "광복 이후엔 일본 영어사전을 모방하느라 아직까지 독자적으로 만든 제대로 된 영한사전이 없다. 일제강점기에는 일본의 탄압과 방해로 영한사전을 만드는 것이 어려웠음을 인정한다. 그러나 광복 후 64년이 지났는데 왜 우리는 아직까지 믿을 만한 영한사전 한 권을 독자적으로 만들지 못했을까?"[62]라고 개탄한다. 이재호는『영어사전 비판』(2005)에서도 ① 토박이 말이 빠져 있다든지, ② 일상생활에서 실제로 사용하는 번역어가 많이 빠져 있다든지, ③ 장황한 설명으로 이루어진 경우가 많다든지, ④ 한자 어휘가 한글로만 적혀 있어 의미가 분명하지 않다든지, ⑤ 번역어의 우선순위가 적절하지 않다든지, ⑥ 중요한 어휘들이 표제어에 빠져 있다든지, ⑦ 내용에서 오류와 오자가 있다든지 등의 문제점을 지적한다.

『스쿨 영한사전』과『포켓 영한사전』이 출간된 것은 이양하가 예일대학교에 가기 전이었다. 그는 권중휘와 함께 부산 동래의 한 온천장에서 몇 달 동안 한 방에서 같이 지내며 사전을 편찬하였다. 권중휘는 "그때 경험으로 그가 몹시 끈기 있고 부지런하고 의지가 굳은 사람임을 발견한 것이 나로서는 새로

---

62 이재호, 「한 원로 영문학자의 유고: 영어 교육에 미친 나라에 제대로 된 영한사전 하나 없어」, 《월간조선》 (2009. 12); 그는 이보다 앞서『영한사전 비판: 7개 사전에서 오류들을 중심으로 살펴본 우리나라 영한사전의 슬픈 현실』 (궁리, 2005)를 출간하기도 하였다.
http://monthly.chosun.com/client/news/viw.asp?ctcd=&nNewsNumb=200912100074.

웠다"[63]고 회고한다. 여관의 식사가 마음에 들지 않아도, 온천 여관인 데다 한여름이어서 몹시 무더운 데도 그는 불평 한마디 하지 않은 채 묵묵히 사전 편집에 매달릴 따름이었다. 권중휘는 교토의 제3고등학교와 도쿄제국대학에서 같이 공부하고 서울대학교에서 같이 근무했지만 이때처럼 이양하와 가까이 지낸 적이 없었다. 물론 이때조차도 권중휘는 사전 편집 일과 관련된 것 말고는 이양하의 내면의 모습을 잘 알 수 없었다고 고백한다.

『포켓 영한사전』은 1950년대 한국에서 거의 유일한 영어사전이었다. 2022년 현재 50대 이상 사람들은 거의 모두 이 사전으로 공부하였다. 1966년 10월 《경향신문》에는 「생명이 긴 숨은 베스트셀러」라는 흥미로운 기사가 실렸다. '생명이 긴' 베스트셀러라면 요즈음 같으면 '스테디셀러'에 해당할 것이다. '숨은' 베스트셀러란 소문 없이 조용히 팔려 나간다는 뜻이다. 한마디로 이양하와 권중휘가 펴낸 『포켓 영한사전』을 말한다. 독자의 사랑을 받는 대중소설이나 독자의 감성을 자극하는 시집도 아니고 학습용 영한사전이 이렇게 베스트셀러 반열에 오른다는 것은 여간 보기 드문 일이 아니다. 이 사전은 출간된 지 6년째 되는 1966년까지 무려 33쇄를 찍을 정도로 한국에서 가장 대표적인 영한사전으로 자리 잡았다.

여기서 잠깐 한국 영한사전의 역사를 짚고 넘어가는 것이 좋을 것 같다. 잘 알려진 것처럼 19세기 말엽 미국 선교사 호러스 그랜트 언더우드나 캐나다 선교사 제임스 스카스 게일James Scarth Gale, 조지 히버 존스George Heber Jones 같은 사람들이 선교 목적으로 한영사전을 편찬하였다. 그러던 중 흥미롭게도 1903~1904년에 이승만이 감옥에서 '신영한사전新英韓辭典'을 집필하다가 그만두었다. 서재필徐載弼도 일찍이 한국인 최초로 영한사전을 만들려 했지만 미완성으로 끝나고 말았다. 해방 이후 개신교 목사 류형기

63 권중휘, 「고 이양하 군의 일면」, 『이양하 교수 추념문집』, 215쪽.

柳瀅基가 『신생 영한사전』(1946)과 『신생 한영사전』(1947)을 펴냈다. 그 뒤 이양하와 권중휘가 펴낸 『스쿨 영한사전』과 그 내용을 좀 더 보강하여 펴낸 『포켓 영한사전』은 순전히 교육용 영어사전이었다. 물론 그 밖에도 영어연구회에서 펴낸 『제네랄 콘사이스 영한사전』(이상사, 1954)과 『스타 영한사전』(이상사, 1957) 등이 있었지만 민중서관의 『포켓 영한사전』을 넘어서지는 못하였다.

1954년 초부터 이양하는 예일대학교의 새뮤얼 E. 마틴 교수와 함께 이번에는 『한미대사전』 편찬에 참여하였다. 분량이 워낙 방대하여 이양하의 예상대로 사전 편찬 작업은 느리게 진행되었다. 1957년에 이양하는 새뮤얼 마틴 교수와 장성언에게 나머지 작업을 맡기고 일단 귀국하여 서울대학교에 복직하였다. 아무리 한영사전 편찬 같은 중요한 사업을 위한 휴직이라고는 하지만 3년 넘게 교단을 비우기란 그렇게 쉽지 않았을 것이다.

1957년 편찬 작업을 끝내고 귀국한 이양하는 《대학신문》 기자와 인터뷰를 하였다. 이 인터뷰에서 그는 1898년 캐나다 선교사 제임스 게일이 편찬한 『한영자전韓英字典』과 그 뒤 호러스 언더우드가 편찬한 한영사전을 언급하며 그들이 이룩한 토대 위에서 한국인의 힘으로 한영사전을 내게 된 것이 기쁘다고 밝혔다. 그러면서 그는 이번 사전 편찬 시 『우리말본 사전』을 토대로 삼고 이윤재李允宰와 문세영文世榮이 편찬한 사전에서 어휘를 참고했다고 말하였다. 그런데 이 인터뷰에서 주목할 것은 이양하를 비롯한 편찬자들이 순수한 한국어를 활용하려고 무척 애썼다는 점이다. 그는 기회 있을 때마다 문학가들뿐 아니라 일반인들도 모국어를 꾸준히 갈고닦아야 한다고 역설해 왔다.

한영사전 편찬 작업은 무려 15년이 지나서야 비로소 마무리되었고, 이양하는 이 사전이 햇빛을 보기 전에 세상을 떠나고 말았다. 새뮤얼 마틴·이양하·장성언이 공동으로 편집한 『A Korean-English Dictionary)』는 1967년에 예일대학교 출판부에서 출간되었고, 이듬해 서울에서도 『한미대사전』이

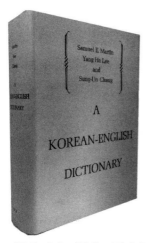

새뮤얼 마틴, 이양하, 장성언이
편집하여 예일대학교 출판부에
서 간행한 한영사전.

라는 제목으로 민중서관에서 출간되었다. 처
음 계획은 미국과 한국에서 동시에 출간할
예정이었지만 한국 측 출판사 사정으로 1년
늦게 나오게 되었다. 비록 미국식 영어로 표
기했다고 하여도 왜 '한영대사전'이 아니고
'한미대사전'이라고 했는지 선뜻 이해가 가
지 않는다. 다만 편집자들은 머리말에서 "한
글 문법 체계가 제대로 정비되어 있지 않아
사전 편집자가 직접 발음 표기 등의 문법적
기준을 마련해야 했다"[64]고 밝힌다.

이양하는 『한미대사전』 편찬 말고도 장성
언과 또 다른 사전을 편집하여 출간하였다. 이 사전 편찬에는 새뮤얼 마틴
교수가 빠지고 한국인 두 사람만이 참여하였다. 1958년 경문사에서 출간한
『미 숙어사전』이 바로 그것이다. 이 사전은 이양하가 출간한 일련의 중고등학
교 영어 교과서, 그리고 영한사전과 한영사전의 중간에 속하는 성격의 사전
이다. 뒷날 장성언은 이 사전을 수정하고 보완하여 이 종류로서는 한국 최초
의 사전이라고 할 『영어 관용법사전』(연세대학교 출판부, 1979)을 출간하였다.

영어 교육에 대한 이양하의 관심은 비단 사전 편찬에 그치지 않고 영어 교
과서와 참고서로 이어진다. 1947년부터 사망하기 전까지 그는 중고등학교 영
어 교과서와 영어 문법서를 여러 권 출간하였다. 그중에는 어쩌다 애그니스

---

64 Samuel E. Martin, Yang Ha Lee, and Sung-Un Chang, 「국내판을 내면서」, 『한미
대사전(New Korean-English Dictionary)』 (민중서관, 1968), 1~2쪽. 여기서 한 가
지 흥미로운 것은 이양하의 영문 이름 표기이다. 그동안 그는 'Y. Ri'를 주로 사용해 왔
지만 영어 교과서와 문법서에는 'Yang-ha Lee'로, 한영사전에는 'Yang Ha Lee'로 표
기하였다.

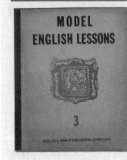

이양하 등이 집필한
중고등학교 영어 교과서.
그는 영문학 못지않게
영어 교육에도 힘을 기울였다.

V. 보너 같은 외국인과 함께 집필한 책도 더러 있다. 김미영이 세종특별자치시 소재 '교과서 박물관'에서 확인한 책만도 무려 30종에 이르고, 그중에서 몇 가지만 예시하면 다음과 같다.[65]

1. The New Living English Readers for Senior Middle Schools (중학교 교과서, 민중서관, 1947)
2. English Composition and Conversation (중학교 교과서, 민중서관, 1949)

---

65 김미영, 「이양하론 구성을 위한 시론」, 80~83쪽.

3. A Concise English Grammar (중학교 문법서, 민중서관, 1949)

4. English Composition and Conversation (고등학교 교과서, 공저, 민중서관, 1949)

5. The New Living English Readers for High Schools (고등 학교 교과서, 민중서관, 1956)

6. Let's Learn English Book (중학교 교과서, 민중서관, 1963)

7. Let's Learn English Book (중학교 교과서, 민중서관, 1965)

그렇다면 이양하는 정지용 같은 시인과 김진섭 같은 수필가를 꿈꾸면서도 도대체 왜 이러한 실용적인 교과서와 참고서 집필에 많은 시간과 정력을 할애했을까? 30권의 영어 교과서와 참고서라면 참으로 많은 양이다. 물론 출판사 측의 협조가 많았겠지만 평소 그의 성실한 태도로 미루어 보아 그가 단순히 이름만 빌려주었을 리는 만무하다. 어찌 되었든 평소 깊이 명상하며 글을 쓰는, 그것도 원석을 다듬어 보석을 만들듯이 조심스럽게 글을 쓰는 이양하의 모습과 일본을 비롯한 외국에서 나온 영어 교과서나 참고서를 뒤적이며 교과서나 참고서를 집필하는 모습 사이에는 적잖이 괴리가 느껴진다.

해방 후 미군정이 실시되고 대한민국 정부가 정식 수립된 후 이양하는 누구보다도 국제사회에서 영어의 필요성을 절감하였다. 인도가 영국 식민지에서 해방되고 나서 첫 인도 총리를 지낸 자와할랄 네루는 영어를 '세계를 바라보는 창문'이라고 말하였다. 창문 없이 바깥세상을 볼 수 없듯이 영어를 모르고서는 국제사회에서 세계정신을 호흡할 수 없기 때문이다. 이양하도 네루처럼 세계정신을 호흡하는 지름길로 영어 교육이 무엇보다도 절실하다고 깨달았던 것이다.

이양하 저서와 역서

『ランドー』, 研究社 英米文学評伝叢書 38. 東京: 研究社, 1937.

『詩と科學』(I. A. Richards), 東京: 研究社, 1932.

『이양하 수필집』, 을유문화사, 1947.

『나무: 이양하 제2 수필집』, 민중서관, 1964.

『마음과 풍경』, 민중서관, 1962.

『신록예찬: 이양하 수필선』, 을유문화사, 1972.

『신록예찬』, 범우사, 1976.

『이양하 미발표 수필선』, 중앙일보사, 1978.

『이양하 수필선집』, 김춘식 편, 지식을만드는지식, 2017.

『이양하 수필 전집』, 송명희 편, 현대문학사, 2009.

이양하 편, 『Three Essayists: Milne, Lynd, Gardiner』, Seoul: Minjung Sugwan, 1948.

Samuel E. Martin, Yang Ha Lee, and Sung-Un Chang, comp. 『New Korean-English Dictionary』, New Haven: Yale University Press, 1967.

이양하 공편, 『한미대사전』, 민중서관, 1968.

이양하 역, 『시와 과학』(I. A. 리처즈), 을유문화사, 1947.

이양하 역, 『워어즈워쓰 시집』, 교양문화사, 1964.

이양하 관련 논문

김기석, 「해방 후 분단국가 교육체제의 형성, 1945~1948: 국립서울대학교와 김일성종합대학의 등장을 중심으로」, 《사대논총師大論叢》 53호, 서울대학교 사범대학, (1996. 12).

김미영, 「이양하론 구성을 위한 시론」, 《한국민족문화》 74호, 부산대학교 한국민족문화연구소, (2020년 2월).

_____, 「이양하의 수필 연구: 자전적 수필에서 명상적 수필로의 변화에 미친 외국문학

의 영향을 중심으로」,《인문논총》 77권 1호, 서울대학교 인문학연구원, (2020).

김용권, 「예이츠 시 번(오)역 100년: "He wishes for the Cloths of Heaven"을 중심으로」,《한국 예이츠 저널》 40권 (2013).

김우종, 「수필계의 선구자 이양하」,『신록예찬: 이양하 수필선』, 을유문화사, 1972.

김우창, 「이양하의 수필세계」,《수필공원》, 한국수필문학진흥회, 1984.

김윤식, 「이양하와 김기림: 제국대학 영문학의 직계적 상상력과 방계적 상상력」,《문학의 문학》 5호, (2008 가을).

김진희, 「일본《영문학연구》에 실린 이양하의 첫 비평」,《서정시학》 27: 3 (2017).

박용철, 「현대 영국의 젊은 시인들」,《신동아》 5권 8호 (1935).

배수찬, 「이양하의 글쓰기 환경 연구: 교육체험과 세계관을 중심으로」,《작문연구》 10호, (한국작문학회), 2010.

손세일, 「손세일 비교 평전 99: 한국 민족주의의 두 유형 ―이승만과 김구」,《월간조선》 (2012년 7월호).

송은하, 「영한사전의 역사와 시대별 영한사전의 특징」,《한국사전학》 22호, 한국사전학회, (2013.11).

이미순, 「이양하의 리처즈 시론 수용양상」,《한국현대문학연구》 2호, 한국현대문학회, (1993.02).

이재호, 「한 원로 영문학자의 유고: 영어 교육에 미친 나라에 제대로 된 영한사전 하나 없어」,《월간조선》 2009년 12월호.

임중빈, 「이양하론」,『신록예찬』, 범우사, 1976.

정부래, 「이양하 수필 연구」,《청어람문학》 4권 (1991).

최동호, 「시문학파의 문학사적 의미망과 정지용」,《한국시학연구》 34호 (2012).

최승규, 「영문학부와 대학원의 추억」,『우리들의 60년: 1946~2006』, 연세대학교 영어영문학과 동창회, 2007.

이양하 관련 저서

김병철, 『한국근대번역문학사연구』, 을유문화사, 1975.

_____, 『한국근대서양문학이입사연구』 상하권, 을유문화사, 1980, 1982.

김억 편역, 『오뇌의 무도』, 광익서관, 1921.

김영민, 『한국근대문학비평사』, 소명출판, 1999.

김용권, 『신뢰와 배반』, 서강대학교 출판부, 2017.

김욱동, 『번역과 한국의 근대』, 소명출판, 2010.

_____, 『오역의 문화』, 소명 출판, 2014.

_____, 『문학이 미래다』, 소명출판, 2015.

_____, 『눈솔 정인섭 평전』, 이숲, 2020.

_____, 『아메리카로 떠난 조선의 지식인들: 북미조선학생총회와 《우라키》』, 이숲, 2020.

_____, 『외국문학연구회와 《해외문학》』, 소명출판, 2020.

_____, 『세계문학이란 무엇인가』, 소명출판, 2020.

김윤식, 『한국근대문예비평사연구』, 일지사, 1976.

_____, 『한국근대문학사상비판 I』, 일지사, 1978.

_____, 『작은 생각의 집짓기』, 나남, 1985

_____, 『최재서의 《국민문학》과 사토 기요시 교수』, 역락, 2008.

김진섭, 『교양의 문학』, 진문사, 1955.

김학동·김세환 공편, 『김기림 전집』 1~6권, 새문사, 1998.

박경수 편, 『안서 김억 전집』, 한국문화사, 1987.

백철, 『신문학사조사』 개정판, 신구문화사, 2003.

양주동, 『양주동 전집』, 동국대학교 출판부, 1995~1998.

서울대학교 사범대학 국어과·동문회 편, 『이하윤 선집』 1·2권, 한샘, 1982.

오천석, 『한국 신교육사』, 현대교육총서 출판사, 1964.

이인수, 이성일·이성원 편, 『한국에서의 영문학: 1940년대 한국 사회와 문학』, 한국문화사, 2020.

이재호, 『영한사전 비판: 7개 사전에서 오류들을 중심으로 살펴본 우리나라 영한사전의 슬픈 현실』, 궁리, 2005.

이헌구, 『문화와 자유』, 청춘사, 1958.

이헌구선생 송수 기념논총위원회 편, 『초천 이헌구 선생 송수 기념 논총』, 1970.

_____, 『미명을 가는 손』, 서문당, 1973.

장왕록, 장영희 편, 『그러나 사랑은 남는 것』, 샘터사, 2004.

정병조 외 편, 『이양하 교수 추념문집』, 민중서관, 1964.

정인섭, 『한국문단논고』, 신흥출판사, 1959.

_____, 『이렇게 살다가』, 가리온출판사, 1982.

_____, 『못다한 이야기』, 휘문출판사, 1986.

정종현, 『제국대학의 조센징: 대한민국 엘리트의 기원, 그들은 돌아와서 무엇을 하였나?』, 휴머니스트, 2019.

정진숙, 『을유문화사 50년사』, 을유문화사, 1997.

조동일, 『한국문학통사』, 지식산업사, 2001.
한산 권중휘 선생 추념문집 간행위원회 편, 『한산 권중휘 선생 추념문집』, 동인, 2004.

외국 문헌

Arokay, Judit, Gvozdanovic, Jadranka, Miyajima, Darja, eds. *Divided Languages? Diglossia, Translation and the Rise of Modernity in Japan, China, and the Slavic World.* New York: Springer International, 2014.

Baker, Mona, ed. *Routledge Encyclopedia of Translation Studies.* London:Routledge, 1998.

Beer, Lawrence W., and John M. Maki. *From Imperial Myth to Democracy Japan's Two Constitutions, 1889~2002.* Denver: University Press of Colorado, 2002.

Bell, Roger T. *Translation and Translating: Theory and Practice.* London: Longman, 1991.

Bennett, Jane. *Vibrant Matter: A Political Ecology of Things.* Durham, NC: Duke University Press, 2010.

Bibliography of Keijo Imperial University Library: Western Language Books-Literature I. Seoul: Seoul National University Library, 2019.

Hamilton, G. Rostrevor. *Walter Savage Landor.* London: Longmans, Green, and Co., 1960.

Hemecker, Wilhelm, and Edward Saunders, eds. *Biography in Theory: Key Texts with Commentaries.* Berlin: De Gruyter, 2017.

Hermans, Theo, ed. *Manipulation of Literature: Studies in Literary Translation.* London: Groom, 1985.

Hervey, Sandor, and Ian Higgins. *Thinking Translation: A Course in Translation.* London: Routledge, 1992.

Hill, Michael Gibbs. *Lin Shu, Inc.: Translation and the Making of Modern Chinese Culture.* Oxford University Press, 2012.

Kawana, Sari. *The Uses of Literature in Modern Japan: Histories and Cultures of the Book.* London: Bloomsbury Academic, 2018

Kendall, Paul Murray. *The Art of Biography*. London: Geoge Allen & Unwin, 1965.

Kim, Wook-Dong. *Global Perspectives on Korean Literature*. London: Palgrave Macmillan, 2019.

_____. *Translations in Korea: Theory and Practice*. London: Palgrave Macmillan, 2019.

Landor, Walter Savage. *Selections from the Writings of Walter Savage Landor*, Volume 1. Ed. W. B. Shubrick Clymer. London: Hard Press Publishing: 2012.

Lee, Hermion. *Biography: A Very Short Introduction*. Oxford: Oxford University Press, 2009.

Liu, Lydia H. *Translingual Practice: Literature, National Culture, and Translated Modernity—China, 1900-1937*. Stanford: Stanford University Press, 1995.

_____. *Tokens of Exchange: The Problem of Translation in Global Circulations*. Durham: Duke University Press, 2000.

Marshall, Byron K. *Academic Freedom and the Japanese Imperial University, 1868-1939*. Berkeley: University of California Press, 1992.

_____. *The Clash of Empires: The Invention of China in Modern World Making*. Cambridge: Harvard University Press, 2006.

Ortabasi, Melek. *The Undiscovered Country: Text, Translation, and Modernity in the Work of Yanagita Kunio*. Cambridge: Harvard University Asia Center, 2014.

Pater, Walter. *The Renaissance Studies in Art and Poetry*. Ed. Adam Philips Oxford: Oxford University Press, 1986.

Richards, I. A. *Poetries and Sciences*. New York: Norton, 1972.

Roden, Donald T. *Schooldays in Imperial Japan: A Study in the Culture of a Student Elite*. Berkeley: University of California Press, 1981.

Russo, John Paul. *I. A. Richards: His Life and Work*. Baltimore: Johns Hopkins University Press, 1989.

Sato-Rossbert, Nana, and Judy Wakabayashi, eds. *Translation and Translation Studies in the Japanese Context*. New York Continuum,

2012.

Suh, Serk-Bae. *Treacherous Translation: Culture, Nationalism, and Colonialism in Korea and Japan from the 1910s to the 1960s.* Berkeley: University of California Press, 2013.

Venuti, Lawrence. *The Translator's Invisibility.* London: Routledge, 1995.

_____, ed. *The Translation Studies Reader.* London: Routledge, 2000.

찾아보기

작품 및 간행물